ZOOMANIA

DU MÊME AUTEUR

FARALLON ISLANDS, Actes Sud, 2017 ; Babel n° 1627.
ZOOMANIA, Actes Sud, 2021 ; Babel n° 1900.

Titre original :
The Wildlands
Éditeur original :
Counterpoint, Berkeley

ISBN 978-2-330-18179-6

ABBY GENI

ZOOMANIA

roman traduit de l'anglais (États-Unis)
par Céline Leroy

BABEL

À mes parents.

PROLOGUE

À aucun moment je n'entendis la sirène. Je dormais quand le vent se leva, quand des branches d'arbres arrachées se fracassèrent sur le toit. Le bruit des vaches qui meuglaient dans le pré derrière la maison ou des chevaux qui piaffaient d'inquiétude n'était pas arrivé jusqu'à moi. Je faisais la sieste. C'était un samedi de printemps en fin d'après-midi, il y a de très nombreuses années.

Quand ma sœur me réveilla, le ciel était devenu vert. C'est la première chose que je remarquai, entre deux battements de cils, deux bâillements, encore engourdie de sommeil. Darlene repoussa mon drap. Je n'avais que six ans, j'étais encore assez jeune pour que ma sœur me jette sur son épaule et remonte le couloir au trot. Tressautant sur son dos, je lançai un coup d'œil par la fenêtre et vis le ciel de l'Oklahoma imprégné d'une nouvelle couleur. Jade mouillé. Soupe de pois cassés. Pierre moussue.

Darlene me déposa sur le canapé avant de remonter aussitôt à l'étage. Je restai hébétée un moment. Il y avait du chambardement à l'intérieur et à l'extérieur de la maison. Toute ma famille semblait en mouvement, une Babel de pas et de voix. Toutes les lumières étaient allumées. Il pleuvait, mais de manière inédite pour moi. L'averse tombait par explosions violentes et incohérentes, léchant une vitre, éclaboussant une porte, puis cédant la place à un silence effrayant. Le souffle court, mon père passa en courant et son ventre faisait des bonds. Il transportait un carton qui cliquetait à chaque marche tandis qu'il descendait lourdement l'escalier du sous-sol.

Je me levai pour m'approcher de la fenêtre et écartai les rideaux. Le vent était chargé de flocons blancs et marron – des papiers, des feuilles, des détritus. On aurait dit qu'en soufflant, il ramassait et reposait les objets comme un enfant choisit un jouet. J'essayai de rassembler mes esprits. Des voix me parvenaient de l'étage, aiguës et stridentes. Tucker et Jane criaient. Pour ce que je comprenais, ils n'étaient pas en désaccord, mais en colère.

Une mosaïque de gouttes d'eau saupoudra la vitre. Je vis le grand chêne s'incliner comme en prière. Un oiseau passa en flèche devant la fenêtre, mais en marche arrière. L'image me fit presque rire – le bec pointé dans la mauvaise direction, le cou tendu, chaque muscle en lutte. Il était dans l'incapacité totale d'avancer ; dans l'incapacité même de se retourner. Il avait les plumes froissées, dressées à angles aigus, le bec ouvert. Le vent le faisait reculer, l'emportait dans son courant telle une brindille dans des rapides.

Papa remonta du sous-sol, le teint cireux et le visage moucheté de sueur. Il regarda sa montre et hurla de toutes ses forces : "Deux minutes ! Pas une seconde de plus !"

Il sortit précipitamment par la porte de derrière qu'il claqua assez fort pour faire trembler la maison. Puis tout s'immobilisa. Pendant un instant, je n'entendis plus que le vent.

Je posai une main sur la vitre. Le ciel s'assombrissait comme si quelqu'un avait versé de l'encre dans les nuages. Nos chaises de jardin étaient entassées n'importe comment près de la clôture. Le jardin lui-même ne ressemblait plus au lieu où j'avais joué la veille. Il était jonché de sacs en plastique et de papiers sales, d'ordures appartenant à d'autres gens. Trois branches traçaient des pointillés sur l'herbe, et mes jouets avaient disparu – plus de hula hoop, plus de frisbee, plus de raquette de tennis. Des rideaux de pluie miroitants cachaient la grange et l'enclos des vaches.

Notre propriété s'étendait sur plusieurs hectares. Je plissai les yeux à travers la bruine, essayant de trouver de l'ordre dans un fouillis de gouttelettes et de débris. Les arbres n'aidaient pas, qui oscillaient de manière inquiétante et me bloquaient la vue, leur tronc gémissant sous l'effort. Au loin, les vaches étaient couchées – des masses argentées dans l'herbe trempée. C'était préoccupant. Je m'y connaissais bien en vaches ; je m'étais promenée parmi elles, j'avais flatté leur cou charnu, les avais écoutées ruminer pendant que leur queue cinglait l'air pour éloigner les mouches, qu'elles épiaient le moindre de mes mouvements. Je leur avais offert des poignées d'herbe, paume bien à plat pour éviter leurs énormes dents. Leur haleine chaude sentait toujours le lait, leur langue râpeuse comme du papier de verre. Elles passaient leurs journées à parcourir le pré, communiquant entre elles par mugissements. Elles ne se couchaient qu'en cas de problème – manque d'eau, grosse chaleur, orage violent.

Je ne voyais pas les autres animaux. Les chevaux étaient sans doute à l'abri dans la grange. Nous en avions trois : un vieil étalon gris, une jument lunatique et un poulain à la robe couleur bronze et au tempérament jovial. Souvent l'après-midi, on voyait le poulain caracoler dans l'herbe, se cabrer en levant haut les jambes et tordre sa mince silhouette en bonds joyeux, comme si avec un petit effort il pouvait s'affranchir de la gravité et partir au galop sur les ailes du vent. Mon frère était particulièrement doué avec les chevaux. Tucker avait une façon bien à lui de leur parler tout bas, s'approchant et leur caressant le flanc. Alors ils ne bougeaient plus, les oreilles en avant comme s'ils buvaient ses paroles avec sérieux, les naseaux contre lui, leur souffle mélangé au sien.

À cet instant, Darlene descendit les escaliers en trombe. Elle avait les joues rouges, et sa frange en bataille s'élevait au-dessus de son front comme de la vapeur. Elle courait d'un bout à l'autre du salon, récupérant les photos de notre mère. Il y en avait une demi-douzaine dans de jolis cadres. Sur le manteau de la cheminée, maman en contre-jour dans un champ de fleurs. Sur la table basse, maman montée sur notre étalon gris, éclatant de rire, le doigt pointé vers l'appareil photo. Sur la table de chevet, maman qui posait dans une forêt inconnue à côté d'un chien noir inconnu. Darlene empila les cadres. J'ouvris la bouche pour lui poser une question, mais elle descendait déjà au sous-sol.

Je me retournai vers la fenêtre. À moins de dix mètres, un veau esseulé apparut d'un coup de derrière un arbre et disparut aussitôt dans un amas de buissons. Le troupeau comprenait quelques veaux ; je me demandai duquel il s'agissait. Je me demandai comment s'en sortaient les poules, à l'étroit dans leur poulailler. Je me demandai où notre petite chèvre – timide, fébrile, avec un pelage qui ressemblait à de la barbe à papa – avait trouvé refuge.

Une main s'abattit sur ma nuque. Mon frère était debout à côté de moi.

"Le ciel est vert, dis-je.

— Je sais.

— Les vaches ont l'air inquiètes."

Tucker s'agenouilla, son regard au niveau du mien. Il avait dix-sept ans, un corps maigre et musclé, des mouvements toujours déterminés et gracieux. Il portait ses cheveux bouclés attachés en queue-de-cheval. Il posa les mains sur mes épaules.

"Est-ce que tu comprends ce qui se passe ?

— Non.

— Tu te souviens du refuge anti-tornade dans le soussol ?

— Oui.

— C'est là qu'on va."

Puis j'entendis un hurlement – paniqué et surnaturel, porté par le vent. On se tourna Tucker et moi, le regard fixé sur l'extérieur. Le hurlement se prolongea longtemps, plaintif, déchirant. Je penchai la tête sur le côté pour tenter de localiser son origine.

"Ce sont les chevaux, dit Tucker.

— Quoi ?

— Ils sont dans la grange. C'est moi qui les y ai mis..." Il se tut, sourcils froncés. "Ça ne devait être qu'un orage. Les infos ont annoncé la tornade il y a seulement quelques minutes. J'ai dit à papa..."

Il retomba dans le silence. Il était pâle à l'exception d'un triangle rose et brillant sur chaque joue.

Au loin, les chevaux hurlaient toujours. Je m'aperçus qu'il y avait quelque chose d'anonyme dans le cri d'un animal effrayé. L'intensité effaçait toutes les caractéristiques habituelles d'espèce, de famille ou de taille. On aurait pu croire aux sanglots d'une femme, aux piaillements d'un oiseau ou aux jappements d'un coyote.

J'entendis des bruits de pas traînants derrière nous et Jane apparut. Elle descendait les escaliers avec un sac plein à craquer sur son épaule. Jane était grande pour ses onze ans, une athlète vigoureuse coiffée d'une tresse blonde pareille à une rivière. En général, elle était calme et posée, mais ce jour-là, elle avait le front ridé et ses bras tremblaient visiblement sous le poids de sa charge. Même ses cheveux semblaient bouleversés, les lames dorées de ses mèches voletant autour de son visage.

"Ramenez-vous ! lâcha-t-elle. Venez m'aider !"

Tucker obéit d'un bond. Jane perdit l'équilibre, faillit dégringoler les dernières marches de l'escalier, mais il la rattrapa par le coude à temps. Ils soulevèrent le sac en équilibre inconfortable entre eux deux et descendirent vers le sous-sol, les pieds en canard. J'entendis une porte s'ouvrir et leur voix faiblir.

Je me penchais plus près de la fenêtre. Le parasol tanguait sur la véranda. Par mauvais temps, généralement, mon père le repliait. Par beau temps, le parasol s'ouvrait tout seul, une tente délavée rouge et jaune, son piquet abîmé par les ans devenu vaguement noir. Ce jour-là, papa avait oublié de le refermer. L'alerte n'avait peut-être pas été assez insistante. Sous mes yeux, le parasol se mit à pivoter, à tournoyer sur place, faisant défiler les panneaux de couleur. Le socle rebondit sur la véranda dans un fracas métallique. Il sauta une fois, deux fois, puis partit dans les airs, s'envolant comme un OVNI. Je le regardai disparaître, bouche bée, mes mains instinctivement jointes tandis que j'essayais de comprendre.

Je savais ce qu'était une tornade, bien sûr. Je vivais dans l'Oklahoma ; j'avais entendu les alertes toute ma vie. Notre petite ville de Mercy était construite pile sur l'allée des Tornades. J'avais aidé papa à remplir le bunker situé dans notre sous-sol de conserves et de piles électriques. Je l'avais écouté m'expliquer ce qui faisait qu'un abri était solide et résistant – construit sous terre avec des murs en béton d'au moins trente centimètres d'épaisseur. J'avais participé à des exercices anti-tornade à l'école, accroupie contre un mur avec les autres enfants, comme moi agités, accablés de chaleur et d'ennui, attendant que la maîtresse siffle la fin de l'exercice et nous dise que la menace imaginaire était derrière nous.

Mais aucune de ces expériences ne m'avait préparée à ce qui se passait à présent. Le rugissement reprit. Un flou de tissu fila devant la fenêtre – une chemise peut-être arrachée au fil à linge de quelqu'un. L'air était un patchwork de détritus volants. Les chevaux avaient cessé de hurler, à moins que leur voix ne se soit perdue dans le vent.

Dans le pré, les vaches se relevèrent. J'observai alors le troupeau se mettre à longer la clôture en panique, les veaux à la traîne. À la manière de leur espèce, elles fonctionnaient comme un seul et unique organisme ; il n'y avait pas de chef, mais toutes réagissaient à une pensée commune, des proies gagnées par l'instinct de fuite. Elles couraient de concert, des corps massifs qui se frôlaient, les épaules roulant, accélérant avec chaque révolution jusqu'à détaler. Elles n'avaient nulle part où aller, mais elles couraient quand même.

La couche de nuages changea peu à peu de forme. Je vis du mouvement, un frétillement, une fine volute se détacher du reste. Un doigt de fumée tordu qui s'étirait vers le bas. Il y eut l'éclat d'un objet brillant au coin du ciel. Je me demandai si c'était notre parasol, à des kilomètres dans les airs, qui disait au revoir. Un autre oiseau passa devant la fenêtre, celui-ci tête en bas. Près de l'horizon, un trou s'était ouvert dans la poche soyeuse des nuages. De la cendre se déversa vers le sol. Un pilier gris. Presque dansant.

On aurait dit un tour de magie – la tornade s'engendrant par la seule force de sa volonté et du vide. Le vent créa un nouveau bruit, un genre de motif, régulier dans sa pulsation, assez fort pour me titiller les oreilles. Le nuage en entonnoir coula vers le bas aussi sûrement que de l'eau. Il semblait trouver son chemin sur le lit d'une rivière dans les airs, un chemin invisible à l'œil humain, tanguer, verser d'un autre côté au compte-gouttes, sans hâte, mais inexorablement. Juste au-dessus de l'horizon, il fit une pause, stationnaire.

Je ne le vis jamais toucher terre. À cet instant, des mains rugueuses m'emportèrent. Tucker me souleva comme un ballon de football. Je hurlai, mais il n'en fit aucun cas, et courut vers les escaliers du sous-sol.

Les autres s'y engouffraient également, toute ma famille se déplaçant en formation. Coincée contre l'épaule de Tucker, je vis Darlene, les yeux écarquillés, la bouche ouverte dans ce qui ressemblait à un cri silencieux. Jane courait avec une détermination de soldat. Elle était bizarrement vêtue – un vieux jean taché de peinture au niveau du genou, son t-shirt à l'envers, et une seule chaussette aux pieds. Je remarquai qu'elle avait les cheveux mouillés. Peut-être qu'elle était sous la douche quand le cri s'était fait entendre et qu'elle avait enfilé ce qui lui était tombé sous la main.

On fonça vers le sous-sol, comme des oiseaux en piqué. J'essayai d'ajuster ma position dans les bras de Tucker, mais ses biceps et ses poignets formaient un étau puissant. Je ne pouvais pas bouger ; je ne pouvais émettre aucun son. Le sous-sol était sombre et sentait le moisi, plein de toiles d'araignées. Il y avait des casiers de rangement, un vieux frigo en panne et le vélo de maman, couvert de poussière parce qu'on ne s'en servait jamais, les deux roues dégonflées. L'établi de papa occupait la moitié du sous-sol : sa boîte à outils, la scie et les projets de menuiserie qui lui tenaient tant à cœur, même s'ils les achevaient rarement. Une planche appuyée contre le mur, ornée de clous tordus. Une maison de poupée à moitié terminée pour Jane se dressait sur le plan de travail depuis aussi longtemps que je m'en souvenais, ses pièces aux proportions mal calculées, la structure penchant d'un côté. Le temps que notre père l'assemble, Jane n'avait déjà plus l'âge de jouer avec des poupées.

Tucker arriva le premier à l'abri, Darlene lui emboîtant le pas. Mon frère me poussa à l'intérieur. Quelque chose vint heurter ma tempe et un feu d'artifice explosa derrière mes yeux. J'atterris sur un banc dans le noir, la tête qui bourdonnait. Apparemment, je m'étais cognée contre une étagère de conserves. Tout le monde hurlait. Darlene faisait l'appel, répétant nos noms comme dans une comptine : “Tucker, Jane et Cora. Tucker, Jane et Cora.” Mon frère essayait de trouver l'interrupteur, racontant son avancée à voix haute : “À gauche – attendez.” Les mains froides de Jane étaient enroulées autour de moi comme si j’étais un doudou.

La lumière s’alluma. Les murs miteux. Le plafond bas. Les rangées de cartons et de bouteilles d’eau. Tucker ferma la porte et le monde devint silencieux. L’espace était réduit et encombré, les étagères projetaient de grandes ombres. Au milieu de la pièce, Darlene écarta les bras pour nous serrer tous contre elle, comme s’il ne lui suffisait pas de nous voir ; elle avait besoin de l’assurance d’un contact physique.

Mon père n’était pas là.

Il nous fallut un moment pour nous en apercevoir. J’étais encore en train de me repérer : le sac de couchage de Jane fourré dans un coin, les photos encadrées de maman entassées par terre, le téléphone portable de Tucker et le chargeur sur le banc à côté de moi. Je sentais des odeurs de sueur, de parfum et le musc cuivré, particulier de l’orage.

“Où est-il ? demanda Darlene.

— J’y vais”, dit Tucker.

Il saisit le bouton de porte. Darlene réagit si vite que je compris à peine ce qui se passait. En un éclair, elle avait repoussé brusquement la main de mon frère et s’était plantée dos à la porte, les bras en avant.

“Personne ne sort, dit-elle.

— Putain, dit Tucker. Papa pourrait être…

— Non, cria Darlene. Il sera là dans une seconde. D’une seconde à l’autre.

— Et si…

— On ne peut rien faire.”

Darlene avait les lèvres retroussées et émettait un feulement de chat sauvage. Tucker fit un pas vers elle. Elle se plaqua davantage contre la porte. Les pieds bien plantés au sol, le cou tendu, les doigts écartés et les mains collées à la paroi comme des ventouses.

"Papa pourrait être blessé, dit Tucker doucement. Il pourrait avoir besoin d'aide.

— Je sais.

— S'il te plaît."

Elle se passa rudement la paume au coin d'un œil, mais elle resta où elle était. L'ampoule nue au plafond grésilla. Jane me serrait si fort qu'elle m'avait à moitié hissée sur ses genoux. Au milieu de l'abri, Tucker hésitait. Il affichait une expression de défi, mais sa posture suggérait qu'il avait renoncé au combat. Darlene était l'aînée, après tout. Mon frère tapa du pied par réflexe, puis se jeta sur le banc avec l'impatience d'un adolescent.

Je tentai d'imaginer où mon père pouvait bien être. Dans la grange, peut-être. À rassurer les chevaux. À faire en sorte que les poules soient bien enfermées dans leur poulailler. À essayer d'arrêter la course épuisante des vaches, comme cette fois où un coyote avait passé la clôture de leur pré. J'attendais que papa frappe à la porte. Si je fermais les yeux assez fort, il frapperait. Si je retenais mon souffle. D'une seconde à l'autre.

Au-dessus de nous, quelque chose fut arraché dans un violent mouvement de torsion. On aurait dit du bois qui éclatait. Je me demandai si mon père était là-haut en train de déplacer les meubles. Quelque chose glissa et dérapa, un raclement désagréable et rocailleux. J'avais la sensation troublante d'être à proximité d'une voie de chemin de fer et d'écouter le fracas rythmique des roues.

Il s'écoula tout juste quelques minutes avant que je n'entende la pluie. C'était un doux clapotis juste au-dessus de nous. Pendant un moment, le bruit m'apaisa.

C'est mon premier souvenir. Ce jour-là, cet orage, la calamité qui déclencha tout le reste, tous les événements étranges et terribles qui viendraient ensuite. Blottis dans le bunker. Les mains de Jane dans les miennes. Les photos de ma mère dans le coin, les cadres à présent fissurés. L'absence de mon père. Je me le représentais de toutes mes forces, comme si je pouvais le faire apparaître par la simple puissance de mon esprit – son gros ventre, son sourire de travers, ses épaules larges. En haut, la pluie s'intensifia. Je ne comprenais pas ce que cela voulait dire. Je ne savais pas pourquoi Tucker se prenait la tête entre les mains ni pourquoi Darlene s'effondrait comme une poupée de chiffon. Il ne me vint pas à l'esprit que je n'aurais pas dû pouvoir entendre la pluie tomber depuis le sous-sol. Je m'appuyai contre Jane et écoutai le doux bavardage des gouttes d'eau. Six ans, encore pleine d'espoir, je ne comprenais pas que mon père et la maison, que la ferme et tous nos animaux avaient disparu.

MAI

1

Ceci est le récit de l'été de ma disparition. Tout commença par une chaude soirée de printemps. J'avais neuf ans à ce moment-là. J'étais allongée au lit, incapable de dormir parce que Jane ronflait contre mon épaule, sa respiration me chatouillant la peau.

Trois ans s'étaient écoulés depuis la tornade – presque jour pour jour. La fenêtre était ouverte, laissait entrer une brise légère. La lune était haute. Avec précaution, je me dégageai des draps et attrapai ma lampe torche. Je balayai la pièce du faisceau lumineux – les rideaux mités, la panière d'osier vide, les vêtements par terre. Il y avait un bureau noyé sous les papiers et une assiette mouchetée de miettes de sandwich. Dans ce capharnaüm, mes animaux en peluche émergeaient comme des créatures des bois sorties des broussailles.

Je me faufilai dans le salon où le mouvement de la lampe donnait un air différent au canapé et à la télé – en deux dimensions et sans vie, davantage comme l'interprétation qu'aurait faite un artiste de vrais meubles. Darlene dormait sur le canapé, une ombre foncée, un tas de couvertures. Je me figeai, l'oreille tendue, jusqu'à ce qu'elle produise un ronflement tel un murmure.

La caravane ne possédait qu'une chambre que Jane et moi partagions. Le reste de l'espace était ouvert – moitié cuisine, moitié tanière, toujours immaculé et reluisant, l'air raréfié par les détergents. C'était le fait de Darlene. Elle n'avait pas de chambre à elle, pas de porte à refermer, pas d'intimité. Le canapé était son lit, mais il ne restait aucun signe de sa présence dans la journée. Tous les matins, elle pliait les couvertures et rangeait son oreiller comme si ses habitudes de sommeil étaient un secret coupable.

En gagnant l'air nocturne, j'inspirai une bouffée sucrée de pollen. Le ciel était un tableau noir, la lune pas tout à fait pleine, un rond mal dessiné qui bavait. Nous étions en mai, à la veille de l'été, le vent faible et brûlant. J'éteignis la lampe torche pour que mes yeux s'adaptent à l'obscurité. Le parc de caravanes formait une mosaïque de gris. En avançant sur le chemin, j'entendis les grillons striduler dans l'herbe, forcés de se déplacer à mon approche.

Darlene aimait dire que nous vivions dans un *mobile home en dur*, même si c'était manifestement contradictoire. Elle trouvait ça plus chic que *caravane*. De l'extérieur, notre logement ressemblait à un pion en forme de maison sur un jeu de plateau : un exact parallélépipède fabriqué à partir de matériaux peu résistants. Il était cerné par une palissade qui m'arrivait à la taille. Les caravanes de notre rangée étaient plus ou moins identiques, même si beaucoup de résidents y avaient ajouté quelques touches personnelles – un foyer pour les feux de camp, des carillons éoliens, un chien enchaîné à un piquet planté dans le sol, un panneau ENTRÉE INTERDITE.

Nous vivions au N° 43, près d'un ravin au fond duquel se trouvaient le lit d'une rivière asséchée et un fouillis de ronces. C'était notre maison depuis que la tornade nous avait dépouillés de tout et mis sur la paille. Notre caravane se distinguait des autres par une certaine négligence. Quelques-uns de nos voisins aimaient cultiver des légumes dans des pots de terre, mais nous n'avions pas le temps. Quelques-uns de nos voisins aimaient cuisiner un bon repas chaque soir, remplissant l'air d'épices, mais nous n'en avions pas l'énergie. Le N° 43 arborait les signes caractéristiques de la survie.

Au loin, un coyote hurla – un cri lugubre et guttural. Je n'étais pas censée sortir la nuit. Darlene était une personne routinière et attachée aux règles, à la fois pour elle-même et dans sa façon d'exercer son autorité sur Jane et moi. La caravane était couverte de petits mots écrits à la main scotchés au-dessus de l'évier, à côté de la porte, dans la salle de bains. *S'essuyer les pieds. Garder le bouton de la chasse d'eau enfoncé pendant quinze secondes. Jane, interdiction de toucher à mon maquillage.* Le coyote hurla de nouveau dans l'espoir qu'un congénère lui réponde. Darlene aurait fait une crise si elle avait su où j'étais, et Jane m'aurait flanqué une bonne raclée. Ça m'était égal. Ce n'était pas la première fois que je partais à l'aventure la nuit, et ce ne serait pas la dernière.

Tucker aurait compris. Je restai figée un instant dans le noir tant mon frère me manquait. La sensation était aussi familière que de respirer. Je vivais dans un monde de femmes depuis plus de deux ans. J'avais appris à mes dépens combien les hommes sont inconstants. Papa était mort dans la tornade. Quelques mois plus tard, Tucker prenait la fuite. Mon père n'avait pas voulu nous quitter alors que mon frère avait pris la décision de plier bagage. Mais le résultat était le même.

J'avais presque tout oublié de mon père, mais je me souvenais de Tucker. Je me souvenais de sa présence physique – les bonjours sous forme de roulades et de tacles joyeux qui me projetaient dans le canapé. Je me souvenais de son imitation de la tornade qui avait détruit notre maison, tourbillonnant à travers le salon du N° 43 les bras tendus. Je me souvenais de son baiser sur le front quand je me réveillais d'un cauchemar. Mon frère courageux, heureux, beau. Il n'y avait rien à faire contre ce genre de perte – aucun remède, aucune solution. On se débrouillait au mieux. La douleur était sourde mais profonde, comme l'appel sans réponse d'un coyote solitaire. Dans l'ensemble, j'arrivais à gérer, et puis quand cela devenait trop fort, j'attrapais ma lampe torche et je m'enfonçais dans l'obscurité.

La lune et le vent étaient un peu comme un baume. Je descendais le chemin, lampe éteinte. J'y voyais assez bien à présent, le sol peint d'une lueur de lune poussiéreuse. Chaque pas s'accompagnait d'un bruissement. Les sauterelles et les scarabées qui s'écartaient à toute vitesse pour me laisser passer, leurs corps métalliques s'entrechoquant dans un bruit d'applaudissements. Une chouette ulula quelque part. Un cri de chasse. Je longeai les N° 42 et 41. Le parc à caravanes s'appelait Shady Acres, les arpents ombragés, ce qui ne lui correspondait pas vraiment. Il y avait bien quelques arbres, mais aux feuilles flétries. L'herbe aussi était jaune et rabougrie. La végétation n'était pas luxuriante dans le climat aride de l'Oklahoma. Même là, par une nuit de mai, l'air gardait la chaleur d'une théière avant ébullition.

Je penchai la tête en arrière, le vent tourbillonnant autour de moi et caressant mes longs cheveux. Je me sentais toujours plus proche de Tucker quand j'étais dehors. Je l'imaginais tout près, encore avec moi, momentanément hors de vue. Derrière un arbre, peut-être. Caché dans le ravin. Gloussant intérieurement. Avant de nous abandonner, il m'avait plusieurs fois emmenée marcher la nuit. Darlene n'en savait rien ; Jane n'avait jamais été invitée. C'était un lien spécial qui nous unissait Tucker et moi.

La première fois, nous venions d'emménager au N° 43. Quatre orphelins. Désorientés et abasourdis. La force nous manquait, la maison nous manquait. Une nuit, Tucker et moi sommes sortis discrètement pendant que nos sœurs dormaient à poings fermés. Je me souvenais d'avoir marché sur la pointe des pieds à côté de lui en le tenant par la main, prise de vertiges tant notre transgression nous excitait, je me sentais parfaitement éveillée et en vie. Je me souvenais de Tucker me murmurant à l'oreille, me parlant des chauves-souris qui voletaient au-dessus de nous, de leur sonar, leur étrange structure osseuse, leurs mains aux doigts allongés qui leur tenaient lieu d'ailes. Je me souvenais de m'être assise avec lui au pied d'un arbre et de m'être appuyée contre son épaule, son profil qui se découpait nettement sur la lune. Le dernier homme de notre monde.

Tout près, un son me fit pivoter. Je sortis la lampe torche de ma poche et éclairai l'espace autour de moi. Il y eut l'ombre d'un mouvement. Un scorpion pris dans une feuille morte enroulée se balançait et remuait les pattes avec frénésie. En se libérant, il glissa dans ma direction. Je reculai vite de quelques pas et la créature passa devant moi, la queue levée agressivement. Je la maintins dans le faisceau lumineux. J'hésitai à l'attraper ; j'aurais pu l'apporter à l'école dans un bocal pour un exposé. Mais Jane s'était fait piquer une fois au niveau de la voûte plantaire et je me souvenais de son état pitoyable, allongée sur le canapé, la jambe enflée, vomissant dans un seau jusqu'à ce que son organisme ait expulsé le poison. Le scorpion détala, sa carapace brillant dans la lumière. Je le suivis jusqu'à ce qu'il disparaisse.

Puis je fus de nouveau seule.

Je longeai le bord du ravin, suivant l'appel de la chouette. Il y avait quelque chose dans ma solitude qui me coupait le souffle – entourée de chambres plongées dans le noir et de dormeurs inconscients. Je levai le faisceau de ma lampe vers le mobile home le plus proche, le N° 24, qui arborait une tête de mort peinte à la bombe sur le côté. La caravane appartenait aux Granger, un jeune couple que Darlene ne supportait pas – l'homme tatoué et édenté, la femme à queue-de-cheval et défoncée. Ma sœur semblait prendre leur comportement comme un affront personnel car ils remplissaient toutes les cases des beaufs à caravane. J'éteignis ma lampe. Pendant un moment, je ne vis rien du tout ; j'aurais aussi bien pu éteindre le monde entier.

Tucker ne me sortait pas de l'esprit. Pour notre deuxième escapade nocturne, nous nous étions pas mal éloignés. Il m'avait fait marcher des kilomètres pour aller voir les chevaux d'une ferme. La lune n'était qu'un mince croissant, ce soir-là, un hameçon pris dans les branchages. Tucker et moi avions quitté Shady Acres en faisant la course. Je me souvenais de l'inquiétant état d'apesanteur de sa silhouette en plein essor, ses pieds qui semblaient à peine toucher le sol. Une fois sur la route principale, il me guida à travers les ronces et les herbes coupantes. Il n'y avait pas beaucoup de circulation, un camion ralenti par sa charge qui déchirait de temps en temps la nuit avec son bruit et ses phares. Tucker et moi marchions main dans la main, en partie pour nous tenir compagnie, en partie pour ne pas perdre l'équilibre sur le terrain inégal et noir d'encre.

Il me raconta des histoires sur les animaux de notre famille – ceux qui étaient morts dans la tornade. Neuf vaches. Un étalon, une jument, un poulain. Six poules. La chèvre appelée Sweetie. Mon frère les avait tous aimés, et moi aussi. Il me raconta les soins prodigués aux chevaux, brosser leur robe et regarder les petites secousses de plaisir parcourant leur chair. Il me raconta les visites aux vaches qui le suivaient ensuite partout, dérivant dans son sillage à travers le pré, confiantes dans sa capacité à les guider. Il me raconta l'odeur de farine des poules, la disposition de leurs plumes, leurs yeux intelligents, ronds comme des billes. Il me raconta que la perte de la ferme était un déchirement. On ne pouvait pas se sentir chez soi dans une maison sans animaux.

On entendit les chevaux avant de les voir. Ils semblaient jouer dans le noir, s'ébrouaient, faisaient retentir le bruit de leurs sabots. À côté de moi, Tucker s'immobilisa comme s'il entendait de la musique. Puis il rit. J'aimais son rire. Il me souleva par-dessus la clôture du paddock avant de l'escalader à son tour. Les chevaux étaient des ombres sur d'autres ombres – peut-être trois, peut-être quatre, tous avec des robes foncées, tous en mouvement. Ils s'éloignèrent rapidement, se fondirent dans le paysage gris avant de revenir en caracolant, secouant la tête, un éclat de dents dans le clair de lune, un hennissement nerveux. Leur curiosité finit par noyer leur malaise. Ils nous tournèrent autour, remplissant l'air d'un musc terreux. Une queue m'effleura l'épaule. Tucker ne riait plus ; il paraissait plutôt vibrer d'une joie féroce. Il ne bougea pas pour laisser les chevaux s'habituer à notre présence. Il me serrait la main au point de me faire mal.

On resta là un bon moment. Les chevaux m'examinèrent, l'un d'eux fourra sa barbe dans mon cou, un autre passa une langue spongieuse dans mes cheveux. Ils reculèrent et revinrent en se pavanant, comme des danseurs de tango. Un par un, ils tombèrent amoureux de Tucker, l'entourèrent, quatre têtes noires qui rivalisaient pour être touchées. Il caressa leur crinière, leur murmura à l'oreille. Dans le noir, les chevaux semblaient trop grands pour être vrais – des montagnes sur pied, un souffle volcanique. Tucker dit qu'il les volerait. Il dit qu'il les libérerait. Il le leur promit, et il me le promit à moi.

Je ne me souvenais pas du retour à la maison. Je m'étais à moitié laissé gagner par le sommeil, affalée dans l'herbe sous un buisson où les chevaux ne pourraient pas me piétiner. Je les avais regardés bouger et piaffer dans la brise, j'avais observé les constellations en train de brûler, puis Tucker m'avait soulevée dans ses bras, ma tête sur son épaule, le rythme de ses pas me berçant jusqu'au rêve.

2

Je me réveillai aux coups frappés à la porte. Le temps d'un instant, je fus déboussolée, incapable de savoir où j'étais. Le soleil empêtré dans les rideaux. La bave sur ma joue. Je ne me rappelais pas être rentrée au N° 43 la nuit précédente.

"Vous allez être en retard", lança Darlene.

Il me fallut de la force pour extraire mon bras de sous le torse de Jane. Je m'assis et elle continua de dormir. Quelque part au loin, une tondeuse vrombissait. Je sentais l'odeur d'herbe coupée et de cigarettes.

Ce jour marquait le troisième anniversaire de la tornade. À ce souvenir, je me mis à grogner tout haut. Je savais à quoi m'en tenir : messe du souvenir à l'école, une tristesse forcée sans lien avec mon chagrin sincère et intime. Je quittai le lit et fouillai dans le monceau de vêtements par terre à la recherche de quelque chose de relativement propre. Je tirai sur un t-shirt, réalisai qu'il était à Jane, et le reposai. Dehors, la tondeuse crachota et cala. Les voisins se disputaient à leur façon bien à eux, en croassant comme des corbeaux. Plus loin, je reconnus le cri perçant d'un bébé. Vous pouviez entendre tout de ce qui se passait dans le parc à caravanes, si vous preniez le temps d'écouter. J'en savais plus que je n'aurais dû.

Dans la cuisine, l'odeur de café dominait. Je m'assis à table et Darlene me tendit un bol de céréales. Des fois, j'aimais faire semblant que le N° 43 était un wagon de train. Même forme, même taille. Je n'avais aucun mal à imaginer qu'à tout moment, un sifflet puisse retentir, les roues se mettent en branle et qu'on soit emportées ailleurs – un ailleurs meilleur qu'ici.

Darlene sirotait son café. Elle avait les cheveux attachés en une sévère queue-de-cheval. Elle était prête à partir travailler, vêtue de son uniforme beige fraîchement lavé, mais qui sentait encore vaguement l'oignon, orné du badge à son nom et d'une broche qui avait appartenu à notre mère. Elle avait un visage anguleux et sans beauté. Les lunettes carrées neutralisaient ses pommettes saillantes.

"On va au cimetière cet après-midi, dit-elle.

— Je sais.

— Je viendrai te chercher à quatre heures. Quatre heures pile. Ne traîne pas."

Je savais qu'il valait mieux ne rien dire. J'acquiesçai.

À deux heures, toute l'école primaire de Mercy envahit le gymnase. Les fenêtres étaient tachées de soleil, la puanteur de la sueur m'irritait les poumons, trop de corps entassés dans l'espace. Les néons nous donnaient un lustre de porcelaine. Ma classe était assise au fond du gymnase, sous le panier de basket. Mlle Watson se fraya un chemin avec précaution entre nos jambes et nos sacs, nous rappelant de rester silencieux. C'était une grosse femme au visage doux et généreux.

Elle me chercha du regard, comme je m'y attendais. De toutes les familles affectées par la tornade, la mienne appartenait à une catégorie à part, et tout le monde à Mercy le savait. Mlle Watson, qui montrait sa sympathie avec discrétion, me toucha la tête doucement en passant.

Le CE2 s'était bien passé pour moi. L'année scolaire se terminerait dans quelques semaines, et je me disais que Mlle Watson allait me manquer pendant l'été. Tandis qu'elle s'éloignait, je fermai les yeux et imaginai que j'étais restée dans la salle de classe – les murs peints dans des couleurs amicales, un mobile du système solaire suspendu au plafond, un sentiment de sécurité et de bien-être – plutôt qu'ici, nous préparant une fois de plus à nous souvenir de tout ce que nous avions perdu.

Le silence gagna le gymnase. Le principal se leva, un tas de fiches à la main. Il avait sa cravate de travers et sa voix rauque ne portait pas vraiment. Ça m'était égal. Ses platitudes ne m'intéressaient pas. Je les avais déjà toutes entendues.

"Bienvenue, dit-il. C'est un triste jour pour nous tous."

Le mot *triste* était une sorte de déclencheur. Plusieurs têtes se tournèrent vers moi, enseignants qui me dévisageaient, gamins qui se donnaient des coups de coude. Même le principal lança un regard dans ma direction avant d'entamer son discours. Je me sentis rougir. J'avais l'habitude de leur pitié, mais ça n'aidait pas à l'encaisser pour autant.

La tornade qui avait frappé la ville de Mercy était de catégorie 5. Techniquement, on appelle ça catégorie EF5 : *EF* pour *Enhanced Fujita*, l'échelle améliorée qui mesure les dégâts causés par les tornades. Du jour au lendemain,

Mercy était devenue tristement célèbre. En Oklahoma – peut-être dans l'ensemble du pays – tout le monde connaissait l'étendue de la tragédie. Le *weather porn*, ainsi que l'appelait Darlene, devint la nouvelle obsession nationale : analyse salace et exhaustive d'une catastrophe naturelle illustrée par un maximum de photos racoleuses. Trois ans plus tôt, tous les projecteurs avaient été braqués sur Mercy.

À quatre kilomètres de là, la tornade avait frappé mon ancien quartier comme une batte de baseball un nid de guêpes. De notre maison, elle avait fait du petit bois. Elle éparpilla les biens de notre famille à travers le paysage. On ne put que récupérer les restes – le vélo de Darlene coincé sous une boîte aux lettres, notre cuisinière fracassée dans une piscine, le marteau de papa incrusté de quinze centimètres dans un chêne. Le sac de sport de mon frère avait été retrouvé à plus de trente kilomètres de là. La tornade avait aplati des bâtiments et froissé des voitures comme des canettes de soda. Elle avait épluché l'asphalte des trottoirs et arraché la tuyauterie du sol. Elle avait tué douze personnes en tout, dont mon père.

"Maintenant, chantons", lança le principal. Il releva le menton et, d'une étonnante voix de basse, attaqua le premier couplet de "Amazing Grace". Autour de moi, les élèves l'imitèrent, fredonnant dans un marmonnement précautionneux comme des enfants qui chantent par obligation. Mlle Watson se tamponna les yeux avec un mouchoir.

Je voulais lever la main et me plaindre. Ça n'avait aucun sens pour moi de participer à une messe du souvenir, puisque je ne me rappelais rien. La tornade marquait le début de ma vie consciente. Tout ce qui avait précédé était un espace vide. Je connaissais les chiffres de l'orage : des vents de cinq cent dix kilomètres-heure, quatre personnes blessées, douze tuées. Les maisons soulevées de terre. Arbres écorcés. Voitures retournées. Techniquement, l'expression consacrée était “intensité incroyables”.

Pour moi toutefois, la tornade avait été quelque chose d'autre. Quelque chose de personnel, d'interne. Mon premier souvenir de mon père était aussi le dernier. Grosse bedaine. Une expression inquiète. Des mains puissantes, calleuses. Je me souvenais qu'il portait un carton qui faisait du bruit. Je me souvenais qu'il nous avait hurlé de nous dépêcher. Je me souvenais de son absence dans l'abri, de son absence après l'orage, de son absence chaque jour qui avait suivi. Je ne pouvais pas faire mon deuil – pas vraiment. Même dans la mort, il était un mystère. Son corps n'avait jamais été retrouvé ; il faisait partie des quelques personnes qui périrent ce jour-là sans laisser de traces, aspirées par le ciel. Présumées mortes. Sans rien à enterrer.

Tout ce qui restait de lui étaient des photos, des anecdotes, et des informations de seconde main. Je rassemblais tous les éléments que je pouvais. J'avais demandé à Jane et Darlene de me raconter des histoires – et à Tucker, avant qu'il ne s'enfuie. J'avais feuilleté les albums photos que Darlene avait pu sauvegarder. En tournant les pages, j'espérais réveiller un souvenir endormi, mais les images – mariage de mes parents, la petite enfance de mes sœurs, un noyau de silhouettes floues à un pique-nique – semblaient plutôt illustrer le passé de quelqu'un d'autre. Pour moi, elles étaient vides de sens, mais Darlene et Jane y tenaient énormément. En même temps que les photos encadrées de notre mère, Darlene avait sauvé ces albums de la tornade au détriment de son ordinateur portable, de sa boîte à bijoux et de sa belle veste en cuir. (Elle me l'avait raconté de nombreuses fois. Juste après avoir entendu retentir les sirènes d'alarme, elle avait fait son choix. En une ou deux minutes seulement. Et s'était limitée à ce qu'elle pouvait transporter.) Une fois les photos de famille apportées au N° 43, elle avait même dépensé de l'argent pour remplacer les cadres abîmés – une dévotion que je ne comprenais pas.

Pour moi, la tornade avait dépassé la simple force de la nature. La dévastation qu'elle avait causée sur le paysage physique s'était répercutée en mesure égale dans mon esprit et ma mémoire. Autant que je sache, nous avions toujours été pauvres. Darlene avait toujours été dure, Jane toujours vague. Et je n'avais jamais connu mon père.

À quatre heures, Darlene se gara devant l'école primaire. La cour de récré était une maison de fous. De petits corps couraient dans tous les sens, les sacs à dos rebondissant sur leurs épaules. Les cages à poules fourmillaient tellement de monde que les enfants n'arrêtaient pas de se cogner et de tomber par terre. Il y avait quelques filles qui prenaient de l'élan sur les balançoires dont elles sautaient quand elles arrivaient au point le plus haut, leur silhouette imprimée sur le ciel pendant un long moment comme si elles pouvaient retomber en flottant aussi doucement que des feuilles.

Darlene agita la main. Elle avait l'air déplacée derrière le volant du pick-up qui avait appartenu à notre père. Le capot était mangé par la rouille, la carcasse était enfoncée par endroits et le pot d'échappement crachait de la fumée. Il ne correspondait pas à l'ordre qui caractérisait Darlene. Je montai dans le pick-up, inhalant le mélange âcre du cuir, de l'essence et d'une eau de Cologne musquée qui avait dû être celle de papa. Mon père garagiste gagnait sa vie en réparant les voitures des autres, mais avait pour véhicule une épave qui tenait par la rouille et la nostalgie. Les enfants du cordonnier sont toujours les plus mal chaussés. En fait, le pick-up avait survécu à la tornade justement parce que c'était une ruine. Au moment de la catastrophe, il était au garage de papa à l'autre bout de la ville, à attendre des réparations. Un héritage accidentel.

"Mets ta ceinture", dit Darlene.

Elle actionna le levier de la boîte automatique et on s'éloigna du trottoir dans un crissement de pneus. Elle semblait anxieuse. Une ombre bleue s'étirait sous ses yeux, une marque de fatigue, soulignée par la monture de ses lunettes. Au bout d'un moment, elle alluma la radio.

"... comme notre petite ville n'en avait jamais connu, dit le présentateur. On surnomme ce genre de tornade « le doigt de Dieu » et on comprend pourquoi. Je suis sûr qu'aucun de nos auditeurs n'a oublié où il était le jour où..."

Darlene enfonça de nouveau le bouton.

"Crotte de bique, dit-elle. Ça suffit maintenant."

Je jetai un coup d'œil dans le rétroviseur latéral, observai l'école rapetisser dans le paysage. Il nous faudrait une heure pour rejoindre le cimetière. Mes parents avaient une tombe commune dans la concession familiale, à un peu moins de cinquante kilomètres de la ville. Même si seule maman y était enterrée, Darlene insistait pour y faire un pèlerinage chaque année le jour anniversaire de la tornade. Je ne comprenais pas pourquoi puisqu'elle n'était ni sentimentale ni croyante, et que ces trajets semblaient engendrer plus de douleur que de réconfort. Mais je savais qu'il ne valait mieux pas lui poser de question. La volonté de Darlene était une force irrésistible, dans ce domaine comme dans les autres. Quand elle voulait quelque chose, rien ne servait d'émettre une objection. S'opposer à elle ne créait que des frictions, du ressentiment, et à la fin, elle obtenait gain de cause.

Je soupirai. Pour aggraver les choses, Jane ne se joindrait pas à nous cette année. C'était l'athlète de la famille, un statut d'exception qui lui donnait droit à certains luxes. Elle pouvait aller chez le médecin pour ses attelles de tibias et ses ongles incarnés, alors que Darlene se débrouillait avec des remèdes maison pour gérer les migraines qui accompagnaient ses règles. Jane portait des tenues de sport flambant neuves, tandis que je me débrouillais avec ce qu'on voulait bien me donner et qui était toujours trop grand ou trop petit ; jusqu'à présent, je n'étais jamais entrée dans un magasin pour acheter un vêtement neuf. Jane avait un match important ce jour-là – assez important pour que Darlene l'autorise à rater le rituel annuel. Au même moment, elle était sur le terrain, entourée d'autres filles de quatrième en tenue bleue. Intrépide, elle courait aussi vite que possible dans la chaleur, en crampons et protège-genoux.

On longea une forêt de derricks. Ils s'activaient, s'activaient toujours, basculant en avant comme des oiseaux en train de boire, et leurs rouages grinçaient. Longtemps auparavant, dans une autre vie, mon frère m'avait expliqué à quoi ils servaient, comment ils extrayaient le pétrole du sol. On longea un champ de blé, une ferme délabrée et un château d'eau rouillé.

À un peu plus de trente kilomètres de Mercy se trouvait l'usine de cosmétiques, un vaste bâtiment gris percé de petites fenêtres. Son aspect avait quelque chose d'impersonnel, d'inhospitalier, même. Jolly Cosmetics se divisait entre un laboratoire et une chaîne de production. Je l'imaginais remplie de cuves de mascara qui bouillonnaient comme des chaudrons dans la grotte d'une sorcière. Je me représentais des tours de rouge à lèvres, compactes et bordeaux, flanquées d'ouvriers qui en découpaient les bords en petits rouleaux qui étaient ensuite glissés dans le genre de tubes que Darlene avait dans son sac à main. Certains de nos voisins travaillaient pour Jolly Cosmetics. Les habitants de Mercy vivotaient et il n'était pas facile de trouver des jobs qui payent.

Au cimetière, pas un courant d'air n'agitait les branches d'arbres. Les nuages paraissaient aussi durs que s'ils avaient été cuits dans un four de céramiste. Au milieu de l'herbe et des orties, les grillons remuaient sans cesse. Leur corps était trompeur. Noir, brillant et gros, on aurait pu les croire visqueux au toucher, mais je savais qu'ils étaient aussi secs et légers que des cocottes en papier.

Darlene ne pleura pas. Elle ne s'adressa pas aux morts. Elle n'avait même pas apporté de fleurs pour nos parents alors que des bouquets frais ornaient de nombreuses tombes alentour. Ma sœur se tenait droite comme un I, son expression d'acier, chaque particule de son être télégraphiant son malaise. À croire qu'elle comptait le nombre minimum de secondes pour une démonstration de chagrin convenable, même si personne n'y prêtait attention.

La pierre tombale était en marbre et les mots y étaient gravés en lettres cursives. *Chère épouse et mère. Mari et père bien-aimé.* Maman était morte en couches et papa avait disparu quand j'avais six ans ; dans mon souvenir, j'avais toujours été orpheline. J'avais été élevée par Darlene, et pendant un bref, mais formidable moment, par Tucker. *Papa* et *maman* étaient des mots que je n'utilisais jamais, contrairement à mes camarades d'école – les enfants normaux.

Je me secouai. Je m'étais donné comme règle d'essayer d'éviter l'apitoiement. La pitié de toute la ville était déjà assez lourde à porter pour ne pas y ajouter la mienne. Et puis, si j'avais envie de me plaindre, il me suffisait de regarder Darlene pour constater que ma situation pourrait être bien pire.

Darlene avait dix-huit ans quand la tornade avait frappé. Elle terminait le lycée. Débordant d'enthousiasme et d'impatience. L'université de l'Oklahoma venait de l'accepter. Elle avait accroché un plan du campus au mur de sa chambre et marqué tous les endroits qu'elle voulait visiter avec des punaises. Elle chantait souvent l'hymne de l'université : *I'm Sooner born and Sooner bred, and when I die, I'll be Sooner dead.* Elle était sur le point d'atteindre la vitesse de libération qui l'éloignerait de Mercy, ce qu'elle attendait depuis toujours.

Je ne m'en rappelais absolument pas, bien sûr. J'en avais entendu parler par Jane qui se souvenait très précisément de Darlene à cette époque, pétillante et des étoiles plein les yeux. J'avais entendu parler de la veste avec écusson de l'université que Darlene projetait d'acheter, la sororité qu'elle espérait intégrer. Je savais qu'elle s'était préparée pour une carrière dans la médecine. Elle voulait devenir infirmière dans le service de traumatologie d'un gros hôpital, combinant son esprit pragmatique, son calme naturel et la formation intensive qu'elle aurait acquise à l'université pour accomplir de grandes choses.

Sauf qu'elle avait aujourd'hui vingt-deux ans et était coincée à Mercy. La seule à pouvoir nous nourrir, Jane et moi. Portant notre monde sur ses épaules. Elle faisait le taxi pour nous, nous aidait pour nos devoirs. Grâce à elle, la caravane était toujours impeccable, et elle laissait des commentaires polis sur les réseaux sociaux à ses amis partis à la fac, des jeunes dont la vie n'avait pas été ruinée par la tornade. Elle travaillait à la supérette – un boulot indigne d'elle à tous points de vue.

Je me penchai sur la tombe de mes parents. Une trace de saleté dessinait un motif à sa surface, et je l'essuyai du plat de la paume. Plus loin, un semblant de mouvement attira mon attention. Un homme qui se tenait à la lisière du cimetière.

Je me redressai pour l'observer. Quelque chose dans sa posture m'intriguait. Il était seul, séparé des autres personnes en deuil, discret et mince. Il me rappelait Tucker – mais bon, il y avait tant de choses qui me rappelaient Tucker.

“Regarde”, dis-je en le pointant du doigt.

Darlene ne m'entendit pas. Elle baissa les yeux vers sa montre.

“C'est bon, on peut y aller maintenant”, dit-elle.

On regagna le pick-up. Je jetai un autre regard vers les bois, mais la silhouette n'était plus là. Un jeu de lumière. Une perturbation. Un fantôme.

Cette nuit-là, impossible de dormir. Une fois de plus, une humeur imprudente et sauvage s'empara de moi, et je quittai la caravane. À pas de loup, je longeai la silhouette de Darlene sur le canapé. J'enfilai mes tongs et glissai la lampe torche dans ma poche. La nuit était remplie d'insectes et d'une brise hésitante qui semblait changer de direction à chaque bourrasque.

Alors que je m'engageais sur le chemin, j'entendis un bruit. Un tintement comme les grains dans un bâton de pluie – je connaissais ce bruit. Dans le Sud-Ouest, tout le monde connaissait ce bruit. J'inspirai, mais n'expirai pas. Lentement, avec précaution, je balayai le sol avec le faisceau de ma lampe jusqu'à ce que je repère le serpent à sonnette.

Il était enroulé sous un buisson, trop loin pour mordre. J'observai la créature lever la tête, la langue dansant, humant l'air. Il avait des yeux comme des boutons, vitreux et fixes. Le cou musculeux était tatoué de volutes, le corps était parcouru d'ondes et se balançait de manière hypnotique. Les anneaux de sa queue chatoyèrent.

J'éprouvai une bouffée de fierté. Tout ce qui venait de l'Oklahoma était résistant et guerrier. Ici, seuls les plus forts survivaient. Nos serpents étaient équipés de venin et d'un signal d'alarme. Nos insectes portaient des armures contre les prédateurs et la déshydratation. Nos oiseaux avaient des serres, une vision télescopique et des os creux. Ces animaux étaient conçus pour résister aux rigueurs de l'environnement. La moindre faiblesse ou mollesse avait été violemment arrachée de leur lignée génétique par les tempêtes de sable, les sécheresses et les tornades. Les catastrophes faisaient autant partie de l'Oklahoma que le ciel usé par les intempéries. Les écrevisses étaient caparaçonnées. Les coyotes étaient timides et intelligents, évasifs comme les rêves. Les marmottes creusaient profondément leur terrier, à l'abri de la chaleur et du vent. Les tortues et les grenouilles vivaient entre deux mondes, trempées dans l'eau tiède et l'air doux. Les porcs-épics avaient le dos hérissé d'un arsenal d'épines. Le cerf mulet avait des réflexes rapides comme l'éclair. Les alligators étaient idiots, mais lourdement armés. Ils me rendaient tous jalouse – de leur force brute et de leurs sens en éveil, de leur puissance et de leur ténacité. Ils n'auraient pas pu mieux naître.

Même la tornade ne les avait pas décontenancés. Le lendemain du jour où le doigt de Dieu avait tracé un chemin de dévastation à travers Mercy, les animaux sauvages avaient repris leur train de vie comme si de rien n'était – ils avaient chassé, s'étaient nourris et accouplés, indifférents au chagrin et au choc. Seuls les humains avaient souffert – et notre bétail, bien sûr. Les créatures paresseuses et dociles confinées dans des granges et des cages. Celles-ci n'avaient aucune chance de s'en sortir. Comme mon père, nos vaches et les chevaux avaient été engloutis par le bleu.

Tandis que je l'observais, le serpent à sonnette se retourna et ondula à travers l'herbe. Je fus tentée de le suivre, de voir où il avait fait son nid. Une fois de plus, je pensai à Tucker. Je me souvenais qu'il m'avait expliqué que les serpents à sonnette avaient évolué au cours de millions d'années pour dire une seule et unique chose : *Laissez-moi tranquille.*

C'est là que c'est arrivé. J'étais sur l'allée de terre quand je sentis le sol trembler sous mes pieds. Une onde de choc pulsa à travers la terre. Les portes des caravanes grincèrent sur leurs gonds et les feuilles desséchées bruissèrent sur les arbres. C'était comme si la ville de Mercy avait pris une inspiration profonde et frémissante.

Un tremblement. Un frisson. Je n'avais jamais rien éprouvé de pareil. L'Oklahoma n'était pas sujet aux tremblements de terre. Le temps d'un instant, je crus que c'était le fait des serpents à sonnette – agitant leurs anneaux si fort qu'ils avaient secoué le monde entier. Je ne savais pas comment le prendre, et il n'y avait personne autour de moi à qui je puisse poser la question. Personne dans le parc à caravanes n'était réveillé sauf moi. Je restai immobile, pour voir si le sol allait de nouveau tressaillir.

3

Le lendemain matin, la télé était allumée quand j'émergeai de la chambre. On était samedi. Jane prenait sa douche et chantait faux, son contralto approximatif retentissait dans la caravane. La lumière qui nous parvenait par la fenêtre était affaiblie par de lourds nuages. Darlene se déplaçait comme un colibri dans un jardin, se posant devant la cafetière, puis l'évier, puis le frigo, à la fois occupée et désœuvrée, bougeant pour bouger. Je crois qu'elle n'avait même pas conscience de son agitation ; c'était simplement sa façon de regarder la télévision, tourner en rond dans le salon, limitée par l'exiguïté de l'espace. En tout, la caravane mesurait moins de trente mètres carrés.

Je montai sur ma chaise et attrapai la boîte de céréales. À l'écran, un journaliste se tenait devant un paysage familier. Je reconnaissais l'extérieur gris et plat de Jolly Cosmetics, à trente kilomètres de Mercy. Le reporter était devant le bâtiment et parlait sur un ton solennel, ses cheveux auburn ébouriffés par le vent. Le volume était un peu trop fort pour moi, jurant avec le chant des oiseaux dehors.

"J'y crois pas", dit Darlene.

Elle désigna l'écran où les mots FLASH INFO clignotaient sur une bande défilante. J'essayais de suivre ce que le journaliste racontait. J'étais encore fatiguée de la veille – le cimetière et mes pérégrinations nocturnes – et l'homme saupoudrait son discours de mots que je ne reconnaissais pas. *Destruction volontaire de biens. Confection, possession et transport d'engin explosif.*

"Qu'est-ce qui s'est passé ?" demandai-je.

Darlene replia les doigts en un poing. "Boum."

Jane émergea de la salle de bains dans un panache de vapeur, les cheveux enveloppés dans une serviette rose. Elle s'arrêta à la table, attrapa un morceau de toast sur l'assiette de Darlene.

"Quelqu'un a libéré tous les animaux, expliqua Darlene. Je ne savais même pas qu'ils avaient des animaux à l'usine. J'imagine que les chercheurs devaient faire des tests sur eux."

À la télévision, le reportage enchaîna sur une série de photos. Une cage ouverte. Un groupe de rats blancs. Du bris de verre. L'arrière-train d'un beagle qui s'échappait. Une cage en fer défoncée prenait une forme presque artistique, le métal brillant et calciné.

"Il y a eu une explosion, dit Darlene.

— Dans *notre* usine ? demanda Jane. Tu parles de Jolly ?

— Oui. Ça a eu lieu hier soir. Un taré a attendu que les ouvriers soient partis. Il ne restait que le concierge et un vigile. Le gars – le *suspect* – a fait sortir tous les animaux et a déclenché une sorte d'explosif."

Je me souvenais du tremblement dans le noir la nuit précédente, le sol sous mes pieds qui avait dansé le shimmy. Avais-je pu ressentir la déflagration ? Le journaliste reparut, une expression sérieuse sur le visage. L'usine était en mauvais état, semblait-il.

Puis le reportage montra une flaque rouge. Il y avait des gouttelettes sur le carrelage, un éclat de verre dont la pointe était maculée de carmin. Je fus prise d'un haut-le-cœur. Le présentateur spécula sur la façon dont le sang était arrivé là. Aucun ouvrier n'avait été blessé. Peut-être qu'un animal avait subi les effets de la déflagration. Peut-être que le poseur de bombe s'était blessé tout seul.

"Tout ça chez Jolly Cosmetics, dit Jane. C'est pas juste."

Je passai les quelques heures suivantes en transit. Ce qui était typique d'un samedi. Jane avait son entraînement de foot et Darlene travaillait toujours le week-end. Elle avait pour règle d'accepter un maximum d'heures. Je m'installai sur le plateau du pick-up et on quitta les Shady Acres. Jane étant mon aînée, elle avait le droit de s'asseoir à l'avant. Au volant, Darlene gardait le silence. Je ne voyais que sa queue-de-cheval et ses regards rapides dans le rétroviseur. Jane était carrée dans son siège, les pieds sur le tableau de bord, les pouces dansant au-dessus de son téléphone pendant que je subissais cahots et secousses au moindre nid-de-poule et caillou. Il n'y avait pas de ceinture de sécurité à l'arrière, de sorte que je ne pouvais que m'accrocher aux rebords de la benne et caler mon corps contre une des coques de roue. La radio passait une chanson country dont je ne percevais que la mélodie par-dessus le grondement des pneus. Le pick-up roula sur une bosse, ce qui me fit claquer des dents. On passa devant la station-service et le seul motel de la ville.

Mercy était un modèle d'efficacité. Elle offrait le strict nécessaire pour la vie dans l'Oklahoma, ni plus ni moins.

Il y avait un supermarché. Il y avait une école pour chaque tranche d'âge – primaire, collège, lycée – et toutes avaient le même directeur. Il y avait un poste de police, une caserne de pompiers dont le camion avait bien vécu, et un cinéma qui passait un film par semaine, en général sept mois après sa sortie officielle. La rue principale comprenait deux restaurants et une quincaillerie. Certains quartiers étaient pavés tandis que d'autres avaient des rues en terre battue, des pelouses laissées à l'abandon et des maisons cachées derrière les ronces. À la périphérie de la ville s'étendaient les vastes terres agricoles : du maïs hérissé et du soja somptueux, des prés en jachère et d'autres réservés aux animaux. Les Shady Acres étaient tapis à l'ouest, remisés sur le côté comme s'ils faisaient honte.

Le fleuriste avait une pancarte en vitrine qui rappelait à tous que la fête des Mères approchait. J'éprouvai un malaise familier. En classe, nous fabriquions des cartes couvertes de paillettes et de gommettes. J'avais bien l'intention de jeter la mienne dès que Mlle Watson aurait le dos tourné.

Ma mère avait quitté ce monde une heure après ma naissance. Rupture placentaire. Aucun symptôme. Sa grossesse s'était bien passée ; l'accouchement avait été normal. J'étais dans les bras de mon père, une étoile de mer poisseuse et braillarde, pendant que l'obstétricien se penchait sur ma mère et lui palpait l'abdomen. Puis un geyser de sang surgit d'entre les jambes de maman. Elle mourut en quelques minutes – choc hémorragique, groupe sanguin rare, pas assez de réserves pour une transfusion. Les premières photos de moi montrent mon père horrifié, Jane les yeux rouges et bouffis, et Tucker pâle comme de la cendre.

Darlene, que presque rien ne dégoûtait, m'avait raconté les détails du décès de maman plus d'une fois, toujours sur un ton très terre à terre. De temps en temps, je lui réclamais qu'elle me raconte une fois de plus – espérant peut-être que, cette fois, ma sœur m'en ferait un autre récit où je ne serais pas la cause, même accidentelle, de la mort de ma mère. Darlene semblait comprendre. Sa voix s'adoucissait un peu et elle terminait toujours en disant : "Rien de ce qui est arrivé n'est ta faute."

Je n'en savais pas beaucoup plus sur ma mère. Je pouvais obtenir les faits bruts concernant sa mort, mais le mélange délicat que constituait sa vie était plus difficile à définir. D'après les photos, c'était une femme aux courbes généreuses et aux pastels timides. Elle avait donné ses sourcils à Darlene, sa bouche à Tucker. Sa silhouette offrait une estimation raisonnable de ce à quoi la carrure robuste de Jane pourrait ressembler à l'âge adulte.

Je ne savais pas trop ce que maman avait pu me transmettre.

Je savais que c'était elle qui, dans la famille, avait commencé à adopter des animaux. Quand Darlene était petite, maman avait acheté un poulailler d'occasion et l'avait rempli de poules joyeuses au plumage cendré qui pondaient des œufs bruns et chauds tous les matins. Enceinte de Tucker, elle avait embauché un garçon du quartier pour monter une clôture autour de notre pré afin d'y accueillir une vache qu'elle avait repérée. D'une vache on passa à deux, puis quatre jusqu'à avoir un joli troupeau. Toutes les quelques années, un nouvel animal faisait son apparition dans le pré. Les enclos étaient organisés à la va-comme-je-te-pousse, selon une disposition hasardeuse, leurs clôtures dépareillées. C'était un chaos bon enfant. À la naissance de Jane, maman sauva un gros étalon gris d'un éleveur sur le point de l'envoyer à l'abattoir. Elle l'appela Mojo, alla le voir tous les jours et apprit à Darlene et Tucker à le brosser et à lui curer les sabots.

Il s'avéra que le cheval lui survécut. Mojo pleura à sa mort et ne se remit que le jour où papa acheta une jument pour lui tenir compagnie.

Darlene déposa Jane au terrain de foot et on la regarda se joindre au groupe de filles déjà en tenue. Ensuite, direction le drugstore. Puis la bibliothèque. Enfin, ma sœur se gara à sa place habituelle sur le parking du supermarché et resta assise là un moment, la tête penchée. Je ne la dérangeai pas. J'attendis qu'elle émette un soupir et descende de voiture. Alors je passai mon sac à dos sur mon épaule et la suivis.

Au cours des deux ans et demi qui venaient de s'écouler, Darlene avait grimpé les échelons. Elle avait récemment obtenu le statut d'assistante du gérant, ce qui lui avait valu une minuscule augmentation. Elle ne pouvait pas monter plus haut ; le gérant était le fils du propriétaire et avait un bureau doté d'une table et d'une fenêtre, même si en fait, c'était Darlene qui gérait plus ou moins le magasin. Elle connaissait les codes de caisse de tous les produits par cœur. Elle était capable d'effectuer n'importe quelle tâche, de laver par terre, d'étiqueter les articles en rayons ou de mettre les courses des clients dans des sacs. Ce jour-là, on lui avait demandé de passer quelques heures dans la réserve pour faire l'inventaire. Mon travail à moi était d'attendre et attendre encore. J'avais apporté une pile de livres de la bibliothèque dont les couvertures plastifiées craquaient. Je m'assis contre un mur et me mis à lire une histoire sur les dinosaures tout en écoutant le bruit de la caisse enregistreuse.

À la fin de sa journée, Darlene m'appela à une table au fond du magasin. Elle avait un accord avec son patron ; elle pouvait prendre tous les aliments ayant passé leur date de consommation. Ensemble, on examina les étiquettes des bouteilles de lait et des conserves, ainsi que tous les fruits et légumes trop abîmés pour les clients. Des œufs d'une boîte étaient cassés et avaient coulé. Il y avait des pommes piquées de vers et des patates en train de germer. Nous remplîmes plusieurs sacs. La majorité de mon régime alimentaire était constituée d'aliments que d'autres auraient jetés.

En regagnant la voiture, on fut interceptées par M. Carter, un vieil homme avec une canne et une crinière de cheveux blancs frisés qui semblaient animés d'une volonté propre et se tortillaient autour de son crâne comme les tentacules d'une anémone. Je savais tout sur lui, bien sûr. Mercy était une petite ville ; tout le monde savait tout sur tout le monde. M. Carter avait géré la pharmacie jusqu'à sa retraite, quelques années plus tôt.

“Mais c'est Darlene McCloud ! s'exclama-t-il. Mon Dieu, ce que tu as grandi.”

Ma sœur lui adressa un sourire sans chaleur et accepta une brève accolade, ses sacs de courses toujours dans les mains, sans doute pour ne pas avoir à le prendre dans ses bras. Darlene détestait qu'on la touche.

“Comment allez-vous, monsieur Carter ? demanda-t-elle en reculant rapidement.

— Je ne peux pas me plaindre. Et qui vois-je là ?” Il plissa les yeux dans ma direction, puis fit semblant de tomber à la renverse, une main sur le cœur dans une expression d’étonnement factice. “Ce ne peut pas être la petite Cora ! La dernière fois que je t’ai vue, tu n’étais pas plus haute qu’une cuisse de sauterelle !

— Ah oui, dis-je gênée.

— Le portrait de ta mère. Je me souviens très bien d’elle, tu sais. C’est si triste ! Tu as ses boucles de cheveux, pas vrai ?

— Oui, monsieur”, murmurai-je.

Il s’avança soudain vers Darlene et la toucha du bout de l’index. Il entrouvrit la bouche, révélant le palais de son dentier.

“Je ne te fais aucun reproche, dit-il. Je veux que tu le saches.

— Pardon ?

— Je sais ce que les gens racontent. Mais tu as fait ce que tu devais faire. Et à mon avis, tu peux garder la tête haute, tu ne vaux pas moins que les autres.”

Darlene me fit grimper dans le pick-up. Elle esquiva la seconde tentative de M. Carter de la serrer contre lui en faisant un pas de côté et en agitant la main.

“Vieux chameau”, dit-elle une fois sur la route.

J’appuyai le front contre la vitre et regardai défiler une rangée de maisons en stuc blanc, le paysage délavé par le soleil dans une palette d’ocres et de crème.

Dans la soirée, on s’étala sur le canapé comme une portée de chiots. Dehors, il n’y avait pas un souffle d’air.

Les nouvelles ne parlaient que de l'attentat à la bombe à l'usine Jolly Cosmetics, mais Darlene insista pour qu'on regarde autre chose. L'explosion n'avait rien à voir avec notre vie et elle ne voulait pas que nous fassions des cauchemars. On finit par choisir une émission de télé-réalité. Notre mini-lave-linge séchant – un cube couleur givre – était dans un coin du salon. Comme il était mal installé, à chaque pic de cycle, il vibrait si fort qu'il en étouffait le bruit de la télé et, parfois, parvenait même à faire trembler toute la caravane. Nous n'avions pas les moyens d'en acheter un nouveau, et Darlene vivait dans la peur du jour où il rendrait l'âme et nous obligerait à recourir à la laverie.

Jane alla se coucher. Darlene était profondément endormie, les mains entrelacées posées sur son ventre, sa respiration profonde et régulière. Elle avait retiré ses lunettes, ce qui la rajeunissait.

Je restai à ma place et repensai à M. Carter. *Je ne te fais aucun reproche*, avait-il dit. Je savais de quoi il parlait.

Dans la foulée de la tornade, les équipes de tournage et les journalistes avaient fondu sur Mercy comme un fléau de sauterelles, photographiant les maisons en ruine et interrogeant les réfugiés hagards. Dans l'ensemble, la ville réagit à cet assaut des médias par une politesse glaciale – une petite phrase ici, un portrait réticent là, rien de trop personnel. Les gens se serraient les coudes et s'occupaient les uns des autres.

Tous sauf Darlene. J'ignorais en partie comment les choses s'étaient passées – je n'avais que six ans et j'étais en état de choc – mais je savais que notre famille avait témoigné alors que personne d'autre ne voulait le faire.

Je me souvenais de m'être tenue devant une caméra. Vêtue de ma plus belle robe. Assise sur un canapé avec mes sœurs. Nous avions parlé chacune notre tour dans un micro. Tucker n'était pas là – je ne savais pas trop pourquoi à l'époque. Quelqu'un m'avait tendu une photo de mon père et m'avait dit de la brandir en regardant face caméra. Une inconnue bizarre à l'expression féroce m'avait maquillée pour la première fois de ma vie. Les lampes pour l'éclairage étaient brûlantes, mes mains tremblaient, et je fus contente que ça se termine.

Ce ne fut pas notre seule interview. On en fit un certain nombre. Je ne me rappelais pas l'ordre des choses, ce qui était sorti en premier, les articles de journaux, le spot télé ou notre photo en couverture d'un magazine. Nous avions marqué l'imagination du public : quatre orphelins, sans domicile ni ressources, parfaitement pathétiques. Les demandes pleuvaient et Darlene les acceptait toutes du moment qu'il y avait de l'argent à la clé.

Pendant un bref instant, la famille McCloud devint le visage de la tragédie. Je me souvenais d'avoir été assise sur les genoux de Darlene pendant qu'un cameraman me disait de ne pas sourire. Je me souvenais d'un gros titre en particulier : LA FAMILLE LA PLUS TRISTE DE MERCY. Ces mots surmontaient une photo de Darlene, Jane et moi, l'air aussi perdues et abandonnées que des chats errants.

Tout cela avait eu quelque chose de honteux. Après le départ des équipes de télévision et quand les journalistes eurent cessé d'appeler, il devint clair que les habitants de Mercy désapprouvaient. J'avais l'habitude de la façon dont ils me regardaient, même encore aujourd'hui. Une pitié écœurée. Un soupçon de dégoût. Ils me tapotaient la main. Ils entraient dans la boutique tout-à-un-dollar pour m'acheter des fournitures scolaires. Ils saluaient Darlene avec formalité, comme si elle était une étrangère. Nous avions traversé la tornade ensemble, mais ma famille était désormais à part. Darlene avait vendu notre histoire ; elle nous avait tous vendus. Le stigmate nous collait encore à la peau.

À l'époque, Tucker était en colère. Je me souvenais qu'il tournait les talons à l'approche des journalistes. Il ne posait pas pour les photos. Je regrette aujourd'hui de ne pas lui avoir demandé pourquoi – il y a tant de choses que je voudrais lui demander – mais bien sûr je n'avais pas pu. Il nous abandonna peu de temps après. À l'époque, j'aurais voulu lui demander comment ne plus être la famille la plus triste de Mercy. Ces mots s'avérèrent être aussi indélébiles qu'une marque au fer rouge.

4

Le lundi, je me rendis à l'école pour la dernière fois. Je ne le savais pas, bien sûr. Je ne savais pas que j'allais disparaître.

Ce fut une matinée désagréable. Le chien du voisin me réveilla avant l'aube. Beau était un gentil chien, jamais attaché, qui se promenait à travers le parc de caravanes comme bon lui semblait, dormait sous les voitures et réclamait des restes. Ça m'arrivait souvent de le nourrir discrètement. Je fus donc tirée du sommeil par un hurlement – Beau aboyait à un rythme irrégulier.

Je me redressai. Jane dormait encore à poings fermés ; rien n'aurait pu réveiller cette fille. Je repoussai le rideau, remarquant que le soleil n'était pas encore levé. Beau était une ombre découpée sur un paysage enfumé, les taches blanches sur son dos luisaient. Il aboyait au bord du ravin.

La voix de Darlene s'éleva de l'autre côté de la cloison. "Va te faire cuire le cul en enfer, sale clébard !"

Je me glissai hors du lit. Dans le salon, ma sœur titubait dans l'obscurité, enfilant un sweat-shirt et ses bottes de pluie, les seules chaussures à portée de main. Elle fonça vers la porte d'entrée, trop énervée pour me remarquer.

La sensation de l'herbe gorgée de rosée sur mes pieds nus me plaisait. Les premières cigales de l'été envahissaient l'air de leur chant. Je plissai les yeux vers le ciel, frappée par les gradations homogènes de bleu qui allaient d'une lueur électrique à l'est au noir épais à l'ouest. Quelques étoiles brillaient encore. Darlene était devant moi, marchant d'un pas rapide. Elle fondit sur Beau qui continuait de hurler, le corps raidi, la queue à demi dressée.

"On a compris ! hurla Darlene. Tu as entendu quelque chose dans le ravin. Il y a un animal au fond. Maintenant, la ferme ! Je te ramène chez toi."

Elle l'attrapa par le collier. Beau griffa la terre, essayant de trouver une prise. Je les observai tous les deux dans l'allée, leurs silhouettes tendues dans des directions opposées.

Je m'approchai du bord du ravin. La pente était abrupte, et les buissons ainsi que les ronces formaient une toile d'araignée de branches qui piégeaient l'ombre dans des poches de velours. Je n'étais pas un animal ; je n'entendais pas ce qu'entendait Beau, ne sentais pas ce qu'il sentait. J'aurais bien aimé savoir ce qui pouvait se cacher dans ce caniveau d'obscurité.

Pendant le petit déjeuner, je m'aperçus que je ne me sentais pas très bien. Darlene prenait sa douche. La télé était allumée. Un petit arc-en-ciel étincelait sur le mur. Jane avait accroché des cristaux à quelques-unes des fenêtres. Elle les trouvait jolis, mais ils me déconcertaient, projetant des éclats de lumière un peu partout dans la maison.

Dans un grognement, Jane se laissa glisser sur une chaise à côté de moi. Elle avait sorti son téléphone portable et l'expression de son visage suggérait qu'elle envoyait des textos à des garçons. Je l'observai, songeuse. Aucune des femmes de notre famille n'était belle. Nous avions toutes en commun ce physique efflanqué et angulaire – grand front, épaules larges, menton têtu – transmis par les gènes de notre mère à en croire les photos que j'avais vues d'elle. J'étais une petite fille maigre comme un clou, couverte des stigmates d'une enfance passée dans l'Oklahoma : tibias éraflés, morsures d'aoûtat et cicatrices récoltées en tombant des arbres. Je ne pouvais même pas prétendre à un style propre puisque tous mes habits avaient appartenu à quelqu'un d'autre avant moi. Jane avait des incisives proéminentes ainsi qu'un nez trop grand, mais possédait un charme sans rapport avec ses traits. Elle était sérieuse et calme, le regard à jamais perdu dans les nuages. Elle semblait toujours réfléchir à quelque chose de lointain. J'enviais sa capacité à fuir le présent, à toujours avoir la tête ailleurs.

Elle monta le son de la télé. Une présentatrice apparut, une femme aux cheveux blonds parfaitement coiffés, un trait de rouge sur les lèvres. Elle gesticulait en parlant, ses ongles éclatants. Un schéma surgit derrière elle. Le dessin d'une bombe artisanale. De ce que je comprenais, cela paraissait simple, mais sans grand rapport avec l'artisanat : une longueur de tuyau bourrée d'explosifs reliée à un détonateur.

Apparemment, la police avait effectué des tests. Le sang retrouvé sur la scène de crime était humain et non animal. Sans que personne ne s'en étonne, les chromosomes indiquaient que le suspect était de sexe masculin. C'était un groupe sanguin rare qui ne correspondait à aucun des employés de Jolly Cosmetics. Il appartenait donc forcément au responsable de l'attaque. La police avait du mal à établir la gravité de sa blessure – il pouvait être en fuite, avoir besoin d'aide. Un portrait-robot circulerait dans les plus brefs délais. Son ADN était en cours d'analyse.

Le poseur de bombe avait manifestement fabriqué son engin à partir d'articles accessibles au plus grand nombre. Il les avait assemblés – le morceau de tuyauterie, la poudre et le fil – pour les transmuer en objet maléfique. J'étais contente qu'au moins, aucun innocent n'ait été blessé. Aucun animal n'était mort dans l'explosion, même s'ils étaient désormais éparpillés dans la nature, incapables de prendre soin d'eux-mêmes. Sept beagles, treize lapins, trente-deux rats de laboratoire et un chimpanzé étaient les victimes d'une liberté qu'ils n'avaient pas recherchée. La population devait garder l'œil ouvert. Ces animaux ne pourraient pas survivre seuls.

Darlene me déposa à l'école avec quelques minutes de retard. Je gravis les marches d'un pas traînant et une fois passée la porte, je me retrouvai dans un couloir bondé de visages peu amènes. Les gamins se bousculaient pour entrer en classe. Une fille était immobile devant son casier comme si elle allait attraper quelque chose sur l'étagère supérieure, puis se ravisa. L'école primaire de Mercy dans son entier était de mauvaise humeur.

Je savais pourquoi. La tornade était souvent qualifiée d'"intervention divine" – alors que dans mon esprit, c'était le contraire. Ma famille n'était pas pratiquante, mais j'avais respiré assez du persistant remugle religieux qui embaumait l'air de l'Oklahoma – et était aussi omniprésent que la chaleur estivale – pour en saisir quelques bases. Je comprenais que Dieu représentait l'ordre, la sécurité et le dualisme sans équivoque du ciel et de l'enfer. Mais la tornade n'avait rien été de tout cela. Elle avait frappé sans prévenir, sans logique ni schéma préétabli. Une tornade ne frappait pas les méchants ni n'épargnait les vertueux. Une tornade n'était que du vent, de l'air, et elle emportait tout.

Encore aujourd'hui, le quartier où l'entonnoir nuageux avait touché terre était un monument aussi frappant qu'effrayant. La zone avait été déblayée : des bulldozers avaient emporté les tas de décombres et dégagé les routes. Puis un premier baril avait été trouvé. Noir de jais. Estampillé du logo de Jolly Cosmetics. Le métal crevé fuyait. Le sol était mouillé et dégageait une odeur nauséabonde de déchet toxique.

L'équipe de nettoyage cessa rapidement le travail. L'orage avait fait quelque chose de miraculeux et terrible : l'entonnoir avait évité Jolly Cosmetics pour dévaster le parking à l'est de l'usine où étaient entreposés des barils de produits chimiques dangereux, en attente d'être évacués et retraités. La tornade emporta une douzaine de barils de deux cent vingt-cinq kilos qui furent projetés comme des balles de fusil sur des kilomètres jusque dans notre ancien quartier. Ils s'écrasèrent dans les fossés. Répandirent leur contenu dans la rivière. Empoisonnèrent la nappe phréatique. Tuèrent les plantes. Polluèrent l'air d'émanations toxiques.

C'en était fini de cet endroit. Désormais, il n'y avait plus aucun danger à le traverser pour se rendre dans d'autres parties de la ville. Mais notre maison et la grange ne seraient jamais reconstruites. Les résidents avaient récupéré ce qu'ils avaient pu et avaient détalé. Quant à la municipalité, elle était empêtrée dans un bourbier de réglementations environnementales et d'absence de fonds ; la question faisait régulièrement l'objet de réunions à la mairie qui ne débouchaient jamais sur rien. Entre-temps, l'ancien quartier

– laissé à l'abandon parce qu'inhabitable – servait d'inconscient collectif aux habitants de Mercy. Nous savions tous qu'il était là, mais nous n'y passions pas à moins d'y être obligés. Nous le contournions autant que possible.

Je n'en voulais pas à Jolly Cosmetics d'avoir pollué notre ville avec leurs produits chimiques. Personne ne leur en voulait. L'entreprise avait entreposé ses déchets en respectant les normes à la lettre ; puis la tornade avait creusé son sillon et mis tout sens dessus dessous. La main de l'homme avait créé cette situation, mais pas intentionnellement. Il n'y avait ni faute ni culpabilité, uniquement de la malchance.

Sauf que cette fois, un imbécile avait posé une bombe. Un autre désastre tout à fait évitable. C'en était trop. C'en était trop pour tout le monde. Mon cerveau mit du temps à comprendre la notion de crime prémédité. Une tornade était une chose, mais la violence délibérée en était une autre. Quelqu'un avait choisi de prendre notre petite ville à bout de forces pour cible. Même avant la tornade, Mercy n'était pas riche. Trois ans plus tard, la communauté survivait tant bien que mal grâce aux bons alimentaires, aux allocations et à son courage. Il y a des limites à ce qu'une ville peut encaisser. Je me souvenais de Tucker me disant que Dame Fortune n'était qu'un poivrot teigneux qui ne savait pas quand arrêter de faire le mal autour de lui.

Les heures passant, plusieurs gamins craquèrent. Un garçon se mit à pleurer au milieu d'un cours sur la formation des nuages parce que son père travaillait à l'usine de cosmétiques et aurait pu être tué. Une série d'enfants défila à l'infirmerie avec des maux de ventre. Dans un murmure, les gens parlaient de chômage et de rappels de salaire. Jolly Cosmetics serait fermée un bon moment.

Cela n'était encore jamais arrivé. Au lendemain de la tornade, l'usine tournait à nouveau. Les vents violents l'avaient débarrassée de ses déchets sans la toucher ni occasionner le moindre dégât. Jolly Cosmetics n'avait échappé au capharnaüm que pour se faire attaquer trois ans plus tard par des mains humaines.

Au déjeuner, il y eut une bagarre à la cafétéria. Je grignotais les parties de mon sandwich qui n'étaient pas moisies quand une canette de soda vola au-dessus de ma tête. Les gamins bondirent de leur siège, une explosion de corps au ralenti. Au centre, deux garçons s'acharnaient l'un sur l'autre. Les dames de la cantine firent le tour du comptoir de service et les séparèrent.

Plus tard, j'entendis qu'une fille plus âgée – une grande du CM2 – avait été transportée à l'infirmerie par sa maîtresse et avait hurlé que Mercy était maudite. Mes camarades de classe faisaient des messes basses et n'arrêtaient pas de se passer des petits mots à ce sujet. Assise à mon bureau, je réfléchis. Cela paraissait logique, d'une certaine façon. Durant la dernière heure de cours, je me demandai quel genre de mauvais sort avait été jeté sur notre pauvre ville asséchée.

Le soleil filtra par les stores, ornant la classe de bandes dorées. La voix de la maîtresse ronronnait par-dessus le crissement des crayons et le tic-tac de l'horloge. Je n'écoutais pas. Je pensais de nouveau à Tucker. Impossible de m'en défaire, apparemment.

Je me souvenais de l'odeur de renfermé dans l'abri anti-tornade, du clapotis de la pluie. Je me souvenais de Tucker et Darlene qui s'y étaient mis à deux pour ouvrir la porte. Des meubles et des morceaux de maçonnerie entassés de l'autre côté, compliquant notre sortie. Je me souvenais de Jane qui me serrait la main pendant que l'on quittait ce qui avait été notre sous-sol et que nous regardions ce qui avait été notre maison. Je me souvenais d'avoir cligné des yeux, sous le choc, aveuglée par le ciel inhabituel.

Pendant un petit moment, les choses en restèrent là – nous quatre contre le monde. Ensemble, on vit une assistante sociale. On restait toujours à portée de vue les uns des autres, jamais trop loin, on se touchait souvent, Darlene passant le doigt sur l'étiquette à l'arrière de mon t-shirt, Tucker la tête posée sur son épaule. Quand l'un de nous avait besoin d'aller aux toilettes, nous y allions à quatre et Tucker tenait la porte. Tout nous paraissait loin – vague et légèrement irréel. Un voile était tombé autour de nous, brouillant et repoussant le reste du monde. Seuls mon frère et mes sœurs ne changeaient pas. J'avais parfois l'impression de sentir leur présence avec davantage que mes yeux – à croire que j'avais développé une vision infrarouge pareille à celle d'un serpent. Au milieu d'un paysage morne et lugubre, ils étaient les seuls à briller intensément.

On vécut comme des nomades pendant deux semaines. Nous allions d'un bâtiment à l'autre – la poste, la mairie, le salon d'un inconnu. Nous dormions par terre, entourés de gens qui avaient été nos voisins, frigorifiés, sans oreillers, emmitouflés dans des sacs de couchage qui n'étaient pas les nôtres. Nous manquions toujours de nourriture, si bien que nous survivions grâce aux snacks des distributeurs automatiques et aux jus de fruits en brique. Il n'y avait pas de douches. Le chaos ne me posait pas trop de problème – cela aurait pu ressembler à du camping en classe verte – mais l'attente m'en posait. J'avais un problème et j'étais impuissante. Mon problème, c'était que ma famille se comportait comme les survivants dans un film de zombies. Jane dormait constamment. Darlene avait l'air d'avoir reçu la baffe de sa vie.

Avec le recul, Tucker n'était pas mieux. Chez lui, le stress se manifestait autrement – c'était une boule de nerfs. Il faisait les cent pas. Me tourmentait jusqu'à ce que je lui coure après, et alors il s'élançait avec abandon. Il se faufilait dehors pour fumer des cigarettes, loin du regard réprobateur de Darlene. Il ne dormait pas. Je me souvenais de m'être réveillée une fois dans un grand espace inconnu où nous passions la nuit avec quelques autres réfugiés de la tornade. L'air était sombre, rempli d'exhalaisons chuchotées. Darlene était collée à moi, Jane de l'autre côté, la pièce éclairée par le rougeoiement d'un panneau de sortie. Je vis mon frère appuyé contre le mur. Il avait le dos droit, les mains passées dans les cheveux, son expression quelque part entre fascination et horreur. Il ne bougeait pas, figé dans la posture de celui qui reçoit une révélation.

Pourtant, il semblait aller bien la plupart du temps. C'était Tucker qui m'avait fait passer le seuil du N° 43 pour la première fois. C'était Tucker qui avait récupéré un matelas dans une allée et l'avait rapporté à la maison – ce même matelas sur lequel Jane et moi dormions. C'était Tucker qui avait baptisé notre nouveau four en y décongelant une pizza. C'était Tucker qui chantait pour m'endormir tous les soirs en s'accompagnant de mouvements de *air guitar*. C'était Tucker qui faisait des tours de magie pour m'amuser, prétendait plier les cuillers et découvrir des pièces derrière mes oreilles. C'était Tucker qui, la nuit, m'emmenait voir des chevaux qui ne nous appartenaient pas dans un champ loin de chez nous.

Je ne me souvenais pas bien de la soirée où il s'était enfui. Cela avait commencé par une dispute entre Darlene et lui. J'étais au lit, allongée à côté de Jane qui, bien sûr, avait dormi pendant tout ce temps. À travers la cloison, je reconnus le son d'une main qui frappait la table à plat. Je les entendis crier, mais je ne comprenais rien à ce qu'ils racontaient ; je ne comprenais pas pourquoi ils s'énervaient l'un contre l'autre, je ne saisissais que leur colère, des accusations mystérieuses, de longs mots, des changements de sujets abrupts et l'intensité de leurs voix qui se chevauchaient. Ils auraient aussi bien pu parler une langue étrangère. Je retins mon souffle dans le noir, tordant le drap entre mes mains. Je priai pour que Darlene se contrôle, que Tucker batte en retraite, pour que la dispute se tasse.

Au lieu de quoi, j'entendis une porte claquer. De l'autre côté de la cloison, Darlene émit un sanglot étouffé. Il y eut des bruits de pas sur le gravier dehors.

Et sans un mot de plus, Tucker disparut.

5

La chaleur cuisait l'air pour le rendre pâteux, et la rangée de caravanes projetait peu d'ombre. Deux urubus à tête rouge planaient dans les hauteurs bleues. J'avais hâte d'avoir le N° 43 pour moi toute seule pendant quelques heures. Jane avait un devoir de groupe à faire et son entraînement de foot ; Darlene et elle rentreraient tard. Des sauterelles aussi étincelantes que des bijoux vrombissaient autour de moi, leurs ailes scintillantes. Chaque jour, l'herbe était un peu plus haute et les insectes un peu plus gros.

Je m'arrêtai devant le N° 43. Quelque chose clochait. La porte était entrouverte et il y avait une tache sur le métal. Abasourdie, j'essayai de comprendre ce que je voyais. De la peinture, peut-être. Une trace cramoisie. En y regardant de plus près, je vis comme un bracelet glissant autour du bouton de porte.

Je restai plantée là un moment, les sangles de mon sac à dos me cisaillant les épaules. Le soleil était un feu d'artifice aveuglant. Mes projets de l'après-midi étaient très clairs dans ma tête : un goûter à base de beurre de cacahuète et de pickles, une heure ou deux de solitude et des dessins animés.

Par la porte entrebâillée, j'aperçus le lino familier, un bout de canapé. Je reculai, tentai de réfléchir. C'était le moment où j'étais censée faire quelque chose. J'avais neuf ans, j'étais une gamine débrouillarde qui avait la clé de chez elle autour du cou, pas froussarde. La plupart des après-midi, je prenais le bus pour rentrer toute seule à la maison. Je savais quoi faire si un inconnu frappait à la porte. Je savais quoi faire si les toilettes se bouchaient, s'il y avait une panne d'électricité. Je savais où se trouvait l'extincteur.

Mais je n'avais jamais envisagé ce cas de figure. Mon cerveau était en ébullition, ramolli et inutile. Un corbeau lança un cri éraillé. Je posai mon sac par terre et mis ma main en visière pour observer la rangée de caravanes quelconques. Pas une âme en vue.

Je m'approchai, reniflant le sang.

"Il y a quelqu'un ?" lançai-je.

Pas de réponse. Je poussai la porte en faisant attention de ne pas toucher la tache rouge. J'entendis quelque chose claquer à l'intérieur, puis un bruit d'éclaboussure me parvint. L'eau coulait dans la salle de bains, créant un vacarme dans les tuyaux. La chasse rugit comme un lion.

Il y avait du sang sur le lino – les empreintes d'une chaussure au dessin géométrique. Ces traces parcouraient la caravane. Un seul pied. Le sang était frais, encore assez humide pour être luisant. Le N° 43 formait un simple rectangle avec la cuisine à un bout et la chambre que je partageais avec Jane à l'autre. La salle de bains était au milieu, desservie par un minuscule couloir aussi étroit qu'un terrier. Le salon était plongé dans la pénombre, l'air alourdi de particules de poussière.

La porte de la salle de bains s'ouvrit à la volée. Un homme s'avança vers moi.

Il tenait une main en l'air avec maladresse. Ses doigts étaient pliés dans le mauvais sens, la paume réduite en bouillie. J'étais trop surprise pour émettre un son. Du sang lui coulait sur le poignet. Le tissu de sa chemise était parsemé de taches rouges irrégulières.

La jambe gauche de son pantalon était déchiquetée. En dessous, la chair elle aussi était déchiquetée. La blessure était si affreuse que le temps d'un instant, mon esprit se vida. Impossible d'intégrer ce que je voyais, et cette impression d'irréalité me faisait me sentir calme. Son mollet était entaillé comme si un ours lui avait donné un coup de griffe. La peau tombait en lambeaux – des coupures profondes, symétriques. Une flaque au sol. Une chaussette ensanglantée. Une chaussure rouge.

"Dieu merci, dit-il. Aide-moi, s'il te plaît."

Je hurlai. Le son sortit de moi comme la sirène d'une ambulance. Il semblait plus grand que moi, aigu et perçant.

"Partez d'ici, hurlai-je. C'est ma maison. Partez !

— On se calme.

— Tout est sali. Il y a du sang partout sur le sol de Darlene !"

Il recula, leva sa main intacte dans un geste d'apaisement. Je reculai aussi, doublant l'espace qui nous séparait. J'inhalai l'odeur piquante du désodorisant, les poings serrés le long de mon corps. Pour la première fois, je remarquai que l'homme avait une queue-de-cheval désordonnée et une barbe fournie et dorée.

"Je ne me rends pas compte de la gravité de mes blessures. Je suis peut-être en train de mourir."

Je le dévisageai.

“Je suis tellement content que ça soit toi. Je voulais que ça soit toi.”

Confuse, je l’étudiai une fois de plus des pieds à la tête. Il était grand, dégingandé, à l’ossature anguleuse. Il avait une main abîmée, peut-être de manière irrémédiable. Il n’avait pas le bon nombre de doigts et ceux qui restaient n’avaient pas la bonne longueur. Le petit doigt et l’annulaire étaient réduits à des moignons mouillés. Son jean trempé de boue et de sang n’était plus bleu. Il faisait porter le poids de son corps sur la jambe droite, son genou gauche plié, le pied frôlant à peine le sol. Sa chemise était encrée de rouge – marquée d’un gribouillis et de taches pareils à un alphabet extraterrestre – mais je ne repérais aucune blessure. Il était à la fois sombre et pâle, la mâchoire large et le nez droit. Enfin, je croisai son regard.

Il oscilla et tendit une main vers le mur pour ne pas perdre l’équilibre. Dans un cri de joie, je me précipitai vers mon frère.

6

Tucker me demanda de le nourrir alors je lui préparai un sandwich. Il me demanda de l'eau alors je lui donnai un verre qu'il but d'une traite frénétique, en s'en versant sur le menton. Je lui fis un autre sandwich. Je lui versai un autre verre d'eau. Il mangeait et buvait comme si la famine avait sévi depuis des semaines. Dans sa hâte, il mit du sang sur le pain, mais mangea quand même.

Il me dit de l'aider à se déshabiller. Il dégageait une odeur puissante – un mélange de boue, de sueur, de puanteur d'égouts, et une espèce d'aigreur tenace qui me rappelait les souris mortes que je retrouvais de temps à autre dans les pièges posés par Darlene dans la cuisine. Les vêtements de Tucker étaient raides de sang, ce qui posait problème. Le tissu refusait de se plier. Plusieurs boutons étaient collés. Ses blessures étaient trop graves pour être touchées et je n'arrivais pas à imaginer comment j'allais pouvoir faire passer la manche sur sa main mutilée ou lui enlever son pantalon sans effleurer sa peau abîmée. Je finis par prendre une paire de ciseaux et découper le tissu comme j'avais vu les médecins le faire à la télé. La nausée m'avait quittée et je ne tremblais plus. L'urgence de la situation me rendait pragmatique.

Tucker me dit de laver ses blessures. Il me dit qu'il faudrait être courageuse et continuer même s'il se mettait à hurler. Je le fis passer devant moi et le guidai jusqu'à la salle de bains ; le couloir était trop étroit pour que nous avancions tous les deux de front. La caravane n'avait qu'une douche, pas de baignoire. Avec mon aide, Tucker entra dedans en caleçon et s'y écroula. D'où j'étais, je voyais toute l'étendue de sa maigreur – ses côtes saillantes, les bosses de sa colonne vertébrale. Il posa la joue contre le mur et ferma les yeux.

Je savais soigner les coupures et les bleus, mais là, j'étais en terrain inconnu. Après un moment de réflexion, j'attrapai le savon hypoallergénique et sans parfum de Darlene. Peut-être qu'il conviendrait mieux aux blessures de mon frère que celui de Jane qui sentait les fleurs. J'en versai une noix dans ma paume, puis j'hésitai, rechignant à le toucher. Il donnait l'impression de s'être assoupi, tête appuyée contre le carrelage.

"Vas-y", dit-il sans ouvrir les yeux.

Quand j'ouvris le robinet, Tucker tressaillit et s'écarta du jet d'eau. Je me frottai les mains pour étaler le savon et me penchai en avant pour me préparer. La salle de bains était couleur écume de mer et les gouttelettes de sang ressortaient dessus comme si elles étaient fluorescentes. Délicatement, je saisis les doigts endommagés de Tucker. Son auriculaire gauche s'arrêtait désormais à la première phalange, son annulaire à la deuxième. Chaque moignon était noir. Il n'y avait pas tellement de sang, comme si la brûlure avait maintenu les fluides à l'intérieur.

Ses autres doigts étaient égratignés et décolorés, mais intacts. Je repoussai quelques lambeaux de chair pour nettoyer les crevasses en dessous. Tucker grogna. La peau de sa paume ne ressemblait plus à de la peau – elle était trop collante, trop à vif. Accroupie maladroitement à côté des toilettes, je retirai des cailloux des muscles à nu qui faisaient comme des rubans. Je passai du savon dans chaque orifice que je voyais. La mousse et le sang partaient dans le tuyau d'évacuation. La porte de la douche était ouverte, et l'eau coulait sur le sol de la salle de bains, les toilettes et moi.

Enfin, je me concentrai sur le mollet de Tucker. Après un examen détaillé, les estafilades sur sa jambe n'avaient pas l'air bien graves. Elles étaient longues, mais pas très profondes. Je lavai le tout du mieux possible, guidant l'eau sur un lit de muscles ondulés, le liquide troublé par la saleté et le savon. Tucker ne grimaça ni ne protesta une seule fois pendant que je terminai de le nettoyer. Son silence devenait même inquiétant.

"Lève-toi", dis-je.

Il ne bougea pas. Je lui tapotai l'épaule.

"Lève-*toi*."

Il remua et cligna des yeux dans ma direction.

Lentement, très lentement, je le raccompagnai dans le salon. Il s'appuyait tellement sur moi que je crus m'effondrer sous son poids. Tandis que je l'allongeais sur le canapé, il sembla perdre connaissance par intermittence. Il restait tranquille un moment, avec la respiration lente et profonde d'une personne endormie, les muscles détendus comme s'il était soudain loin de moi. Puis il tressautait et grimaçait. Il ouvrait les yeux et me donnait des ordres. Je pris de la gaze et du sparadrap dans un kit de secours. J'appliquai des quantités de désinfectant – périmé depuis quelques années – sur les entailles. Je le pansai comme je pouvais. À la fin, il ressemblait à une momie, sa main et son mollet enveloppés dans des manchons de blanc.

Alors que Tucker était allongé les yeux fermés, je m'aperçus qu'il était encore à moitié nu, ne portant que son caleçon. J'étais confrontée à son indiscutable masculinité – les hanches étroites, la poitrine plate, ses tétons incrustés dans une touffe de poils comme des fraises dans un jardin, ses jambes sans une once de graisse, un homme fait de lignes et de coins. Son caleçon blanc trempé me permettait de voir le petit tapis de poils pubiens à travers le tissu. Je devinais la forme de ses parties génitales, un serpent mou et enroulé sur lui-même. J'avais vécu dans un paysage de femmes la majeure partie de ma vie. J'avais vu Darlene et Jane en petite tenue et plus, mais Tucker était un tout autre animal. Sa masculinité était étonnante.

"Est-ce que Darlene a des médicaments ?

— Quoi ? dis-je, soudain rappelée à l'instant présent.

— Du genre sur ordonnance.

— Je ne crois pas. Juste des trucs pour les maux de tête et les règles."

Il haussa les épaules. "Donne-moi ce que vous avez."

Je trouvai divers flacons d'analgésiques dans l'armoire à pharmacie. Normalement, je n'étais pas censée les toucher. Tucker en fit tomber quelques-uns de chaque dans sa paume, sans se donner la peine de les compter.

"J'ai froid", dit-il.

Sous mes yeux, sa peau se recouvrit de chair de poule. Je me dépêchai d'aller dans le placard fouiller parmi les affaires de Darlene. Je trouvai un vieux pantalon de jogging, un t-shirt délavé et détendu ainsi que des chaussettes en laine. Je ne savais pas trop quoi faire pour les chaussures – celles de Tucker étaient trop couvertes de sang pour être gardées et il avait de trop grands pieds pour les baskets de Darlene.

De retour dans le salon, j'aidai mon frère à s'habiller. Il tremblait tant que je devais agir avec fermeté, guider ses gestes comme un parent avec un nouveau-né. Le sang avait déjà commencé à imbiber la gaze autour de sa main.

"Je suis vraiment ici, pas vrai ? demanda-t-il.

— Oui."

Quand il fut habillé, je m'assis à côté de lui sur le canapé sans le toucher. Pour la première fois, je pouvais sentir Tucker – pas ses blessures, pas sa saleté, pas son sang. Il dégageait une forte âcreté adolescente qui n'appartenait qu'à lui.

"Est-ce que ça a marché ?" demanda-t-il.

Je ne savais pas de quoi il parlait, mais j'avais l'impression qu'il valait mieux l'apaiser.

"Oui.

— Ça s'est bien passé ? Je croyais avoir tout prévu.

— C'était parfait."

Je regardai autour de la caravane. Les vêtements de Tucker étaient entassés le long du mur, tachés et déchiquetés. Son pied ensanglanté avait laissé une trace par terre. La salle de bains était pleine d'éclaboussures écarlates. Même la porte d'entrée portait des traînées rouges.

"Quelle heure il est ?" demanda Tucker.

Je regardai l'horloge du micro-ondes.

"Sept heures", dis-je, surprise. Il ne s'était écoulé que quelques heures. Cela m'avait paru beaucoup plus long. Par la fenêtre, le ciel était brumeux et le soleil suspendu au-dessus de l'horizon remplissait la caravane d'une lumière épaisse venue d'un autre monde.

"Le temps n'arrête pas de *passer*, dit Tucker, frustré. Écoute, il faut que tu fasses le ménage, maintenant. Tu nettoies bien tout, d'accord ? Efface-moi tout ce bordel. Débrouille-toi pour que ça soit comme avant."

Je ne m'attendais pas à ça. J'avais imaginé des compliments pour mon attitude héroïque et non une nouvelle liste de corvées, mais je n'avais jamais désobéi à mon frère. Pendant qu'il se reposait, je récurai la salle de bains et fourrai les serviettes dans la machine à laver en faisant attention de choisir le programme "eau froide" qui rincerait le sang, plutôt qu'un autre avec de l'eau chaude qui le ferait s'incruster. Je lavai le sol. Alors que je frottais la porte d'entrée, détergent dans une main, essuie-tout dans l'autre, j'avais la sensation d'être prise entre deux mondes. Derrière moi, le soleil se couchait, le ciel plat du Sud-Ouest moucheté de nuages ovales. À l'intérieur de la caravane, mon frère absent/présent était allongé sur le canapé. À chaque battement de paupières, je m'étonnais de le trouver là – en chair et en os, à la fois mystérieux et concret, inconnu et familier.

"Jette mes vêtements, dit-il.

— D'accord."

Il se redressa sur un coude, grimaçant de douleur.

"Il faut les détruire. Peut-être les enterrer ou… Est-ce que tu peux les brûler ? Ce serait le mieux."

Je n'étais pas censée jouer avec des allumettes, mais il m'arrivait quand même de le faire. Je savais les gratter, savais combien de temps je pouvais garder le doigt au-dessus de la flamme avant que ça me fasse mal. Les voisins avaient une poubelle en métal à l'arrière de leur caravane. Une fois, M. Avila m'avait dit qu'il brûlait ses vieux papiers parce que "le jour où le gouvernement viendra toquer à ma porte, ça sera plus efficace qu'une déchiqueteuse". Sa femme et lui n'étaient pas particulièrement sympathiques, mais j'avais l'habitude de leurs manières irascibles et n'avais pas peur d'entrer chez eux en cas d'urgence.

Je rassemblai les vêtements de Tucker – ce qu'il en restait – et me glissai à nouveau dehors. Le soir était tombé, l'air embaumait, les ombres s'allongeaient. Le vent portait le bourdonnement des cigales. Il n'y avait personne en vue. Les Avila travailleraient jusque tard ; elle était serveuse, lui barman, toujours de nuit, furieux quand Jane les réveillait les matins de week-end en envoyant son ballon de foot contre notre mur. J'enfournai les vêtements de Tucker dans la poubelle et sortais le bidon de kérosène que M. Avila gardait dans une cachette. Je craquai une allumette et les preuves partirent dans une explosion de chaleur et de lumière.

Je restai un moment dans le crépuscule, entre chien et loup, savourant le vrombissement des insectes, la faible lueur des étoiles. Le vent était frais. L'été arrivait et en Oklahoma, on ne plaisantait pas avec ça, mais pour l'instant la brise soulevait le fouillis de boucles sur mes épaules.

J'attendais Darlene. Je l'attendais depuis l'apparition de Tucker. Une partie de mon esprit avait guetté le crépitement des pneus sur le gravier, le claquement d'une portière. Elle reviendrait avec Jane, mais là tout de suite, Jane ne comptait pas. Darlene saurait quoi faire. Quand elle serait là, je n'aurais plus à porter le fardeau des horribles blessures de Tucker. Je serais enfin libre de célébrer son retour parmi nous.

Alors que je regagnais la caravane, mon frère se leva en boitant vers moi. Il avait une drôle d'allure dans cet accoutrement trop petit, ses chevilles et une partie du ventre à l'air, à croire qu'on lui avait étiré le corps comme un pantin en caoutchouc.

“Qu'est-ce que tu fais ? Ne te lève pas.

— Il le faut.

— Darlene sera bientôt là. Elle prendra soin de toi.

— Non, dit-il brutalement. Pas Darlene. Toi et personne d'autre.”

Il atteignit la porte d'entrée et s'affaissa contre le chambranle, sa respiration forte. Il était imposant à côté de moi, le visage déformé par la douleur.

“Aide-moi à descendre dans le ravin. Je pourrai y dormir un moment.

— Dans le *ravin* ?

— J'y ai passé les deux dernières nuits. C'est bon, Cora. Allez.”

J'écartai les bras instinctivement pour lui barrer la sortie. Pour la première fois, je sentis monter la panique en moi.

“Je ne comprends pas ce qui se passe. Tu viens juste de rentrer. Tu m'as tellement manqué. Il faut que Darlene te voie. Elle s'occupera de tout, je te le promets. Tu es gravement blessé, Tucker. Tu ne peux pas partir. Tu ne peux pas nous abandonner encore une fois.”

Mon frère me prit par le menton. Le sentir me toucher envoya des ondes familières assez puissantes à travers mon corps pour que j'en frissonne. C'était un geste qu'il faisait tout le temps, rassurant et doux. Ce souvenir était enfoui dans mon inconscient. Il le faisait depuis que j'étais petite.

"Je ne veux que toi, dit-il. Pas les autres.

— Mais...

— Je ne vais pas loin. Tu sauras où je suis.

— Je ne sais pas, dis-je pleine de doutes.

— On trouvera un plan. Juste toi et moi." Il sourit. "Dis-le.

— Toi et moi, répétai-je.

— T'es la meilleure. Maintenant, aide-moi à sortir."

Je me blottis près de lui, son bras blessé pressé contre mon épaule. On trébucha jusque dans la soupe nocturne. Le soleil s'était couché, les nuages hauts avaient pris des teintes d'aquarelle. Nous fonctionnions comme les deux moitiés d'une seule entité, bien que disgracieuse et de guingois. Mon frère grogna et jura, son cœur battant dans mon oreille. Le ravin ressemblait à un mauvais présage, à cette heure-ci, une absence, un trou dans le monde. Tucker et moi avancions à une vitesse d'escargot. Je sentais sa cage thoracique se gonfler et se rétracter contre ma joue. Dans le crépuscule, les Shady Acres portaient bien leur nom, un patchwork de soie et d'ardoise.

Tucker s'assit au bord du ravin. Cela ressembla davantage à un effondrement, ses jambes plièrent d'un coup et il laissa échapper un halètement. La petite marche depuis la caravane lui avait beaucoup coûté. Je me postai à côté de lui, me tordant les mains d'angoisse.

"Je veux que tu sèches l'école demain et que tu restes à la maison, dit Tucker. Tu peux faire ça ?

— Je crois.

— Dis à Darlene que tu es malade. Elle te laissera toute seule ici, non ?

— Ouais.

— Parfait. On aura toute la journée ensemble. On pourra réfléchir à tout ça à ce moment-là."

Son visage était plein d'affection. Ses yeux étaient du même marron que les miens.

"C'est toi ma préférée", dit-il.

Je ne voulais pas qu'il s'en aille. Alors qu'il commençait sa descente dans le ravin sur les fesses, contrôlant sa vitesse avec sa main valide, sa queue-de-cheval se balançant dans son cou, ses pieds dérapant, je sentis un cri me monter dans la gorge. Tucker ne m'entendit pas. Il plongea dans la piscine d'ombres et se fondit dedans.

7

Mes sœurs arrivèrent à la maison quelques minutes plus tard. J'étais assise à table quand j'entendis les roues du pick-up dans l'allée. Je courus dehors et me jetai sur Darlene, le visage contre son ventre, les bras autour de ses hanches. Elle émit un gloussement sec.

"Ben alors ? Tu me fais jamais de câlins.

— Je t'aime."

Elle m'ébouriffa les cheveux. "Je t'aime aussi, sauvageonne."

Je m'écartai et levai les yeux vers elle. Je devinai aussitôt qu'elle souffrait d'une de ses migraines. Je reconnaissais les signes – une pâleur qui n'avait rien de naturelle, une tension au niveau du regard, les épaules voûtées. Mon cœur sombra. J'aurais peut-être dû m'en douter. Darlene avait ses règles, ce qui lui occasionnait souvent une migraine. Jane et elle étaient synchrones ; une semaine par mois, tout était plus compliqué. Les sautes d'humeur de mes sœurs s'entrechoquaient comme les vents tournants et l'électricité statique d'un orage. Cela pouvait aller des querelles aux crises de larmes en voyant des chiots à la télé. C'était vers ça que je me dirigeais. Dans quelques années, je rejoindrais l'assemblée des sorcières.

Jane se précipitait déjà dans la maison. Darlene suivit mollement. Elle enleva ses chaussures et posa son sac sur la table.

"Vous pouvez vous faire à manger, pas vrai ? demanda-t-elle.

— Ça compte, le pop-corn ? demandai-je.

— Ce soir ? Bien sûr."

Elle enleva ses collants et tira sur sa jupe, oubliant sa pudeur habituelle, trop fatiguée pour s'embêter avec un peignoir. Elle secoua la tête après avoir défait sa queue-de-cheval. Sa crinière noire faisait une vague là où l'élastique s'était trouvé. Jane se laissa tomber sur le canapé, toujours harnachée de ses protections de tibias puantes. Je flottais au milieu de la pièce comme si des ailes battaient dans ma poitrine.

Darlene retira ses lunettes et se massa les tempes. "Je vais dormir un petit moment dans votre lit, déclara-t-elle. Réveillez-moi quand vous voudrez vous coucher.

— D'accord", dit Jane, les yeux rivés sur son téléphone.

Je regardai Darlene disparaître dans la chambre. Elle éteignit la lumière et ferma la porte.

Déjà à ce moment-là, je compris plus ou moins que mon destin venait d'être scellé. Si Darlene avait été dans son état normal – vigilante et méfiante – elle aurait remarqué que quelque chose n'allait pas. Elle m'aurait prêté attention, son regard aussi brillant et implacable qu'une ampoule nue dans la salle d'interrogatoire de la police. Elle m'aurait tiré les vers du nez – au sujet de Tucker, de tout. Elle aurait stoppé ce que je devinais déjà qu'il allait arriver.

Au lieu de quoi je passai la soirée sur le canapé avec Jane à partager un saladier rempli de pop-corn. Alors que je prenais un soda, enfilais mon pyjama avec des fusées et m'appuyais contre l'épaule de ma sœur, je me sentais aussi fébrile qu'un faon dans la forêt. J'avais un secret. Jusque-là, je n'avais jamais eu de secret. Je l'avais sur le bout de la langue, il prenait toute la place dans mon cerveau, au creux de mes deux mains vides. Ma voix sonnait bizarrement à mes propres oreilles. De l'autre côté de la fenêtre, mon feu brûlait toujours dans la poubelle des Avila, une fumée pâle qui montait lentement vers le ciel.

Je jetai un coup d'œil à la caravane. Il n'y avait pas de photos de Tucker, ici. Tous les clichés de lui étaient cachés. Je voyais les cadres avec papa et maman sur le comptoir de la cuisine, souriant dans leurs habits de mariage. Mes sœurs et moi étions sur le frigo – souriant dans des photos de classe ou posant maladroitement enlacées – mais Tucker était totalement absent. Si vous entriez au N° 43 sans rien savoir de nous, vous ne pourriez jamais deviner que nous avions eu un frère.

Jane changea de chaîne et s'arrêta sur une série policière. À chaque fusillade, elle levait les yeux du petit écran entre ses mains pour regarder le grand écran à l'autre bout de la pièce. Elle annonça que la série était trop violente pour moi, mais n'éteignit pas la télé. Au loin, les cigales se mirent à chanter avec une intensité renouvelée, un crissement rythmé qui mettait les nerfs à vif. La lune s'enroula autour des rideaux. Quelque part, un coyote hurla, un cri guttural, plaintif mais sans réponse.

Avec l'avancée de la nuit, je me retrouvai transportée dans le passé. Ces quelques heures en compagnie de Tucker avaient fait remonter des choses à la surface. Ces souvenirs étaient si puissants qu'ils prenaient la place de ce que j'avais sous les yeux, repoussant Jane et son téléphone portable à la périphérie. Je me souvenais d'avoir dansé avec Tucker, perchée sur ses pieds pendant qu'il pivotait et tournoyait, la musique forte. Cela remontait à trois ans – la période post-tornade, pré-abandon. J'étais alors assez petite pour que ma tête n'atteigne pas sa taille. Ses mains me guidaient irrésistiblement et avec autant de confiance qu'un marionnettiste.

Je me souvenais d'avoir patienté avec Tucker dans un hall d'entrée. Darlene finissait une interview. Il me racontait une histoire où lui et moi partions rejoindre un royaume enchanté. Même s'il était évident qu'il inventait tout au fur et à mesure – il faisait des pauses de temps en temps pour chercher l'inspiration et se corriger : "Non, en fait on n'est pas partis par là…" –, il parlait avec une telle assurance que je me souvenais encore de son histoire des années plus tard. Piégés entre le grésillement des néons et le goût rassis de l'air qui ne circule jamais, Tucker et moi avions pris la tangente – gravi une montagne, passé une rivière à gué, charmé un dragon, dressé la carte d'une forêt profonde et connu une fin heureuse en ne comptant que sur nous-mêmes et notre intelligence. J'étais alors assez jeune pour pénétrer dans un jeu de faux-semblants et fermer la porte derrière moi. Tucker me transportait ailleurs, dans un endroit meilleur.

Peut-être étais-je encore assez jeune. Peut-être étais-je transportée à cet instant.

Le journal télévisé commença. Une journaliste se tenait devant la vue familière de l'usine de cosmétiques. Sa peau était comme l'ambre, elle arborait une tresse faite d'autres petites tresses.

"L'information vient de tomber", déclara-t-elle.

Jane posa son téléphone, regarda la télévision avec curiosité. La journaliste toucha son oreille, puis acquiesça et s'adressa à la caméra. Son accent traînant suggérait qu'elle venait d'une région plus au sud que Mercy. De Louisiane, peut-être.

"La police a renforcé le dispositif de caméras de surveillance, annonça-t-elle. Un portrait-robot du suspect est désormais disponible et diffusé auprès du public. Il est demandé à la population de rester vigilante. Cet homme est peut-être armé et doit être considéré comme extrêmement dangereux. Si vous le voyez, ne lui parlez pas. Appelez le numéro affiché à l'écran et attendez l'arrivée des forces de l'ordre."

Un dessin apparut à l'écran. Avant même que je réalise ce que je voyais, un frisson de peur me parcourut. J'ai peut-être même poussé un gémissement, mais Jane ne remarqua rien. Elle fronçait les sourcils en direction de la télévision, enroulant une mèche de cheveux autour d'un doigt.

L'image était celle de Tucker. C'était forcément lui. Son front proéminent. La mâchoire large et ses fossettes. Sa queue-de-cheval aux boucles souples. Le dessin, très bien rendu, avait été fait au crayon et à l'encre, et représentait le visage de mon frère, de trois quarts, menton en avant et déterminé, son expression méfiante.

Si j'avais eu quelques années de plus, j'aurais compris la situation bien plus tôt. Mais je n'avais que neuf ans. Je ne m'étais pas encore demandé pourquoi Tucker était amoché à ce point et comment c'était arrivé. Comme une enfant, j'étais encore aux prises avec la révélation essentielle de son retour à la maison. Je n'avais pas du tout fait le lien entre les derniers événements et Tucker, entre un homme blessé en cavale et mon frère blessé, entre le sang trouvé à l'usine Jolly Cosmetics et le sang dans notre salle de bains.

Je haletais. Il me paraissait évident que le dessin montrait Tucker, mais je ne savais pas trop si la ressemblance m'aurait sauté aux yeux si je ne l'avais pas vu quelques heures plus tôt. Certains détails n'allaient pas. Sur le dessin, le cou de l'homme était mince, alors que celui de Tucker était fort. Les yeux de l'homme étaient plissés et agressifs, alors que ceux de Tucker étaient grands ouverts et attentifs. Les sourcils de l'homme étaient inclinés, alors que ceux de Tucker étaient droits. Mais dans l'ensemble, l'artiste l'avait bien saisi.

J'avais l'impression qu'une courroie se resserrait autour de ma poitrine. Jane me regarda avec consternation quand un sifflement s'échappa de moi.

"Bon sang ! dit-elle. Mais qu'est-ce qui te prend ?"

Je ne flanchai pas. Je ne pleurai pas. Je ne lui dis rien. J'attendis que l'agitation me traverse comme un tremblement de terre, l'onde de choc dansant à travers mon petit corps. Jane éteignit la télé. Il n'y avait pas d'autre lumière dans la pièce. Les ombres formaient une flaque autour de nous. La lune était cachée, les cigales enfin silencieuses pour la nuit. Nous avions tenu plus longtemps qu'elles.

"Assez de télé pour toi, jeune fille", dit Jane.

D'un accord tacite, on décida de ne pas réveiller Darlene en la faisant sortir de notre lit. Jane se faufila sous les couvertures, et je m'enroulai contre elle. Darlene roula plus près du mur pour nous faire de la place. Cette nuit-là – la dernière passée à la maison – mes sœurs et moi avons dormi collées les unes aux autres, sans le moindre espace entre nous.

8

Quand j'atteignis le bord du ravin, j'entendis un bruissement venant du fond. Mon frère émergea d'un buisson en me souriant, des brindilles dans les cheveux.

Tucker n'était pas mort. C'était ma crainte – des blessures graves, aucune supervision médicale, une nuit passée dans un fossé. J'avais imaginé des insectes lui grimpant dessus, faisant leur nid dans sa chevelure.

"T'en as mis, du temps", dit-il.

Il remonta vers moi en grimaçant, mais rapidement, et je reconnus un peu de ses talents athlétiques d'autrefois dans ses mouvements. Il était couvert de griffures dues aux épines des ronces et des plantes rampantes qui envahissaient le ravin et ses vêtements étaient comme stuqués d'orties. Le soleil caché derrière une fine pellicule de nuages émergeait tout juste au-dessus de l'horizon. Les cigales venaient de se réveiller, stridulant ici et là. Leur chant discordant n'avait pas encore atteint son plein volume.

"Où est mon petit déjeuner ?" demanda Tucker.

Dans la caravane, il mangea une boîte entière de gaufres surgelées. Il termina le sirop d'érable et le beurre. Il avala aussi une douzaine d'œufs brouillés. Il se plaignit qu'il n'y ait pas de bacon. Il voulut que je fasse la vaisselle, puis changea d'avis et me dit de ne pas m'embêter avec ça. Il alluma la télé, l'éteignit et brancha la radio. Il tomba sur de la country, tourna le bouton à fond sur la droite et chanta par-dessus une voix aussi douce et peu raffinée que du sucre roux. Il mima un pas de deux de son bon pied. Il n'avait pas encore toute sa force ; un élancement passa sur son visage. Mais il allait assez bien pour prendre une douche sans moi, poussant des jurons sous le sifflement de l'eau. Il allait assez bien pour refaire lui-même ses pansements, même si je l'aidai à fixer celui de sa main. Il allait assez bien pour fouiller dans le placard de Darlene et trouver des vêtements qui lui convenaient mieux, une serviette autour de sa taille, ses longs cheveux tombant dans son dos nu. C'était un délice de le regarder, et un peu douloureux, comme de se goinfrer de gâteau d'anniversaire. Il finit par dénicher une chemise fantaisie achetée à la kermesse qui soit assez grande pour lui. Il se dégota également une paire de tongs en plastique plus ou moins à sa pointure.

Enfin, il s'assit avec moi sur le canapé, se laissant lourdement tomber avec une grimace. Il gardait sa main blessée repliée sur ses genoux, la gaze pointillée de sang.

"Je t'ai vu au journal télévisé", dis-je.

Les mots étaient sortis à toute vitesse. Je m'aperçus que je n'arrivais pas à le regarder en face.

"Ah oui ?

— C'est toi qui as fait exploser l'usine de cosmétiques."

J'ignorais comment il réagirait. Une partie de moi espérait qu'il nierait tout.

Au lieu de quoi, il se mit à rire. De sa main valide, il serra les doigts de la mienne.

“Génial ! J’étais aux *informations*. La vache, j’aurais adoré voir ça. Dire que j’ai passé mon quart d’heure de gloire dans un fossé.

— Je ne comprends pas…” Je ne trouvais pas les bons mots. Peut-être n’y avait-il pas de bons mots pour cette situation.

“Tu peux tout me demander. Pas de secrets entre nous.

— Est-ce que tu as vraiment fabriqué une bombe artisanale ?

— Oui. En fait, j’en ai fabriqué trois.”

J’avais les yeux rivés sur nos doigts enlacés. Sa poigne exerçait une pression de plus en plus forte, m’écrasait comme une fleur dans une presse.

“J’ai découpé un tuyau. Puis je suis allé sur un stand de tir et j’ai ramassé la poudre tombée par terre. C’est la meilleure méthode. Du coup, tu n’utilises pas de marque particulière. Ça ne laisse pas de traces.”

Je parvins enfin à le regarder. Il n’y avait ni honte ni regret dans son expression.

“Est-ce que tu as ressenti l’explosion ?

— Oui. Le sol a tremblé.

— Je croyais bien avoir réglé le minuteur du détonateur. Trois déflagrations simultanées.” Il me lâcha, passant les doigts sur ses bandages. “L’une d’elles est partie plus tôt. C’est comme ça que je me suis blessé. Je saurai pour la prochaine fois.

— La prochaine fois ?

— Bien sûr. Mon travail n’est pas terminé. Loin de là.”

La lumière changea dans la pièce. Les nuages filaient dans le ciel, créant une alternance d’ombre et de lumière. Le soleil faisait ressortir des rubans brillants dans les cheveux de Tucker. Le temps d'une seconde, j'eus l'impression bizarre d'être devant un miroir. Sous cet angle, avec cette lueur sur la joue, la ressemblance entre nous était frappante.

"Trois ans après la tornade, dit-il. Trois ans jour pour jour. C'était parfait, tu crois pas ?"

Je ne répondis pas. Des émotions irréconciliables s'entrechoquaient en moi, un carambolage d'horreur, d'amour à mort et de colère sourde.

"Mais la bombe n'était pas le plus important, Cora. J'ai libéré tous les animaux. Tous les lapins et les chiens. Tu en as entendu parler, de ça, non ? C'était aussi aux informations ?

— Oui.

— C'est bien. Je me suis renseigné sur Jolly Cosmetics après l'affaire des déchets toxiques qui ont pollué notre quartier. Cet endroit est diabolique. Tellement de rats. Tu aurais dû voir dans quel état ils étaient. Quelques-uns avaient été éborgnés intentionnellement. À d'autres on avait rasé la fourrure, et la peau à nue était couverte de furoncles et de plaques d'urticaire. Les scientifiques utilisaient aussi des beagles pour leurs expériences. Tu sais pourquoi ?" Il n'attendit pas ma réponse. "Ces chiens ont un tempérament si doux que tu peux leur faire à peu près n'importe quoi, jamais ils ne t'attaqueront. Tu leur injectes des tonnes de poison ou les amputes d'un membre, jamais ils ne deviendront agressifs, même au moment de mourir. Ils continueront de remuer la queue en te voyant arriver. Ça facilite les recherches, tu comprends."

Il s'exprimait avec dureté. Il porta son regard noir à mi-distance, comme s'il voyait quelque chose qui m'était invisible. La lumière se déplaça de nouveau, passa en travers de son visage, illuminant sa joue. À présent, il ressemblait à Darlene.

"Ça, je l'ai appris il y a un bout de temps. Jolly Cosmetics avait une aile entière remplie de chiens de chasse. Ça m'a hanté.

— Oh.

— Il y avait un chimpanzé, aussi. Tu imagines ? Je l'ai découvert sur place. Ces animaux sont des êtres sensibles. Personne n'était là pour l'aider, ce singe."

Tucker parcourut la pièce du regard comme s'il avait oublié où il était. Il roula les épaules en arrière pour tenter de détendre ses muscles noués.

"Un jour, je t'expliquerai tout.

— D'accord.

— Est-ce que tu as une valise ?

— Quoi ? dis-je, décontenancée par le changement de sujet.

— Un sac de couchage ou quelque chose. Pour emporter tes affaires."

Je fronçai des sourcils et tentai de mettre mes idées en ordre. Impossible.

"Je ne comprends pas.

— Ah", dit-il dans un lent soupir.

Dehors, le soleil s'éclipsa, laissant la place à un voile froid et assoupi. Tucker se passa les doigts dans les cheveux dont les bouclettes désordonnées étaient en train de sécher.

"Je ne t'ai pas parlé du plan, si ?

— Non.

— Ça te fait quel âge ?

— Neuf. Et toi ?

— Vingt."

D'un geste fluide, il s'attacha les cheveux en chignon à l'arrière du crâne. Je m'attendais à ce qu'il utilise un élastique, mais non. Sa crinière acajou était assez épaisse et bouclée pour tenir toute seule, comme du velcro.

"On a un lien particulier, tous les deux, pas vrai ? On a toujours eu ça."

J'acquiesçai.

"Tu te souviens de la nuit où on est partis en douce pour aller voir les chevaux ?

— J'y pense tout le temps, dis-je timidement.

— Moi aussi. Tu te souviens que les chevaux sont venus droit vers nous comme s'ils nous connaissaient ? Tu te souviens que je t'ai portée jusqu'à la maison après ?

— Je me souviens."

Il me regardait avec insistance, un sourire flottant sur son visage. Une boucle brune se détacha du chignon et s'enroula sur sa joue.

"Je veux que tu viennes avec moi.

— Où ça ?

— Partout."

Il tendit la main vers le mur dans un geste expansif. Puis il rit, un son vif et impertinent. À cet instant, j'eus une impression folle de mouvement, comme si j'étais emportée par une autre tornade, un courant d'air trop puissant et irrésistible.

"J'ai des tas de projets, dit-il. Le premier pas est franchi. J'ai libéré les animaux et j'ai fait sauter l'usine. On se souviendra de cette journée.

— Oui.

— J'ai enfreint toutes sortes de lois. Tu l'as compris, non ?

— Oui, bien sûr, dis-je avec ferveur.

— Il est donc temps de prendre la fuite." Son sourire s'élargit. "Les flics vont partir à ma recherche."

Il me regardait sans cligner des yeux, un regard aussi chaud et attirant qu'un étang en plein été. En écho et sans le faire exprès, je me sentis sourire.

"Tu me fais confiance, pas vrai ?

— Oui.

— C'est maintenant qu'a lieu le tour de magie, Cora. On oublie cet endroit."

Il écarta les mèches de cheveux de mon visage. Me tapota le bout du nez.

"Mais…, commençai-je hésitante. Et Darlene et Jane ?"

Il s'assombrit. Chaque nouvelle émotion semblait le consumer entièrement, changeait sa posture, exigeait ses propres gestes et expression faciale.

"Non. Darlene est incapable d'avoir une vision d'ensemble. Elle est prisonnière de la machine. Elle est perdue." Il fit une pause, sourcils froncés, puis ajouta : "Je ne voulais pas vous abandonner. Tu le sais, hein ?

— Vraiment ?

— Tu es ma famille, Cora. Je t'aime plus que tout.

— Vraiment ?

— Tout ça, c'est pas la réalité." Il claqua sa main valide sur le bras du canapé, peut-être pour indiquer la caravane, à moins que ça soit tout Mercy. "C'est pas le vrai monde. C'est le grand n'importe quoi humain de d'habitude. Je ne peux pas rester ici. Je ne peux pas exister dans cet endroit."

Il tendit la main et prit une fois de plus mon menton entre ses doigts.

“Il est temps de se mettre au travail. Il y a tellement de choses à faire. Il faut y aller, c’est le moment. Toi et moi, tous les deux.”

Un frisson de déjà-vu me traversa. J’avais l’impression d’avoir rêvé cette scène ou de l’avoir entendue dans une histoire – le visage plein d’espoir de Tucker, sa question en suspens entre nous, le calme dans la pièce, la possibilité d’une transformation. Il me semblait déjà connaître la réponse, comme si j’avais depuis longtemps pris ma décision.

9

Tucker trouva un vieux sac à dos bleu appartenant à Darlene, plus grand que celui que j'utilisais pour l'école. Ensemble, on y fourra mon ours en peluche, mon t-shirt rouge porte-bonheur, mon livre d'images préféré, mon pyjama avec des fusées, le médaillon que Darlene m'avait donné, et ma brosse à dents. Sur les conseils de Tucker, j'emportai quelques photos de Darlene et Jane aimantées sur le frigo et les glissai dans ma poche de devant.

"Tu ne voudrais pas oublier à quoi elles ressemblent", dit-il plein de sagesse.

De son côté, il prit une photo encadrée de maman sur le comptoir – maman à cheval qui riait en regardant l'appareil photo. Tucker regarda le cliché avec un sourire mélancolique, puis le mit dans le sac et me dit de me dépêcher. Je suivis ses instructions et rassemblai pantalons et shorts, pliai débardeurs et sweat-shirts, et localisai mon manteau le plus chaud. J'enfournai une paire de bottes en caoutchouc dans une poche latérale. Je fis des boules serrées de mes chaussettes pour les glisser entre le reste. J'emportai autant de culottes que possible.

"Heureusement que tes vêtements sont tout petits", dit Tucker.

Quand j'eus terminé, le sac était trop lourd pour moi, mais mon frère le fit passer sur son épaule sans effort. Il se servit d'une branche comme d'une canne de fortune, ce qui lui permettait de se mouvoir facilement. Cela m'évita aussi d'avoir à jouer les béquilles de substitution. Sur le seuil, je m'arrêtai pour jeter un dernier coup d'œil au N° 43. Tucker était déjà dehors, sifflant entre ses dents. Je regardai tour à tour la table de la cuisine, la télé et le canapé. J'essayai de graver chaque particule de cet endroit dans ma mémoire.

Je n'avais pas d'idée précise de ce qui allait arriver ensuite. D'une certaine façon, ça m'était égal. J'avais alors confiance en Tucker comme un enfant a confiance en un parent – totalement, aveuglément, joyeusement. Sa longue absence n'avait pas entamé la foi que je plaçais en lui. Je sentais au contraire que notre lien était plus fort que jamais. Je ne m'étais jamais donné la peine de réfléchir à l'amour que je portais à mes sœurs ; notre affection était aussi invisible que l'oxygène qu'on respirait. Pour Tucker, c'était différent. L'amour qu'il avait pour moi et celui que j'avais pour lui était grisant, il adoucissait l'air même que je respirais.

Il y avait aussi du soulagement dans ma soumission à sa volonté. Darlene m'avait élevée, mais elle ne prétendait jamais me guider avec l'autorité d'une mère, même si je le désirais souvent ardemment. Elle faisait simplement de son mieux dans ces circonstances difficiles, s'escrimant pour que Jane et moi puissions aller au moins au bout du lycée, nous élevant à sa manière, épuisée et bien intentionnée. Cela faisait des années que je rêvais de connaître la sécurité que d'autres enfants semblaient avoir avec leurs parents. On s'occupait d'eux comme de fleurs dans un jardin, on les arrosait, les désherbait et les protégeait des intempéries. J'avais rêvé de cette sécurité toute ma vie et je ne l'avais jamais connue. Les autres enfants m'apparaissaient comme en apesanteur. Ils n'avaient pas à porter eux-mêmes le fardeau de leur existence.

Mais maintenant que Tucker était là, tout allait changer. Il avait un plan. Personne n'avait eu de plan pour moi auparavant. Il voulait prendre les commandes autant que je souhaitais être commandée.

"La voiture est par là", dit-il en désignant l'allée.

L'après-midi était inhabituellement fraîche. De gros nuages bouillonnants s'amoncelaient à l'horizon, promesse de pluie. Le ciel était si incertain que Tucker et moi ne projetions aucune ombre. Malgré sa canne, mon frère devait faire attention en marchant. Il ne pouvait s'appuyer que sur les orteils de sa jambe blessée, pas sur le talon. Le sac qu'il avait à l'épaule déplaçait son centre de gravité. À chaque pas, sa main mutilée effectuait un moulinet maladroit.

Plus nous marchions, plus il saignait. Ses mouvements rouvraient les plaies. Sa jambe de pantalon était en train de virer au bordeaux. Ses tongs claquaient bizarrement, l'une émettant un bruit sec, l'autre humide. Dans un monde parfait, ses blessures auraient dû être recousues par un chirurgien à l'hôpital. Il faudrait se débrouiller avec les éléments d'un kit de secours. Il savait qu'il aurait des cicatrices.

"Il a fallu que je me gare assez loin, expliqua-t-il. Je ne pouvais pas laisser la voiture dans le parc à caravanes, quelqu'un l'aurait remarquée."

Au loin, le tonnerre gronda. Je sentais l'odeur de la pluie même si le ciel au-dessus de nous était encore d'un blanc propre et cotonneux. L'orage rôdait à l'horizon comme il le fait toujours.

Parvenus à la route principale, on bifurqua vers l'ouest en restant sur le bas-côté et en regardant passer les semi-remorques ainsi que les pick-up, aveuglés par l'explosion de poussière qu'ils soulevaient, et on se passait l'eau, Tucker devant, moi derrière. La température baissa avec chaque bourrasque. Les coups de tonnerre retentissaient de plus en plus souvent, ce qui faisait tressaillir les branches d'arbres au-dessus de nous. Des éclairs illuminaient le fouillis de l'épaisse couche nuageuse. L'orage n'était pas encore assez proche pour révéler le lien de cause à effet entre le flash lumineux et le bruit ; l'éclair pulsait et le tonnerre gémissait, mais aucun schéma reconnaissable ne semblait les relier. Les nuages prenaient une teinte sombre de charbon humide. Une gouttelette occasionnelle venait tacher le goudron. Tucker ne saignait plus autant. Sa jambe amochée était une colonne brune et collante, le pantalon attaché à sa peau par des mèches de sang séché, sa tong collée à son pied.

Enfin, on atteignit un chemin de terre. Je connaissais cet espace arboré de vue, même si je ne m'y étais jamais aventurée. La forêt était vieille, les troncs larges et couverts de plantes grimpantes. Une seule maison se dressait à l'écart, sale et délabrée. La pelouse était décorée de voitures rouillées à différents stades de décrépitude. L'herbe poussait à l'intérieur d'un bloc-moteur. Sur la maison, les moustiquaires avaient une telle épaisseur de poussière qu'on ne voyait pas à travers. Peut-être était-ce aussi bien.

Tucker continua d'avancer en boitant, le moindre pas le faisant haleter, et je trottais à ses côtés. Il se mit à pleuvoir. La canopée de branches bruissait et s'agitait, les feuilles dansaient. La bruine, glaciale sur ma peau, noircissait le sol. Tucker pencha la tête en arrière pour sentir la pluie sur son visage.

La voiture était bien cachée – la couleur mordorée du break offrait un camouflage parfait au milieu du sous-bois mordoré. J'aurais très bien pu passer devant sans rien remarquer. Alors que je jouais des coudes entre les branchages vers la portière passager, des brindilles se prirent dans mes cheveux et me griffèrent la peau. Tucker s'effondra derrière le volant, pâle et la peau moite. On resta immobiles comme ça un moment tandis que la pluie tombait sur le toit. Le pare-brise était une mosaïque d'eau, de lumière, d'insectes morts et de déjections d'oiseaux. J'examinai l'intérieur de la voiture et enregistrai des preuves que mon frère y avait vécu. Des vêtements sales s'entassaient au niveau de la lunette arrière. Il y avait un sac de courses rempli de barres granola et de chips. Il y avait un oreiller sur la banquette arrière.

Tucker grogna. Il enfonça la clé dans le contact.

“Tu es sûr…, commençai-je.

— Ne t'inquiète pas.

— Peut-être que tu devrais attendre de reprendre ton souffle.

— Je vais bien, dit-il en démarrant.

— Où est-ce qu'on va ?” Cette question ricochait dans mon esprit depuis un moment. Cela faisait du bien de la laisser sortir.

“Dans un endroit sûr.

— OK.”

Il sortit du fourré en marche arrière et des brindilles crissèrent contre le métal. Le son me fit tressaillir. Il tourna le volant, remonta le chemin cahotant, et mit en route les essuie-glaces qui ne marchaient pas bien. Ce break était si vieux qu'il sifflait et grondait si on roulait trop vite, et le vent hurlait à travers les fentes de la carrosserie.

“Où est-ce qu'on va ? demandai-je de nouveau.

— À la maison.”

Il roula vers le centre de Mercy. J'aperçus les Shady Acres, plus petits de loin et qui disparurent en un clin d'œil. On passa devant le cinéma, le lycée et la bibliothèque. Les nuages bas scintillaient sous l'effet des éclairs. Tucker brancha la radio et sourit en entendant la chanson pop qui était diffusée.

Il y eut un coup de tonnerre fracassant, le ciel ébranlé juste au-dessus de nos têtes. Toutes les lumières du pâté de maisons s'éteignirent. Le rougeoiement chaleureux du restaurant au coin de la rue disparut. Les lampadaires, qui s'étaient allumés automatiquement à cause de l'obscurité créée par l'orage, grésillèrent et revinrent au gris. Les coupures de courant étaient habituelles par mauvais temps, mais à cet instant, on aurait dit un signe, même si je ne savais pas trop ce qu'il signifiait.

On quitta le centre de Mercy pour accéder aux routes sinueuses et aux vastes étendues à l'extérieur de la ville. Il n'y avait pas un chat dehors ; la pluie avait obligé les gens à rester chez eux. Plus on s'éloignait, plus le quartier se délitait. Les maisons étaient plus espacées les unes des autres et semblaient moins bien entretenues. Des hectares de pelouse abandonnée aux mauvaises herbes. Des clôtures trouées comme un sourire édenté. La rue était une carrière de nids-de-poule.

Je savais enfin où nous allions. Je n'y étais pas retournée depuis longtemps – trois ans pour être précise. Je vis les vitres brisées obstruées par du carton et des porches dont les marches rongées par la mousse tombaient en ruine. Même si l'électricité n'avait pas été coupée dans tout Mercy, je doutais qu'elle marche encore dans ce quartier.

Puis on tourna à un coin de rue et les derniers vestiges de civilisation s'évanouirent. Je voyais le chemin que le doigt de Dieu avait creusé dans le monde. Les arbres étaient réduits en petits éclats fourchus. Les poteaux téléphoniques étaient couchés au lieu d'être debout. Les maisons n'étaient plus des maisons. Certaines avaient des murs perforés qui ouvraient sur des pièces vides envahies par les plantes rampantes. D'autres avaient eu leur structure arrachée dans un mouvement de torsion et penchaient dangereusement, retenues par des poutres, des câbles et de la tuyauterie. D'autres encore avaient totalement disparu. Ne subsistait que le dessin de leurs fondations en béton.

Je m'aperçus que le chaos était plus ou moins contenu. Les lieux ne ressemblaient pas au souvenir que j'en avais – juste après la tornade. Les équipes de déblaiement avaient fait ce qu'elles avaient pu, rasant tout à coups de bulldozers, dégageant les rues, et empilant les arbres tombés qui constituaient des fortins bruissants, sans doute habités par des animaux. Ici et là, la prairie mal entretenue laissait voir des cicatrices de sol nu. Ce devait être les fosses de produits toxiques qui avaient rendu la terre stérile. Même notre herbe robuste d'Oklahoma ne pouvait survivre à la piqûre venimeuse de ces déchets. Quelques grillages délimitaient encore des propriétés qui n'appartenaient plus à personne.

Cela me rappelait Jane et ses Legos. Elle avait été obsédée pendant un temps ; elle construisait des châteaux compliqués que personne n'avait jamais le droit de toucher. L'œuvre se dressait sur la table de la cuisine pendant des jours comme une sculpture exposée dans un musée. Puis elle la détruisait aussi méticuleusement qu'elle l'avait construite, détachant les blocs minuscules les uns des autres jusqu'à obtenir les plus petites unités possibles.

La tornade avait agi de manière similaire. Les maisons avaient été déconstruites pour n'être plus que briques, bois, appareils ménagers cabossés, portes dégondées et pans de laine de verre couleur barbe à papa. Puis le méli-mélo de ce qu'elles avaient contenu avait été empilé pour former des tours et de petits monticules. Ça n'était plus un quartier résidentiel – c'était la bassine en plastique où Jane entassait ses Legos quand ils ne servaient plus.

À la maison, avait dit Tucker.

Il tourna le volant et le break quitta la route pour aller sur l'herbe, ce qui fit hurler les essieux de protestation. Je descendis de voiture, levai les yeux vers le ciel brumeux et inhalai l'odeur de la boue. Il ne pleuvait plus.

Tucker passa quelques minutes à camoufler le véhicule en s'arrêtant très régulièrement pour respirer profondément et afficher une mine douloureuse, les yeux fermés. Je me mis à l'abri pendant qu'il traînait une longueur de papier bitumé pris sur l'un des tas à proximité pour le poser sur le capot. Il appuya un carré de contreplaqué contre la vitre latérale et alla se poster clopin-clopant dans la rue déserte pour examiner son travail et vérifier que la voiture ne serait pas visible depuis cet endroit.

“Ça fera l’affaire”, dit-il et il me conduisit à travers les décombres.

On passa devant un lave-linge fracassé et un tas plus haut que moi de ce qui ressemblait à des meubles en mille morceaux. On entra dans le jardin qui avait appartenu à notre famille. Je vis ce qui restait de la grange – un unique mur penché et teinté de marbrures rougeâtres, restes usés par les intempéries de la peinture rouge et joyeuse dont je me souvenais. Je voyais quelques bouts de clôture qui tenaient encore tristement debout, là où les vaches avaient vécu autrefois. Quelque chose de noir luisait dans l’herbe, peut-être la coque d’un baril de deux cent cinquante litres.

“C’est pas dangereux ? demandai-je. Avec les… produits chimiques ?

— Suis-moi.”

Un escalier descendait dans un sous-sol plein d’un fouillis de paille, de rouleaux de câbles et de maçonnerie, dont le fond était boueux et jonché de feuilles mortes. Je me frayais un chemin dans les escaliers. Les planches étaient spongieuses sous mon poids. Le sol était accidenté, brillant de flaques. Je crus entendre une souris détaler, ou bien un scorpion. Au milieu des poutres effondrées et des blocs de béton, il me fallut un moment pour localiser la porte de l’abri anti-tornade.

“La police nous recherche, dit Tucker. Ils s’attendent à ce qu’on prenne la fuite, mais on ne va pas faire ça. On va attendre que ça se tasse ici même. Tu captes ?”

Je me mordis la langue.

“On est dans un no man’s land. La cachette parfaite. On boira de l’eau minérale, d’accord ? On mourra pas de vivre ici un petit moment.”

La pluie n’était plus qu’une brume flottant dans l’air et qui se collait à ma peau comme de l’étamine. J’étais trempée, luisante, pantelante. Tucker arriva devant la porte du bunker et y posa sa main pansée, dans un geste respectueux.

“Ils vont quadriller tout l’État. Il va y avoir des routes bloquées et des barrages filtrants, une vraie chasse à l’homme. Mais on sera cachés juste sous leur nez. À un moment, il faudra qu’ils lèvent le nez de Mercy et regardent ailleurs. C’est là qu’on pourra bouger.”

Il ouvrit la porte dans un grincement de gonds. L’abri était exigu et sombre, plus petit que dans mon souvenir. Les étagères étaient couvertes des mêmes conserves, des bouteilles d’eau minérale et des piles que mon père avait entreposées des années plus tôt. Rien n’avait été utilisé, touché ou pris. Ma famille avait abandonné le bunker dès la fin de la tornade, et personne n’y avait remis les pieds. Tucker prit une boîte d’allumettes sur une étagère et alluma une bougie, protégeant la flamme de sa main bandée. Je m’enfonçai plus profondément dans la cave moisie. Il ferma la porte, nous coupant de la lumière du jour.

Et sans plus un mot, je disparus.

JUIN

10

L'orage éclata dans l'après-midi, peu après l'apparition des animaux dans le supermarché. Darlene était à la caisse. Tout la hérissait : les néons, la pop mielleuse qui sortait des enceintes et même l'odeur de la pluie qui s'engouffrait par la porte ouverte. Sa migraine n'était plus aussi violente, mais ne s'était pas dissipée. Elle massa ses tempes douloureuses.

Il n'y avait qu'une seule cliente dans le magasin. La vieille Mme Rodriguez errait dans les allées depuis une heure, se traînait derrière un caddie dont une roue grinçait. De temps en temps, elle sortait sa liste de courses de sa poche et la consultait avec un air de profonde confusion. Elle examina la sélection de beurres de cacahuète pendant si longtemps que Darlene se demanda si la vieille dame n'était pas en train de faire une attaque. Même pour une ville aussi petite que Mercy, c'était une journée calme. Darlene désinfecta le tapis roulant. Elle mit de l'ordre dans la caisse. Elle se demandait si elle ne devrait pas appeler Cora pour voir si tout allait bien à la maison quand un cri retentit.

Baylor sortit en trombe de la réserve, pâle sous sa tignasse rousse. Il faillit bousculer Mme Rodriguez en fonçant à travers l'allée. Baylor était le magasinier. Un adulte d'une quarantaine d'années qui avait l'âge mental d'un enfant et avait toujours été magasinier.

"Il y a un truc à l'intérieur, hurla-t-il.

— Pardon ?" dit Darlene en sursautant.

Il se jeta sur elle, hors d'haleine. "Je sortais la poubelle et il y avait un animal dans l'allée. Je ne sais pas quel genre. C'est rentré à l'intérieur. Juste devant moi."

Il y avait trois rats de laboratoire sur les étagères. La réserve était petite mais contenait beaucoup de recoins où un rongeur pouvait se cacher – des cartons qui n'avaient pas encore été ouverts, des piles de sacs en papier, des coins sans éclairage. Darlene se mit alternativement à chasser les rats avec un balai, à assurer à Mme Rodriguez que c'était une anomalie davantage qu'une invasion, et à calmer Baylor. Il n'était d'aucune aide. Les rats non plus. Tétanisés par la panique, ils semblaient incapables de trouver la porte de sortie, même si Darlene la maintenait ouverte et s'efforçait de les mettre sur la bonne voie. Ils couinaient désespérément. Et chaque fois, ils détalaient dans le mauvais sens.

Au moins, il leur était impossible de se camoufler : yeux roses et pelage couleur neige. Ils avaient manifestement fait l'objet d'expériences scientifiques. Chacun avait une partie du corps rasée – l'un avait les pattes arrière nues, chez un autre c'était le ventre qui était à vif et couvert de cicatrices, le troisième portait des estafilades le long de la colonne vertébrale.

Darlene se demandait si elle devait appeler quelqu'un en particulier. Manifestement, les rats avaient fui l'usine de cosmétiques. Aux informations, on avait demandé à la population de garder l'œil ouvert, mais personne n'avait dit quoi faire si on retrouvait certains des animaux. Jolly Cosmetics était toujours fermée. Darlene n'allait pas appeler les pompiers pour quelques rongeurs.

À quatre heures moins le quart, le manager arriva, en retard comme d'habitude. Fred avait les épaules trempées par la pluie. Darlene avait acculé les rats contre le mur et les faisait avancer vers la porte avec son balai. Posté dans un coin, Baylor les pointait du doigt et hurlait : "Ils sont là ! Juste là !"

Fred observa la scène sourcils haussés.

"C'est quoi, le problème ?" demanda-t-il.

Darlene agita le balai et les rats dégringolèrent par la porte de derrière, en tandem, leur queue sinueuse fouettant l'encadrement, et disparurent dans la bruine. Baylor poussa un cri de joie. Elle essuya la sueur sur son front.

"Qu'est-ce qui s'est passé ?" demanda Fred.

Au même instant, il y eut un grésillement. Le néon clignota et perdit de son intensité. Tous levèrent les yeux, en alerte. Et le courant sauta.

Le *beat* métallique de la musique s'arrêta, en même temps que le bourdonnement incessant des frigos. Il fallut à Darlene un moment pour comprendre ce qui venait d'arriver. La lueur humide et grise provenant de l'extérieur était à présent la seule à éclairer la réserve. Baylor ne quitta pas le coin de la pièce, apeuré, regardant autour de lui comme s'il craignait que la coupure puisse être la deuxième vague de l'attaque des rats.

Le clapotement de la pluie remplissait le silence. Darlene lança un regard vers le mur du fond où étaient alignés les frigos. Les portes vitrées exposaient les briques de lait et des boîtes d'œufs qui se trouvaient à l'intérieur, le verre embué. Chaque unité était désormais un mystère assoupi plongé dans l'ombre. Le contenu serait décongelé dans quelques heures. Un retard dans les réparations pourrait coûter au supermarché des centaines de dollars en stocks pourris.

Fred la regarda avec une expression de poisson ahuri.

"Mais qu'est-ce qui se passe, bon sang ?" cria-t-il.

Darlene regarda sa montre.

"Désolée, patron. Il est plus de quatre heures. J'ai terminé."

Le pick-up fut capricieux comme chaque fois qu'il pleuvait. La rue était de la même teinte cendrée que le ciel. Darlene croisa un break mordoré, son pare-brise trop sale et dégoulinant de pluie pour qu'elle puisse voir qui se trouvait à l'intérieur. Autrefois, dans une autre vie, elle serait restée pour aider Fred à gérer la situation. Cela aurait été gentil, mais ces temps-ci, elle était "à ramasser à la petite cuiller", comme aurait dit son père. Elle avait contacté la hotline de la compagnie d'électricité, et la voix préenregistrée à l'autre bout du fil lui avait appris qu'il pourrait s'écouler des heures avant que le courant ne soit rétabli. Elle s'aperçut que la panne ne touchait que le centre de Mercy ; les fermes en extérieur étaient toujours alimentées, de même que les Shady Acres et la pauvre Cora qui était malade à la maison. Elle pointa et partit en adressant un signe de la main aux autres, immensément soulagée. C'était rare et agréable qu'un problème ne lui retombe pas directement dessus.

Elle alluma la radio, chantonnant un air de country à propos d'un chagrin d'amour. Elle se représenta le visage blême de Cora et son regard vitreux. Sa sœur n'avait pas semblé dans son assiette ce matin-là – distraite, fiévreuse, pas dans son état normal.

À la radio, le présentateur évoqua l'attentat à la bombe d'Oklahoma City. Darlene connaissait l'histoire même si la tragédie avait eu lieu avant sa naissance, en 1995. À l'époque, c'était la pire attaque terroriste qu'aient connue les États-Unis. Darlene avait vu les photos du Murrah Building après l'explosion, tout un côté s'était effondré comme un glacier qui vêle. Il y avait eu des dizaines de morts et des centaines de bâtiments du centre-ville avaient été endommagés ou détruits.

À côté, l'explosion de Jolly Cosmetics n'avait pas été si terrible. Darlene se consolait comme elle pouvait. Elle éteignit la radio et écouta plutôt le cliquetis des essuie-glaces qui balayaient le pare-brise. Elle passa devant l'église, son clocher noir se détachant sur le brouillard de pluie. Il fut un temps où les McCloud y allaient régulièrement, conduits par leur mère, vêtus de leurs plus beaux habits du dimanche. Mais leur père n'était pas croyant et son absence de foi fut renforcée par la mort prématurée de sa femme. Darlene n'avait pas remis les pieds dans cette église depuis des années. Cora n'y avait assisté à aucune messe.

Quand Darlene se gara devant le N° 43, l'averse s'était calmée, laissant flotter une agréable fraîcheur dans l'air. Elle entra sans faire de bruit. Elle s'attendait à trouver la télé allumée, mais la caravane était plongée dans le silence. La porte de la chambre était fermée. Darlene supposa que sa sœur faisait une sieste. Cora avait bien besoin de se reposer, et Darlene n'avait jamais la maison pour elle toute seule, ou quoi que ce soit qui ressemble à de l'intimité. Elle retira son uniforme beige, observant que la jambe de son pantalon avait été tachée par l'huile d'olive renversée plus tôt dans la journée. Elle soupira. Une tache de graisse ne s'en irait jamais complètement.

Dans un monde idéal, elle prendrait un long bain moussant qu'elle accompagnerait peut-être d'un verre de vin. C'était ce que faisaient les femmes épuisées à la télé. Mais ces femmes ne vivaient pas dans une caravane avec juste une douche dans la salle de bains. Darlene s'octroya une pensée pour la baignoire bien-aimée de son enfance – ancienne, à pattes de lion, marbrée par des années d'utilisation. Elle était si grande qu'elle pouvait l'accueillir avec Tucker à l'époque où ils étaient encore assez jeunes pour prendre leur bain ensemble.

Elle ferma les yeux. Pas un jour ne passait sans qu'elle ne pense à leur maison. L'enroulement de l'escalier. La cuisine qui sentait le citron. Le gigantesque chêne feuillu. Après la mort de sa mère – un coup à l'estomac – Darlene avait trouvé du réconfort dans la maison elle-même. Les hautes poutres. Le soleil dans les rideaux. La solidité et la constance d'un endroit qui restait toujours le même. Les saisons qui suivirent furent difficiles, Cora bébé dans son berceau, papa hébété incapable de se concentrer, les longs trajets pour aller à l'école et en revenir, les couches à changer, Tucker qui ne s'en sortait pas en maths, l'une des vaches qui était tombée malade, et eux tous encore en deuil. Mais Darlene avait toujours eu l'impression que la maison la soutenait, la portait. Parfois, la maison qu'elle avait perdue lui paraissait plus réelle que le N° 43.

Elle erra dans la caravane, ramassant des affaires et les reposant. Elle avait du mal à se détendre ; elle n'en avait plus l'habitude. Elle fut prise d'une vague envie de faire le ménage. La pièce était bien rangée, mais il y avait quelque chose d'un peu bizarre, comme si une autre personne qu'elle avait lavé le sol pendant qu'elle avait le dos tourné. Darlene enfila son pantalon de jogging préféré, celui où il était écrit *Oklahoma Sooners* en lettres brillantes au niveau du pubis. Elle se versa une tasse de thé sucré. Sa migraine s'était envolée. La pluie l'avait comme nettoyée, avait rincé ses sinus de la douleur. Ne restait plus à combattre que la nausée consécutive. Chaque migraine s'accompagnait d'une réplique : estomac retourné, sensibilité accrue à la lumière, épuisement.

Mais elle pouvait enfin se reposer. Jane ne rentrerait pas ce soir ; elle dormait chez une copine de l'équipe de foot, une milieu de terrain avec des taches de rousseur et une chambre à elle. Darlene lança un regard affectueux vers la porte de Cora. Elles passeraient une soirée au calme toutes les deux. Elle réchaufferait quelque chose de bon au micro-ondes. Un rôti braisé, pourquoi pas.

Darlene ramassa le courrier, un tas de catalogues sur papier brillant qu'elle transporta jusqu'au canapé. Elle ne commandait jamais rien, mais ils arrivaient quand même. Elle les feuilleta en essayant de s'intéresser à un paragraphe consacré aux pastels d'été.

"Ne t'inquiète pas, murmura-t-elle. Ne t'inquiète pas."

Elle était pourtant bien inquiète. Quelque chose clochait. Impossible de se concentrer sur les images qu'elle avait sous les yeux. Elle n'arrivait pas à mettre le doigt sur ce qui allait de travers. C'était peut-être dû aux rats de laboratoire dans le supermarché. C'était peut-être dû au récent enchaînement d'événements bizarres. Elle avait suivi l'affaire Jolly Cosmetics d'un œil distrait, trop occupée pour s'y intéresser vraiment. C'était peut-être dû aux trois ans de la tornade. Darlene détestait ce passage annuel devant la tombe de ses parents. Ça n'apportait rien – ni connexion ni catharsis –, ça servait seulement à lui rappeler tout ce qu'elle avait perdu. Cependant, elle ne supportait pas non plus de ne pas y aller, de faire comme si cette date ne voulait rien dire.

Une fois, longtemps auparavant, elle s'était renseignée sur l'histoire du cimetière. Elle voulait savoir pourquoi il était situé si loin de Mercy. À sa plus grande surprise, elle avait appris qu'il avait été construit cinquante ans avant la ville. Il était plus ancien que Jolly Cosmetics, plus ancien que l'État de l'Oklahoma lui-même ; les premières personnes à avoir été enterrées là avaient été les victimes de la course à la terre. Les morts résidaient en ces lieux depuis plus longtemps que les vivants, et leur demeure ne convenait à personne d'autre qu'à eux-mêmes.

Il y avait quelque chose d'important dans cette idée – Darlene en était presque certaine – à moins qu'il ne s'agisse de ce genre d'intuition éthérée à moitié développée qui vous vient parfois au bord du rêve. Elle se blottit dans le confort du canapé et ferma les yeux.

11

Darlene se réveilla au bruit de la sonnette. Il lui fallut un moment pour se rappeler où elle était. Sur le canapé. Dans le noir. Un catalogue ouvert sur les genoux. Son bras au-dessus de la tête, des fourmis dans ses doigts engourdis.

La sonnette retentit une fois de plus, un bruit métallique insistant. Dans un grognement, Darlene se leva et alluma la lumière. Elle remarqua non sans surprise que la porte de Cora était toujours fermée, puis traîna des pieds jusqu'à la porte qu'elle ouvrit en grand.

Un homme se tenait devant elle. N'ayant pas mis ses lunettes, Darlene avait du mal à le voir nettement. Il semblait beau, avec une forte mâchoire et un sourire confiant. Puis elle réalisa qu'il était de la police. Il portait un uniforme imposant qui cachait ses épaules et les soulignait en même temps. Il n'était pas seul, non plus. Une policière se tenait derrière lui, plus petite, plus mince, pâle comme le lait sous la lumière du porche, sa casquette bleue posée sur une crinière de cheveux blond filasse.

Darlene plongea la main dans sa poche à la recherche de ses lunettes. Quand elle fut en mesure de les voir, elle les reconnut tous les deux. C'était comme ça à Mercy ; les inconnus n'existaient pas. Elle ne se rappelait pas le nom de l'homme. Ils se connaissaient du lycée. D'un cours de musique, peut-être. La femme était Kendra Drake, une ancienne camarade de classe. Elle lui adressa un faux sourire et Darlene le lui renvoya comme un miroir. Kendra avait été la fille la plus jolie et la plus populaire du lycée, maniant sa beauté comme une lame de couteau. Darlene n'était pas étonnée de voir qu'elle était devenue flic.

"Roy Rush, dit l'homme en tendant la main.

— Darlene McCloud, dit-elle. J'imagine que vous le savez déjà.

— De l'orchestre, c'est ça ?

— Pardon ?" dit-elle en lui serrant la main par automatisme. Puis elle se rappela. Elle avait joué du trombone en troisième jusqu'à ce qu'il devienne clair qu'elle n'avait pas les bons doigts pour ça. Roy était le batteur. Un élève de terminale. Un souvenir lui revint d'un coup : Roy au fond de la salle de musique, une combinaison agréable de muscles et de ventre, des mains habiles, la peau d'un beau marron aux éclats cuivrés qui attrapaient la lumière.

"On aimerait te parler, dit-il. Tu as une minute ?

— Bien sûr. Pourquoi pas."

Le vent s'engouffra par la porte ouverte. Darlene réalisa qu'elle était en jogging et débardeur sans soutien-gorge. Ses tétons se dressèrent sous l'effet du froid. Elle croisa un bras sur sa poitrine. Elle n'était pas encore tout à fait réveillée. Cette prise de conscience tourbillonna en elle comme du sucre dans un thé, et l'absorba peu à peu.

Roy et Kendra firent beaucoup de bruit en entrant dans le salon, leurs uniformes bruissant, les holsters couinant. Darlene se percha sur un bras du canapé et les invita à s'asseoir d'un geste de la main. Roy sentait la cigarette. La beauté de Kendra s'était flétrie avec les années. Sa mine renfrognée n'était plus aussi séduisante que dans son souvenir.

"Nous avons quelques questions à te poser", déclara Roy.

Elle acquiesça. "Quel est le problème ? Il s'est passé quelque chose.

— Vous êtes trois à vivre ici, c'est ça ? Tes deux sœurs et toi ?

— C'est ça."

Son cœur semblait battre de manière erratique, pris de petits spasmes qui envoyaient des décharges électriques à travers son corps. Dans les séries télé, quand la police se présentait à des heures indues, c'était souvent pour annoncer un accident grave ou même un décès.

"Il y a eu un accident ? Est-ce que Jane va bien ?

— Jane ? demanda Roy. C'est la cadette, c'est ça ?

— Mon Dieu. Est-ce qu'elle va bien ?

— Tout le monde va bien. Je vais reprendre."

Il était trop grand pour le canapé bas, son corps plié à un angle malcommode, les genoux remontés comme des pattes d'araignées. À côté de lui, Kendra sortit un carnet ainsi qu'un stylo de sa poche et se mit à griffonner quelque chose.

"Nous sommes ici au sujet de Tucker", dit Roy.

Au nom de son frère, Darlene se leva. Elle contourna la table basse et aperçut son reflet dans la petite glace au-dessus de la télévision – ses cheveux aplatis par le sommeil, les joues rouges. Elle atteignit la cuisine. Il n'y avait pas de séparation entre cet espace et le salon ; aucune porte ni aucun mur ne marquait la limite, juste un changement dans le lino. Elle n'était qu'à quelques dizaines de centimètres des policiers sur le canapé, mais d'une certaine façon, cela lui faisait du bien d'habiter un espace différent.

"Vous voulez de l'eau ? demanda-t-elle. Ou du thé glacé ?

— Non, dit Roy. Nous avons quelques questions au sujet de ton frère.

— Je n'ai pas de frère." Ce n'était pas ce qu'elle avait voulu dire. Ces mots paraissaient absurdes à ses propres oreilles. "Je veux dire que Tucker est parti. Il a fugué."

Elle s'arrêta, incapable de penser plus loin que ça. En baissant les yeux, elle remarqua qu'il y avait une poêle dans l'évier. Manifestement, Cora, bien que malade, s'était fait à manger. Il y avait aussi une assiette tachée de sirop et de beurre.

"Quand as-tu parlé à Tucker pour la dernière fois ? l'interrogea Roy.

— Ça fait des années.

— Il n'a pas appelé récemment ?

— Non.

— Est-ce qu'il est passé à la maison ces derniers jours ?"

Les paroles de Roy s'accompagnaient d'un grattement de crayon sur du papier. Kendra prenait des notes.

"Je vous ai déjà dit que non. Pas du tout.

— Tu es sûre que tu ne l'as pas vu ?

— Oui, dit-elle d'un ton cassant. Tu auras beau reformuler la question cent fois, ma réponse sera toujours la même."

Voir cette vaisselle sale était soudain insupportable. Elle ouvrit le robinet, sortit ses gants en caoutchouc et versa une noisette de liquide vaisselle sur une éponge.

“Ça te dérangerait qu’on jette un coup d’œil à la caravane ?” dit Roy. Il haussa la voix pour se faire entendre par-dessus le sifflement de l’eau. Darlene, qui récurait la poêle, ne répondit pas. Apparemment, Cora avait préparé des œufs brouillés sans utiliser de matière grasse. Ça demanderait de l’huile de coude de se débarrasser des résidus.

Roy s’approcha d’elle, flottant aux limites de son champ de vision.

“Tu m’as entendu ? dit-il. Nous aimerions faire le tour de la caravane.

— Non.” Darlene ferma le robinet d’un mouvement brusque. “Ma petite sœur est malade. Elle dort dans la chambre. Je suis déjà étonnée que la sonnette ne l’ait pas réveillée. Tout ce bruit !”

Roy était tout près d’elle, sourcils haussés à un angle qui exprimait sa vigilance. Darlene sentait son eau de Cologne, un mélange de fruit et d’épices. L’odeur se mêlait étrangement bien à celle de la cigarette dans son haleine.

“Je n’aime pas parler de Tucker, dit-elle. Ça me perturbe. Vous aussi vous me perturbez.”

Elle entendait monter le son de sa voix. Elle pointa l’évier du doigt. “Je suis très occupée, comme tu peux voir. Je dois faire la vaisselle.”

Roy retira son képi, révélant des cheveux bouclés noirs coupés court. Quelques filaments gris brillaient au niveau des tempes.

“C’est important”, dit-il.

Darlene avait l’impression d’avoir les idées embrouillées. Il y avait une question qu’elle devrait poser – à propos de quelque chose qu'elle avait oublié. Cet échange n'avait ni queue ni tête : un grand flou migraineux additionné à la confusion qui vient après une sieste.

"Tucker a disparu, expliqua Darlene. C'est un fugueur. Il avait dix-sept ans quand il est parti. J'ai fait une déclaration au commissariat à l'époque. Tu devrais le savoir. Vous en savez sûrement plus que moi."

Une question fleurit d'un coup dans son esprit, claire et directe.

"Pourquoi vous le cherchez ?"

Roy se détourna, le visage pareil à une porte fermée.

"Je ne peux pas répondre à cette question. C'est la procédure. Je ne peux pas parler d'une enquête en cours."

L'obscurité de la caravane sembla s'intensifier, les recoins de la cuisine engloutis par les ombres.

"Dites-moi ce que vous voulez à Tucker", dit Darlene.

Roy sortit un papier de sa poche, qu'il déplia. Il le lissa avant de le lui tendre. C'était la photocopie d'un portrait-robot. Le visage d'un homme. Le front bombé. Des petits yeux vicieux. Mine patibulaire. Le portrait paraissait vaguement familier, comme si elle l'avait déjà aperçu.

"Est-ce que tu reconnais cet homme ? demanda Roy.

— Non.

— Est-ce que ça pourrait être Tucker ?"

Elle plia la feuille et la lui rendit.

"Non. Ça ne lui ressemble pas du tout."

Depuis le canapé, la voix de Kendra déstabilisa Darlene, aussi aiguë et douce qu'une flûte.

"Nous avons besoin de savoir où se trouve Tucker McCloud. C'est urgent. Nous espérions que tu nous laisserais jeter un coup d'œil à la caravane, Darlene. C'est plus amical de cette façon. Mais s'il le faut, on obtiendra un mandat de perquisition."

Kendra remisa le carnet dans sa poche et se posta à côté de Roy, coude à coude, un mur épais de bureaucratie. Darlene secoua la tête pour tenter de s'éclaircir les idées. Elle passa une main dans ses cheveux.

"Je dois réfléchir."

Kendra fit claquer sa langue. "C'est petit, ici. Quitte à refourguer ton histoire à faire pleurer dans les chaumières à la télé, tu aurais dû demander plus d'argent."

Sa voix était douce comme de la soie, mais le ton menaçant était évident. Roy les regarda tour à tour, pas certain de comprendre ce qui se jouait devant lui.

Darlene évalua les options qui s'offraient à elle. Elle était déjà passée par là. Elle avait enduré différentes versions de cette conversation avec presque tous les habitants de Mercy. Pas un qui n'ait pas d'opinion sur ce qu'elle avait fait. Certains pensaient qu'elle avait mal agi envers sa famille *(Ces pauvres petites, trop jeunes pour avoir leur mot à dire)*. D'autres lui reprochaient d'avoir choisi la solution de facilité *(Nous avons tous été frappés durement par la tornade, pour autant, personne d'autre n'a essayé d'en tirer profit)*. D'autres encore étaient désolés pour elle *(Dieu est témoin que tout ce que tu as dit à la télévision est la stricte vérité. Personne ici n'a autant souffert que vous)*. D'autres enfin étaient indignés pour elles *(Tu as pris soin de ta famille. Ne fais pas attention aux commérages)*. Avec les années, Darlene avait entendu tous les points de vue.

L'expression sur le visage de Kendra était familière : les yeux plissés, les narines dilatées. Confus, Roy fronçait les sourcils en mâchonnant l'ongle de son pouce. Darlene prit une inspiration pour se calmer, puis se tint très droite.

"Je veux que vous partiez tous les deux", dit-elle en adoptant le ton qu'elle utilisait quand elle voulait que ses sœurs lui obéissent sur-le-champ sans poser de question.

12

La dernière fois que Darlene avait vu Tucker, c'était dans la cuisine du N° 43 par une soirée sans lune. Cette nuit lui revenait souvent en mémoire contre son gré. Elle s'introduisait parfois dans ses rêves : la voix de stentor de Tucker, son visage enflammé par la colère, le torse aussi fin et droit qu'un arbrisseau.

La dispute n'avait pas commencé comme une dispute. Darlene était à la table de la cuisine quand Tucker était rentré de chez un copain. Cora et Jane dormaient dans leur chambre. L'horloge émettait un tic-tac langoureux. Quand la porte s'ouvrit, Darlene ne leva pas les yeux. Elle ne savait pas que Tucker était de mauvaise humeur jusqu'à ce qu'il jette une pile de courrier par terre à côté d'elle.

"Regarde, dit-il. Le prix du sang."

Il l'observait d'un air méchant, les cheveux en bataille à cause du vent. Après un moment, Darlene se leva de table. Elle se pencha et ramassa la pagaille laissée par son frère.

"Deux chèques pour toi aujourd'hui, dit-il. Belle récolte."

Elle prit son temps pour répondre. Au milieu des catalogues et des factures, il y avait, en effet, deux enveloppes qui semblaient être des paiements pour des interviews – un magazine et une chaîne de télévision. Darlene savait qu'il valait mieux ne pas les ouvrir sous le regard noir de Tucker.

"Deux chèques pour *nous*, dit-elle. Nous tous. Pour que nous puissions manger."

Il désapprouvait. Elle en avait bien conscience. Au cours du mois écoulé, depuis qu'elle avait pris la décision difficile de faire entrer les médias dans leur vie, Tucker s'était entêté et renfermé. Il refusait de participer à la moindre interview, même si sa présence aurait permis à Darlene de réclamer plus d'argent. Il lâchait des commentaires narquois et la battait froid. (Il ne semblait toutefois pas en vouloir à Jane ni à Cora. Ce qui rassurait Darlene d'un côté et l'irritait de l'autre.) Dès que la famille McCloud apparaissait dans les pages d'un magazine, un exemplaire leur était envoyé. Darlene apprit à les cacher car Tucker les jetait s'il les trouvait en premier. Il refusait catégoriquement de regarder ses sœurs à la télévision ou de les écouter à la radio. Il préférait sortir de la maison.

Darlene avait supporté ce comportement comme elle avait toujours supporté ses caprices – en silence, avec grâce, gardant l'image de leur mère à l'esprit. Elle savait qu'elle avait raison et sa posture la plaçait au-dessus de la mêlée. Papa n'avait jamais investi dans une assurance vie et avait mis peu d'argent de côté. À elle toute seule, Darlene avait réuni assez pour acheter la caravane. Après la dernière interview en date, des dons avaient afflué de tout le pays. Certains étaient utiles : boîtes de conserve, vaisselle, vêtements de seconde main pour les filles. Quelques âmes généreuses envoyèrent de l'argent. Il y eut aussi des choses inutilisables, soit parce qu'elles étaient en trop mauvais état (verres fêlés, jouets cassés et ce qui ressemblait à des draps tachés de sang), soit parce qu'elles étaient trop belles pour leur vie actuelle (une machine à expresso flambant neuve qu'elle revendit immédiatement en ligne). Partant de rien, elle reconstruisait leur vie petit à petit.

La situation aurait été plus simple, elle le savait, si la famille avait fréquenté l'église. La communauté religieuse s'occupait des siens. Mais son père s'en était détaché des années plus tôt et Darlene était une fille loyale.

Juste après la tornade, le pasteur avait été une présence constante. Il proposait à Darlene de rejoindre des groupes de prière, lui demandait si elle viendrait à l'étude de la Bible du mercredi soir ou à la messe du dimanche. Il envoyait ses volontaires qui avaient des étoiles dans les yeux lui offrir des brochures sur l'Évangile qui pourraient lui être utiles en ces temps difficiles. *La brigade religieuse*, les appelait papa. Darlene était assez sage pour ne pas afficher le fond de sa pensée. Comme son père, elle manifestait toujours un intérêt de pure forme à la sagesse reçue : *Dieu merci. Soyez bénis. Je prierai pour vous tous*. Mais en son for intérieur, elle ne croyait pas à l'existence d'un être suprême ni à la vie après la mort. Il n'y avait pas de divinité omnisciente et omnipotente qui gardait un œil sur Mercy, et Darlene n'aimait pas trop le genre de bonne volonté moralisatrice du pasteur.

Quand les McCloud firent leur apparition dans les médias, bien sûr, la brigade religieuse disparut. Comme le reste des habitants de Mercy désormais, le pasteur gardait lui aussi ses distances.

"Tu as faim ? demanda Darlene en glissant les enveloppes dans son sac à main. Il y a des macaronis au fromage dans le frigo. C'est Jane qui les a préparés donc ils risquent d'être un peu pâteux."

Darlene s'avança vers la table, mais son frère lui bloqua le passage. L'expression sur son visage l'arrêta net. Ce n'était pas juste de la mauvaise humeur, finalement. Tucker semblait hors de lui.

“Tu n'as même pas honte, pas vrai ?

— Honte de quoi ?

— De *l'argent* ! De ce que tu nous as fait.”

Doucement, mais fermement, elle le prit par les épaules et le fit se décaler. Elle s'assit et détourna le regard pour lui montrer qu'elle était occupée, qu'elle ne voulait pas parler de ça maintenant. Mais Tucker ne bougea pas. Il restait planté au-dessus d'elle, dans l'attente.

Il ne s'était écoulé que quelques mois depuis la mort de leur père. Sa disparition avait ouvert dans la poitrine de Darlene une plaie qui lui semblait physique, une douleur perpétuelle. Elle ignorait comment il était mort, où son corps avait atterri, et en l'absence de toute information, elle laissait souvent faire son imagination. La tornade offrait nombre d'indices sur la façon dont il avait pu périr – des arbres brisés, des voitures retournées et une théière en fonte qui avait été projetée si violemment contre un mur qu'elle n'était plus qu'un gong déformé incrusté dans la brique. Sans le vouloir, Darlene avait envisagé toutes les possibilités. Son père avait pu être décapité par des débris volants. Il avait pu suffoquer dans un tourbillon surpuissant. Son corps avait pu être projeté sur la canopée d'une forêt ou déposé sur le lit d'une rivière. Il avait pu être emporté vers l'espace stérile et glacé de la stratosphère, cristallisé tel un flocon au milieu les nuages. Peut-être était-il encore là-haut.

Il n'y avait pas eu d'enterrement. Les êtres aimés sont censés laisser des restes – des cendres dans une urne, un corps en terre, quelque chose à quoi se raccrocher, à quoi rendre visite, pour faire son deuil. Le directeur des pompes funèbres essaya de convaincre Darlene d'acheter un cercueil vide à enterrer "pour vous donner à tous une chance de lui dire au revoir", mais elle refusa. Elle ne voulait pas faire vivre une telle mascarade à son frère et à ses sœurs. Elle n'en avait de toute façon pas les moyens.

Depuis trois mois, Darlene attendait que la réalité du décès de son père se propage dans tous les recoins de son esprit. C'est le processus qu'elle avait connu à la mort de sa mère ; elle savait comment cela se déroulerait. Pour l'instant, un semblant d'enterrement avait lieu tous les matins. Elle se réveillait en entendant résonner les pas de son père, humait l'air pour sentir l'odeur de son tabac à pipe, ouvrait les yeux et la mémoire lui revenait. Tous les matins, elle les perdait, lui et la maison et sa formation universitaire. Tous les matins, elle croyait être dans son lit à la maison, sous l'édredon exactement du même violet que le ciel au soleil couchant, croyait pouvoir lever les yeux vers le plafond décoré d'étoiles phosphorescentes. Elle ne savait plus trop qui elle était sans un placard rempli de ses vêtements, sans ses livres sur les étagères, ses posters aux murs, sans toutes les manifestations physiques de son ancienne identité.

Elle avait aussi perdu la petite ferme qu'elle adorait. Mojo, le vieil étalon gris, était son ami depuis dix ans. Elle lui murmurait ses secrets. Elle surveillait l'état de ses sabots et lui brossait les flancs. Ses petites manies la faisaient sourire – son incapacité à la reconnaître quand elle portait un chapeau de cow-boy, sa tendance à sursauter devant un poteau de clôture en particulier qui était légèrement penché, et sa fougue qui le faisait parfois partir au galop dans une frénésie de hennissements. Il entraînait la jument et le poulain avec lui, tous deux emportés désespérément dans son sillage, hennissant à leur tour sans savoir pourquoi, trois chevaux galopant follement et sans aucune raison. Cela faisait rire Darlene.

Mais surtout, Mojo avait connu sa mère, ce qui était une source de réconfort. Darlene lui parlait de temps en temps de maman, ce qu'elle ne pouvait jamais faire avec papa qui se tamponnait aussitôt les yeux, ni avec Tucker qui coupait court à la conversation. Mojo n'avait jamais les larmes aux yeux et n'était jamais impatient. Il se contentait d'écouter, laissant Darlene s'appuyer contre sa tiède encolure, lui chuchotant ses souvenirs à l'oreille. Elle avait perdu les poules qu'elle avait nourries avec sa mère quand elle était petite. Elle avait perdu le troupeau de vaches qu'elle côtoyait depuis des années, au milieu duquel elle allait se promener dans les moments d'angoisse, gagnée par leur douceur et leur absence d'expression. Leur esprit placide et vide infusait dans le sien et agissait comme le ferait la méditation.

Darlene savait que toute la famille était sous le choc. Chacun était affecté à sa manière. Jane fonctionnait dans un état de stupeur. Cora, trop jeune pour vraiment comprendre, était plus ou moins elle-même, en dehors de l'ennui et de l'humeur grognonne, comme si elle s'était réveillée au monde juste après la tornade, comme si ce jour dans l'abri était son premier souvenir.

Mais c'était Tucker qui inquiétait le plus Darlene. Il lui arrivait quelque chose – elle ne parvenait pas à dire quoi. Il s'activait de plus en plus, devenait chaque jour plus intense. La perte énorme qu'ils avaient subie avait mis en branle un mécanisme – enfoui dans sa poitrine ou au tréfonds de son cerveau – et les rouages tournaient à plein régime. Elle pouvait presque voir vibrer le moteur sous sa peau.

Darlene s'efforçait d'être patiente. Comme d'habitude, elle avait une vision d'ensemble de la situation, pas lui. Elle avait perdu autant que lui, autant que le reste des habitants de Mercy. Mais il fallait bien que quelqu'un s'assure de préserver la cohésion de la famille. Il fallait bien que quelqu'un leur offre une nouvelle vie et cette tâche lui incombait. Tucker pouvait froncer les sourcils autant qu'il voulait ou la critiquer par-derrière, cela ne leur donnerait pas à manger.

Darlene prit son stylo. D'un geste théâtral, elle se mit à faire la liste des courses. Puis elle jeta un coup d'œil à Tucker qui ne semblait pas avoir conscience du message tacite qu'elle envoyait.

"J'étais chez Louie, dit-il sur un ton d'accusation.

— Mmm.

— Sa mère nous a préparé à dîner et m'a dévisagé pendant tout le repas. Comme si elle allait se mettre à pleurer. Comme si j'étais le truc le plus triste qu'elle ait jamais vu. Elle n'arrêtait pas de dire qu'elle allait prier pour moi."

Darlene fit la moue.

"Cette façon qu'ont les gens de nous regarder, dit Tucker, la voix soudain enrouée. J'ai honte quand je marche dans la rue."

Elle jeta un coup d'œil à la porte de la chambre. Elle espérait que les filles dormaient profondément. Elle ne voulait pas qu'elles voient Tucker comme ça.

"La famille la plus triste de Mercy, récita-t-il avec amertume. Tu as accepté ça. Tu les as laissés imprimer ça sur nous. N'importe quoi aurait été mieux que ça, littéralement. On aurait pu être la famille la plus forte. Ou la plus intelligente. Ou je sais pas, la plus bizarre.

— Ce n'est pas moi qui rédige le titre des articles. Je ne contrôle pas ces choses-là.

— Tu as laissé ces journalistes entrer dans notre vie. Tu as laissé Cora passer à la télé.

— Il le fallait.

— Non…

— Si !" Les mots partirent plus fort que prévu. Elle inspira, baissa la voix. "Nous n'avions pas d'argent. Tu le comprends, ça ? On n'avait *rien*."

Le frigo se mit en route, un grondement tout en vibration. Le bruit les fit taire tous les deux et jeter un coup d'œil vers l'appareil comme s'ils attendaient un commentaire de sa part.

"Je ne regrette rien, dit Darlene. Je ne regrette rien de ce que j'ai fait."

Tucker cligna des yeux.

"Je n'ai rien fait de mal.

— Tu rigoles ?"

Elle désigna l'intérieur du N° 43 de la main. "On a un toit au-dessus de la tête. On a une télé. On a des couverts. Comment tu crois que j'ai payé tout ça ?

— Cet argent, c'est le prix du sang."

Elle grogna. Elle ne put s'en empêcher.

"Ne sois pas si dramatique. Le sang de qui ? Ça veut dire quoi, cette phrase ?

— Je te parle de principes. Tu n'as aucun principe."

Darlene ferma les yeux, convoquant une fois de plus le visage de sa mère. Elle entendit le vent dans les arbres, le halètement du frigo, le bruit dans les tuyaux pendant que le réservoir des toilettes se remplissait. Tous les bruits du parc de caravanes lui étaient encore étrangers, assez nouveaux pour attirer son attention.

Il ne restait plus que Tucker et elle – ils étaient les aînés de la famille. Elle avait l'impression de jouer au papa et à la maman. D'une minute à l'autre, leur père interromprait leur jeu, les appellerait et remettrait de l'ordre dans l'univers.

"Tu sais quoi, dit-elle. Hier, j'étais censée entrer à la fac."

Darlene se leva de table. Tucker et elle faisaient la même taille, le regard exactement à la même hauteur.

"C'était la semaine d'orientation à l'université. Papa devait m'y conduire. Je devais récupérer ma chambre dans la résidence d'étudiants.

— Putain.

— C'est toujours inscrit dans mon agenda. Je ne l'ai jamais effacé.

— Pauvre Darlene", dit Tucker doucement.

Elle sentit sa poitrine se serrer. Elle regardait ailleurs. Si elle voyait la moindre pitié dans les yeux de son frère, elle savait qu'elle fondrait en larmes.

"On n'est toujours pas sortis d'affaire. Cet « argent qui est le prix du sang » nous maintient juste à flot. Il faut que tu trouves un boulot. À temps partiel pour le moment. Tu travailleras les week-ends et après l'école. Il faut que tu aies ton bac et il faut que je trouve une solution pour payer la facture d'électricité ce mois-ci. On doit nourrir les filles. C'est tout ce qui compte. Survivre."

Il y eut un long silence cristallin. Tucker déplaça son poids d'un talon sur l'autre.

“Ça peut pas nous arriver”, dit-il. Il parlait d’une voix presque plaintive. “Il ne peut pas y avoir que ça.”

Darlene voulait voir son père. Ce n’était pas la première fois qu’elle désirait la présence de son père plus que tout au monde. Il aurait pu les tranquilliser. Papa était d’un naturel silencieux, mais il dégageait un calme intense. Sa seule présence aurait aidé. Sans lui, le mélange chimique de la famille entrait en réaction. La placidité de papa était nécessaire pour faire retomber l’étincelle de Tucker et apaiser l’agitation de Darlene. Elle ne savait pas quoi faire sans son père. Elle ne savait pas trop comment continuer à vivre dans ce monde sans lui.

“Est-ce que tu crois que tout arrive pour une raison ? demanda Tucker.

— Non, dit-elle avec une certaine force.

— Eh ben moi si. J’ai lu des tas de trucs ces derniers temps. J’essaye de m’occuper l’esprit. Est-ce que tu as entendu parler de l’anthropocène et de la sixième extinction de masse ?

— Pardon ?

— La vie sur Terre a connu cinq extinctions de masse. Chaque fois, quasiment toutes les créatures vivantes ont disparu de sa surface. Des milliers d’espèces sont mortes. Tu le savais ?

— Non.

— Ça recommence en ce moment même. Sauf que cette fois, ce n’est pas dû à une catastrophe naturelle. C’est à cause de nous. C’est ça que ça veut dire *anthropocène* : l’ère de l’homme.”

Darlene le dévisagea. “Mais de quoi tu parles ?

— Je parle de trouver une raison. Trouver du sens.”

Il fit un geste étrange, écarta largement les bras, les doigts de ses mains tremblant.

“Peut-être qu’on ne peut pas comprendre ce que c’est qu’une catastrophe. Pas vraiment. Pas tant qu’on n’en a pas vécu une. C’est une question de perception, j’imagine. Ce qui s’est passé pour nous – la tornade – était une sorte de sonnette d’alarme. Ça a forcément un sens.”

Il s’exprimait sur un ton méditatif et triste. Un instant, Darlene crut que la dispute était terminée. Ils s’en étaient sortis sains et saufs. Elle bâilla discrètement derrière sa main. Le canapé était déjà déplié et son oreiller l’appelait. Le sac de couchage de son frère était étendu par terre. Ils s’étaient mis d’accord pour dormir chacun leur tour sur le canapé. Jane et Cora – des petites filles en pleine croissance – auraient besoin du seul lit disponible. Darlene allait suggérer d’aller se coucher quand Tucker reprit la parole.

“Papa ne t’aurait jamais laissée faire, dit-il d’une voix glaciale. Il aurait trouvé une autre solution.”

Darlene recula d’un pas sans le faire exprès.

“Qu’est-ce que tu viens de me dire ? murmura-t-elle.

— S’il était là, il t’en aurait empêchée. Il aurait honte de toi.

— Tucker, dit-elle en chancelant.

— Sauf que bien sûr, il n’est plus là. Et tu sais pourquoi ?”

Un sanglot lui monta violemment de la poitrine. Les larmes lui brûlèrent les joues et elle les essuya rapidement du dos du poignet.

“La tornade, dit-elle. Une force de la nature.

— Ce n’était pas la nature. C’était toi.”

Ces mots lui portèrent un coup qui lui coupa le souffle.

“C’est ta faute. Tu m’as obligé à rester dans l’abri ce jour-là. Tu t’es mise devant la porte. Je voulais trouver papa. Je t’ai suppliée de me laisser sortir.

— Ma faute, répéta-t-elle dans un écho neutre.

— On avait encore le temps, dit Tucker qui haussait la voix. J’aurais pu le sauver. C’est toi qui as dit non. Tu l’as laissé mourir.”

Un instant, Darlene fut renvoyée dans l’abri. L’odeur de la pluie et des éclairs. Le vacarme du vent. La forte pression de la porte contre sa colonne vertébrale. Elle se souvenait d’avoir regardé autour d’elle, dans cet espace exigu, ses sœurs, et Tucker qui se tenait au milieu de la pièce les yeux écarquillés.

C’était le moment dont elle était le plus fière de sa vie. Elle avait mis son corps en travers de l’entrée. Elle avait fait ce que son père aurait voulu qu’elle fasse. Elle n’en doutait pas une seconde.

Darlene attrapa sa liste de courses sur la table et en fit une boule qu’elle jeta au visage de Tucker. Le papier rebondit contre sa tempe. Il réagit avec un temps de retard puis, surpris, leva une main à sa tête.

“Je t’ai sauvé la vie, pleura-t-elle.

— Tu crois ça ?” Le sarcasme lui tordait la bouche. “C’est ce que tu te racontes le soir pour arriver à dormir ?

— On est descendus à l’abri peut-être deux minutes avant la tornade. Fais le calcul. Si tu es encore de ce monde, c’est uniquement grâce à moi. C’est ça que tu me reproches ? De t’avoir gardé en vie ? De nous avoir gardés en vie ?

— Papa était tout seul, rugit-il. C’est comme ça qu’il est mort – mort de peur en croyant qu’on l’avait abandonné.

Deux minutes ? Ça suffisait largement pour le sauver. Et bien sûr que c'est ça que je te reproche."

Après quoi tout se passa très vite. De grattage d'une allumette, la dispute se transforma en feu de forêt. Quand elle y repensait à présent, Darlene se souvenait d'avoir crié comme jamais elle n'avait crié de sa vie. La vague de colère contenue depuis la mort de son père déferla de manière incontrôlée. Elle se souvenait de chaque mot qu'elle et Tucker s'étaient jeté à la tête. Les murs semblaient en trembler. Elle se souvenait d'avoir tapé du pied. Frappé la table du plat de la main. Jeté un stylo à la poitrine de Tucker. Ils s'écharpèrent comme seuls des frères et sœurs peuvent le faire – avec la brutalité de la familiarité. Ils connaissaient leurs failles. Très vite, ils pleuraient tous les deux, hurlaient à travers leurs sanglots.

"Je ne te le pardonnerai jamais, s'époumona-t-il enfin. Tu crois toujours tout mieux savoir que tout le monde, Darlene. C'est ça qui a tué papa."

Elle lui donna un coup de poing. Elle ne l'avait pas voulu ; c'était parti tout seul. Son poing se referma et elle frappa son frère. Un coup oblique à la poitrine. Une expiration choquée. Un échange de regards stupéfaits.

Puis il la frappa à son tour.

Elle aperçut quelque chose de flou à la limite de son champ de vision, et le poing de Tucker entra en contact avec son œil. Il y eut une explosion de rouge. Le sol sembla se dérober sous ses pieds, ce qui la fit reculer d'un pas chancelant. Pendant un instant, elle ne vit plus rien.

Elle entendit du mouvement, des marmonnements. Elle réalisa progressivement qu'elle était à présent assise sur le canapé. Un œil fonctionnait, mais l'autre ne voyait que des ombres teintées de rose. Tucker courait d'un bout à l'autre de la pièce, ramassait des affaires qu'il fourrait dans un sac à dos. Darlene cligna des yeux, ce qui était douloureux. Avec précaution, elle se toucha le visage, effleurant l'endroit où le poing de Tucker avait atterri. La peau était déjà gonflée. Ses doigts étaient tachés de sang.

La porte claqua derrière lui.

Elle n'avait plus revu Tucker depuis. Il s'était écoulé deux ans et demi. La tornade ne l'avait pas tué sur le coup, mais avait bien fini par l'emporter.

13

Par la fenêtre, Darlene regarda partir le véhicule de police, ses feux arrière brillant dans l'obscurité. Elle tira les rideaux et prit un moment pour profiter du silence. Puis elle se mit en mouvement, tourna autour du canapé dans le sens inverse des aiguilles d'une montre. Elle se parla toute seule à voix basse, une habitude qu'elle avait prise dans les moments difficiles. Mettre des mots sur ses pensées lui éclaircissait les idées.

Elle prit le téléphone pour appeler Jane, puis changea d'avis. Sa sœur serait en train de dormir, et à vrai dire, Darlene n'avait rien à raconter. La police cherchait Tucker, mais elle ne savait pas pourquoi, et Jane non plus. Darlene toqua à la porte de Cora et jeta un coup d'œil à l'intérieur. Elle vit une masse noire dans l'obscurité. Elle résista à l'envie de repousser sa couverture. Mieux valait que ses deux sœurs dorment tranquillement jusqu'au matin. Elle avait besoin de temps pour réfléchir.

C'était étrange d'avoir enfin un indice de ce qui était arrivé à son frère. Avec les années, peu de choses avaient émergé. Tucker avait tout bonnement disparu. Il avait été comme un caillou lancé dans une mare – invisible, l'onde s'évanouissant, la surface redevenant opaque.

La semaine qui suivit sa fugue avait été la pire de sa vie – pire encore que de perdre sa mère ou que la tornade elle-même. Elle s'était pelotonnée dans le sac de couchage de son frère toutes les nuits et avait respiré son odeur. Elle sanglota jusqu'à ce que sa poitrine lui fasse mal. Elle essaya de masquer son œil au beurre noir avec du maquillage, mais le bleu prit une teinte foncée et s'étendit, sa pommette violette, le blanc de l'œil piqué de rouge. Impossible de le cacher. Elle se réveillait à toute heure, allait à la fenêtre et observait le parc à caravanes au clair de lune, dans l'attente. Les jours étaient ternis par une impression omniprésente d'échec. Elle n'avait la charge de la famille que depuis quelques mois et elle échouait déjà en tout. Ses sœurs et elle étaient devenues l'incarnation même de la tragédie. Tucker était parti.

Aucun homme ne l'avait frappée jusqu'à ce jour. La force du coup avait été formidable et terrifiante – ses vertèbres ébranlées, une supernova explosant dans son nerf optique. Elle passa beaucoup de temps à se regarder dans la glace. Son œil au beurre noir s'épanouit, un cercle vert s'étendant autour de l'orbite. Sa lèvre supérieure elle aussi était gonflée. Elle ne savait pas dans quelle catégorie faire entrer cette nouvelle expression de l'aptitude de son frère à la violence.

Les jours s'agglutinèrent, peuplés du visage anxieux de ses sœurs, leurs mains sur son corps, les questions innombrables. Jane semblait plus ou moins deviner ce qui s'était passé entre son frère et sa sœur ; elle allait chercher des sachets de petits pois surgelés pour endiguer le gonflement sur la joue de Darlene et ne posait pas de questions sur le retour de Tucker. Mais Cora n'avait que six ans. Elle demandait sans cesse après lui.

Darlene ne savait pas quoi répondre. Au début, elle espérait encore qu'il reviendrait. Il n'allait quand même pas déserter sa famille comme ça. Elle appela encore et encore, mais tombait toujours sur la messagerie vocale, jusqu'à ce que la boîte soit pleine, puis que le numéro ne soit plus attribué. Darlene déclara sa disparition à la police. Cependant, elle n'y trouva que peu de réconfort. Tucker aurait dix-huit ans dans quelques mois. On mettait rarement la main sur les fugueurs de cet âge – à moins qu'ils le veuillent.

Donc elle attendit. Son frère finirait par se calmer et reviendrait à la raison. Quand il aurait passé un peu de temps à l'écart, à devoir faire la manche pour manger, à accepter des petits boulots, à dormir dans des centres d'hébergement pour SDF ou dans les champs, peut-être qu'il apprécierait le confort moderne du N° 43. Il se souviendrait que ses sœurs avaient besoin de lui.

Pendant ce temps, Darlene s'occupa autant que possible, ce qui n'était pas difficile. Il y avait toujours quelque chose à faire : récurer les toilettes, préparer les repas, répondre au téléphone. Il fallait qu'elle travaille et simule la normalité. Il fallait qu'elle sorte le linge du lave-linge, le fourgue dans le séchoir pour que les affaires de ses sœurs ne sentent pas le moisi. Il fallait qu'elle brosse les cheveux bouclés de Cora pour éviter qu'ils fassent des nœuds. La contusion s'estompa et elle redevint elle-même. Elle gardait sans cesse la télé allumée – un bruit de fond comme un genre de calmant qui arrondissait les angles de la journée, distrayait ses sœurs, leur regard inquiet pour une fois fixé sur quelque chose. Darlene se demandait si on pouvait mourir d'avoir le cœur brisé.

Enfin, elle comprit que c'était leur nouvelle réalité. Tucker ne reviendrait pas. Cette prise de conscience lui tomba dessus comme une froide pluie d'automne qui vient petit à petit, mais assombrit inexorablement le paysage. Elle jeta toutes ses affaires – ses vêtements, ses chaussures, tout ce qu'il n'avait pas pu mettre dans son sac la nuit de son départ. Elle réunit toutes les photos de lui et les jeta. Tout atterrit à la poubelle, rien ne fut donné ni vendu. Darlene ne voulait pas que les possessions de son frère soient éparpillées dans le monde et utilisées par des inconnus.

Depuis, elle n'avait pas versé une larme. Au fil des mois, elle avait subi une transformation, un endurcissement de l'esprit. Elle le sentit venir, mais ne put rien faire pour l'empêcher. Avec le temps, sa voix se fit plus douce et plus précise. Ses yeux dans la glace plus tristes.

De temps en temps, son téléphone sonnait, *Numéro inconnu*, et personne ne parlait au bout du fil, la connexion mauvaise à cause des parasites. Elle se demandait si c'était Tucker qui prenait des nouvelles. Parfois, elle apercevait un homme au loin qui avait la même démarche que son frère, et était surprise par le nombre de détails le concernant dont elle se souvenait – les os saillants de ses poignets, la finesse de sa taille, sa démarche de pigeon. Penser à lui était à la fois plaisant et affreux, le moindre souvenir d'enfance suivi par la piqûre de la désertion, chaque moment de joie infusé du concentré inverse. Elle s'était habituée à cette sensation.

Je ne te le pardonnerai jamais, lui avait dit Tucker. Mais Darlene savait désormais que rien de ce qu'elle avait fait n'était impardonnable. C'était lui qui avait brisé les liens familiaux. Ses mots cruels, son coup de poing – elle aurait pu les accepter avec le temps. Mais son abandon était injustifiable. *Je ne te le pardonnerai jamais*, lui renverrait-elle un jour à la figure. Si jamais elle le revoyait.

Vers minuit, Darlene se posta à l'entrée du N° 43, inspirant l'odeur musquée de la pluie qui venait de tomber. L'orage s'était déplacé à l'ouest vers les montagnes. Le ciel était entièrement dégagé, une étendue minuscule trouée d'étoiles comme des bosses sur du métal.

Enfin, elle alla à la chambre de Cora et hésita devant la porte. Elle savait qu'elle devrait aller voir comment se portait sa sœur, mais ne pouvait pas. Elle était épuisée, dépassée par les événements et apeurée. Elle appuya le front contre le bois de la porte. Elle fit volte-face.

Cette nuit-là, Darlene se tourna et se retourna dans son lit, donna des coups à son oreiller, et ajusta la position de son bassin pour éviter le ressort du canapé. La lumière allumée dans son esprit ne voulait pas s'éteindre. Elle ne savait pas pourquoi elle avait l'impression de devoir se montrer vigilante. Jane n'était pas là pour remplir l'espace de ses habituels ronflements rauques. De l'autre côté du mur, Cora était silencieuse ; elle semblait avoir glissé dans cet état de profond repos propre à la petite enfance.

Darlene abandonna l'idée de dormir quand les oiseaux se mirent à chanter. Le soleil n'était pas encore levé, mais les merles américains gazouillaient plus fort que n'importe quel réveil. Pendant que le café filtrait, le ciel changea graduellement, de plus en plus bleu et lumineux. Les hauts nuages attrapèrent en premier la lumière qui les borda de cuivre.

Elle prépara le petit déjeuner préféré de Cora, des tartines grillées avec du beurre et de la confiture. Elle espérait que sa sœur se serait débarrassée du gros de la maladie pendant son sommeil. Si elle était assez en forme pour aller à l'école, cela soulagerait Darlene d'un poids – un poids parmi tant d'autres.

À sept heures, elle ouvrit la porte de la chambre.

"Debout, là-dedans !"

La masse au milieu du matelas ne répondit pas. En y regardant de plus près, elle avait un air étrange – un peu trop immobile, pas même un mouvement indiquant une respiration. Darlene s'approcha. Elle tira sur le bord de l'édredon. Puis elle souleva le tas de draps et de couvertures, en secoua chaque épaisseur, les draps ondulant comme des voiles, les couvertures lourdes, un oreiller retombant dans un bruit sourd, une unique plume tournoyant dans un rayon de soleil.

14

Le poste de police était calme, la moindre surface baignée de la lueur agressive et aveuglante des néons. Roy était assis derrière un bureau encombré de babioles. À l'occasion, un téléphone sonnait quelque part, un cri strident. Le poste de police de Mercy était petit, comme il se doit dans une petite ville – un étage, un *open space* meublé de trois bureaux, et des toilettes qui sentaient fort le détergent.

"Reprenons du début, dit Roy. Est-ce que tu as vu ta sœur hier ?"

Darlene se remémora la journée.

"Oui. Mais seulement le matin.

— Cora était trop malade pour aller à l'école ?"

Elle sentit une boule dans sa gorge. "C'est ce qu'elle m'a dit.

— Et quand tu es rentrée à la maison…

— La porte de la chambre était fermée, alors j'ai cru qu'elle dormait. Et puis vous êtes venus pour parler de Tucker. Encore après, j'ai jeté un coup d'œil dans la chambre et j'ai vu une masse sur le lit – j'ai cru que c'était Cora – j'aurais dû – je n'ai pas…"

Elle s'arrêta, ouvrit la bouche et la referma. Roy se pencha au-dessus du bureau et lui tapota l'avant-bras. Elle remarqua qu'il avait le dessous des ongles sale.

"Est-ce que tu as une photo récente de Cora ?" dit-il avec douceur.

Darlene fouilla dans la poche de son jean pour en sortir son téléphone portable. Elle fit défiler les images qui y étaient stockées – un coucher de soleil, une fleur qu'elle avait remarquée et qui poussait dans une fissure du trottoir, un cliché de Jane qui lui adressait un doigt d'honneur. Il y avait une photo des pieds de Darlene, ongles vernis. Il y avait un selfie que Jane avait pris sans sa permission, un gros plan sur son visage brûlé par le soleil, faisant le clown, les yeux écarquillés et la bouche grande ouverte.

Elle choisit une photo de Cora à Noël. Elle était prise sans filtre, en lumière naturelle. Sa sœur agenouillée à côté de l'arbre artificiel, une réplique agrandie d'une algue verte et luisante. Cora portait un pull orné d'un renne. Elle brandissait un paquet emballé. Sur cette photo, c'était elle tout craché – petit visage, ossature délicate, cascade de boucles brunes.

En tendant le téléphone par-dessus le bureau, elle réalisa qu'elle avait les mains qui tremblaient. Roy examina la photo et sourit.

"Adorable. Je vais me l'envoyer par mail, d'accord ? Ça va mettre la machine en marche.

— D'accord.

— Est-ce que je peux t'offrir un café ?"

Darlene cligna des yeux dans sa direction.

"Quelque chose à boire ? Tu as pris ton petit déjeuner ?

— Je ne m'en souviens pas."

Ces quelques dernières heures lui avaient échappé comme de l'eau dans un tuyau d'évacuation. Il lui fallut un moment pour comprendre que Cora avait bel et bien disparu – ni dans la salle de bains ni dehors, nulle part. Darlene avait mis tous les placards sens dessus dessous et crié le nom de sa sœur dans l'espace entre la caravane et le sol. Elle avait frappé à la porte des voisins, fut d'abord accueillie par de la colère, puis de la confusion et enfin de la commisération. Elle longea le ravin, jetant des coups d'œil dans l'obscurité des ronces, un ravin formé des décennies plus tôt par l'action de l'eau, depuis asséché et envahi de buissons rêches.

Sans prévenir, Roy apparut au-dessus d'elle et lui déposa une assiette en carton dans les mains. Une pâtisserie, une pomme talée et une tasse de café.

"Merci, dit-elle.

— Mange, ça va te faire du bien."

Elle obéit. Le glaçage s'émietta entre ses dents, pâte aussi spongieuse que du carton. Sur la tasse en céramique, il était écrit *La meilleure maman du monde* en lettres en forme de bulles.

"Je reviens tout de suite", dit Roy.

Il se précipita dans le couloir d'un pas bondissant plein d'impatience. Darlene croqua dans sa pomme et la recracha, incapable de supporter son goût farineux. Dans un coin de la pièce, une télé hurla les nouvelles du matin.

Bientôt, les images à l'écran changeraient. Dans une heure ou peut-être ce soir, une photo de Cora apparaîtrait. Une enfant rieuse. Le pull avec le renne. Une mineure disparue. Une tragédie supplémentaire pour la famille la plus triste de Mercy. Darlene essayait de s'y préparer. Elle ne parvenait pas à se préparer.

Il y eut du bruit dans la rue et elle regarda la porte avec espoir. Kendra avait pris une voiture de police pour aller chercher Jane à l'école. C'était étrange de voir des gens dans la rue qui vivaient leur vie ordinaire, à l'abri d'une éventuelle tragédie. Darlene regarda la bibliothécaire de la ville se promener avec son épagneul. Le fleuriste qui nettoyait sa boutique avec un seau d'eau et un balai à franges. La tasse penchait dangereusement et éclaboussa la cuisse de Darlene. Elle attrapa une serviette et tamponna son jean.

La clochette au-dessus de la porte tinta et Jane apparut, le pas rapide et les bras tendus. Elle se jeta sur Darlene et la serra contre elle.

"C'est pas vrai, dit-elle. Qu'est-ce qui nous arrive ?

— Je ne sais pas.

— Où est-elle ?

— Je ne sais pas", répéta Darlene.

Elles restèrent ainsi un moment, enlacées comme deux arbres plantés trop près l'un de l'autre, les troncs confondus en une seule et large base. Jane se détacha la première. Elle portait un t-shirt rose vif où il était écrit le mot *Impertinente*. Elle avait les cheveux lisses sous le bandeau à pois. Son ensemble, dynamique et coloré, contrastait énormément avec l'expression d'anéantissement sur son visage.

Kendra se tenait à côté, les bras croisés. Roy réapparut, remontant rapidement le couloir vers elles. Darlene regarda les deux officiers se parler tout bas, tête penchée. Ils jetèrent un coup d'œil dans sa direction. Roy secoua la tête, une rougeur d'émotion fleurissait sous l'ambre de ses joues. Kendra lui tapota la poitrine de son index.

"Que se passe-t-il ? demanda Darlene.

— Vous devriez vous asseoir, dit Kendra sur un ton qui ressemblait à de la gentillesse.

— Vous avez des nouvelles ?

— Oui et non. Asseyez-vous, s'il vous plaît."

Darlene saisit la main de Jane et elles prirent place chacune sur une chaise. Kendra s'assit sur le bord du bureau, jouant avec ses manchettes. Darlene s'aperçut que la femme en face d'elle était nerveuse. Sa propre angoisse en fut décuplée.

"Nous avons des raisons de croire que ton frère est en ville", dit Roy. Il se tenait debout, les surplombant toutes, le ton formel.

"Pardon ?" dit Darlene.

Il se racla la gorge. "Nous sommes en possession d'indices qui suggèrent que Tucker était à Mercy.

— Je ne comprends pas. Quel genre d'indices ?

— On ne pense pas que Cora ait fugué, expliqua Roy. On pense que ton frère l'a emmenée avec lui."

Jane poussa un gémissement. Kendra tritura ses manchettes de plus belle. Darlene resta figée un moment, serrant la main de sa sœur comme si c'était une bouée de sauvetage.

Puis son portable sonna. Elle le sortit de sa poche par réflexe.

Un nouveau SMS. Il était précédé d'un triangle avec un point d'exclamation à l'intérieur ; il ressemblait à ces avertissements qu'on recevait parfois en cas d'intempéries. Fouillant dans les recoins les plus inaccessibles de son cerveau, Darlene s'aperçut que la dernière fois qu'elle avait vu ce petit symbole, c'était le jour de la tornade. Elle lut :

ALERTE ENLÈVEMENT. Mercy, Oklahoma. ENFANT : Cora McCloud, 9 ans, fille/blanche. Cheveux : NOIRS. SUSPECT : Tucker McCloud, 20 ans, homme/blanc. Cheveux : BRUNS.

15

La salle d'interrogatoire n'était pas aussi intimidante que Darlene l'avait imaginé. Dans une série télé, elle aurait consisté en une boîte en fer avec un miroir sans tain au mur. Ici, il y avait un canapé turquoise, un tableau représentant des chevaux dans un champ, une rangée de placards. Roy s'activait, une chemise cartonnée sous le bras, il alluma le ventilateur installé à la fenêtre. Darlene buvait sa quatrième tasse de café. Jane et elle étaient sur le canapé aux coussins peu épais et glissants.

Roy s'assit de l'autre côté de la table, une pièce de chêne, peut-être une antiquité. Il leur expliqua ce qui allait se passer. Il parlait d'une voix mature et mélodieuse, ce qui avait l'effet indésirable de susciter la rêvasserie chez Darlene qui écoutait davantage le son des mots que leur sens. Elle n'avait pas beaucoup dormi, et son inquiétude concernant Cora semblait se manifester par une sorte de surcharge sensorielle – tous les éclairages étaient trop vifs, la moindre odeur, une agression. Difficile de se concentrer sur une seule chose. À ses côtés, Jane avait entamé son habituel processus de dégénérescence. Elle commençait la plupart de ses journées plutôt bien mise, mais impossible de nier sa nature entropique. Sa crinière blonde n'était déjà plus qu'un sac de nœuds et elle avait de l'encre étalée sur les joues. Ses chaussures étaient délacées.

“Normalement, c'est mon sergent qui devrait vous parler, expliqua Roy. Mais Charlie a eu une crise cardiaque il y a quelques semaines. Vous en avez peut-être entendu parler ?

— Ah non, dit Darlene. Tu lui diras qu'on pense à lui, s'il te plaît.

— Ça lui fera plaisir.

— C'était un ami de la famille quand on était petites. Papa nous parlait de lui.

— C'est vrai”, ajouta Jane.

Roy acquiesça. Un ange passa – la minute de silence respectueux coutumière pour honorer quelqu'un qui était mort dans la tornade. Les deux filles le savaient bien.

Puis Roy glissa quelques formulaires sur la table et tendit un stylo à Darlene. Elle les signa sans en lire un mot. Cela parlait d'écoutes téléphoniques. D'une recherche de fluides corporels. Elle était distraite par la sensation du stylo entre ses mains – étrangement lourd, un beau métal et non du plastique.

Roy expliqua que le FBI allait intervenir bientôt ; la police de Mercy n'avait tout bonnement pas les ressources pour gérer une telle enquête. Il s'exprimait sans amertume. Le FBI avait un labo d'analyses, dit-il. Leur équipement était ce qui se faisait de mieux.

“Mais je resterai votre agent de liaison, déclara-t-il. J'aimerais rester impliqué. Est-ce que vous avez la moindre idée d'où Tucker pourrait aller ? Un endroit familier. Un lieu où il se sentirait en sécurité.”

Une fraction de seconde, l'image de leur vieille maison scintilla dans l'esprit de Darlene. Elle vit Tucker descendant les marches deux à deux, se faufilant par la porte de derrière avec un sourire, et se dirigeant vers la ferme au milieu des hautes herbes. Puis elle s'ébroua. Cette maison – et l'intégralité de leur rue – n'était plus qu'un tas de débris et de déchets toxiques.

"On a envoyé un message à toutes les patrouilles, dit-il. Ce sont les quarante-huit premières heures, la fenêtre est encore ouverte. Tu as de la famille éloignée quelque part ? Est-ce que tu connais des amis avec qui Tucker aurait pu être en contact ?

— On n'a plus de famille. La tornade nous a tout pris."

Roy nota quelque chose sur son bloc. Son visage était éclairé par en dessous par une petite lampe de bureau. Darlene vit quelques poils de barbe sous son oreille à côté desquels il était passé en se rasant. Il y avait une pendule au mur au tic-tac bruyant et insistant. Le pied de Jane n'arrêtait pas de tressauter. Son agitation faisait bouger le canapé.

"Des indices", finit par dire Darlene. Sa voix était plus aiguë que d'habitude.

"Pardon ? demanda Roy.

— Tu as dit que vous aviez des indices. Pourquoi vous pensez que Tucker est impliqué dans tout ça ?"

Il posa son stylo avec une lenteur délibérée.

"Bon. Alors.

— Que se passe-t-il ? voulut savoir Darlene.

— L'attentat à la bombe.

— À l'usine ?"

Roy acquiesça, l'expression grave. "Du sang a été retrouvé sur place. On l'a envoyé à un labo d'analyses ADN à Oklahoma City. On a reçu les résultats hier. Ton frère était déjà dans la base de données et l'échantillon correspondait…

— Non", dit Jane. Sa voix était ferme, mais plate, comme si elle répondait à une question posée en classe.

"J'ai peur qu'il n'y ait aucun doute, dit Roy. Tucker est le poseur de bombe. C'est pour ça que Kendra et moi sommes passés hier. On avait besoin de savoir si vous aviez été en contact avec votre frère. On pensait qu'il se cachait peut-être chez vous. À l'abri."

Darlene ferma les yeux. La sensation était nouvelle. Elle éprouvait de la compréhension et de la détresse à parts égales – deux émotions qu'elle avait toujours cru ne pas être liées et qui déferlaient à l'intérieur d'elle en une seule vague douloureuse. Sans le vouloir, sans en être consciente, elle glanait des informations sur Tucker depuis des jours. À partir des reportages télé, des ragots au supermarché, et même des policiers quand ils étaient passés au N° 43 – et malgré leur retenue – Darlene avait amassé suffisamment d'informations. Ces bribes sans queue ni tête formaient désormais un récit.

"Et Cora dans tout ça ? demanda-t-elle.

— Je ne crois pas aux coïncidences, dit Roy. On sait que Tucker est en ville. Et Cora a disparu. C'est logique, non ?

— Je ne sais pas, dit Darlene désespérément. Rien de tout ça n'est logique."

Roy fit glisser un dossier vers elle. Elle vit *Tucker McCloud* écrit dessus en grosses lettres énervées. Le dossier arborait une photo de son frère tenue par un trombone. Darlene s'en saisit. En y regardant de plus près, elle se rendit compte qu'il s'agissait d'une photo d'identité judiciaire. Tucker portait une combinaison orange et brandissait une pancarte noire avec des inscriptions en lettres blanches : une date, un lieu et une longue série de chiffres. Elle reconnut le nom du comté, plus à l'est, près de Tulsa.

"Je vais vous parler de votre frère", dit Roy.

Darlene inspira.

Elle ouvrit le dossier et il se mit à parler. Roy donnait l'impression de bien connaître Tucker – non pas en tant que personne mais en tant que cas d'école, une synthèse composée de plusieurs caractéristiques et d'actions. Feuilletant le dossier, Darlene avait la moitié du cerveau qui écoutait et l'autre qui lisait. Roy ne savait pas tout, bien sûr – seulement ce qui avait fini dans le rapport officiel. Une deuxième photo d'identité judiciaire montrait Tucker affublé d'une barbe blonde. Il était cadré de profil sur une troisième. Une image pixélisée de Tucker à un rassemblement, image qui semblait avoir été récupérée sur le réseau social de quelqu'un.

"C'est un criminel ? demanda Darlene en désignant le dossier. Je veux dire, il était *déjà* criminel ?

— Oui", dit Roy.

Les questions concernant Tucker avaient bourdonné dans son esprit comme des abeilles dans une ruche pendant si longtemps, un vrombissement qui durait depuis des années. Les bons jours, Darlene imaginait son frère travaillant dans un café, vivant dans une grande ville, partageant un appartement mal entretenu avec des colocataires. Les mauvais jours, son imagination l'emmenait dans des lieux plus sombres. Tucker était peut-être à la rue, faisait peut-être la manche. Il était peut-être devenu toxico. De temps en temps, une montée de désespoir la faisait sursauter et elle se demandait s'il était mort. Un cadavre retrouvé dans une allée. Un simple cercueil en pin. Une stèle gravée du nom des anonymes, *John Doe*. S'il n'était jamais rentré à la maison, ce n'était peut-être pas parce qu'il était cruel, mais parce qu'il était six pieds sous terre. Peut-être qu'elle avait passé tout ce temps en colère contre lui pour une chose à laquelle il ne pouvait rien.

Mais voilà que sans crier gare, on lui offrait toutes les informations qu'elle désirait – toutes terribles, surprenantes et étranges.

"Sa première arrestation remonte à un mois après son dix-huitième anniversaire, raconta Roy. Il n'était donc plus mineur et j'imagine que c'est pour ça que personne ne t'a prévenue à l'époque. Une manifestation illégale avait eu lieu dans un zoo à Pawnee. Je crois que Tucker a passé la nuit en prison et il est ressorti avec une simple mise en garde. Ça doit être mentionné dans le dossier…"

Darlene tourna les pages. Roy expliquait quelque chose au sujet des juridictions. Apparemment, Tucker avait rejoint un groupe de défense des droits des animaux appelé *Environmental Conservatory Organization*. ("ECO pour faire court, dit Roy. Ce qui est plutôt malin, j'imagine.") Six mois après son premier délit, Tucker était arrêté à Muskogee. Avec deux autres membres d'ECO, ils avaient tenté de saboter le travail d'une équipe de bûcherons dans une forêt ancienne qui abritait une espèce rare de chouette. Comme c'était son deuxième délit, il reçut une amende, fut condamné à une peine avec sursis et mise à l'épreuve, et c'est là que son ADN entra dans la base de données. Pour ses coaccusés qui avaient déjà un lourd passif judiciaire, la sentence fut plus sévère. On conseilla à Tucker de se tenir à l'écart d'ECO, de ne pas manquer ses rendez-vous avec son agent de probation, de se trouver un boulot, d'oublier la préservation des espèces et de se préserver lui à la place.

Il n'en tint pas compte. Il viola aussitôt sa conditionnelle et disparut des écrans de contrôle tout au long de cet hiver gris.

Le rythme cardiaque de Darlene accéléra au fur et à mesure qu'elle lisait le dossier. *Acte de malveillance. Vandalisme. Port d'arme illégal en vue d'une action criminelle.* Il y avait une photo de Tucker à côté d'une jeune femme aux bras entièrement tatoués, le sternum orné d'un phénix aux couleurs joyeuses. Tucker souriait, mais la jeune femme était de marbre, le bras levé en signe de paix, à moins que ce ne soit de victoire. Ils étaient tous les deux grands, maigres et mal nourris, leurs vêtements en guenilles, et clairement sales.

Darlene entendit l'écho lointain de son frère quand il lui avait demandé : *Est-ce que tu crois que tout arrive pour une raison ?* Au cours de leur dispute, il avait parlé de catastrophes naturelles et de sonnettes d'alarme. Il avait parlé de trouver du sens et d'avoir un but. Sur le moment, Darlene n'avait pas vraiment ajouté foi aux folles divagations d'un garçon abruti de chagrin, mais elle avait peut-être eu tort. Peut-être qu'ECO lui offrait le sens qu'il cherchait. Qu'avec ces gens, il avait trouvé un genre de but. Darlene ne comprenait pas tout, mais un motif se dessinait dans son esprit.

Roy continuait de parler ; d'un point de vue policier, Tucker s'était comporté de manière erratique. Il était suspect à la suite d'une alerte d'attentat à la bombe contre un élevage de chiens. Dans une ville appelée Sulphur, il avait protesté contre les tests menés sur des animaux par une entreprise en s'enchaînant à la porte du bureau du directeur général. Un mois plus tard, il était arrêté pour vagabondage après avoir fait la manche et dormi dans les rues d'Oklahoma City. On avait relevé ses empreintes à Lawton sur la scène d'un incendie criminel raté dans un élevage de poulets industriels. D'après Roy, les activistes avaient tendance à prendre des décisions chaotiques. Des groupes comme ECO étaient désorganisés par nature, proposaient un cadre mal défini à des radicaux aux idées communes, mais qui n'agissaient pas de manière coordonnée et avaient tous des passions et des degrés d'engagement différents. Certains espéraient sauver les dauphins. D'autres étaient obsédés par les espèces invasives. D'autres encore ne parlaient que de la fonte des pôles et de la montée des eaux. Il y en avait pour qui la déforestation était ce qui menaçait le plus la vie sur Terre. Il y avait ceux qui voulaient organiser des protestations non-violentes : sit-in, grèves de la faim, mailing aux responsables politiques. Enfin, il y avait ceux – comme Tucker – qui voulaient se lancer dans des actions plus concrètes.

"Donc c'est grave, dit Darlene. Ce n'est pas juste un hobby.

— Aussi grave qu'une attaque cardiaque, dit Roy. Il est en mission.

— Un activiste", murmura-t-elle pour voir comment sonnait le mot.

De l'autre côté de la fenêtre, une sirène retentit. Darlene leva les yeux, surprise. Elle entendit le bruit du moteur qui s'éloignait. Elle avait oublié que tout le poste de police ne se préoccupait pas de son désastre personnel. Le soleil se déversait par la fenêtre, recouvrant la table de fractales luminescentes. Elle écouta le hurlement de la sirène, lugubre et robotique, jusqu'à ce qu'il retombe entièrement.

Vers la fin du dossier se trouvait une autre photo, apparemment l'image la plus récente que la police possédait de Tucker. Darlene se pencha et observa l'étranger représenté dessus, portant un t-shirt aux manches déchirées, le menton relevé. Il était pieds nus et bronzé. Elle se demanda quand la photo avait été prise, qui l'avait prise – à qui son frère avait bien pu réserver ce sourire si éclatant et affectueux – et comment elle avait atterri dans ce dossier. En plissant les yeux, elle examina un détail du t-shirt. Une silhouette à moitié délavée. Un ours polaire.

Dans un sursaut, elle reconnut le t-shirt. Elle le lui avait offert pour son anniversaire des années plus tôt. (Son frère avait toujours adoré les ours polaires. Il les voyait comme un emblème du monde sauvage – puissants, beaux, indomptables et en voie de disparition.) Tucker avait dû choisir de l'emporter quand il avait quitté le N° 43. Il l'avait avec lui sur la route depuis tout ce temps. Et même s'il en avait déchiré les manches, il l'avait gardé. Son frère était quelque part à l'intérieur de ce jeune homme maigre et en colère. Si seulement elle pouvait percer sa carapace pour révéler celui qui se cachait dessous, le garçon perdu qu'elle connaissait si bien.

"Depuis un an, Tucker commet des actes de plus en plus graves", dit Roy.

Darlene leva les yeux vers lui. "Comment ça ?

— On a recensé un acte de sabotage dans une usine de Noble County. Peu de temps après, il y a eu un incendie criminel à Tulsa. Quelques mandats d'arrêt sont émis contre ton frère. Il a laissé des empreintes et son ADN partout en Oklahoma.

— Mon Dieu", souffla Jane.

Roy fit une pause, fronçant les sourcils. Darlene le regarda avec appréhension. Le soleil éclaira sa mâchoire et sa gorge quand il bougea dans son fauteuil.

"Tucker a posé sa première bombe à Ponca City. Il y a six mois.

— Sa *première* ?

— Je suppose que l'intérieur d'un abattoir ne lui a pas plu. La déflagration – attends voir…" Roy lut l'un des rapports qu'il avait à la main. "A détruit les postes d'abattage et les machines de levage des carcasses. Mille têtes de bétail se sont échappées ce jour-là."

Jane se pencha en avant et parla d'une voix plus aiguë que d'habitude.

"Tucker a fait sauter un abattoir ?

— Oui, dit Roy. Lui et quelques autres membres d'ECO. Ils ont eu recours à des bombes artisanales, du même genre que celle utilisée pour Jolly Cosmectics, à ce qu'on en sait."

Jane s'affaissa de nouveau sur sa chaise, l'air horrifié. Elle avait clairement atteint son quota de nouvelles atroces.

"Et son deuxième attentat à la bombe remonte à quelques jours, dit Roy. Ici, à Mercy.

— Donc, il n'y a aucun doute…, commença Darlene.

— Aucun. L'ADN correspond."

Jane se couvrit les yeux d'une main.

“Tucker a perdu pas mal de sang à Jolly. Pas assez pour que ça soit fatal, mais tout de même beaucoup. Assez pour le ralentir. Je pense que c’est pour ça qu’il voulait Cora avec lui. Peut-être qu’il la laissera partir quand il sera guéri.”

Darlene ravala sa salive.

“C’est un moment difficile pour vous. J’apprécie votre coopération.

— Bien sûr, murmura-t-elle.

— On avance bien, ça devrait vite bouger. Pour commencer, on va lancer des écoutes téléphoniques et avec de la chance…”

Il poursuivit, accompagnant ses paroles de gestes circulaires comme s’il peignait sur un mur imaginaire. Darlene cessa d’écouter. À la dernière page du dossier figurait un portrait-robot réalisé à partir de la vidéosurveillance de Jolly Cosmetics. Elle l’avait déjà vu ; Roy le lui avait montré dans son salon. *Ça ne lui ressemble pas du tout*, avait-elle dit sur le moment. Et pourtant, c’était bien son frère – elle le savait à présent.

Les petits yeux méchants. Le nez comme un bec acéré. Un sourire méprisant qui flottait sur une bouche étroite. Le criminel représenté sur ce dessin avait construit des bombes artisanales de ses propres mains. Il était revenu à Mercy le jour anniversaire de la tornade pour créer davantage de dégâts. Il avait emmené Cora – peut-être de force, peut-être par la contrainte ou en l’amadouant.

Darlene ne reconnaissait son frère dans aucune de ces actions. Elle ne retrouvait pas son visage dans le dessin. Elle ferma violemment le dossier et le repoussa.

16

Elles passèrent les quelques nuits suivantes dans un motel. La caravane était devenue une scène de crime, entourée de ruban plastique jaune et assiégée de journalistes. Ils avaient débarqué à Mercy des quatre coins du pays après l'alerte enlèvement. Darlene se rappelait les oiseaux de proie qui tournoyaient dans le désert. Il lui était arrivé de voir une volée de faucons ou d'urubus à tête rouge virevoltant dans un courant ascendant haut dans le ciel. Cela ne pouvait signifier qu'une chose : un animal était blessé ou mourant. Les prédateurs se réunissaient, assoiffés de sang.

Les journalistes convergèrent vers les Shady Acres pour prendre des photos du N° 43, même s'il était vide. Il ne s'était rien passé d'aussi sordide depuis des années. Depuis trois ans, pour être exact. La famille la plus triste de Mercy était à nouveau sous le feu des projecteurs – et elle était encore plus triste qu'avant. Ce n'était plus seulement des orphelins. Ni des victimes. La fratrie comptait désormais un poseur de bombe et une enfant volée.

Jane manqua l'école ; les journalistes s'y trouvaient aussi, rôdaient dans le parking, aux aguets. Darlene se fit porter pâle et n'alla pas travailler, puisant dans ses maigres économies. Ces dernières années, elle avait réussi à mettre un peu de côté en cas de catastrophe. Chaque semaine, qu'il pleuve ou qu'il vente, elle ajoutait quelques dollars à la réserve même si pour cela, elle devait sauter un repas ou retarder le moment de changer l'huile de moteur du pick-up. L'expérience lui avait appris qu'une nouvelle catastrophe était toujours sur le point d'arriver. Elle devait se tenir prête.

La chambre, au moins, était gratuite. Étant donné l'histoire de la famille, le propriétaire du motel leur offrit le séjour. Les journalistes s'y trouvaient aussi – ils n'avaient pas eu de mal à deviner que les sœurs McCloud s'étaient réfugiées dans le seul hôtel de Mercy – mais ils n'allaient pas plus loin que le lobby. Le réceptionniste était un modèle de cette réserve typique du Sud-Ouest, implacable sous son chapeau de cow-boy. Il gardait un fusil à portée de main, appuyé contre le mur, visible de tous. Il ne ferait pas cadeau d'un seul regard aux journalistes, et encore moins du numéro de chambre de Darlene et Jane. Coincés, les reporters traînaient devant l'entrée.

Le temps s'écoulait bizarrement. Il passait parfois à toute vitesse, quelques heures englouties en un clin d'œil, et à d'autres moments, il dégoulinait lentement comme le miel d'une cuiller. La chambre était petite et marron, la moquette mal posée, le papier peint trop décoloré pour en reconnaître le motif. Chaque matin, Darlene accrochait la pancarte NE PAS DÉRANGER sur la porte pour que la femme de chambre n'entre pas. Le couloir sentait le chou bouilli. Les tuyaux faisaient du bruit dès que quelqu'un tirait une chasse d'eau.

Mais au moins, le motel possédait une piscine intérieure. Darlene et Jane n'avaient pas pensé à emporter leurs maillots, mais se moquaient de nager en t-shirt et culotte. C'était une façon assez plaisante de passer le temps. En général, elles avaient le bassin pour elles. Les murs carrelés renvoyaient l'écho du moindre son. Un alignement de baies vitrées laissait entrer la lumière du soleil, adoucie par la vapeur. La piscine était d'un bleu qui n'existait pas dans la nature. L'eau puait tellement le chlore que ça piquait les yeux dès l'entrée. Jane et Darlene effectuaient de lents mouvements de brasse. Elles s'entraînaient à faire la planche, Jane sur le dos, ses boucles blondes en éventail autour de sa tête pendant que Darlene se tenait à côté d'elle, une main lui effleurant délicatement le bas du dos. Le fond de la piscine était couvert d'une épaisseur de stuc pleine d'aspérités qui marquait leurs pieds un peu comme le feu du rasoir. Les cheveux de Jane prirent une teinte verdâtre.

Elles ne regardaient pas les nouvelles, seulement la chaîne cinéma, préférant les classiques et les comédies musicales aux films contemporains. Une fois, Darlene avait allumé la télé et vu l'extérieur terne du motel filmé en direct, la caméra faisant un plan panoramique sur les fenêtres. Il lui aurait suffi de lever les stores pour apparaître aussitôt sur une chaîne nationale. Elle avait vite changé de chaîne.

Cette fois, elle avait décidé qu'il n'y aurait pas d'interviews. Elle avait éteint son téléphone et l'avait remisé dans un tiroir, hors de vue. Elle n'avait pas ouvert ses mails et avait évité les réseaux sociaux. Elle savait exactement ce que les journalistes diraient s'ils arrivaient à la joindre – aussi indécents qu'empathiques, ils lui promettraient de l'argent, un coup de projecteur et "l'occasion de raconter votre version de l'histoire". Darlene se moquait d'être fauchée. Elle avait retenu la leçon : elle ne ferait plus jamais l'erreur de franchir la ligne jaune en passant de l'autre côté de l'écran.

Un soir, elle partit marcher pour se laver la tête, laissant Jane sur son lit jumeau dans un nid de barquettes de fast-food et de serviettes sales. Darlene emprunta la sortie de secours à l'arrière du motel, le réceptionniste lui ayant dit que l'alarme de la porte était cassée. Elle jeta un coup d'œil aux trottoirs pour s'assurer qu'il n'y avait personne dans les parages. Le vent était aussi chaud que l'eau d'un bain. Les lucioles clignotaient au-dessus de la prairie tandis que le soleil passait sous l'horizon. C'était le mois de juin, et l'air sentait l'été – le pollen, les engrais et les pesticides à l'odeur suave.

Darlene se dirigea vers la supérette du coin, se délectant de sa solitude. Le paysage était franchement laid. Le motel se dressait le long de la grand-route, bâti pour accueillir des voyageurs qui n'avaient nulle part de mieux où passer la nuit avant de repartir vers un lieu plus intéressant. Un patchwork de champs s'étendait jusqu'à l'horizon – l'un luisant de soja qui arrivait à hauteur de genoux, un autre nu et marron, un troisième si matelassé de pissenlits qu'il semblait plus jaune que vert. Quelques derricks oscillaient au loin. Dans la lumière du soir, ils devenaient presque beaux, silhouettes se découpant sur un ciel multicolore, tracé architectural, à la fois massif et inconsistant, pris dans une danse perpétuelle.

À la supérette, Darlene acheta du pain, du beurre de cacahuète et de la confiture, un peu de fromage et un pot de crème glacée. Il n'y avait pas de frigo dans la chambre du motel, mais Jane aurait tout fini avant que la glace ne fonde complètement. Le caissier portait un uniforme rouge écarlate qui faisait ressortir les boutons sur ses joues. Il chiquait du tabac et crachait régulièrement dans une tasse. Darlene glissa l'argent sur le comptoir, mais il le repoussa en secouant la tête.

"C'est pour moi", dit-il.

Au-dessus de sa tête, une télé était vissée au mur. Sans le faire exprès, elle leva les yeux. Elle vit la photo de sa sœur à l'écran. La petite Cora. Cora disparue.

"J'espère qu'ils vont la retrouver", dit le caissier.

Elle se dépêcha de ressortir. Le vent soufflait, sec et chargé de sable, s'efforçant de lui arracher les sacs qu'elle avait dans les mains. Les arbres se balançaient comme du kelp dans le courant, les étoiles clignotaient dans le crépuscule. La nuit retentissait du chant strident des cigales. Ces insectes étaient en pleine période de mue. Ils apparaissaient en mai sous forme de nymphes marron foncé incapables de voler, mais après avoir été suffisamment exposés à la chaleur et au soleil, ils subissaient une métamorphose déplaisante. Ils commençaient par se trouver un arbre, une maison ou un poteau téléphonique et grimpaient dessus – lentement, maladroitement, poussés par l'instinct – jusqu'à atteindre une hauteur qu'eux seuls pouvaient évaluer. Ils s'accrochaient de toutes leurs forces à cet endroit, ne bougeaient plus et devenaient peu à peu translucides. Puis ils muaient. Ils déchiraient leur ancienne peau par l'arrière de la tête et s'élevaient dans le ciel comme des créatures sur ressorts, leurs ailes vibrant comme des cymbales. Et ils abandonnaient leur enveloppe devenue inutile un peu n'importe où.

Un jour, il y a longtemps, Cora s'était mise à collectionner les cuticules de cigales. Elle en avait caché une vingtaine dans un tiroir du N° 43 et Darlene avait été troublée en tombant dessus, ces symboles de changement grotesques.

Pendant un moment, Cora prit possession de son esprit. Des images de sa petite sœur défilaient sous ses yeux comme un carrousel de diapositives sur un écran. Elle vit Cora traîner des pieds d'un air résigné devant les marches de l'école primaire. Elle vit Cora grimper dans l'arbre le plus haut de Shady Acres, attrapant chaque branche sans peur ni hésitation. Elle vit Cora par terre, allongée sur le ventre, sa peau dorée dans la lumière de l'après-midi, le regard intense et concentré, une araignée au creux de ses paumes. Elle vit Cora se préparer son encas préféré à base de beurre de cacahuète et de pickles. Elle vit Cora courir à travers l'aire de jeux. Sa sœur était athlétique, et même gracieuse, mais n'en avait pas conscience.

Par certains côtés, Cora était une enfant mystérieuse. Elle avait un groupe de copines à l'école mais n'avait jamais formé le genre d'attachements passionnés que Darlene avait connu dans sa propre enfance. (Elle se demanda si ça aussi, c'était sa faute – après tout, quand elle était petite, les McCloud n'étaient pas encore "la famille la plus triste de Mercy".) En fait, la solitude n'avait pas l'air de gêner Cora. Contrairement à la plupart des enfants de son âge, elle réfléchissait toujours avant de parler et restait sur la réserve. Elle affichait une expression aussi calme que la surface d'un étang, aussi miroitante, capable de renvoyer aux gens ce qu'ils voulaient voir. On pouvait la croire heureuse si on ne remarquait pas sa posture affalée. On pouvait oublier qu'elle était dans la pièce jusqu'à ce qu'on croise son regard qui brillait de vigilance. Darlene avait conscience d'avoir pris cette façade pour argent comptant. La vie était déjà bien assez dure pour ne pas aller en plus chercher ce qui se tramait au tréfonds d'une gamine silencieuse. Il était plus simple de lire du contentement dans l'extérieur calme et impassible de Cora. Il était plus simple de supposer que tout allait bien pour pouvoir se concentrer sur d'autres choses.

Quand Darlene regagna le motel, il n'y avait plus que son pick-up sur le parking, les camions des journalistes disparus. La nuit tombée, ils avaient regagné le nid comme des faucons après une dure journée de chasse.

Darlene entra dans la chambre où elle trouva Roy. Elle était contente de le voir. En quelques jours, il était passé du statut de personne menaçante à neutre pour finalement devenir un roc de raison dans un monde bizarre et bancal. Son visage carré et honnête, ses yeux couleur café étaient un soulagement. Darlene posa ses courses par terre. Roy était assis au bord du lit et jouait aux cartes avec Jane.

"Des nouvelles ? demanda Darlene.

— Non. Mais les équipes bossent d'arrache-pied sur la scène de crime. On a mis tous vos téléphones sur écoute. Ce n'est qu'une question de temps. Hé !" Cette exclamation s'adressait à Jane qui venait juste de lui donner une tape sur la main, ce qui manifestement faisait partie du jeu.

"J'ai gagné ! dit-elle.

— Celle qui gagne fait le ménage", dit-il en se levant.

Obéissante, Jane ramassa les cartes. Elle avait encore les cheveux verts à cause de la piscine. Cela faisait plusieurs jours qu'elle manquait l'entraînement de foot. Darlene savait que l'absence d'activité physique commençait à lui peser.

Tout le monde était d'accord dans la famille pour dire que le foot était le ticket de sortie de Mercy pour Jane. Elle avait des capacités, participait religieusement à tout et se pliait aux exigences de son entraîneur, elle ne cherchait pas à épater la galerie et n'était pas mauvaise joueuse. Elle était la candidate parfaite pour une bourse d'études. Darlene avait fait le calcul chaque fois quand elle avait dû acheter de nouveaux crampons, des protège-tibias ou une tenue. Ces investissements auront payé le jour où elle verrait sa sœur monter à bord d'un bus qui l'emmènerait à la fac.

Roy s'approcha. "Viens, allons faire un tour.

— D'accord. Jane, mange. Avant que ça fonde."

Sa sœur acquiesça, attrapant le pot de crème glacée et la télécommande.

Darlene et Roy sortirent dans le couloir miteux et sombre. Elle n'arrivait pas à décider si cet état de déréliction était dû à une accumulation de saleté ou à un éclairage insuffisant. Roy se dirigeait vers la sortie de secours. Ils traversèrent le lobby où le réceptionniste somnolait derrière le comptoir, son chapeau de cow-boy incliné vers l'avant pour cacher ses yeux, son fusil contre le mur. Roy attendit qu'ils soient dehors pour parler.

"On a franchi la limite des quarante-huit heures.

— Ce qui veut dire ?

— Ce n'est pas bon signe."

Il y avait un banc à côté d'un buisson. Roy s'assit et Darlene l'imita. Il portait un pantalon kaki et une chemise dont le col ouvert révélait un petit tapis de poils.

Comme toujours, il dégageait une odeur de marchand de thé, épicée et sucrée. Il avait des dents du bonheur. Il sortit un paquet de cigarettes de sa poche.

"Ça te dérange ?

— Non", dit-elle, même si c'était faux.

Il alluma sa cigarette et tira longuement dessus. Il recrachait poliment la fumée loin d'elle. Darlene vit quelque chose trembler sur le banc à côté d'elle. Une cigale avait abandonné sa cuticule à cet endroit, encore agrippée au bois, et elle était agitée par la brise. Avec une grimace, elle l'envoya d'une pichenette dans les buissons.

"La police scientifique a trouvé du sang chez toi.

— Quoi ?

— Ils en ont trouvé partout, en fait. Dans la salle de bains. Sur le sol de la cuisine.

— Mon Dieu.

— C'est le sang de Tucker, dit-il rapidement. Apparemment, celui de Cora n'apparaît nulle part. L'équipe a découvert ça après avoir vaporisé un révélateur chimique et utilisé un appareil optique spécial. Tu ne pouvais pas le voir à l'œil nu."

Darlene ne dit rien, réduite au silence par l'image du N° 43 inondé de sang.

"On savait que Tucker s'était blessé dans l'explosion. Donc ce n'est pas vraiment une surprise. Il n'y en a pas assez pour que sa vie soit en danger, mais il a laissé un sacré bazar derrière lui.

— Il a tendance à faire ça, dit Darlene sur un ton fatigué. Mon frère est une tornade de catégorie 5."

Roy tira une dernière fois sur sa cigarette d'un air contemplatif, puis l'écrasa sur le banc.

“Écoute, il y a cette question que je dois te poser…”

Darlene fronça les sourcils. Elle croyait savoir ce qu’il allait demander.

“La plupart des cas de kidnapping tournent autour d’un problème de garde d’enfant. Un parent profite d’une occasion pour enlever son gamin à l’autre parent. Mais là…” Il s’arrêta. “Un frère aîné qui emmène sa petite sœur…” Il fit une nouvelle pause.

“Tucker n’est pas comme ça”, déclara Darlene.

Roy expira rapidement. “Tu es sûre ? Une petite fille sur cinq…

— Pas Tucker.

— C’est souvent un membre de la famille qui…

— Crois-moi. Tucker est une catastrophe dans beaucoup de domaines, mais il n’a pas ce problème-là.”

Elle le regarda droit dans les yeux. Sans ciller. Roy la dévisagea comme s’il essayait de voir le mur derrière elle. Puis il acquiesça, satisfait. Il se redressa, passa les mains sur le sommet de son crâne.

“Alors, à ton avis ? Qu’est-ce que va faire Tucker ?”

Darlene haussa les épaules.

“Il repasse à la caravane, poursuivit Roy. Il y trouve Cora. Elle l’aide à panser ses blessures. Mais pourquoi est-ce qu’il la prend avec lui ? Pourquoi l’emmener dans sa fuite ?

— Tu l’as dit toi-même – il était dans un sale état. Il avait besoin d’aide. Il a un talent pour faire en sorte que les gens prennent soin de lui.

— D’accord. Mais il y a des barrages de police tout autour de Mercy. Ils ne pourront pas rejoindre la prochaine ville sans se faire arrêter. La photo de Cora est sur tous les écrans télé de l’Oklahoma. C’est quoi le plan de Tucker ?”

Darlene émit un rire froid. "Qu'est-ce qui te fait croire qu'il a un plan ? J'imagine qu'il gardera Cora avec lui tant qu'il aura besoin d'elle. Après quoi il l'abandonnera quelque part et poursuivra sa route. Il n'a jamais eu tellement besoin de la famille."

Roy lui jeta un coup d'œil, son expression pleine de compassion.

"J'espère seulement…, commença-t-elle avant de soupirer. Il ne blesserait jamais Cora volontairement. Elle a toujours été sa préférée. Mais il est insouciant. Très irréfléchi. J'espère seulement qu'il se souviendra de la nourrir. De s'assurer qu'elle mette sa ceinture de sécurité. Qu'elle se lave les dents.

— Ouais.

— Mon Dieu, pauvre Cora. Elle doit être tellement perdue." Darlene secoua la tête. "Je ne sais pas ce que lui a dit Tucker pour qu'elle s'enfuie avec lui. Il a dû lui faire le coup de la culpabilité. Que sa survie dépendait d'elle. Je suis sûre qu'elle a cru qu'elle n'avait pas le choix."

Elle se tordit les mains dans le tissu de sa chemise. Le vent tourbillonna autour d'elle, portant le parfum fleuri de la prairie.

"C'est la personne la plus égoïste qui soit. Dès que je me dis qu'il ne peut pas faire pire, il se surpasse.

— Je vois ça.

— Prions juste pour qu'au moment où il l'abandonnera, il ait assez de jugeote pour la mettre au moins à l'abri. C'est tout ce qu'on peut espérer."

Darlene resta un instant le souffle coupé par la colère. Depuis des années, elle pensait à son frère avec un mélange de chagrin et de jalousie. Ce cocktail d'émotions faisait tellement partie de son masque, à présent, qu'elle ne se souvenait pas qui elle était sans lui. La rage brûlait dans sa poitrine comme la flamme d'une lanterne. Elle l'avait nourrie tendrement depuis le départ de Tucker, l'avait protégée du vent, l'avait gardée vive.

Darlene pensa soudain à Mme Hamilton, une assistante sociale connue autrefois. Elle ne l'avait pas vue depuis des années, mais elle se souvenait encore du rebondi de sa queue-de-cheval et de son arc-en-ciel de bracelets qui cliquetaient au moindre geste. Une semaine après la tornade, Mme Hamilton avait fait entrer les quatre orphelins McCloud dans son bureau. Dans une période chaotique où tout se mélangeait comme des coulures d'encre, son visage ressortait nettement dans la mémoire de Darlene.

Mme Hamilton avait posé des questions, sa voix d'une gentillesse trompeuse, ses yeux brillants comme ceux d'un oiseau. Rien ne lui échappait. Darlene se souvenait de son parfum de lavande, de la sensation qu'on lui faisait passer un examen pour lequel elle n'avait pas révisé. Son frère, ses sœurs et elle étaient assis sur une rangée de chaises en plastique, perturbés et fébriles. Tucker faisait des figures avec un élastique. Jane s'arrachait les cuticules. Cora regardait fixement par la fenêtre, cherchant à deviner des formes dans les nuages.

C'était Mme Hamilton qui leur avait expliqué les options qui se présentaient à eux. Ils n'avaient pas de famille éloignée pour les accueillir. Ils pouvaient donc rester ensemble, mais cela signifiait que Tucker et Darlene devraient "vraiment beaucoup s'impliquer". Il faudrait s'occuper de leurs sœurs. Il faudrait aider les filles à faire leurs devoirs, s'assurer qu'elles mangent et dorment assez, assister aux réunions parents-profs et s'occuper de leurs besoins émotionnels. Darlene et Tucker devraient devenir grands du jour au lendemain – et ne pas devenir que des adultes, mais des tuteurs.

Pendant que Mme Hamilton parlait, Darlene jeta un coup d'œil à son frère. Ils se regardèrent par-dessus la tête de Jane. Tucker acquiesça solennellement. Il tendit la main à travers l'espace qui les séparait et serra l'épaule de Darlene – un geste aussi rassurant qu'une promesse.

Puis Mme Hamilton évoqua la famille d'accueil. Elle ne mâcha pas ses mots pour décrire "le système". À dix-neuf ans, Darlene en était exclue, mais ses sœurs et son frère lui seraient arrachés, transportant leurs quelques affaires dans des sacs-poubelles. Ils seraient d'abord placés en foyer d'hébergement. À quelques mois de sa majorité, Tucker ne trouverait sans doute pas de famille d'accueil. Les adolescents étaient toujours difficiles à placer. Il vivrait dans ce foyer jusqu'à ses dix-huit ans, après quoi il serait recraché dans le monde, seul. Cora et Jane auraient plus de chances de trouver une famille, mais même si des gens les prenaient, elles seraient sans doute séparées. Elles ne pourraient pas rester à Mercy, peut-être même pas en Oklahoma. Il s'écoulerait peut-être des années avant qu'ils puissent tous se revoir.

"Ensemble, ensemble, on restera ensemble", répondirent-ils d'une voix. Pas d'hésitation. Mais avec un acquiescement désespéré. Main dans la main.

Plus tard, Mme Hamilton voulut parler avec Darlene en tête à tête, alors Tucker emmena Jane et Cora déjeuner. Seule dans le bureau de l'assistante sociale, Darlene essaya de se tenir droite sur sa chaise, d'avoir l'air mûre et responsable. Mme Hamilton contourna la table et s'approcha tout près, son large visage tartiné de maquillage sédimenté.

"Tu es sûre de toi, Darlene ? Tucker peut aider, mais tout reposera sur tes épaules. J'ai besoin que tu réfléchisses bien à ce que sera ta vie.

— C'est fait.

— Tu ne perdras l'estime de personne si tu refuses. Le placement n'est pas si terrible. Vous aurez quelques années un peu dures, mais ça passera. Au bout du compte, tes sœurs et ton frère s'en sortiront quoi que tu décides."

Darlene toucha distraitement son épaule là où Tucker l'avait touchée. À cet instant, elle était sûre d'elle. Ses parents auraient voulu qu'ils restent ensemble. L'avenir serait difficile – elle le savait – mais au moins elle ne serait pas seule.

"On peut y arriver, dit-elle. On y arrivera, Tucker et moi."

Les souvenirs affluant, elle ferma les yeux très fort. L'écho de ses paroles lui parvint. Elle était si jeune à l'époque. Elle faisait implicitement confiance à son frère. Prendre la mesure de son innocence de l'époque était douloureux. Même si elle avait déjà beaucoup souffert – morts, accidents et tornades – elle n'avait encore connu que la tragédie, pas la cruauté humaine. Elle ne savait pas encore tout ce qu'une personne pouvait faire subir à une autre.

Trois mois après cette conversation, Tucker s'était enfui.

Avec un lourd soupir, Darlene se demanda comment elle aurait répondu à Mme Hamilton si elle avait su ce qui allait se passer. Elle se demanda si l'assistante sociale avait repéré quelque chose chez son frère qui lui avait échappé. Une agitation. Un caractère inconstant. Un penchant violent.

17

Le mois de juin avançait comme un train de marchandises. Darlene fut bientôt de retour dans la caravane, de retour au travail. Le vent d'été était sec et chaud, calcinant l'herbe d'un coup et remplissant l'air iridescent de mirages dont la lumière fondait comme du beurre. Elle passait ses journées à scanner les courses des autres et à éviter les journalistes sur le parking. Elle passait ses nuits à faire les cent pas dans l'obscurité de la caravane. Il y avait une chaise vide à la table de la cuisine. En mangeant une pizza un soir, Jane eut un sourire et dit : "N'en resta plus que deux." Une seconde plus tard, son visage se décomposa, et les deux sœurs détournèrent le regard. Les McCloud disparaissaient l'un après l'autre.

Darlene évitait les informations. Jane et elle campèrent sur leur position, refusant de donner la moindre interview, mais leur réserve ne changea pas grand-chose. Leur histoire dans ses moindres détails passait en boucle à la télé et sur Internet. Darlene tenta d'en protéger Jane – ainsi qu'elle-même. Elle ne voulait pas entendre des présentateurs interroger des psychologues, des avocats ou des activistes environnementaux. Elle ne voulait pas les entendre conjecturer sur les possibles motivations de son frère. Elle ne voulait pas les entendre parler de Tucker comme d'un sociopathe ou d'un terroriste. Surtout, elle ne voulait pas entendre parler de Cora. Les journalistes employaient invariablement des termes angéliques pour la décrire – "un cœur en or", "très populaire à l'école", "aimée de tous". Cette façon de parler était insupportable. C'était une nostalgie préemptive, du souvenir rétroactif, une auréole attribuée à une enfant que tout le monde avait déjà l'air de croire morte. Darlene ne voulait rien savoir, mais attrapait des bribes sans le faire exprès en changeant de chaîne ou en passant près de la réserve où le volume de la radio était plus fort. L'histoire flottait dans l'air qu'elle respirait.

Tous les quelques jours, Roy appelait pour prendre de ses nouvelles, la voix un peu plus grave à chaque fois. Rien de neuf, rien du tout. La police était toujours sur l'affaire, le FBI laisserait les téléphones sur écoute aussi longtemps que possible, il avait bon espoir. Mais les forces de l'ordre ne se concentraient plus sur Tucker et Cora. Le FBI avait levé les barrages autour de Mercy. Tucker était un criminel parmi tant d'autres, de même que Cora était une victime parmi tant d'autres.

Ce qui n'empêchait pas Darlene de sursauter chaque fois que le téléphone sonnait. Elle regardait fixement le petit écran, et invariablement, son cœur chavirait. C'était Jane qui avait besoin d'être raccompagnée à la maison. Ou Fred qui appelait du supermarché. De temps en temps, elle entendait le petit déclic sur la ligne lui indiquant que le FBI écoutait aussi.

Une semaine s'écoula, puis deux. Les journalistes étaient partis, c'était déjà ça. Suivant l'odeur de décomposition et de meurtres plus frais. Darlene nota leur absence avec plaisir et regret – elle était contente de les voir partir, mais leur départ ne signifiait rien de bon pour Cora.

Avant de quitter le N° 43 chaque matin, Darlene regardait dans la glace de la salle de bains et travaillait à afficher un masque poli et inamovible. Elle s'entraînait à réciter quelques répliques évasives : *Aucune nouvelle pour l'instant. C'est gentil de poser la question. Vraiment désolée, je n'ai pas le temps de discuter.* Elle s'armait contre l'assaut inévitable de la journée. Les journalistes avaient beau être partis, les habitants de Mercy étaient presque aussi impitoyables. Ils donnaient l'impression de tous s'adresser à elle de la même façon, la voix pleine de trémolos, la tête penchée sur le côté pour indiquer la sympathie. Il y avait quelque chose de robotique dans cette répétition, tous ces gens au comportement identique. C'était particulièrement dur de les arrêter quand elle était au travail, derrière la caisse, coincée, obligée de se montrer agréable. Ils lui demandaient comment elle allait et si elle avait des nouvelles de Cora. Ils souriaient avec sollicitude et hypocrisie. Ce qui lui tapait sur les nerfs.

Darlene avait souvent entendu parler de la Règle d'or de l'Oklahoma. Après l'attentat à la bombe qui avait touché le Murrah Building, le soutien aux victimes avait afflué de partout. Des inconnus avaient fait communauté du jour au lendemain. Les gens s'étaient servis de leur voiture comme ambulance et avaient cassé leur tirelire. Ils avaient donné leur temps, leur sang, les vêtements qu'ils avaient sur le dos, les chaussures qu'ils avaient aux pieds. Darlene avait entendu ces histoires toute sa vie. Elle avait observé la fierté par procuration de ses voisins, y compris chez ceux qui ne vivaient pas à Oklahoma City ou qui n'étaient même pas nés à l'époque.

Dans la foulée de sa propre tragédie – là aussi, une parmi tant d'autres –, elle se posait la question. Peut-être que cette Règle d'or se serait appliquée à elle si les circonstances avaient été différentes. Les habitants de Mercy voulaient peut-être se montrer plus attentifs et obligeants que curieux et guindés. Mais ce scénario-là n'existait pas. Si Cora était rentrée au bercail saine et sauve, tout le monde aurait su quoi faire : appeler pour les féliciter de cette fin heureuse, se réjouir dans les rues, apporter de la nourriture. Si Cora était morte, tout le monde aurait su quoi faire : appeler pour offrir ses condoléances, envoyer des fleurs, apporter de la nourriture. Mais dans la situation actuelle, Cora était une question sans réponse.

Darlene était de plus en plus reconnaissante d'avoir Roy à proximité. Avec lui, au moins, elle n'avait pas besoin de faire semblant. Il savait ce qu'elle avait souffert – combien elle souffrait encore – et elle n'avait pas besoin de feindre la normalité ni de réorienter la conversation vers des sujets moins bouleversants. Il ne lui disait jamais de sourire, de s'en remettre à Dieu, ou qu'il priait pour elle.

Cora lui manquait plus qu'elle ne l'aurait cru possible. Elle avait toujours aimé sentir sa petite sœur monter sur ses genoux. Son torse osseux et ses genoux noueux. Parfois Cora faisait la sieste sur elle, son front calé contre sa gorge. Ces moments étaient rares. Sa sœur n'avait jamais été très encline aux câlins ou aux baisers, tout comme Darlene. Aujourd'hui, malgré tous ses efforts, elle ne se souvenait pas de la dernière fois qu'elles s'étaient touchées. Cela semblait pourtant important. C'était ce que créait le recul ; il n'y a que rétrospectivement que l'importance et l'intuition de ces instants font sens. La dernière étreinte. Le dernier au revoir.

Avec le temps, Darlene prenait de plus en plus conscience des systèmes impérieux de la vie humaine. À la fois grands et petits, internes et externes, ces mécanismes étaient impossibles à arrêter et soutenaient son existence. Hors de toute volonté ou consentement de sa part, son corps continuait de fonctionner, son cœur pompait du sang, ses neurones envoyaient leurs décharges électriques dans son cerveau. Hors de toute volonté ou consentement de sa part, la ville de Mercy continuait de fonctionner aussi. Les câbles au-dessus d'eux transportaient l'électricité. Le supermarché ouvrait tous les jours à huit heures pile. Les camions poubelle ramassaient les déchets et les emportaient à la décharge. La quincaillerie organisait des soldes d'été.

Sur l'autoroute, par-delà l'horizon, de l'autre côté de l'écran télé, les infrastructures indomptables de la civilisation perduraient. Les antennes-relais fonctionnaient. Les avions décollaient. Internet vivait son existence mystérieuse. Des nouvelles de Chicago lui parvenaient, une histoire d'émeute après un match de baseball. Des nouvelles d'Europe lui parvenaient qui parlaient d'une annonce controversée du pape. Des nouvelles de l'espace lui parvenaient – une météorite qui pourrait se diriger vers la Terre dans mille ans.

Les rythmes plus anciens et profonds du monde prenaient aussi leur essor. Les jours s'allongeaient et les nuits raccourcissaient. La lune croissait et décroissait. Les constellations d'été montaient plus haut et brûlaient avec plus d'intensité. Les pastèques envahissaient le supermarché, et de petites coccinelles capables de mordre envahissaient le parking. Une pluie d'orage inonda les rues pendant quelques heures, le sol trop sec pour absorber toute cette eau. On annonça une tornade à Dover qui se révéla être une fausse alerte. Un matin, il y eut un double arc-en-ciel.

Après la fin de l'année scolaire, Jane prit possession de la caravane. Darlene l'avait sans cesse dans les pattes, sa sœur affalée sur le canapé, ses crampons sur le paillasson, ses protège-tibias dans le salon, des mottes de terre et d'herbe partout.

Darlene essayait de se montrer indulgente. Jane était elle aussi sous pression, même si elle ne l'exprimait pas directement. Elle ne parlait jamais de Cora. Elle s'efforçait de faire comme si tout allait bien, même si elle avait toujours l'air au bord des larmes.

Darlene se surprenait souvent à penser à Tucker – se rappelait comment il était avant. Ses meilleurs souvenirs de son frère étaient les plus anciens. Tucker édenté qui se moquait d'elle à travers les barreaux de son lit d'enfant. Tucker en couche, le ventre nu, la peau tendue et dorée. Elle se rappelait lui avoir appris à tresser les cheveux de maman. Elle se rappelait l'avoir promené dans la poussette à côté de sa mère. Tucker et elle avaient moins de deux ans d'écart, et pendant longtemps, ils avaient été les seuls enfants de la maison. Bébés en même temps. Jeunes enfants en même temps. Ils partageaient leurs jouets, leurs livres, le bac à sable du jardin, leur bain du soir, les berceuses de leur mère et les genoux de leur père.

Petit garçon, Tucker n'avait peur de rien. Un jour, il glissa vers la troisième base si violemment qu'il se cassa le bras en deux endroits. C'était un enfant tout en égratignures et bleus. Il faisait du vélo sans les mains. Grimpait sur le toit pour un pari. Enfonçait des clous dans la clôture du fond juste pour le bruit que ça produisait. Provoquait des bagarres avec son défi préféré : "On dirait que tes fesses ça serait la pelouse et que je serais la tondeuse !" Darlene trouvait souvent son frère perché au sommet d'un arbre, à une hauteur que personne n'oserait atteindre, oscillant avec le tronc, le regard posé sur l'horizon comme s'il s'attendait plus ou moins à s'envoler. Pendant un moment, il crut que l'expression *Tucker out*, "épuiser", parlait de lui. À la fin d'une longue journée, il se blottissait contre Darlene et murmurait : "Je t'ai épuisée."

Il aimait déjà les animaux à l'époque. Il était devenu végétarien très jeune, déclarant que la viande était un meurtre et, au dîner, rappelait à toute la famille à quoi aurait ressemblé leur repas s'il était encore en vie. C'était une position difficilement tenable pour un jeune garçon dans une ville de l'Oklahoma, mais Tucker parvint à ses fins grâce à un mélange d'humour et de charisme. Il riait des commentaires équivoques, et rapidement, les gens cessèrent d'en faire.

La ferme familiale avait été sa maison et ce qui faisait battre son cœur. Maman et lui étaient pareils. On pouvait trouver Tucker dans l'enclos des vaches ou maman assise à côté du poulailler à toute heure du jour. Darlene aimait aussi les animaux, mais ils n'exerçaient pas sur elle ce pouvoir d'attraction qu'ils avaient sur sa mère et son frère, ces derniers considérant l'appentis miteux et la grange moisie comme la porte d'entrée vers un monde merveilleux. Maman n'était jamais aussi prompte à sourire que quand elle était avec Mojo. Elle passait des heures avec l'étalon, sans le monter, juste pour le nourrir, communier avec lui dans sa propre langue de gestes et de toucher. Tucker entretenait un lien similaire avec les vaches, qui outrepassait la division inhérente des espèces. Le troupeau le cherchait chaque après-midi, leur grosse tête tournée vers la maison, remuant la queue. Les vaches attendaient qu'il rentre de l'école, et quand elles le voyaient marcher vers l'enclos, elles l'appelaient, leur long cou tendu, la gueule grande ouverte, émettaient le même mugissement que pour saluer leurs congénères.

Après la mort de maman, Tucker avait redoublé de dévouement pour les animaux. Parfois, Darlene se disait qu'il n'existait pas d'autre exutoire pour l'amour dont il avait couvert leur mère – une rivière puissante sans route préétablie –, de sorte qu'il le redirigeait vers la ferme. Il apportait des cadeaux à la chèvre timide, même si elle méprisait l'humanité. Il prit le relais de sa mère auprès de Mojo. Quand l'étalon tomba malade, Tucker s'occupa de lui avec grâce et affection. Il devinait que Mojo était lui aussi en deuil et organisa l'achat d'une jument et d'un poulain. Pendant des semaines, il les aida à s'acclimater à leur nouveau foyer.

Il ne négligea pas non plus les vaches. Darlene se souvenait d'une semaine pluvieuse au mois d'août, environ un an après la mort de leur mère : le ciel se couvrait, les arbres gros et noirs, l'air dans la maison si humide qu'elle pouvait presque nager dedans. En jetant un coup d'œil par la fenêtre de sa chambre, elle remarqua que le bétail était allongé, comme toujours par ce temps. Une petite silhouette se trouvait au milieu. En se concentrant, elle vit que Tucker était étendu dans l'herbe entre deux femelles. Laissant la pluie le tremper jusqu'aux os.

Après la tornade, on n'avait retrouvé aucun des animaux de la ferme. Les cheveux, les vaches, la chèvre, les poules – ils avaient été effacés aussi totalement que la maison, la grange et bien sûr papa. Tout avait été emporté. Darlene savait qu'il valait mieux ne pas imaginer que l'un d'eux s'était enfui pour se mettre à l'abri. Il y avait des milliers de façons de mourir dans une tornade. Elle espérait seulement que ça s'était passé vite.

Une semaine après la catastrophe, Tucker et elle étaient retournés discrètement à la maison pour fouiller les décombres et tenter de retrouver des affaires qui leur seraient utiles. Ils rampèrent entre les arbres déracinés et des plaques de placo, à la recherche de vêtements, de casseroles ou de jouets. Ils se glissèrent entre des débris de plomberie et grimpèrent sur des planches fendues. Dans l'ensemble, leur butin ne servirait à rien : une chaussure esseulée, un livre d'images déchiqueté, un oreiller dans une flaque boueuse et de rejets d'égouts, une moitié de guitare.

Darlene le vit en premier, même si elle ne reconnut pas ce que c'était. Une masse argentée. Douce et couverte de fourrure. Éclaboussée de gouttelettes rouges. Il lui fallut un moment pour comprendre qu'il s'agissait du pied arraché d'un cheval.

La jambe avait été sectionnée nettement, ne laissant qu'un sabot, une articulation noueuse, le lustre d'une robe grise. La blessure était étonnamment propre, comme cautérisée. Darlene tendit la main vers l'horrible chose, espérant que ses sens la trompaient, espérant toucher du plastique ou du bois.

La chair était froide. Au toucher, le sabot et les poils faisaient la même impression dans la mort que dans la vie. Le sang avait séché pour former une pâte. Une odeur de décomposition récente parvint aux narines de Darlene – pourrie, caillée et terreuse.

Puis une ombre s'étendit au-dessus d'elle, et levant les yeux, elle enregistra Tucker à ses côtés. Elle n'avait jamais vu une telle expression et ne la reverrait jamais. Elle dut détourner le regard face à tant de douleur. Il sortit un mouchoir de sa poche, cracha dessus et s'agenouilla pour essuyer la patine de sang séché sur les doigts de sa sœur.

18

Par un après-midi sec et doux, Darlene balayait le trottoir devant le supermarché quand elle entendit un crissement de pneus. Elle se tourna et vit une voiture de police freiner brusquement. Roy en descendit en lui faisant signe. Darlene mit une main en visière sur son front, observant son air résolu, ses mouvements que la détermination rendait vifs.

"On a découvert une fille, hurla-t-il. À la frontière texane."

Darlene lâcha le balai qui tomba dans un fracas.

"C'est Cora ?" cria-t-elle.

Roy fit rapidement le tour du véhicule par l'avant. "Aucune identification pour l'instant. J'ai reçu l'appel il y a dix minutes. Deux pêcheurs ont vu quelque chose flotter dans la Red River. Ils l'ont sortie et l'ont emmenée directement aux urgences."

Il tendit son téléphone à Darlene. Il y avait une image sur l'écran, légèrement floue, comme si le photographe avait été en mouvement. Elle vit le miroitement d'une eau rouge. Elle n'avait jamais vu la Red River, mais savait que ses berges servaient de limite froncée entre l'Oklahoma et le Texas. Sur le cliché, le fleuve était encadré par des arbres et un fourré d'herbes humides. Elle regarda de plus près.

Une enfant était allongée dans la boue. Deux silhouettes adultes se penchaient sur elle. Sa posture suggérait qu'elle était sans connaissance. Ses habits étaient trempés, la peau marbrée par des traces de vase couleur rouille, les cheveux plâtrés sur les joues. Darlene agrandit la photo avec deux doigts, mais la petite fille fut dissoute en milliers de pixels.

"Impossible à dire. Tu penses que c'est Cora ?

— Elle va rester aux urgences pendant au moins quelques heures. Avec un peu de chance, on pourra y être à son réveil."

Darlene plissa de nouveau les yeux sur la photo. Une enfant anonyme. Pas de traits distinctifs. En arrière-plan, la rivière était couleur sang.

Ils empruntèrent la Route 81 en direction du sud pour traverser l'Oklahoma. Le soleil était suspendu, immobile au niveau de la vitre de Darlene, lui cuisant la peau. La voiture de police était propre mais vieille. Roy conduisait au-dessus de la limite de vitesse – la prérogative du policier – tandis que Darlene lisait un article concernant la Red River sur son téléphone. Elle n'y avait jamais vraiment pensé auparavant, à sa teinte biblique. D'après Internet, la rivière était d'un marron boueux indéfinissable, mais en période de crue, elle était saturée de terre cramoisie.

Darlene ne semblait pas trouver de position confortable sur son siège. Un désodorisant en forme de tournesol était accroché au rétroviseur, remplissant le petit habitacle d'un parfum artificiel. Roy ne tenta pas de faire la conversation. Il alluma la radio, mais ils étaient trop loin dans la campagne pour capter autre chose que de la friture.

À l'extérieur de Chickasha, Roy s'arrêta pour faire le plein, acheter une bouteille d'eau et fumer trois cigarettes d'affilée en tournant en rond près du champ de terre nue, derrière le parking, loin des pompes et des émanations d'essence. Darlene envisagea d'envoyer un texto à Jane pour la prévenir, mais se retint. Sa sœur passait la journée avec des amis, flirtant sans doute avec des garçons au magasin tout-à-un-dollar ou tentant de voir un film interdit aux mineurs. Darlene attendrait d'avoir de vraies nouvelles pour lui en faire part.

Dans le champ, Roy décrocha son téléphone. Elle était trop loin pour entendre ce qu'il disait, mais l'observa avidement pendant qu'il agitait sa cigarette. Elle rongea l'ongle de son pouce jusqu'au sang.

“Du nouveau ? demanda Darlene quand il revint vers elle.

— Pas encore.”

Ils reprirent la route. Les vêtements de Roy étaient désormais imprégnés d'une odeur de cigarette qui se mélangeait mal avec la puanteur du désodorisant. Le soleil était plus bas dans le ciel, réduisant les nuages en vapeur.

Soudain, Darlene trouva ce silence intenable.

“Tu n'étais pas là, si ? lâcha-t-elle.

— Pardon ?

— Au moment de la tornade. Tu ne vivais pas à Mercy à ce moment-là ?

— Exact."

Elle acquiesça. "Je savais bien que je m'en souvenais. Tu t'es absenté quelque temps.

— À la fac. Pour préparer le concours d'entrée dans la police.

— Où ça ?

— Oklahoma City." Il se frappa la poitrine avec le poing. "Sooner un jour, Sooner toujours."

Darlene hésita à lui dire qu'elle était censée aller dans cette université elle aussi, la première de sa famille à faire des études. Il y avait mille ans de ça.

"Qu'est-ce qui t'a incité à revenir à Mercy ?"

Roy se frotta le menton. "Eh bien, ma mère est tombée malade.

— Je suis désolée.

— C'est gentil. Le cancer l'a emportée rapidement. En deux mois, c'était fini." Il soupira. "Après son décès, j'ai réalisé que je voulais rester. On n'est jamais mieux que chez soi, pas vrai ?"

Darlene ne répondit pas. Elle posa une main sur son cœur.

"Regarde", dit Roy. Il désigna le panneau du doigt, mais il avait disparu avant qu'elle ait le temps de le lire.

"On arrive ?

— Dans une demi-heure."

Darlene se fit la remarque que Roy dégageait une certaine légèreté – une qualité qu'elle-même ne possédait pas. L'optimisme semblait être son état par défaut. Elle se demanda par quel miracle il était devenu comme ça, armé contre le chagrin. Peut-être que c'était un trait de caractère inné, inscrit dans son ADN dès sa naissance.

Roy ne l'avait jamais traitée comme le reste des habitants de Mercy. Peut-être parce qu'il était absent quand avait frappé la tornade. Soit la couverture médiatique de l'événement lui avait échappé, soit il avait la gentillesse de laisser le passé à sa place.

Les vastes terres stériles du Texas scintillaient sur l'horizon. L'hôpital se dressait en lisière d'une petite ville, en surplomb d'une pente escarpée constellée de buissons et de grosses roches. Tandis que Roy se garait sur le parking, Darlene voyait la lueur lointaine de la Red River. Sous cet angle, l'eau, effleurée par le soleil couchant, brillait comme du néon.

Elle aurait aimé croire en Dieu. Elle aurait aimé pouvoir prier.

Darlene descendit de voiture avant que celle-ci ne soit totalement arrêtée et courut vers les portes de l'hôpital. Roy cria quelque chose dans son dos, mais elle ne se retourna pas. Alors qu'elle dérapait dans l'entrée, un homme à l'accueil leva les yeux, surpris.

“Où est la petite fille ? cria Darlene.

— Comment ?

— La Red River. La petite fille !”

L'homme recula sur sa chaise à roulettes, les yeux écarquillés, puis tendit la main vers le téléphone du bureau.

“Je vais appeler la sécurité.

— Ça ne sera pas nécessaire”, dit Roy qui surgit aux côtés de Darlene, légèrement essoufflé. Il montra son badge.

Une infirmière en blouse rose les conduisit le long d'un couloir. Elle se déplaçait avec cette lenteur langoureuse du sud, et Darlene dut résister à l'envie de la pousser de là. L'hôpital était minuscule, les murs d'un bleu éclatant qui détournait l'attention.

"Nous y voilà, dit l'infirmière en désignant une porte. Elle est sous sédation. Vous ne pourrez pas lui parler."

Il y avait une petite silhouette sur un lit blanc, sous une couverture. La petite fille était sous intraveineuse et un moniteur indiquait son rythme cardiaque et sa respiration. Les bruits de la machine étaient à la fois rassurants et exaspérants.

Darlene s'approcha. Elle toucha le tissage rugueux de la couverture d'hôpital. Puis, sans prévenir, ses genoux cédèrent. Roy bondit pour la rattraper. Il la remit d'aplomb.

La petite fille ne ressemblait pas du tout à Cora. Elle n'était pas de la bonne taille ni du bon âge ni de la bonne ethnie. Une petite chose grassouillette. D'environ cinq ans. Les cheveux étaient brillants et raides, sans la moindre ondulation et encore moins de boucles. Elle avait la peau brun-roux, aussi chaude que le lever du soleil sur l'édredon blanc.

L'enfant de quelqu'un d'autre. La sœur de quelqu'un d'autre.

Darlene recula en chancelant et se heurta à Roy. Il resta près d'elle pour la soutenir, les mains serrées autour de ses épaules.

Le moniteur cardiaque retentit. La poche de l'intraveineuse brilla. La petite fille dans le lit respira, les bras mollement croisés sur le ventre.

"Ramène-moi à la maison", murmura Darlene en se détournant.

La route était déserte. La nuit était tombée, sans lune. Roy conduisait et Darlene avait appuyé la tempe contre la vitre, tanguant avec le mouvement de la voiture. Quelques étoiles esseulées brillaient au-dessus de l'horizon. Un gros camion les croisa, rien que des phares et du vent. Darlene envoya un texto pour dire à Jane qu'il y avait eu une fausse alerte et qu'elle rentrerait tard. Elle n'éprouvait aucune tristesse ; elle n'éprouvait rien. Elle semblait avoir atteint un état de quiétude au-delà de toute émotion humaine.

Cora n'était pas la seule enfant disparue dans la région. Évidemment.

Roy fouilla dans sa poche, puis passa un mouchoir à Darlene. Elle le retourna entre ses mains. Le tissu était froissé, sentait fort la nicotine.

“Je ne pleure pas.

— Au cas où.”

Puis son téléphone sonna. Il répondit sans quitter la route des yeux. La conversation fut courte. “Mmm. Oui. Compris.”

Roy raccrocha et se racla la gorge.

“La petite. Ses parents viennent d'arriver à l'hôpital.”

Darlene ferma les yeux, fit une boule du mouchoir dans sa paume.

19

Darlene se réveilla au son de son téléphone. Il lui fallut un moment pour se dégager du fouillis de draps. Elle chercha à tâtons sur la table basse, tentant de débrancher son téléphone du chargeur.

"Allô ?"

Il y eut un crépitement de friture à l'autre bout. Darlene se redressa et repoussa les cheveux de son visage. Elle plissa les yeux pour lire l'heure sur l'horloge du micro-ondes.

"Bon sang, il est quatre heures du matin. Qui est à l'appareil ?"

Un rire flotta sur la ligne. Il était haut perché, aussi sucré que de la barbe à papa. Un rire de petite fille.

D'un coup, Darlene fut complètement réveillée, plus alerte que jamais. Elle se leva, attrapa le téléphone des deux mains.

"Est-ce que c'est toi ? murmura-t-elle.

— C'est moi, dit Cora.

— Mon Dieu, mon Dieu. Dieu merci."

Elle alluma la lampe. Ses lunettes étaient sur la table basse, les verres clignotaient dans sa direction. Elle les mit et le monde devint plus net. Elle tendit la main vers ses chaussures.

“Où es-tu ? Est-ce que tu vas bien ? Tu es blessée ?

— Je vais bien. Tucker était gravement blessé…” Une vague de friture déferla et la voix de Cora fut emportée dans une mer de bruissement gris.

“Tu es là ?

— Mieux maintenant, dit Cora en même temps. Il va mieux.”

La liaison était sans cesse interrompue, ténue et mauvaise. La respiration de Cora semblait s'étirer sur la ligne. Darlene coinça le téléphone entre son menton et son épaule pour fouiller dans son sac et tenter de trouver ses clés de voiture. Elle se représenta le visage de sa sœur – des plumes en guise de sourcils, un bouton en guise de nez, un papillon en guise de bouche. Elle connaissait chaque centimètre du corps de Cora. Elle avait essuyé les fesses de sa sœur, l'avait baignée, avait pansé ses égratignures et soigné ses bleus. Elle imagina les billes de ses vertèbres, la cicatrice sur son genou gauche, et son nombril rugueux, ni creux ni rebondi, mais quelque part entre les deux.

“Dis-moi où tu es. Je viens te chercher.

— Quoi ?” Il y eut un accroc et le mot se répéta à travers l'espace, son écho rebondissant et se réverbérant : *Quoi ? Quoi ?* Le timbre de voix montait et descendait, à présent plus grave, puis plus aigu, comme si un chœur d'enfants les avait rejointes.

Darlene essaya de ne pas bouger, dans l'espoir que la réception soit meilleure. “J'arrive au plus vite, dit-elle. Mon Dieu, tu m'as tellement manqué. Dis-moi juste où tu es.

— Non”, dit Cora.

La foule des autres voix retomba. Soudain la ligne était parfaitement claire. Darlene resta figée au milieu du salon.

“Comment ça ?

— Non, répéta Cora. Je reste ici. Avec Tucker.”

Elle parlait sans hésitation ni chagrin. Elle ne demandait pas la permission : elle affirmait quelque chose.

Pendant un moment, Darlene se demanda si elle était encore en train de rêver. La conversation portait les marques surréalistes d'un cauchemar. La friture sur la ligne avait disparu, mais l'échange ne faisait toujours pas sens. La qualité de leur liaison téléphonique semblait avoir un effet inverse sur le cerveau de Darlene : plus la connexion était bonne, plus Darlene était confuse.

“Avec Tucker. Tu es avec lui maintenant ?

— Bien sûr.” Cora rit, une note comme un coup de gong. “Je ne le quitte jamais.

— Mais…” Darlene commença sans pouvoir continuer. “Il est temps de rentrer à la maison.”

Des ombres firent à nouveau frémir la ligne. Il y eut un fracas et Darlene entendit sa propre voix résonner à son oreille, faible et altérée, répétant doucement le dernier mot : maison, maison.

“Maison”, dit Cora.

À moins qu'elle n'ait pas parlé du tout. Darlene n'arrivait pas à savoir si ça n'était qu'un écho, sa propre voix déformée pour sonner comme celle de sa sœur.

“Oui, dit-elle. Le moment est venu de rentrer à la maison.

— Non, je ne rentrerai pas, déclara Cora. Je voulais juste t'appeler pour te dire que je vais bien.”

Darlene fit tomber son sac dans un bruit sourd. Ses clés glissèrent sur le lino.

Il y eut une série de bruissements assourdis sur la ligne, comme si sa sœur avait couvert le récepteur avec sa paume. Darlene enfonça un doigt dans son autre oreille, concentrant toute son attention sur les bruits à l'intérieur du combiné.

Une autre voix. Grave et râpeuse. Pendant un instant, Darlene ne put dire si elle était réelle ou non.

Tucker. Le même grognement, la même cadence. Tucker et Cora se parlaient. Darlene ne comprenait pas ce qu'ils disaient, percevait juste l'alternance de soprano et de baryton.

Puis Cora lança : "Tucker dit que les flics sont sûrement en train d'essayer de localiser cet appel. Tu peux leur dire que ce n'est pas la peine. C'est un téléphone à jeter."

Dans le fond, Darlene entendait son frère rire. Un rire fort et franc, aussi clair que s'il avait été dans le salon avec elle.

"Un téléphone jetable, corrigea Cora. C'est un téléphone jetable. Ça veut dire qu'on peut s'en débarrasser et que personne ne peut savoir d'où il appelle. Pas pendant quelques minutes en tout cas. C'est bon, Tucker. T'es pas obligé de crâner tout le temps.

— Je ne comprends pas ce qui se passe.

— C'est à cause des cartes SIM, aussi. Tucker les a changées… Quoi ?" Elle s'arrêta, écouta quelque chose que Darlene n'entendit pas. Un instant plus tard, elle souffla lourdement : "Ah non, pardon. J'étais pas censée te dire ça, Darlene."

La lune glissa derrière un écheveau de nuages, assombrissant le monde. Darlene sentit ses entrailles se retourner, la première vague de terreur froide. Elle était étonnée par la complicité qui semblait exister entre son frère et sa sœur. Elle n'aurait jamais imaginé devenir la cinquième roue du carrosse, les écoutant converser intimement à l'autre bout de la ligne.

"Où es-tu ? répéta-t-elle avec insistance.

— Partie à l'aventure. Tucker a un plan.

— Quel genre de plan ?

— Est-ce que tu as entendu parler de la fin de l'Anthropocène ?" Cora employait chaque mot avec précaution, articulait bien chaque syllabe.

Darlene réagit sans réfléchir. Elle jeta le téléphone, le lança par terre comme s'il l'avait piquée. Ses doigts la brûlaient. Le téléphone roula, se cogna contre le canapé et retomba. Darlene émit un petit gémissement, secouant les mains pour retrouver de la sensation.

Puis elle se précipita sur le téléphone et le porta de nouveau à son oreille.

"Qu'est-ce que tu as dit ? Je ne t'ai pas bien entendue.

— L'ère de l'homme. C'est ce qui arrive en ce moment. La planète a connu cinq extinctions de masse. Une météorite, un volcan, et d'autres trucs, mais j'ai oublié. Là, on est à la sixième."

Darlene fondit en larmes. Elles lui vinrent brusquement et bizarrement, dessinant des rayures sur ses joues, fraîches et silencieuses. Une source surgissant d'une grotte intérieure.

"Je croirais entendre Tucker. C'est lui tout craché.

— Ben oui. On est pareils maintenant."

Au loin, Tucker gazouilla de nouveau. Chaque fois qu'il parlait, Cora se taisait aussitôt. Apparemment, les paroles de son frère avaient la priorité. C'était comme si une partie d'elle attendait toujours sa voix, prête à lui consacrer toute son attention.

Darlene s'essuya les yeux avec sa manche, mais les larmes continuèrent de couler. Elle espérait cet appel depuis des semaines. Elle avait imaginé toutes sortes de scénarios. Elle s'était entraînée avec Roy, puis seule, avait répété devant la glace de sa salle de bains. Elle se croyait prête pour n'importe quelle éventualité. Mais pas pour ça. Elle n'aurait jamais pu inventer cette enfant étrange – imitant sa sœur, singeant sa voix, inconnue et effrayante.

"Qu'est-ce qui t'est arrivé ? murmura Darlene.

— Rien, dit Cora. Je vais super bien."

La ligne fut inondée momentanément par des parasites assourdissants. Darlene s'essuya de nouveau les yeux et essaya de rassembler ses esprits.

"Est-ce que Tucker a la moindre idée de ce qu'il a fait ? Est-ce qu'il se rend compte dans quel pétrin il est ? Attentat à la bombe, kidnapping et Dieu sait quoi encore.

— Kidnapping ? Comment il pourrait me kidnapper ? C'est mon *frère*…"

Darlene pressa son poing contre son front. Elle se rappela qu'elle parlait à une enfant et prit un ton plus doux.

"Ma chérie, tout va bien se passer. La police te cherche. Ils te cherchent en ce moment même."

Cora rit. "Ils nous trouveront pas."

Ce rire. Si confiant. La petite fille semblait grisée, presque droguée.

"Tucker n'a pas le droit de faire ça. Il n'a pas ta garde et il le sait. Il ne peut pas t'obliger à partir avec lui…

— Il ne m'a pas obligée", dit Cora, la voix plus aiguë à présent. Une petite fille. Une petite fille en sortie scolaire. "Je voulais partir avec lui. Il m'a demandé et j'ai dit oui.

— Non, asséna Darlene d'un ton coupant. Ça ne s'est pas passé comme ça."

Ce n'était pas ce qu'elle voulait dire. Elle essayait encore d'avoir une des conversations qu'elle avait répétées, un échange où le monde était équilibré et en ordre. Mais le monde avait basculé. Darlene aperçut son reflet dans la glace au-dessus de la télé. Elle avait l'air affolée, les cheveux hirsutes, les yeux rouges et au bord des larmes.

"Écoute-moi, dit-elle. S'il te plaît. Je sais que tu aimes Tucker. Je sais qu'il te manque. Mais…" Elle s'arrêta. "Il est arrivé quelque chose et sa tête ne va pas bien. Ce n'est pas sa faute. Dis-le à Tucker, d'accord ? C'était la faute de la tornade. Je ne lui en veux pas. Mais maintenant, vous devez tous les deux rentrer à la maison."

Il y eut un silence, net et profond. Darlene crut le temps d'un instant abominable que la ligne avait été coupée. Mais ce n'était qu'une pause des parasites. Quand Cora reprit la parole, sa voix était rêveuse, mais claire comme de l'eau de roche.

"La tornade était un cadeau, dit-elle.

— Quoi ?

— Un cadeau. Tucker me l'a dit. Ça lui a ouvert les yeux. Il a pu voir la réalité en face. La plupart des gens passent à côté toute leur vie. Ils sont trop protégés. Mais Tucker et moi – on la voit, maintenant."

Darlene se mit à faire les cent pas dans le salon, tournant autour de la table basse. Une bourrasque heurta la caravane, et la porte grinça sur ses gonds. Elle voulut une fois de plus jeter le téléphone, mais assez fort pour faire voler l'écran en éclats. Elle voulait tout mettre sens dessus dessous – projeter des assiettes contre le mur, renverser la télé. Elle voulait arracher la porte, elle voulait donner des coups de poing dans les murs. Sur le coup, elle aurait pu détruire le N° 43 à mains nues.

"Il y a une raison à tout ce qui arrive, déclara Cora. Les animaux perdent leur maison et leur famille tout le temps. Les êtres humains apparaissent et leur prennent tout. C'est ça l'extinction de masse. Et c'est ce qui s'est passé pour nous aussi. La tornade a tout pris. Tu vois ? On l'a *vécu*, Darlene. Maintenant, on sait."

Darlene marcha plus vite. Elle avait le souffle bloqué dans la poitrine et se déplaçait assez vite pour faire trembler les couverts dans les tiroirs. La minuscule et misérable caravane ne faisait pas le poids face à sa colère. À l'autre bout du fil, la voix de Tucker grondait comme un coup de tonnerre lointain.

"Je dois y aller, annonça Cora. Ça fait longtemps qu'on parle.

— Où es-tu ? Dis-le-moi.

— Darlene." C'était un soupir indulgent.

"Tu n'as pas idée de ce que j'ai vécu. J'étais folle d'inquiétude. Folle d'inquiétude et dans tous mes états.

— Je vais bien, dit Cora d'une voix mécanique un peu creuse.

— Tucker est dangereux. Est-ce que tu sais qu'il a un casier judiciaire ? C'est un criminel. S'il te plaît, écoute-moi. Il faut que tu rentres à la maison, il le faut. Ma petite sœur me manque.

— Oh, dit Cora dans une expiration longue et lente qui s'enroula comme une corde autour du cou de Darlene. Elle est déjà partie."

Un bouquet de voix résonna soudain en un chœur perçant, assez fort pour que Darlene soit obligée d'éloigner l'appareil de son oreille. Elle entendit ce qui ressemblait à une femme en train de hurler, un homme se plaindre – qui n'était pas Tucker, ni Cora, seulement des inconnus. Trop de sons pour les différencier, aussi bien humains que mécaniques, une soupe de mots, de crépitements et de sonnerie électrique. Ils ne se parlaient pas entre eux et ne parlaient pas à Darlene. Aux quatre coins de l'Oklahoma, ces âmes qu'elle ne connaissait pas entretenaient des conversations individuelles, parlaient du temps au téléphone, dévoilaient des secrets, se racontaient des commérages, sans savoir que leurs voix ainsi réunies formaient une cacophonie assourdissante, incompréhensible et insensée.

Puis le silence se fit.

"Allô ? hurla Darlene. Cora ? Cora, où es-tu ?"

Elle regarda l'écran dans sa main et dut affronter la réalité – le noir, le vide, la fin de l'appel. Elle parcourut le N° 43 du regard et le vit pour ce qu'il était – une vieille caravane de troisième main en fin de vie, la porte mal arrimée, les meubles récupérés dans des allées, les moustiquaires rapiécées aux fenêtres, le lave-linge séchant qui penchait, la peinture qui s'écaillait, la plomberie rouillée, pas une once de confort, un lieu sinistre, lugubre et sans espoir. Darlene sentit quelque chose se briser en elle. Elle tenait le téléphone comme s'il s'agissait de la main de sa sœur et s'effondra, le corps tordu de sanglots alors qu'elle s'affalait sur le canapé. Elle n'avait jamais été aussi seule.

Et sans plus un mot, Cora disparut.

JUILLET

20

La pièce était si sombre que j'aurais aussi bien pu garder les yeux fermés. Groggy et désorientée, je remuai les doigts devant mes yeux. Je ne voyais pas ma propre main, pas même un semblant de mouvement dans le noir.

Seul le souffle puissant de Tucker à côté de moi me confirmait que j'étais réveillée – ou tout simplement que le monde physique existait.

"Tucker", murmurai-je.

Le rythme de ses ronflements ne changea pas. Je m'assis et cherchai la lampe torche à tâtons sur un sol inégal. Mon frère et moi la gardions généralement entre nous pour dormir, mais je n'arrivais pas à mettre la main dessus. Je heurtai la base du seau qu'on utilisait comme toilettes, renversant un peu de l'urine qui s'y trouvait.

"Tucker", dis-je, plus fort cette fois.

Pas de réponse. Je sentis monter un accès de claustrophobie. Puis je me rappelai que j'avais rêvé d'être enterrée vivante – l'air qui manquait, la masse de terre qui pesait sur moi, mourant à petit feu dans un cercueil scellé sans que personne ne me sauve.

Peut-être rêvais-je encore. Après tout, j'étais avec mon frère recherché par la police dans un abri anti-tornade en ruine, sous notre ancienne maison détruite, au milieu de notre ancien quartier dévasté. Je ne savais pas quelle heure il était, quel jour nous étions. L'air embaumait un mélange infect de moisissure et de transpiration. Il n'y avait pas d'électricité ni d'eau courante. Le bourdonnement du monde n'avait pas cours dans cet endroit – pas d'appareils électriques, pas de plomberie, aucun ronronnement mécanique autrefois omniprésent. Le bunker était si petit qu'il valait mieux trouver la lampe avant de me lever ; je risquais de me fendre le crâne contre les étagères.

Je geignis un peu en continuant ma recherche. Enfin, je touchai quelque chose de concret, la main de mon frère – sa peau chauffée par la fièvre, brûlant comme de la braise dans la mienne –, et la secouai.

“Réveille-toi”, dis-je.

Il grogna. “Encore une minute.”

Je restai où j'étais, lui serrai la main. Il lui fallait toujours un moment pour que son esprit émerge du sommeil – d'autant qu'il était encore convalescent.

Au cours des quelques semaines écoulées, Tucker et moi avions vécu sous terre. Les heures passaient avec une lenteur insoutenable. Le matin, l'espace était relativement frais, mais ne résistait pas longtemps au soleil de l'Oklahoma, et dans l'après-midi, le bunker était transformé en four noir qui faisait grimper la température en prenant la chaleur au piège. La puanteur ambiante était comme une main pressée sur ma bouche – notre urine qui s'évaporait et se condensait dans le seau, les résidus en train de pourrir dans les conserves que nous avions toutes vidées, la boue et les déjections de rongeurs. La sueur de Tucker et la mienne étaient assez différentes pour être détectables. Et la note de tête de ce remugle était la coagulation des blessures de mon frère. Je m'efforçais d'appliquer du désinfectant sur les plaies, de changer les pansements, mais la guérison était lente et odorante.

Il passait la plupart de son temps endormi, affaibli par les saignements et le choc. Je faisais donc moi aussi la sieste allongée par terre à côté de lui. Je n'avais pas d'autre occupation. J'avais interdiction de sortir en journée. Tucker n'avait pas de vrai téléphone portable avec applis et jeux, juste un sac en plastique rempli d'appareils qu'on devait jeter au bout d'un coup de fil. Je n'avais jamais passé autant de temps sans regarder un écran. La télé me manquait de manière viscérale, presque comme Darlene et Jane me manquaient. Je comptais mes respirations jusqu'à l'oubli. Je tentais de détecter un souffle d'air toxique dans ces miasmes grotesques (même si Tucker n'arrêtait pas de me répéter de ne pas m'inquiéter). Je me repassais mes films préférés, essayant de me souvenir de chaque scène dans le bon ordre. Le sommeil offrait un répit bienvenu dans cette obscurité, ce silence, cette odeur obsédante.

La seule chose qui m'empêchait de devenir folle était la voix de Tucker. Dès qu'il était réveillé, il me faisait cours. Au début, ces conversations étaient rares et espacées – mais avec la convalescence, il était de plus en plus alerte. Il me parlait de ce qu'il avait appris pendant son absence, et j'étais suspendue à ses lèvres. Sa voix était sincère et bien réelle. Tout le reste était irréel et effrayant : partir de la maison et manquer l'école, avoir les cheveux sales et gras, dormir sur du ciment, la sensation de bourdonner d'une énergie contenue. C'était une étrange sorte de torture. J'alternais entre privation (de lumière, d'horloge, de Darlene, de ce qui m'était familier) et stimulation constante et terrible (puanteur, chaleur). Je n'avais guère que les leçons de Tucker à quoi me raccrocher.

Il me racontait souvent que la vie sur Terre était en chute libre. La moitié des primates risquaient l'extinction. *Finis les singes et les lémuriens*, avait-il murmuré. *Finis les gorilles*. La moitié des invertébrés étaient également menacés. *Insectes, mollusques et pieuvres – au revoir, les amis*. Un tiers des vertébrés était en danger. Quarante pour cent des poissons. *Des centaines d'espèces d'oiseaux sont déjà foutues. Les amphibiens ne tiennent plus qu'à un fil.*

Tucker racontait que les insectes mouraient en masse. Les abeilles n'étaient pas en forme. Un tiers de tous les papillons avait déjà disparu. *Presque toutes les espèces d'orthoptères ont clamsé. Eux, ce sont les criquets et les sauterelles.* Il m'expliqua que quand les pollinisateurs mouraient, les plantes aussi. Les forêts de la planète – les prairies et les vergers, tout ce qui était vert, tout ce qui poussait – s'assécheraient. *Et à qui la faute ? Qui pollue l'air et l'eau ?*

Les humains, répondais-je.

Qui abat les forêts ?

Les humains.

Qui introduit les espèces invasives ?

Les humains.

Ses cours prenaient souvent la forme de questions-réponses. Je ne pouvais pas me contenter d'écouter passivement. Tucker exigeait que je sois attentive et que je participe.

La moitié du règne animal aurait disparu dans quelques décennies. Ces faits étaient irréfutables, aucun débat au sein de la communauté scientifique. Le schéma était clair.

Le taux d'extinction normal pour un écosystème stable était d'une à cinq espèces par an. Le taux d'extinction actuel était mille fois supérieur. Des dizaines d'espèces s'éteignaient chaque jour.

Qui détruit leur habitat ?

Les humains.

Qui les tue pour s'amuser ?

Les humains.

Que signifie anthropocène ?

L'ère de l'homme.

Je laissai mon frère se retourner dans le noir à côté de moi. Il soupira, expira, me lâcha la main. Un instant plus tard, la lampe s'alluma dans un déclic. La lumière était faible et clignotante, mais mes yeux mirent quand même du temps à s'adapter. Je tressaillis quand Tucker déplaça le faisceau, illuminant chaque recoin de cet espace exigu.

Il renifla l'air. "Tu pues, dit-il.

— *C'est celui qui dit qui y est.*

— C'est vrai. Voyons voir quelle heure il est."

Il se redressa, grimaçant de douleur, son bras blessé replié contre son ventre comme pour le protéger. Sa main n'était pas belle à voir : mutilée, marbrée, deux doigts réduits à l'état de moignons. Les croûtes étaient tombées, révélant la nouvelle peau intacte, mauve et tendre au toucher.

Ses jambes étaient dans le même état. Les entailles profondes avaient rétréci, se refermaient peu à peu. On aurait dit des tatouages, des lignes rouges tracées sur du muscle. Son mollet était bosselé et inégal, faible et douloureux. Il avait encore besoin de beaucoup de repos. Il allait mieux, mais pas encore bien.

Je le regardai se traîner jusqu'à la porte du bunker. Il tira dessus avec précaution pour l'ouvrir. Une brise fraîche que l'on accueillit avec reconnaissance tourbillonna à l'intérieur.

"Il fait noir dehors. Pas loin de minuit, je dirais."

Je me levai d'un bond et passai devant lui. Je ne vivais que pour ces nuits. En gravissant les marches du sous-sol, je sentis le vent forcir, emportant ma sueur d'un seul baiser. Je savais qu'il s'agissait de l'air estival et chaud, mais pour moi, il faisait figure de bourrasque descendue de l'Arctique après la tombe étouffante que je venais de quitter. J'observai le quartier ravagé qui m'entourait. Plus rien n'avait l'air d'être le fruit de la main de l'homme depuis que l'obscurité avait effacé les couleurs. Les tas de détritus auraient pu être des buttes. Les appareils électroménagers morts auraient pu être des rochers. Les poteaux téléphoniques brisés auraient pu être des arbres. J'entendis les cigales chanter, une chouette hululer, et les chauves-souris battre des ailes dans le ciel.

La tornade était un cadeau, disait souvent Tucker. *Elle m'a ouvert les yeux.*

Au cours des dernières semaines, il m'avait expliqué pourquoi. D'après lui, la plupart des gens étaient incapables de comprendre dans quelle situation désespérée se trouvaient les animaux. Ils étaient trop protégés pour le voir. Trop en sécurité. Ils avaient beau connaître les faits et les chiffres, ils ne prenaient pas la mesure de l'ampleur de la dévastation.

J'étais pareil avant, disait Tucker. *La tornade m'a changé.*

Elle avait fait tomber la façade de la civilisation humaine. Elle lui avait rappelé que lui aussi était un animal.

Les termes scientifiques – "disparition de l'habitat", "zone morte", "en voie de" – n'étaient désormais plus seulement des mots. Il les vivait au plus profond de lui.

C'est la fin du monde, proclamait-il régulièrement.

Debout dans les décombres noirs d'encre de notre ancienne maison, entourée de silhouettes fracassées et de silence, je n'avais aucun mal à le croire.

"Hé, siffla Tucker derrière moi. Reviens."

Je redescendis les escaliers moisis et rampai à nouveau dans le cratère qu'était devenu le sous-sol. Mon frère abaissait le rayon de la lampe marche après marche pour m'éclairer.

"J'ai une bonne nouvelle, annonça-t-il.

— Laquelle ?"

Il releva la lumière, éclaira son visage par en dessous. Sa lèvre supérieure et ses narines prenaient une teinte dorée.

"Il est temps de partir."

Je hoquetai. "Pour de vrai ?

— Pour de vrai."

Il sourit, le visage toujours éclairé par en dessous, bizarre mais joyeux. Je me précipitai et me collai à lui, le serrant de toutes mes forces.

"Merci, merci", murmurai-je dans son ventre.

Il rit, en me tapotant l'épaule.

"Prends tes affaires", dit-il.

Je me déplaçai rapidement. Je ne voulais surtout pas qu'il ait l'occasion de changer d'avis. Durant les semaines passées dans l'abri, Tucker n'avait jamais laissé entendre combien de temps nous resterions là. Pour moi, la perspective de notre départ brillait comme la lumière au bout du tunnel, mais j'ignorais la distance qui me séparait d'elle. Chaque fois que je posais la question à Tucker, il faisait une pause comme s'il vérifiait un chronomètre intérieur et disait : "Pas encore." Dès le début, il avait bien précisé qu'il était le gardien du savoir, du vaste monde au petit rôle que nous y jouions.

Je courus d'un bout à l'autre de l'abri, attrapant un t-shirt sale, mon ours en peluche, un jean froissé dans un coin. Je ramassai les conserves qui restaient et les bouteilles d'eau, mais Tucker me dit de tout laisser. On ferait de nouvelles provisions sur la route.

Quand j'eus terminé, je fermai la porte dans un grand geste théâtral. D'une irrévocabilité merveilleuse. La voiture était là où nous l'avions laissée, à moitié cachée dans les décombres. J'avais été la voir de temps en temps pour m'assurer que notre moyen de fuite était toujours là.

J'attrapai mon sac à dos et avançai vers l'escalier.

"Attends", dit Tucker.

Il y eut un éclat dans le noir. Un objet argenté. Une paire de ciseaux. Il avait dû les trouver sur l'établi de papa – ce qu'il en restait.

"Viens par ici", dit-il.

Mon cœur se serra. Lentement, je reposai mon sac.

"Tu es sûr ?

— Oui."

Le premier coup de ciseaux fut le plus dur. Tucker rassembla mes cheveux en une queue-de-cheval. Il me fit pivoter la tête dans un sens, puis dans l'autre, m'examinant le crâne. Les lames n'étaient pas assez coupantes pour faire tomber nettement la queue-de-cheval ; il dut tailler grossièrement, tirant si fort que les larmes me montèrent aux yeux.

Puis j'entendis les ciseaux se fermer. Mes boucles retombèrent vers l'avant, sauf qu'elles m'arrivaient désormais au menton. Il avait retiré au moins trente bons centimètres de bouclettes.

Je gémis. Neuf ans. Rigide et la bouche ouverte.

Tucker jeta mon ancienne crinière en tas. Elle atterrit dans un soupir étouffé, une chose morte, exsangue et sale. Ces boucles contenaient des années de ma vie. Mon père me les avait sans doute ébouriffées quand il était encore vivant. Jane me les tressait souvent à la française. Darlene passait des heures à les démêler.

Tucker glissa les ciseaux près de ma joue. Son expression était impitoyable. Je n'éprouvai aucune douleur pendant qu'il coupait, ce qui rendait la perte encore pire, d'une certaine façon. Plus déstabilisante. Je voulais sentir une pulsation ou du sang, quelque chose qui marquerait la profondeur de cette expérience pour moi.

La procédure prit un long moment. Je fermai les yeux, incapable de regarder. Mon frère ne parla pas, mais sa voix résonnait quand même dans ma tête. Ses leçons tourbillonnaient dans mon cerveau pendant que ses mains s'activaient et que ses ciseaux dansaient.

Je vais te parler de la pyramide des animaux. C'est important. Je voudrais que tu t'en souviennes.

Une lame glissa le long de ma gorge. Concentré, Tucker chantonnait.

Niveau un, ce sont les animaux sauvages. Ceux qui sont nés dans la nature et qui y meurent. Ils passent leur existence loin de toute influence humaine.

Ses mains voletaient au-dessus de mon front. Il trancha un groupe de mèches inégales, puis les tondit carrément.

Niveau deux, ce sont les animaux qui retournent à la vie sauvage. Ils sont nés entourés d'humains – domestiqués ou en cage – mais recouvrent la liberté. Ils retournent à la nature et vivent entre deux états. Ni sauvages ni domestiqués. Impossible de redevenir complètement sauvages.

Il se mit à couper les mèches qui restaient plus près de mon crâne. De plus en plus court. Toujours aucune douleur – rien de physique en tout cas.

Niveau trois, ce sont les animaux apprivoisés. Ce sont eux les plus dangereux. Des animaux sauvages qui s'habituent aux humains. Ils cessent d'avoir peur. Si tu nourris les oiseaux de ton quartier, ils se reposeront peu à peu sur toi et si pour une raison ou une autre tu arrêtes, ils mourront de faim. Si tu nourris un daim une fois, il pourrait approcher un chasseur dans l'espoir qu'il lui donne quelque chose et prendra une balle à la place. Si tu nourris un ours, il deviendra une menace. Il rentrera chez quelqu'un pour fouiller dans le frigo ou mettra une tente en pièces pour accéder à la glacière. Au final, il faudra le tuer. Apprivoiser un animal sauvage, c'est le tuer.

Arrivé au sommet de mon crâne, Tucker ralentissait le rythme. Les ciseaux semblaient se déplacer sur un point situé entre mon esprit et mon corps. Il ne coupait pas seulement mes cheveux, mais quelque chose à l'intérieur de moi, aussi, la membrane détachée de mes pensées, mon identité disséquée.

Niveau quatre, ce sont les animaux domestiqués. Les chiens, les chevaux et les vaches. Ces animaux ont vécu au contact des humains pendant tellement de générations que cela les a changés de manière irrévocable. Leur cerveau a évolué pour devenir dépendant de nous. Si tu les relâches dans la nature, ils ne sauront pas quoi faire.

Derrière moi, Tucker grogna. Je sentis comme un coup de couteau sur le haut de mon oreille. Une espèce de liquide se mit à couler le long de mon cou.

Et niveau cinq, les humains. Nous sommes uniques dans le règne animal. Nous modifions tout ce que nous touchons. Nous en détruisons la majorité.

La crête de mon oreille me lançait. Je levai une main et la palpai avec précaution. Tucker m'avait découpé un tout petit bout de peau, et comme toutes les blessures à la tête, elle saignait beaucoup.

Je soupirai de soulagement. La douleur, enfin. C'était exactement ce dont j'avais besoin : une indication objective et physique d'un traumatisme, d'une transformation.

"Ne bouge pas", dit Tucker.

Il retira son t-shirt, en fit une boule. Torse nu, il se pencha sur moi pour essuyer le sang sur ma gorge. Il appliqua une pression sur la blessure, ce qui me fit grimacer. Puis il me tourna autour afin d'examiner son travail.

"Fini", dit-il.

Il me tendit un bout de miroir cassé et orienta la lampe de sorte que je puisse voir mon reflet. Le changement était remarquable. La personne que j'avais en face de moi me laissa bouche bée. Je ressemblais à une version jeune de Tucker. L'enfant qu'il avait été, peut-être, avant ma naissance.

Le monde qui m'entourait avait également changé. Mon champ de vision s'était élargi, maintenant qu'il n'était plus encadré par mes boucles. L'air était trop près de moi, touchait des parties cachées de mon corps, la brise m'embrassant l'arrière de l'oreille et me caressant la nuque, un geste intime que je n'accueillais pas bien. Le ciel était trop vaste. Chacun de mes gestes me paraissait étranger. Mon crâne était comme en apesanteur, et quand je bougeais, je ne sentais plus le balancement réconfortant de mes cheveux sur mes épaules.

Mon esprit aussi me semblait plus léger – mais pas de façon agréable. Il me manquait quelque chose, les organes de la psyché, invisibles, mais essentiels.

Je n'avais que neuf ans. Je n'avais pas encore les mots pour nommer ce qui m'avait été pris.

Mais Tucker semblait lire dans mes pensées, comme il le faisait souvent. Il me saisit doucement par le menton.

"Abracadabra, dit-il. Tu viens de renaître."

21

On roula pendant des kilomètres. On roula pendant des jours. D'abord dans le break couleur fauve, antédiluvien et mal entretenu, l'aile manifestement enfoncée par un coup de pied. Ensuite ce fut un pick-up marron rouillé et sale, la plaque d'immatriculation à moitié effacée, tellement crasseuse qu'on n'arrivait pas à la lire. Puis ce fut une berline verte avec une paire de dés pelucheux et un crucifix au bout d'un rosaire accrochés au rétroviseur. La garniture sentait la cigarette. Le moteur calait au-dessous de quinze kilomètres-heure et entrait en surchauffe au-dessus de quatre-vingts.

Je baptisai chaque véhicule – Escargot, Cracra, Boule Puante – même si Tucker m'avait prévenue qu'aucun ne nous appartenait. Dès qu'une nouvelle voiture se présentait, on se débarrassait de l'ancienne comme un serpent de sa mue. On abandonna Escargot au bout d'une semaine. Tucker le gara devant la supérette d'une ville si petite qu'elle ne comptait qu'un seul lampadaire jaune qui clignotait. On laissa Cracra près d'une ferme délabrée. J'ignorais si Tucker avait appris à démarrer un moteur dans le garage de notre père ou pendant son absence. Il m'expliqua qu'il fallait souvent changer de véhicule. Il ne voulait pas qu'on nous associe trop longtemps à une voiture particulière.

C'était le mois de juillet et nous étions toujours sur la route. Tucker avait un plan, mais il ne m'en avait pas encore parlé pour de bon. *On va faire la différence*, disait-il. *On va changer le monde.* De temps en temps, il déterrait une carte de son sac à dos et la dépliait sur le capot. Dans le soleil aveuglant, il restait debout, suant sous sa casquette de baseball, et examinait l'image étalée devant lui comme si elle contenait une prophétie. Toujours à ses côtés, j'essayais de voir ce qu'il voyait dans les réseaux de couleurs et de symboles, le papier froissé à force d'avoir été mal plié. Tucker avait entouré le nom d'une ville plus à l'ouest : *Amarillo, Texas.*

Mais il ne semblait pas pressé d'y arriver. Nous avions le temps de voyager sans but, de nous perdre en chemin. Nous restions sur des routes secondaires. Tucker disait que nous devions éviter l'autoroute. Il y aurait des caméras de surveillance, des radars, trop de témoins potentiels. Nous roulions donc à travers champs, sur des routes non goudronnées, les gravillons tintant contre le dessous de la voiture, les essieux grognant à chaque nid-de-poule. L'air était torride et sec. Les insectes venaient tacher le pare-brise sur les sentiers boueux.

Pour ma part, j'étais surtout contente d'être sortie de l'abri anti-tornade. Je me moquais de notre destination tant que nous étions dehors et non plus sous terre. Nous gardions les vitres baissées. Nous allumions la radio et chantions à tue-tête. La clim ne fonctionnait dans aucune de nos voitures volées, mais ça m'était égal. Au-delà des champs propres et dorés, je voyais jusqu'à l'infini. Le soleil apparaissait tous les jours dans le rétroviseur et finissait dans le pare-brise. Le ciel était soyeux et pâle, tendu sur l'horizon comme une chemise sur un fil à linge. Les effets de la lumière pulsaient par-dessus le blé. Le coup de vent de notre passage envoyait culbuter les libellules. Les vautours tournoyaient au-dessus de nous, les ailes largement déployées, mais immobiles, flottant sur les courants d'air.

Les blessures de Tucker étaient encore en voie de guérison. Il gardait sa main blessée sur les genoux, et ne conduisait qu'avec l'autre, la valide. La progression exacte de sa souffrance était gravée dans sa chair comme les paragraphes d'une histoire. Je pouvais y lire tout ce qui lui était arrivé : le shrapnel incrusté dans le muscle, un ongle arraché, les rubans satinés où il avait été brûlé.

Cependant, il était de bonne humeur. Il adorait être sur la route. Il riait à mes blagues. Il me proposa de tenir le volant pendant qu'il gérait les pédales. Il me posait des questions sur ma vie. Je n'avais pas l'habitude d'être à ce point au centre de l'attention. À la maison, Darlene et Jane étaient toujours fatiguées, découragées et sur leur téléphone. J'avais l'habitude d'une légère négligence, mais être avec Tucker était complètement différent. Il focalisait son attention avec l'intensité d'un projecteur. Soudain, je lissais mes plumes en pleine lumière.

On finit par atteindre des collines. J'avais peu d'expérience dans ce domaine. Mercy était une ville plate sur une plaine plate, une pièce de monnaie posée sur une table. J'aimais sentir mes entrailles peser lors d'une descente, ce mouvement de la route quand on gravissait un col ou que l'on retombait dans les vallons. J'aimais les ombres qui parsemaient ce genre de reliefs – des poches d'ombres froides entre des falaises où le soleil ne filtrait jamais. Franchir les collines à l'extrême ouest de l'Oklahoma me rappelait ce qu'était le mouvement. Sur une terre plate, même en fonçant à cent à l'heure, j'avais souvent l'impression d'être immobile. Le moindre repère était toujours trop éloigné pour bouger comme nous. Les granges au loin, un bosquet d'arbres près de l'horizon, un silo miniature – ils restaient à leur place, aussi fixes et inatteignables que des étoiles. Une fois au milieu des collines, je pus enfin mesurer que nous allions quelque part. Nous gravissions une pente, puis nous en descendions une autre. Nous allions vers l'ouest.

De temps en temps, je jetais un regard dans le rétroviseur latéral et ne parvenais pas à me reconnaître. Mon visage paraissait différent sans l'encadrement de mes longs cheveux – nu, en quelque sorte, un peu vulnérable, rajeuni. Mes oreilles étaient toujours visibles, désormais. L'architecture de mon crâne aussi. J'étais un mouton tondu, un champ au printemps qui commençait tout juste à renaître.

Tucker avait lui aussi sacrifié sa crinière bouclée. Après s'être occupé de moi, il avait coupé sa queue-de-cheval, puis m'avait tendu les ciseaux. La ressemblance physique entre nous était d'autant plus prononcée – un front carré, des oreilles délicates, un sourire de travers. Cela faisait entièrement partie du plan de Tucker. La police partirait à la recherche d'un homme adulte (avec une queue-de-cheval) et de sa petite sœur (avec de longs cheveux), alors nous avions changé d'apparence comme des espions en territoire ennemi.

J'étais devenu un garçon.

En public, Tucker m'appelait *Corey*, ce qui était assez proche de mon nom pour que j'y réagisse automatiquement. En revanche, il ne voulait pas que je porte mon bandeau arc-en-ciel ou mes chaussettes décorées de baleines. Mes tongs à paillettes et le médaillon en forme de cœur que Darlene m'avait offert restaient au fond de mon sac. À la place, je portais des shorts en jean et des débardeurs. Je portais ma salopette parfois sans t-shirt en dessous, mes tétons discrètement visibles. (Je n'avais pas de sous-vêtements masculins, bien sûr. Mes culottes étaient violettes ou à pois, à fleurs, ce qui m'apportait du réconfort, un talisman intime de mon ancienne identité.) Tucker affirma que j'étais encore trop jeune pour que mon visage soit vraiment genré. Je passais beaucoup de temps à me regarder dans le rétroviseur latéral de toutes nos voitures en me demandant si c'était vrai. J'examinais mon front fort, mes yeux marron, mon regard franc, la protubérance qui me servait de menton. Je m'entraînais à marcher comme un garçon. Je m'entraînais à cracher. Je m'entraînais à m'asseoir comme Tucker dans la voiture, l'air relax, le bras passé par le cadre de la portière, les jambes écartées, la mâchoire en avant.

Il choisissait avec précaution les endroits où s'arrêter quand nous avions besoin de provisions et d'essence. Pas de grandes villes. Même dans les zones rurales, il effectuait un rapide repérage de chaque épicerie ou pharmacie avant d'entrer, cherchait d'éventuelles caméras de surveillance ou voitures de police. Pendant qu'on faisait les courses, il portait une casquette de baseball pour cacher en partie son visage. Nous n'entrions jamais dans les restaurants. Tucker ne voulait pas passer trop de temps au milieu des gens, laisser une trace de notre présence dans la mémoire de la serveuse. Nous avions donc une glacière posée sur le siège arrière remplie de bâtonnets de fromage et de Coca. On se nourrissait de beurre de cacahuète et de confiture. (Tucker était végétarien et je l'étais donc aussi, par défaut.) Dès qu'on s'arrêtait pour faire le plein, il me laissait me dégourdir les jambes, traîner dans l'herbe pour cueillir des pissenlits et chasser les papillons. Il limitait ses échanges avec le caissier au strict minimum. Il payait tout en liquide. Quand il avait terminé, il criait : "Corey, ramène tes fesses, on y va !" Je me retournais à la première syllabe de mon nouveau nom et sursautai en entendant la seconde. Je courais vers lui comme un garçon. On repartait dans le vent brûlant de juillet pour ne jamais revenir. Tucker m'expliqua qu'il nous fallait disparaître. Nous disparaissions tout le temps.

Il m'arrivait de me demander si je ne disparaissais pas aussi d'une façon différente. Quand je regardais dans le rétroviseur, je voyais un garçon bronzé sous un chapeau de cow-boy, vêtu d'une salopette, le cou sale, les pieds nus, qui sentait la transpiration et le voyage. Quand Tucker et moi entrions dans une supérette, la personne à la caisse voyait deux frères sur la route, tous les deux maigres et vigilants, qui communiquaient par grognements et mouvements de tête, démarche et structure osseuse identiques, partageant une complicité flagrante. Cora était un nom que nous ne prononcions plus, une petite fille cachée en pleine lumière, un souvenir.

La nuit, Tucker et moi dormions dans la voiture. Nous dormions à même le sol. Nous dormions dans une tente moisie que nous avions trouvée, le nylon imprimé d'une mosaïque de motifs en dentelle laissés par l'eau. Nuit après nuit, nous dormions où cela nous chantait. Nous n'avions ni couvertures ni oreillers, nous n'en avions pas besoin – le mois de juillet était assez chaud comme ça. Je m'endormais sur le siège passager, Tucker sur le siège conducteur, la voiture garée au creux d'un champ de maïs. Je faisais la sieste dans la forêt, Tucker allongé à mes côtés, avec le vent qui m'effleurait la joue, les oreilles résonnant de l'appel des oiseaux. J'aimais que le monde entier nous serve de lit.

À la manière des tout-petits, je m'adaptai vite à ma nouvelle vie. Les enfants ont une perception déformée du temps. Quelques semaines avec Tucker me paraissaient des années. Je me rappelais à peine à quoi ressemblait mon existence avant qu'il ne m'arrache au N° 43. Il avait été un temps où je vivais dans une maison avec mon père, mon frère et mes sœurs. Récemment encore, je vivais dans une caravane avec mes sœurs. Puis j'avais brièvement séjourné dans un abri anti-tornade et ça avait été affreux. À présent, je vivais avec mon frère dans des voitures volées. Je me nourrissais de ce qu'il y avait dans une glacière et dormais dans des champs. Je passais mes journées sur la route, mes nuits à la belle étoile. C'était ainsi.

Je ne réfléchissais pas trop à l'avenir, même si je savais que la boîte à gants contenait une carte avec une destination : *Amarillo, Texas.* Je savais que dans la poche de mon frère se trouvait une feuille de papier pliée qui expliquait comment fabriquer une bombe artisanale. Je savais aussi que sous le siège conducteur, il y avait un pistolet.

22

On parvint au Texas au milieu du mois de juillet. À ce moment-là, nous roulions sur un chemin de terre si étroit et reculé qu'aucun panneau n'indiquait la frontière de l'État. Nous n'étions entourés que de désert et d'herbe sèche. Au bout de plusieurs heures, je me rendis enfin compte que je sortais de l'Oklahoma pour la première fois.

Notre passage souleva des nuages de poussière persistants dans notre sillage. Tucker naviguait sur une route vérolée de gros cailloux et si érodée qu'elle avait creusé des ornières et des rigoles. Les roues tressautaient. On ne captait aucune station radio dans cette région, juste le chuintement des parasites, parfois interrompu par des voix fantomatiques qui récitaient des versets de la Bible. J'avais passé un bras par la vitre baissée de notre nouvelle voiture – encore un pick-up, noir, celui-ci. Le soleil était haut, l'air réverbérait le hurlement des grillons. La terre était si déshydratée qu'elle formait un réseau de craquelures. Les touffes d'herbe n'avaient pas toutes la même teinte, certaines d'un vert éclatant, d'autres d'un jaune maladif, d'autres encore qui paraissaient mortes, crépitant dans le vent. Je n'arrivais pas à discerner ce qui différenciait une plante en bonne santé d'une plante morte.

Tucker se gara près d'un pin grêle et esseulé pour aller faire pipi. Je sortis moi aussi et me postai à l'ombre où j'inspirai le doux arôme de l'arbre. Cela faisait un ou deux jours que je n'avais vu personne d'autre que mon frère. Il n'y avait pas de signe de vie humaine dans les parages. Je ne relevai aucune odeur artificielle, ne sentais que l'herbe éclaboussée de soleil et le musc de la terre desséchée. Aucune construction en vue, une absence totale de maisons ou de fermes, de poteaux téléphoniques, de tracteurs, de câbles ou même d'avion dans le ciel. Tucker et moi aurions aussi bien pu être les seuls survivants d'une invasion extraterrestre ou d'une guerre nucléaire. Les derniers humains de la planète.

Il remplit le réservoir avec un bidon qu'il avait gardé sur la plateforme du camion. Il but une gorgée d'eau et insista pour que je finisse ce qui restait dans la bouteille. Il se renifla l'aisselle, retira son marcel et y appliqua du déodorant. Torse nu, il s'étira et passa une main sur son crâne rasé.

"Tu veux t'entraîner au tir ?" demanda-t-il.

Il sortit l'arme de sous le siège passager et une boîte de balles de la boîte à gants. Je le regardai charger le pistolet, ses doigts intacts qui s'activaient avec habileté. Je ne savais pas trop de quel genre d'arme il s'agissait – seulement qu'elle était lourde et brillante, avec un recul assez puissant pour me fouler quasiment le poignet.

Toute ma vie, j'avais vu des armes autour de moi, mais seulement de loin. J'avais vu des révolvers sur des tableaux de bord ou des holsters à la ceinture. Dès que je passais près du stand de tir de Mercy, une série d'explosions métalliques se répercutaient dans l'air. Chaque marque et chaque calibre semblait avoir sa tonalité particulière, certaines aiguës et cristallines, d'autres graves et gutturales. Dans le parc à caravanes, beaucoup de nos voisins possédaient un ou deux pistolets – c'était l'Oklahoma, après tout – mais Darlene n'était pas folle des armes à feu si bien que je n'en avais manipulé une pour la première fois que peu de temps auparavant. Ma sœur ne voulait pas trop que je fréquente des camarades dont les parents apparaissaient sur les réseaux sociaux en brandissant des fusils. Elle refusa que je me rende à une foire d'armuriers à l'extérieur de Mercy. Elle disait toujours que les armes ne servaient qu'à une chose, et qu'elle n'en avait donc pas l'utilité.

Mais Tucker n'était pas de cet avis. Il avait surnommé son pistolet Maman Ours et le maniait avec sang-froid et affection. À cet instant, il plissa les yeux le long du canon et acquiesça, satisfait. Il était pieds nus dans l'herbe et moi aussi.

“Tu veux passer en premier ? demanda-t-il.

— Non merci. J'ai encore mal au poignet de la dernière fois.

— OK. Regarde ma technique. Souviens-toi – il faut expirer au moment d'appuyer sur la détente.”

Sa posture était détendue mais sûre. Il visa la branche d'un pin en hauteur. J'avais beau être préparée à la détonation, elle me fit tout de même sursauter. Une brindille se cassa. Un noyau de feuilles chuta. Tucker poussa un cri de fierté. Le pin fut secoué par l'impact, et un nuage de moineaux s'envola. Je ne savais pas qu'ils s'y trouvaient jusqu'à ce qu'ils s'en aillent, des silhouettes noires nichées dans les branches noires, s'élevant vers le ciel dans une spirale de cris affolés.

Sur la route, nous parlions. Il s'agissait moins de discussions variées que d'une seule et même longue conversation qui ne semblait jamais se terminer et englobait tous les sujets du monde. Tucker et moi parlions de la vie et de la mort, de nos encas, de jeux à jouer sur la route, de films, de l'histoire de notre famille et de l'avenir de l'humanité. La conversation affluait et refluait comme dans un rêve, parfois intense et concentrée, parfois superficielle et décousue, interrompue par de longues périodes d'un silence complice. Je faisais un petit somme sur quelques kilomètres. Tucker chantait par-dessus la radio. Puis l'un de nous se remettait à parler comme si la pause n'avait pas eu lieu, reprenant le fil précédent ou répondant à une question posée des heures plus tôt.

On parvint à une toute petite ville par un après-midi sans nuages – pas même un lampadaire, à peine quatre ou cinq maisons et une station-service. Tucker remplit le réservoir du pick-up ainsi que le bidon à l'arrière du véhicule. Il sortit un rouleau de billets tenu par un élastique de la boîte à gants. (C'était notre banque. Tucker ne m'avait pas encore dit comment il avait obtenu tout ce liquide.) Il prit quelques billets et alla payer. Je regardai par la vitre, hors de vue. Mon frère revint avec une *root-beer* pour moi et un sachet de maïs grillé. On repartit dans un crissement de pneus.

"Est-ce que tu as un meilleur ami ?" demandai-je.

Tucker réfléchit à la question pendant presque trois kilomètres. Puis il dit : "Avant, oui.

— Qu'est-ce qui s'est passé ?

— Il s'appelait Mike. Il est mort à mes yeux.

— Il est mort ?

— Mort à mes yeux." Tucker fronça les sourcils. "J'ai rencontré Mike il y a quelques années. Je passais beaucoup de temps avec ce groupe qui s'appelait ECO."

J'acquiesçai.

"C'est Mike qui m'a fait rentrer. On avait les mêmes objectifs, ou c'est ce que je croyais. C'est un de ceux qui m'ont appris à fabriquer des engins explosifs. Il m'a montré tout ce qui existait. Les mines terrestres. Les bombes artisanales. Comment utiliser l'engrais. C'est assez piégeux, en fait. Si tu te goures ne serait-ce qu'un tout petit peu dans ton mélange, ça foire grave. Mike m'a appris des tas de trucs."

Il fit une pause, se mordant la langue. Puis il se tourna vers moi. "Et toi ? Tu as une meilleure amie ?

— Je ne sais pas."

Je pensais qu'il allait se moquer, mais à la place, il opina.

"C'est un truc compliqué, l'amitié. Ça prend un bail avant d'arriver à se lier aux autres."

L'heure suivante fila tout en douceur. On passa devant des éoliennes et des silos. On passa devant des champs surplombés d'arroseurs métalliques qui faisaient comme des insectes de presque un kilomètre de long, argentés et épurés, en rotation, et qui envoyaient des embruns dans l'air. On passa devant des prés où des moutons étaient éparpillés. On passa devant des granges trop délabrées pour être retapées, le toit qui s'affaissait, à moitié effondrées sous un rideau de lierre.

"Parle-moi de papa, dis-je. Comment il était ?"

Tucker tambourina sur le volant en prenant un air pensif.

"Laissez-moi réfléchir. C'est difficile de résumer une personne. Je te dirai ça plus tard.

— OK.”

La radio poussa un cri parasitaire suraigu. Je ne m'étais pas rendu compte qu'elle était encore allumée et appuyai sur le bouton pour l'éteindre. Un champ où le chaume avait viré au marron occupait tout le paysage. Au loin, un tracteur labourait obstinément, de la poussière en guise de queue de comète.

“Il était une fois…”, dit Tucker et je souris.

Il me raconta une histoire – la même histoire qu'il me racontait depuis notre premier jour hors du bunker. Elle avait commencé comme un jeu sur la route, un moyen de passer le temps, mais avait pris des proportions de plus en plus importantes. Il racontait l'histoire de notre aventure. Il parlait toujours de nous à la troisième personne – *Corey et Tucker* – comme si nous étions des personnages connus de tous à la Hansel et Gretel ou Cendrillon.

“Deux frères, Corey et Tucker, roulaient vers l'ouest. La journée avait été longue, ils étaient tous les deux fatigués, et réfléchissaient à l'endroit où ils allaient dormir cette nuit-là. Il fallait trouver le bon endroit. Sûr et agréable.”

Je m'enfonçai plus profondément dans mon siège.

“Ils virent un petit bois. Tucker se dit que ça convenait. Ils allaient s'arrêter et passer la nuit là. Mais Corey était plus futé. Les arbres dégageaient une impression bizarre. Corey se demandait si un sortilège n'avait pas été jeté sur cet endroit.”

Je regardai à travers le pare-brise avec avidité. Un bosquet hirsute se dressait le long de la route. Les branches semblaient épuisées, les feuilles beiges et fanées. Un instant plus tôt, j'aurais simplement cru que les arbres manquaient d'eau, mais voilà qu'ils prenaient un air inédit et même malveillant. Les troncs étaient tordus et gonflés de nœuds.

"Puis, au loin, ils aperçurent une ferme, dit Tucker. La grange était rouge. Corey la remarqua le premier. Il avait un œil de lynx."

Je me redressai.

"Peut-être qu'ils pourraient dormir dans la grange. Ils étaient si fatigués, après tout. Mais alors qu'ils s'approchaient, ils s'aperçurent que la ferme n'allait pas non plus." La voix se fit murmure. "Un homme marchait dans le pré. Il y avait un tracteur dans le champ. Trop d'humains. Corey et Tucker pourraient se faire prendre et être jetés en prison s'ils s'arrêtaient là."

Je m'accrochai à la sangle de ma ceinture de sécurité. Je retins mon souffle jusqu'à ce que la morne petite grange soit passée dans le rétroviseur, le danger éloigné, rapetissant dans l'obscurité.

"On a eu chaud", chuchota Tucker.

J'acquiesçai.

"Corey et Tucker poursuivirent leur voyage. Ensemble et seuls."

Ses histoires étaient le meilleur moment de la journée. Il n'inventait rien – pas vraiment. Corey et Tucker ne se battaient jamais contre un ogre, ne visitaient pas de château dans les nuages et ne trouvaient pas de lampe magique qui exauçait leurs voeux. Mon frère racontait plutôt ce que nous faisions ou ce que nous venions de faire. Parfois, il stoppait son récit pour déclarer : *Tout ça est vrai, tu sais. C'est vraiment arrivé.* Il mettait un filtre sur le monde qui rendait le vent mélancolique, les animaux sensibles, le moindre objet débordant de possibilités. Tout pouvait arriver.

"Pour ce qui est de papa", dit-il.

Il avait abandonné sa voix de conteur ; la conversation avait repris. Je mis les pieds sur le tableau de bord et me tournai pour le regarder.

"J'imagine que la meilleure façon de t'en parler, c'est de dire ça : nous avons tous quelque chose de lui. J'ai ses mains. Sa façon de travailler avec. Il pouvait réparer tout ce qui avait un moteur et j'imagine que j'ai hérité ça de lui.

— Oh, dis-je.

— Darlene a hérité de son bon sens. Il n'y a pas plus pragmatique qu'elle. Les idées, la philosophie ou une vision d'ensemble, elle s'en fout, mais derrière, elle assure un max de trucs. Papa a toujours été bon en temps de crise. Darlene aussi."

Je regardai mes genoux.

"Jane a son rire. Elle projette la tête en arrière et elle est secouée de rire jusqu'au ventre comme lui. C'est papa tout craché.

— Vraiment ?

— Ouais."

Tucker affichait un air nostalgique. Je la connaissais par cœur, cette expression qui passait sur son visage dès qu'il mentionnait nos parents.

"Et moi ?

— Le cœur, dit-il sans hésitation. Tu aimes comme papa aimait."

J'y réfléchis, mon imagination prise dans les vibrations du moteur, le rugissement du vent et les cahots créés par les cailloux sur la route. Le soleil tomba sous l'horizon. Le ciel était gris et vaporeux. Un maillage de lucioles clignotait dans les champs. De temps en temps, l'une d'elles s'écrasait contre le pare-brise, et la pulpe de son corps restait phosphorescente un instant malgré la mort. L'air se rafraîchissait à chaque kilomètre franchi.

Je ne pensais pas à mes sœurs. Il s'agissait d'un processus actif, plutôt que d'un oubli inconscient. Cela me demandait des efforts de ne pas les avoir en tête. Dès que leur nom me venait à l'esprit, je faisais semblant d'exploser les mots avec un marteau. Une part de moi avait conscience que si je prenais le temps de penser à ce que j'avais fait – ce que je faisais –, je ne le supporterais pas, alors je restais concentrée sur le présent. Je me conformais le plus possible à la situation de Corey et reléguais Cora à l'arrière-plan.

Corey n'était pas encombré de souvenirs. Corey n'existait que depuis quelques semaines et son esprit se composait de choses immédiates : nourriture, abri et des sensations à fleur de peau. Le rugissement du vent. Le picotement d'une *root-beer* sur sa langue. Le parfum du fumier et du foin.

Et les histoires que racontait Tucker. Corey en croyait chaque mot. Dès que Tucker se mettait à inventer ses contes merveilleux, Corey devenait à la fois l'auditeur et le protagoniste. Il écoutait et était captivé par ses propres actes de bravoure, une boucle magnifique faite d'action et de mythologie, le voyage épique de deux garçons en fuite, animés par leur détermination et leur désir d'aventure, rencontrant danger et magie à tout instant, unis et anoblis par leur lien fraternel.

“Il était une fois…”, dit Tucker.

Je me tournai vers lui, les yeux grands ouverts, impatiente.

23

Ce matin-là, je fus réveillée par quelque chose qui m'embrassait la joue – une pression humide et palpitante. J'ouvris les yeux et vis qu'un monarque était perché au coin de ma bouche. Je clignai des yeux et il s'envola. Je regardai le papillon s'élancer, sa trajectoire incertaine, pour finir par se poser sur un bouquet d'orties.

Sous moi la rosée imbibait l'herbe, et mes vêtements froissés, trempés, dont les coutures me collaient à la peau. J'avais un goût aigre dans la bouche. Tucker dormait encore, allongé sur le dos, les membres étendus. On aurait dit qu'il était tombé de haut, comme s'il avait chuté dans le sommeil. Quelque chose me chatouillait le coude. Je cueillis un gros mille-pattes et le lançai dans les fougères.

C'était au tournant de l'aube. Nous étions garés à l'abri derrière une rangée de brise-vent plantée le long d'une route. Les branches s'agitaient dans la lumière crue. Les feuilles au sommet flamboyaient d'or, assez hautes pour attraper les premiers rayons du soleil, mais les branches plus basses étaient encore dans l'ombre. Je grimpai sur la plateforme du pick-up où se trouvaient des bouteilles d'eau et des sandwichs rassis. Au loin, la cloche d'une église retentit. Je comptai sept notes. Je m'aperçus que je ne savais pas quel jour de la semaine nous étions. J'avais tout juste vaguement conscience que nous étions en juillet.

Je pris mon petit déjeuner assise sur le pick-up, mes pieds nus se balançant contre le pare-chocs. Quant à mes tibias, ils étaient décorés de piqûres de moustiques. La lumière descendit le long des arbres au fur et à mesure que le soleil se levait, son rougeoiement recouvrant chaque brindille l'une après l'autre, peignant chaque feuille d'une teinte vibrante. Un vent chaud me caressait le visage et la gorge. Je n'étais pas encore habituée à ce que la brise soit à ce point en contact avec mon crâne, sans mon rideau de cheveux longs pour amoindrir la sensation.

Une fois de plus, je me répétai que j'étais un garçon.

Je n'avais jamais réfléchi à la question du genre auparavant. Il me restait encore quelques années avant la puberté, j'étais assez jeune pour jouer avec les garçons à la récréation sans que cela veuille dire quoi que ce soit. Pendant que les filles étaient assises à l'ombre, fabriquant des bracelets brésiliens ou se tapant dans les mains – chantant en rythme –, les garçons couraient à perdre haleine sur le terrain. Je préférai leur compagnie, l'exercice physique qui exigeait l'engagement de tout le corps. Les garçons semblaient plus simples que les filles – pas plus idiots, exactement, mais calibrés de manière moins élaborée. Contrairement à mes sœurs, contrairement à mes copines, les garçons de mon entourage semblaient n'éprouver qu'un sentiment à la fois, une seule émotion forte qui vibrait tel un diapason donnant le *la*.

Je n'avais pas encore atteint l'âge des amourettes. D'une certaine façon, j'étais un peu à la traîne. Je regardais les autres filles griffonner des *Mme Scott Westerman* dans les pages de leurs cahiers ou se passer des mots entre les rangées de tables pour demander : *Est-ce que tu m'aimes Oui/Non ?* Je ne comprenais pas l'adoration qui les saisissait, coulait dans leurs veines durant quelques jours grisants avant de disparaître sans laisser de traces.

Pour tout dire, je me sentais souvent dépassée. Cela venait en partie de ma situation familiale. Personne ne voulait jamais venir au N° 43 – chez la famille la plus triste de Mercy. Je n'avais pas les moyens d'entrer chez les scouts, même si l'uniforme aurait pu masquer certaines de mes différences. Je n'allais pas au catéchisme ni ne participais à la messe, ce qui aurait pu m'allier les enfants de la brigade religieuse (l'expression est de Darlene, toujours prononcée les yeux au ciel). Je n'avais pas les moyens d'aller en classe verte, de me rendre dans un environnement lointain où les stigmates de ma famille auraient pu disparaître. Les autres filles n'étaient pas cruelles envers moi, mais je n'étais jamais invitée aux anniversaires ni à aller jouer chez elles ; l'intimité chaleureuse des tête-à-tête m'était inaccessible. C'était dans ces moments que le minerai brut de l'amitié se transmuait en métal pur : deux filles qui restaient éveillées bien au-delà de l'extinction des feux, qui se vernissaient les ongles, essayaient les vêtements l'une de l'autre, murmurant dans le noir pendant des heures.

Toutefois, je m'étais rarement sentie seule. Dans l'ensemble, je trouvais les autres filles assez sympathiques, mais leurs problèmes me paraissaient toujours ineptes. Elles fondaient en larmes à cause d'une mauvaise note ou parce qu'elles étaient punies pour le week-end. Quand ces récits atteignaient leur paroxysme, je réagissais rarement, croyant que ça ne pouvait pas n'être que ça. Mon expérience de l'enfance différait de la leur – d'une manière qu'une gamine de neuf ans ne pourrait pas décrire. Mes copines de l'école avaient des parents vivants, une maison avec un jardin, une chambre à elles, ou au moins un lit à elles. Elles n'étaient peut-être pas riches, mais elles avaient toujours assez – assez de nourriture sur la table, assez d'argent pour payer les factures, assez de temps libre pour s'ennuyer, assez d'affection à la maison pour que ça en devienne même étouffant. Elles pouvaient se plaindre d'un père ou d'une mère qui insistait pour les aider à faire leurs devoirs tous les soirs. Elles pouvaient râler contre la nouvelle arrogance acquise à la fac d'un grand frère ou d'une grande sœur. Elles ne semblaient jamais avoir conscience qu'en fait, leurs problèmes étaient un véritable cadeau.

Je baissai les yeux vers mon corps : ma pose masculine, mon short, mes pieds sales, mon torse nu. Je ne me sentais plus mal à l'aise sans t-shirt, même en public. Cela rendait la chaleur plus supportable. Et puis personne ne remarquait ma semi-nudité, même la fois où Tucker et moi nous étions lavé les cheveux et les aisselles au robinet à l'arrière d'une station-service.

Je descendis du pick-up d'un bond. Une boîte de balles était coincée sous le rouleau de billets de mon frère dans la boîte à gants. Je tâtonnais sous le siège conducteur, sortis l'arme et la chargeai comme Tucker m'avait appris à le faire. Elle était lourde entre mes mains et tiède à cause de la chaleur du matin. Elle n'était pas inerte et inanimée comme la plupart des objets. Il avait la même potentialité latente qu'un œuf avant d'éclore : pas tout à fait en vie, mais riche de possibilités et de puissance.

Je visai un trou dans un arbre à proximité. Tucker m'avait montré comment m'y prendre : saisir l'arme à deux mains, écarter les jambes pour l'équilibre, inspirer, bloquer mon souffle et expirer en pressant la détente en douceur.

Le recul et la détonation étaient terrifiants. Mes oreilles sifflèrent, j'eus mal aux mains, mais je ne flanchai pas ni ne chancelai. J'abaissai l'arme calmement le long du cops et attendis que passe la vague de désorientation.

Ma visée s'améliorait. En m'avançant pour examiner mon travail, je vis que j'avais raté le trou mais touché l'arbre, ce qui était un progrès. L'écorce avait éclaté et la sève suintait. Une blessure fraîche et rouge.

Une heure plus tard, nous roulions sur une route déserte quand mon frère poussa un cri d'exclamation. À notre gauche, une prairie pulsant au son des grillons. À notre droite, une rangée de chênes brillant au soleil. Leur caractère ordonné suggérait une intervention humaine – ils avaient dû être plantés pour bloquer le vent – mais, manifestement, personne ne s'était occupé d'eux depuis un bon bout de temps. Beaucoup avaient succombé au manque d'eau, leur feuillage laissant la place à des branches sèches et dénudées. Un faucon était perché sur la ramure cendrée, au sommet de l'un d'eux.

Derrière les arbres se trouvait un enclos. Dans l'enclos se trouvaient des chevaux, quatre ou cinq qui paissaient sereinement. Ils se confondaient presque avec l'herbe dorée. Leur robe avait une couleur moka, leur crinière mousseuse aussi blanche que de la crème fouettée. Ils se ressemblaient tellement que je les imaginais de la même famille : oreilles arrondies, chanfrein allongé et jambes grêles.

Tucker arrêta le pick-up en plein milieu du chemin de terre. Il descendit du véhicule en souriant. Inutile de se ranger sur le bas-côté ; nous n'avions croisé personne de la matinée.

Je suivis mon frère entre les arbres. Il marchait si vite que je devais courir pour ne pas être distancée. Alors que nous foncions à travers les fourrés, le faucon prit son envol, découpant l'herbe ensoleillée de son ombre.

Les chevaux levèrent la tête en nous entendant. Ils regardèrent dans notre direction. Je me demandai à qui ils appartenaient. Il n'y avait pas de maison à proximité, pas de grange. À la limite de mon champ de vision, j'apercevais un silo – une tache de la taille d'un timbre-poste sur l'horizon –, seul indice de civilisation.

Les chevaux se déplacèrent vers nous. Le plus grand du groupe, un étalon, faisait une pause tous les quelques pas pour brouter de l'herbe. Les deux juments traînaient à sa suite, chassant les mouches d'un mouvement de queue. Deux poulains suivaient au loin, fébriles et timides. Tucker et moi, on s'aida à passer le grillage de la clôture, chacun soulevant à tour de rôle l'écheveau de barbelés pour que l'autre puisse se glisser en dessous.

J'éprouvais un léger sentiment de déjà-vu. Des années plus tôt, mon frère et moi avions fait l'inverse – une promenade nocturne, des chevaux noirs, une clôture escaladée pour accéder à un champ noir d'encre. À cet instant, le matin était écrasé de chaleur, l'herbe blondie d'être brûlée par le soleil, et on se faufilait sous la clôture pour aller saluer les bêtes. L'étalon s'approcha le premier. Tucker tendit une poignée d'herbe en signe de paix. Il avait toujours ce don magique dont je me souvenais avec les animaux. En quelques minutes, les cinq chevaux l'entouraient, reniflant son épaule, piaffant d'impatience d'être caressés, leur chair frémissant sous ses mains.

"Ouvre le portail. Là-bas."

Il pointa vers une lueur métallique plus loin près de la route.

Mon cœur se mit à battre à tout rompre. "Tu es sûr ?

— Grave", dit-il.

Je courus dans l'herbe haute et dépassai notre pick-up en direction du portail. Mes chevilles se prenaient dans la végétation. Mon avancée soulevait des armées de criquets dans les airs. J'essuyai la sueur sur mon cou.

Le portail était fermé par une longueur de chaîne entourée autour d'un poteau. Pas de cadenas. Le métal me brûla les paumes quand je poussai sur les battants dans un crissement des gonds.

Les chevaux suivaient mon frère en file indienne, à croire qu'ils l'avaient connu toute leur vie. Tucker avait l'air trop heureux pour sourire, son expression sérieuse comme s'il priait. Il marchait les bras écartés, la lumière du soleil en coupe dans ses mains.

Un par un, les animaux le suivirent par le portail. Leur queue laiteuse éloignait les mouches. De près, je vis que leur robe était râpeuse et terne par endroits, des ombres soulignant leurs côtes. Ils étaient tous un peu trop minces. Ma présence rendait les poulains nerveux, ils hennissaient et remuaient la tête en passant. Mais une fois sur la route, ils furent accaparés par l'ombrage des arbres, une expérience inédite pour eux. Il les tachetait, les rafraîchissait. Les poulains se mirent à danser. Les juments surveillaient, hanche contre hanche, complices. L'étalon hennissait doucement, toujours hésitant près de Tucker, son menton reposant sur l'épaule de mon frère, ses yeux marron à moitié fermés.

"Viens", dit Tucker.

Il me dirigea vers le pick-up. Je ne voulais pas partir, mais je n'eus pas l'idée de lui dire non. Mon frère mit le contact. Il fit une pause, regarda les chevaux sur le chemin un long moment comme s'il voulait graver l'image dans sa mémoire.

Puis il claqua sa paume contre le klaxon.

L'étalon se cabra, doublant de hauteur, ses lèvres retroussées dans un grognement féroce, ses sabots étincelèrent contre le ciel. Les juments se mirent aussitôt en mouvement et cavalèrent vers l'horizon en soulevant un nuage de poussière derrière elles, les deux poulains leur emboîtant le pas. Leur rapidité était étonnante. Ils prirent la fuite avec la vigueur et la détermination des animaux sauvages et non avec celles des bêtes domestiquées galopant pour se faire plaisir dans la sécurité d'un enclos. Peut-être qu'ils ne s'étaient jamais déplacés comme ça avant et testaient les limites de leur corps. Au galop, tout en jambes, ils n'étaient plus que grâce équine, un genre de perfection osseuse. Quelques minutes plus tard, ils avaient disparu.

"C'est bien, dit Tucker en souriant. Fuyez."

24

L'histoire se transforma rapidement en légende. Encore et encore, mon frère me racontait la fois où Tucker et Corey avaient libéré les chevaux dans un champ solitaire. Je ne m'en lassais jamais et le récit s'allongeait à chaque fois. Bientôt, un fermier cruel qui n'aimait pas ses animaux fit son apparition. Il y avait des coups et des menaces de mort, un manque d'eau et de nourriture. Dans la quatrième version de l'histoire, Tucker et Corey avaient sauvé les chevaux d'une vie de maltraitance abominable.

"Tout cela est vrai, tu sais, répétait-il. C'est vraiment arrivé."

On passa le reste de la journée sur la route. Tucker conduisait de sa main valide, gesticulant de sa main abîmée. Les moignons de son petit doigt et de son annulaire se mouvaient de concert avec ses doigts intacts, un souvenir fantomatique des os et de la chair qu'il avait autrefois possédés. Ce coin du Texas n'était pas exactement vallonné, pas exactement plat. La topographie se composait de pentes douces et graduelles où tout était un peu penché. Les granges au loin étaient de guingois. L'horizon ne semblait jamais tout à fait droit non plus. À l'occasion, nous croisions un vieux panneau indiquant AMARILLO. Tucker le pointait du doigt et lisait le nom tout haut.

"On y est presque", disait-il.

Je ne demandais pas ce qu'il avait l'intention de faire une fois sur place. Je n'étais pas sûre de vouloir savoir. Nous parlions donc plutôt des vautours qui tournoyaient dans le ciel, décrivant des spirales comme les figurines d'un mobile enfantin. Nous parlions des différentes sortes de céréales. Nous parlions un peu de papa – sa pipe qu'il adorait fumer le soir, sa haine de l'équipe des Arkansas Razorbacks. Le soleil se déversait par la lunette arrière, transformait le tableau de bord en une plaque de bronze flamboyante.

"À quoi ça sert de vivre ?" demanda Tucker.

Je le dévisageai. "Dis-moi.

— En fait, c'est une question idiote. Voilà ce que c'est. C'est une question *d'humain*. Les animaux ne se prennent pas la tête avec le sens de la vie. Ils ne s'ennuient pas. Ils ne se tournent pas les pouces à se demander à quoi ils servent.

— Oh, dis-je en y réfléchissant.

— La vie sert à vivre. Tu manges, tu bois, tu te trouves un abri, tu as des enfants et tu perpétues l'espèce. Basta. Rien de plus."

Mes doigts jouèrent avec le soleil. L'ombre de ma main était imprimée sur le tableau de bord.

"Les humains l'ont complètement oublié. C'est tellement facile de vivre aujourd'hui que notre existence n'a plus aucun sens. Alors on part à la recherche d'autre chose, on en veut toujours plus. Argent. Grande maison. Hobby. Religion."

Mes sens me paraissaient légèrement altérés. Ils se manifestaient selon une certaine hiérarchie : la voix de Tucker, son odeur, sa présence physique prenaient le pas sur tout le reste. Il était plus grand que le soleil et plus bruyant que le vent.

"La tornade était un cadeau. Ma vie fait sens. La tienne aussi, Corey.

— Oui, oui." J'étais tellement habituée à la rhétorique de mon frère que je la trouvais apaisante, comme une comptine familière.

"Il y a une tension dans le fait d'être humain. Nous sommes les seuls animaux à qui il arrive de mourir en accouchant. Tu le savais ?"

Je commençai à répondre, mais il m'interrompit : "Les seuls qui meurent régulièrement, je veux dire. C'est vraiment commun dans notre espèce. Même aujourd'hui, avec notre médecine moderne, cela arrive tout le temps."

Je ne dis rien. Je me mordis la lèvre.

"C'est à cause de notre cerveau." Tucker tendit la main au-dessus de l'espace qui séparait nos sièges et donna une petite tape à mon crâne avec son poing. "Il fait de toi qui tu es, mais il ne passe pas facilement par d'étroites voies génitales."

Je détournai les yeux et goûtai cet élixir de chagrin et de regret que suscitait toujours en moi la référence à la mort de maman. Tucker sembla le voir. Il m'attrapa l'épaule et me donna une bourrade affectueuse – un geste de réconfort masculin, de frère à frère.

"Ce n'était pas ta faute. C'est un défaut de conception chez l'humain. On a évolué pour se tenir sur deux jambes et pour ça, on a besoin d'une ceinture pelvienne étroite. On a évolué pour être intelligents et pour ça, on a besoin d'un énorme cerveau. Ce sont de mauvais calculs. Tu ne peux pas associer ces deux éléments et t'attendre à ce que ça fonctionne à chaque fois."

Il claqua la langue d'un ton désapprobateur. Je gardai les yeux sur la vitre.

"Parle-moi de maman", dis-je.

Il y eut une longue pause pensive. Je sentais presque les souvenirs se déplacer dans la tête de Tucker.

"Les Friches, dit-il finalement.

— Quoi ?

— Maman y faisait tout le temps référence. Quand j'étais avec les vaches dans l'enclos et que c'était l'heure de dîner, elle m'appelait par la porte de derrière : « Tucker, il faut quitter les Friches, maintenant. » Je l'entendais parler avec ses copines au téléphone : « Mon garçon a passé la journée dans les Friches. »"

Il se mit à imiter notre mère, son débit, sa voix aiguë et douce. Je n'avais jamais entendu autant de douceur sortir de mon frère.

"Quand j'étais petit, je ne savais pas ce que ce mot voulait dire. Je croyais qu'elle parlait de la ferme. Ou juste de tout ce qui était à l'extérieur de la maison."

Il se frotta durement les joues comme s'il essuyait une larme. Il n'avait pas l'air de pleurer, pourtant. Je me demandai si le geste m'était destiné, une tentative d'illustrer la profondeur de son chagrin.

"En grandissant, j'ai décidé que les Friches, c'était l'Oklahoma. Le surnom que lui donnait maman."

Il s'essuya de nouveau les yeux, de manière un peu ostentatoire.

"Après la mort de maman, c'était horrible. Elle me manquait tellement. Un jour, je suis tombé sur son vieux dictionnaire dans la bibliothèque. Elle avait marqué quelques mots. Pris des notes dans la marge. Friche était souligné et elle avait écrit *Tucker* juste à côté. Tu te rends compte ?" Il fit une pause, pressant ses articulations sur sa bouche. "Une *friche*, c'est une « terre qui n'est pas cultivée ou impropre à la culture », j'ai appris la définition par cœur."

Je retenais mon souffle, espérant en apprendre davantage. C'était la première fois que j'entendais ça au sujet de ma mère. Darlene m'avait donné les informations de base la concernant – son lieu de naissance, fille unique, comment elle avait rencontré papa et comment elle était morte – mais les détails de sa vie intime et quotidienne étaient aussi rares que précieux.

"Je ne me souviens plus de la couleur de ses yeux, déclara Tucker. Je ne suis pas sûr de sa taille. Elle me semblait si grande et si forte à l'époque."

Il avait les yeux rouges, peut-être à cause des larmes, peut-être à cause du contact avec ses mains.

"Parfois, je me demande… Je me demande ce que voulait dire maman sur moi. Les Friches. La terre non cultivée. La culture – c'est ce que pratiquent les humains."

Je croisais les bras, pour le réconfort. Peut-être que maman aurait trouvé un terme pour décrire mon tempérament à moi aussi. Quelque chose qui ne soit rien que pour nous deux. Si seulement elle avait vécu assez longtemps.

"Je suis sûr que quand il est mort, papa a rejoint les Friches, affirma Tucker. Il est monté dans une tornade pour y aller."

Le lendemain, la chaleur devint insupportable, l'air si sec que je devais me concentrer pour respirer. Le courant d'air qui s'engouffrait par la vitre était la seule chose qui m'apportait assez de fraîcheur pour survivre. Au milieu d'un désert rouge et austère, on est passés devant un buisson rêche qui n'avait plus ni feuilles ni écorce, une sculpture de branches lisses et argentées. La plante était morte depuis longtemps, sans doute de déshydratation, mais son squelette restait droit, moucheté de déjections d'oiseaux. Un point de rencontre pour les corbeaux, j'imagine.

Personne dans mon entourage ne m'avait jamais parlé comme le faisait mon frère. Il me traitait en égale, comme si mes idées comptaient, comme si je possédais autant de sagesse que lui. J'avais l'habitude que les adultes s'adressent à moi sur un ton condescendant. Les enseignants me posaient des questions en ayant des idées préétablies et j'étais censée deviner lesquelles. Darlene me posait des questions qui étaient des ordres déguisés : *Tu pourrais me donner de l'eau ?* ou *Qu'est-ce que tu crois que tu es en train de faire ?*

Tucker, à l'inverse, ne me cachait rien. Je m'étais figuré l'âge adulte comme un couloir aligné de portes, chacune portant un panneau différent : *sexe*, *argent*, *mariage*, *enfant*, *mort*. Quand les gens entraient dans la puberté, ils se déplaçaient le long du couloir, ouvraient les portes les unes après les autres, accédant enfin au mystère qui s'y trouvait. Pour les enfants, toutefois, les portes étaient fermées. Je connaissais les mots qui définissaient l'âge adulte – ceux écrits sur les portes – et c'était tout. La plupart des adultes acceptaient seulement de me donner un indice, de me laisser jeter un coup d'œil par le trou de la serrure.

Avec Tucker, aucune porte n'était fermée. Kilomètre après kilomètre, il me raconta sa vie de fugueur. Me parla de sa solitude. Il m'expliqua qu'il avait fait du stop, et la manche, qu'il avait squatté des immeubles abandonnés et dormi sous des ponts d'autoroute, avait volé des portefeuilles et mangé ce qu'il trouvait dans les poubelles à l'arrière des restaurants. Il me raconta qu'il s'était lavé dans des rivières et sous des pluies d'orage. Il me raconta qu'il avait tellement marché que ses semelles étaient tombées en lambeaux. Il me raconta son chagrin aussi aiguisé qu'une esquille.

"Est-ce qu'on t'a manqué ?

— Seulement toi.

— Tu m'as manqué aussi. Tous les jours."

Une mesa surgit, pelée et escarpée. Elle était ornée de rayures horizontales : une veine de rouge, une couche de granite, une épaisseur de craie. Je ne pouvais pas évaluer sa hauteur ni si elle était loin. Elle aurait pu faire ma taille ou celle d'un gratte-ciel. Il n'y avait rien qui puisse me servir d'échelle. La mesa était le seul objet à se tenir droit sur la plaine de ce désert couleur rouille.

"Cet été-là, j'ai rencontré Mike, dit Tucker. Quelques mois après avoir quitté la maison. Je n'avais encore jamais rencontré quelqu'un comme ça. Il avait tellement confiance en lui."

Je me souvenais du nom. Un ancien ami. *Pour moi, il est comme mort.*

Mon frère me parla de leur lien – bref, mais fort, un coup d'éclat. Ils organisèrent le boycott d'une animalerie d'Oklahoma City connue pour maltraiter ses pensionnaires. Ils menèrent une campagne épistolaire contre les espèces invasives au lac Tenkiller. Ils se rendirent à Shamrock avec sept autres membres d'ECO pour tester des échantillons de terre après avoir entendu parler de rejets illégaux de produits toxiques dans une réserve naturelle. Les mois passant, Tucker et ses nouveaux amis voyagèrent à travers tout le sud-ouest. Il ne s'était jamais senti aussi utile, si déterminé.

Rapidement, Mike et lui devinrent les meneurs de l'aile radicale d'ECO. Masqués, ils utilisèrent des fumigènes artisanaux pour interrompre un combat de chiens à Kingfisher. Ils sabotèrent le moteur d'un camion de la commune qui transportait des chiens errants vers un centre d'euthanasie près de Dover, puis relâchèrent son chargement dans la plaine.

Alors que nous roulions, un insecte heurta le pare-brise et explosa en une gelée verte. Tucker enclencha les essuie-glaces qui grinçaient et grognaient, se traînant douloureusement sur la vitre. Nous n'avions plus de liquide de nettoyage.

"J'ai fait du bon boulot avec ECO.

— Pourquoi ça s'est terminé ? demandai-je avec hésitation.

— Mike et moi, on s'est disputés.

— Comme avec Darlene ?"

Une émotion forte passa sur le visage de Tucker, disparue trop vite pour que je puisse l'identifier. Sa main se resserra sur le volant.

"Ouais. Pareil."

Une autre mesa apparut à la limite de mon champ visuel, assez loin pour que l'air brûlant trouble sa silhouette. Elle tremblait comme un mirage.

“J’ai fait des trucs de mon côté, dit Tucker, mais ça me paraissait vide. Ça ne me convenait pas d’être seul. Ça me manquait de faire partie de *quelque chose*. Je n’arrêtais pas de penser à vous trois. Mais surtout à toi. Toujours à toi.

— Vraiment ?

— Vraiment et sincèrement.”

Je souris dans ma paume.

“Il y avait des périodes où je n’arrivais pas à dormir. Je pensais à Mercy et à tout ce que j’avais laissé derrière moi. Je m’inquiétais pour toi. Et puis je me rappelais nos chevaux et nos pauvres vaches. La petite chèvre un peu débile. Et de là, je pensais à l’usine de cosmétiques. Aux barils de déchets toxiques. Aux tests sur les animaux. Des créatures vivantes étaient torturées et tuées juste sous notre nez. C’est devenu… – Il fit un moulinet de la main – tout s’est mélangé dans ma tête. Le troisième anniversaire de la tornade arrivait. À ce moment-là, j’ai su quoi faire.”

Il leva le pied de l’accélérateur et la voiture ralentit tranquillement. Les cailloux crépitaient sous la voiture. Il me jeta un coup d’œil en souriant.

“Je suis revenu à la maison. Pour toi.”

25

Cet après-midi-là, on atteignit une petite ville, une oasis de verdure qui survivait tant bien que mal dans le désert. On passa devant une école primaire – une cour de récréation vide, les volets fermés – et un alignement de maisons délabrées. Il y avait des *saguaros* partout. Je n'avais jamais vu autant de ces cactus : rôdant près d'une boîte aux lettres, bruissant derrière une voiture garée, projetant leur ombre sur la rue. La couleur de leur chair allait du vert tropical au vert-de-gris. Le cimetière de l'église était aussi rempli de ces arbres massifs, en faction. Tous les cactus n'avaient pas le même nombre de bras, certains n'en avaient qu'un qui se dressait tout droit, d'autres en avaient plusieurs, épais, allongés et couverts d'épines. Quelques-uns dépassaient les poteaux téléphoniques en hauteur. Leur omniprésence était déconcertante. Il n'y avait personne dans les rues – la chaleur confinait les gens à l'intérieur – mais les cactus semblaient avoir pris leur place. Une invasion lente et régulière menée par une végétation imposante et sévèrement armée.

Tucker s'arrêta pour faire le plein. Il gara le pick-up à l'ombre d'un rade à burgers, près d'un tapis d'orties. Nous étions assis côte à côte sur la plateforme du véhicule et nous nous passions la bouteille d'eau.

"Quelles sont les règles à suivre pendant notre voyage ?" demanda-t-il.

Je soupirai. Nous les avions déjà passées en revue, mais Tucker aimait bien les quiz.

"Toujours payer en liquide. Ne parler que quand on nous parle.

— Quoi d'autre ?

— Respecter les limitations de vitesse. Ne pas voler à la tire. Ramasser ses détritus.

— Bien. Suivre toutes les petites règles pour pouvoir enfreindre les grandes. Les gens se font coincer sur des trucs de rien." Il me poussa du coude. "J'ai lu l'histoire d'un type – un incendiaire, je crois – qui était en cavale depuis presque deux ans. Et puis il a volé une barre chocolatée dans une supérette. Il y avait une caméra de surveillance et c'est comme ça que les flics l'ont chopé. Tu imagines ? Après tout ce temps, pour une saloperie de barre au chocolat."

J'acquiesçai en m'essuyant la bouche du dos de la main.

"Putain."

Je le regardai avec surprise.

"Regarde", dit-il en désignant l'autre côté de la route.

Une série d'échoppes se languissaient dans la lumière aveuglante de midi. Sur le parking se trouvaient une bouche d'incendie, un *saguaro* maigrichon à trois bras et un chien au pelage tacheté, affalé sur le flanc dans la poussière, qui soufflait fort.

"Le chien ?

— Derrière le chien."

Je mis ma main en visière sur mon front. J'avais du mal à déchiffrer les mots sur le panneau dans la vitrine à cause du reflet aveuglant du soleil.

"Il est temps d'avoir un projet", dit Tucker.

On passa le reste de la journée dans le pick-up, garé dans une allée entre deux bennes à ordures. Mon frère gardait un œil sur le magasin dans le rétroviseur. Il ne voulait pas que je sorte me dégourdir les jambes. Je ne savais pas ce que nous attendions – ce qui était censé se produire – et Tucker refusait de m'expliquer quoi que ce soit. Un *saguaro* d'un mètre quatre-vingts se dressait à côté de l'une des bennes. Il était trop jeune pour avoir des bras, un ovale indifférencié de chair verte. Il me faisait penser à un œuf dur, peint pour Pâques et en équilibre sur la pointe. Il occupait une partie de ma vision périphérique, et je craignais de le voir rouler vers moi.

Puis Tucker se lança dans un cours. Cela nous apaisait tous les deux. Je m'installai plus confortablement dans mon siège, laissant sa voix couler autour de moi.

L'extinction permienne a eu lieu il y a environ deux cent cinquante millions d'années, dit-il. La pire extinction de masse de l'histoire. Pendant des milliers d'années, le dioxyde de carbone et le méthane répandus dans l'atmosphère avaient atteint des niveaux toxiques. Tucker récitait tout cela de mémoire, sans pause. Il était de ces personnes capables de retenir aussi bien les grandes idées que les pseudo-informations. Il m'expliqua que quatre-vingt-seize pour cent des espèces de la planète avaient péri. Tous les organismes vivants que nous connaissions aujourd'hui descendaient des quatre pour cent de flore et de faune qui avaient survécu.

"Ça s'est déroulé sur un millénaire. Devine combien de temps il a fallu aux humains pour provoquer la sixième extinction de masse par l'anthropocène ? Cent ans pile."

Le *saguaro* à côté de la benne attira de nouveau mon attention – un dôme chauve, à la fois piquant et lisse, à peu près de la taille d'un humain. Son tronc bulbeux était ondulé dans le sens de la longueur et garni de bouquets de picots étoilés.

Tucker me dit que le niveau de la mer montait plus vite que les prévisions des scientifiques. La composition de l'eau de mer aussi évoluait – son acidité et ses propriétés chimiques. Dans les hauts-fonds de Californie, les escargots se dissolvaient ; l'environnement qui avait été leur habitat naturel se réduisait désormais comme peau de chagrin. Le lit des océans était infesté de zones mortes. Pas d'algues, pas de krill, rien.

"Je vais te parler du monde animal, dit Tucker.

— D'accord", murmurai-je. Je commençais à avoir sommeil. La canicule faisait pression sur ma poitrine et j'avais le souffle court.

À la base de la chaîne alimentaire, dit Tucker, se trouvaient les plantes. Elles produisaient la nourriture dont dépendait tout le reste. Puis venaient les herbivores qui ne consommaient que des végétaux. Ensuite venaient les omnivores qui mangeaient des plantes ainsi que des petits animaux. Au-dessus d'eux, il y avait les carnivores qui ne se nourrissaient que de viande. Au sommet de la chaîne, les grands prédateurs. Ils s'attaquaient à tous les autres et nul ne s'attaquait à eux.

“Les humains ne sont pas au sommet de la chaîne. On préfère se dire qu’on est à la pointe de l’évolution. Tout en haut avec les ours polaires, les orques et les aigles. Mais si on nous retire toute notre technologie et nos armes, on retourne direct au milieu de la pyramide. J’ai lu un article là-dessus quand j’étais encore avec ECO. Les humains sont au même niveau que les cochons et les anchois.”

Je jetai un coup d’œil vers lui, sourcils haussés. “Les cochons ? Ah bon ?

— Mets un humain et un tigre dans un espace fermé. Pas d’outils. Pas d’armure ni d’armes. Juste deux animaux ensemble. Tu verras rapidement quelle est notre place.”

Je me redressai un peu, frappée par cette idée.

“La chaîne alimentaire s’effondre, reprit Tucker. C’est ça que je veux dire. Du protozoaire aux abeilles, des oiseaux aux lions, tout est en danger. Et à qui la faute ?

— Aux humains, répondis-je par automatisme.

— Qui rase les forêts tropicales et pollue les sols ?

— Les humains.

— Qui chasse les animaux pour s’amuser et les garde comme des animaux domestiques ?

— Les humains.”

Une perle de sueur roula sur mon front. Je regardai une fois de plus le *saguaro* par la vitre – j’aurais parié qu’il était un peu plus près.

Puis Tucker rit, un grand gloussement extatique.

“Bon sang ! s’écria-t-il. Regarde-moi ça.”

Il avait les yeux rivés sur le rétroviseur. Il avait garé la voiture dos à la cible afin de masquer ses intentions, même s’il n’y avait personne dans les rues pour remarquer ce que nous faisions. Il se retourna pour regarder par la lunette arrière. Je fis de même, sourcils froncés et confuse. Je vis la rangée familière de boutiques. Un parking de terre séchée. Une bouche d'incendie. Un *saguaro* couleur ardoise orné de trois bras maigres.

Le soleil s'était déplacé et le panneau dans la vitrine était désormais visible, écrit à la main sur du carton, en grosses lettres inégales. Les derniers mots de chaque ligne étaient plus compressés que ceux du début. La personne qui l'avait fabriqué ne les avait pas tracés au crayon avant.

BIG TOM TAXIDERMIE ET TANNAGE
GRANDEUR NATURE & DÉCORATION MURALE
FOURRURES, CUIRS & PEAUX
LE MEILLEUR DU TEXAS

"La taxidermie, dis-je. C'est…

— Des animaux morts. Qui servent de décoration." Ces mots, Tucker les cracha. "Des yeux de verre et des corps en sciure."

Il désigna le chien. Il était allongé devant le magasin, ses pattes grattant la poussière. En plissant les yeux, je m'aperçus qu'il essayait de se lever. C'était un processus laborieux qui exigea plusieurs tentatives. Une fois debout, les différentes parties de son corps se mirent à pendre – bajoues, oreilles, ventre. Il se traîna jusqu'à la porte et rentra, semblant disparaître à travers un pan de bois solide.

Le temps d'un instant, je crus que la chaleur m'était montée à la tête. Puis je vis la chatière conçue à la taille du chien, le battant qui renvoyait la lumière en se balançant.

“On va pouvoir passer aux choses sérieuses”, dit Tucker.
Il démarra la voiture et recula.

Ce soir-là, on se posta sur le trottoir. Pas de lumière à l’intérieur du Big Tom Taxidermie ; l’heure de la fermeture était passée. Le vent soufflait fort, le monde sombrait dans les ténèbres. Un lampadaire brillait faiblement au bout du pâté de maisons. La chaleur se retirait enfin, remplacée par une fraîcheur délicieuse. De près, le *saguaro* à trois bras était d’une hauteur impressionnante et plus épais que moi au niveau de la taille. D’où j’étais, le cactus semblait porter la lune sur son épaule.

Tucker se tenait à côté de moi, notre bidon d’essence à la main.

“Cet endroit est diabolique. Tu t’en rends compte, hein ?

— Ouais.

— C’est la mort vide de sens. Une mort décorative.

— Oui, oui.

— Vas-y, Corey.”

Il désigna la trappe. Je m’agenouillai et poussai le battant en caoutchouc avec les doigts. Les gonds grincèrent tandis que j’observais l’intérieur obscur de la boutique. Puis je regardai mon frère avec espoir.

“Est-ce qu’on va libérer le chien ? demandai-je. Comme avec les chevaux ?

— Mieux que ça.”

Je me faufilai par l’ouverture et la trappe me claqua les fesses. Le magasin dégageait une odeur désagréable – un nuage épais de désodorisant qui servait à couvrir autre chose. Dans le noir, je ne voyais que des silhouettes : un rectangle qui était peut-être un bureau et une forme haute et inégale dans le coin. Elle avait des contours organiques – comme des épaules et un ventre.

Un ours brun. Dressé sur ses pattes arrière. Deux mètres cinquante. Les pattes avant levées comme sur le point d'attaquer.

Je restai bouche bée devant la créature quand je la vis nettement ressortir sur le mur terne. Sa posture était agressive mais artificielle, les babines retroussées dans une grimace figée. Je voyais ses griffes, des hachures noires tracées dans l'obscurité. J'étais encore à quatre pattes, attendant de voir si l'ours allait bouger. Mes yeux me jouaient des tours. La silhouette de la créature était imprécise, brune et hirsute sur une surface qui ne recevait aucune lumière. Mon souffle était si fort que je n'arrivais pas à dire si l'ours respirait aussi ou pas.

La voix de Tucker résonnait dans mon esprit : *Mets un humain et un tigre dans un espace fermé. Juste deux animaux ensemble. Tu verras rapidement quelle est notre place.*

Quelque chose était accroché à la patte de l'ours. Un objet couleur taupe. Un chapeau de cow-boy. Je regardai de plus près, et poussai un soupir de soulagement.

L'ours était mort. Quelqu'un se servait de la pauvre bête comme d'un meuble – son bras, un portemanteau de fortune. Cela me donna le courage de me lever. La porte était une tache sans bords ni définition. Je me mis à chercher la poignée à tâtons du bout des doigts jusqu'à ce que je sente le métal de la serrure.

Quelque chose me heurta le genou. Une bousculade légère, mais pressée. Chaud et humide.

Je me figeai face au mur. Je n'osai pas me tourner. La pression revint, un museau de fourrure et des moustaches contre ma jambe. Il y avait un autre être vivant dans la pièce avec moi. Une respiration nasillarde, peut-être un grognement.

Je hurlai et donnai un coup de pied. Il entra en contact avec une matière douce et solide, et j'entendis un geignement suivi de griffes qui cliquetaient sur le lino. Je triturais la serrure. Haletant de peur, j'ouvris la porte et me jetai dans les bras de Tucker.

“Bon gars, dit-il, en me tapotant le dos.

— Il y avait quelque chose – quelque chose…” Les mots n'arrivaient pas à sortir, je gesticulai frénétiquement pour désigner ce qui se trouvait derrière moi.

C'était le chien. Les poumons qui sifflaient et la patte folle, il me suivit à l'extérieur. Je m'accrochai à Tucker pour qu'il me réconforte, même si à la lueur du lampadaire, je voyais bien que l'animal n'était pas menaçant. Il était très vieux, son ventre et ses oreilles tombants touchaient presque le sol, ses yeux laiteux. Il était peut-être aveugle.

Je n'arrivais pas à me calmer, je me tenais la tête entre les mains et culpabilisais d'avoir frappé le chien, même si son torse semblait fort et bien rembourré. L'animal vint renifler la jambe de mon frère, puis la mienne.

“Un niveau quatre, murmura Tucker. Domestiqué.”

Il posa le bidon qui émit un bruit humide. Il s'accroupit et caressa la nuque du chien, chuchotant à son oreille des mots que je ne compris pas. Puis, sans cérémonie, il souleva l'animal dans ses bras et s'éloigna à toute vitesse. Je le vis tourner au coin de la rue, éclaboussé par la lumière ambrée du lampadaire.

Il revint les mains vides.

“Je l’ai laissé au square, dit-il. Il y a une clôture et un portail. Il sera en sécurité.”

Tucker pencha la tête. Il changea soudain d’attitude, gagné par un calme terrible. À mes yeux, il semblait plus grand. D’un geste rapide, il reprit le bidon d’essence et sortit un briquet de sa poche. Son expression était étrangement familière : les lèvres retroussées, le front crispé, les yeux assez écarquillés pour en montrer les blancs. J’avais déjà vu ce regard, mais jamais sur un visage humain. À cet instant précis, mon frère ressemblait à l’ours brun à l’intérieur du magasin – les jambes écartées, il montrait les dents, excité par le déchaînement de violence qui se préparait.

Dix minutes plus tard, Tucker courait jusqu’au pick-up. J’étais pelotonnée sur le siège passager, je l’attendais.

Il démarra dans un crissement de pneus. Une odeur désagréable d’essence et de fumée émanait de ses vêtements, assez forte pour me faire tousser. Sans un commentaire, il baissa les vitres, laissant entrer une bourrasque d’air propre.

On roula entre les maisons endormies. Un gigantesque *saguaro* apparut sur le bord de la route, étirant ses bras énormes comme un agent de circulation nous ordonnant de nous ranger. Je me retournai sur mon siège pour regarder l’endroit d’où nous venions. La fumée s’élevait dans le ciel, une rivière pâle remontant vers l’amont. Je vis aussi une poche isolée de lumière au-dessus des bâtiments noirs d’encre – un petit lever de soleil artificiel. Tandis que je regardais, l’illumination s’intensifia, noircissant le ciel.

Une sirène retentit au loin. Tucker accéléra.

26

On atteignit Amarillo un samedi. Je savais quel jour nous étions parce qu'on arriva à un carrefour fermé par un panneau suspendu à un feu rouge, qui disait : KERMESSE DU SAMEDI. J'entendais la musique d'un concert – un guitariste et un tambourin. Les commerces avaient installé des tables sur le trottoir pour exposer leurs marchandises. Même s'il était encore tôt, il y avait déjà foule. Les mères promenaient des poussettes. Des couples marchaient main dans la main. Il y avait des stands pour les enfants : maquillage, modelage de ballons en forme d'animaux et caricatures. Des vendeurs de rue proposaient à boire et à manger, l'air embaumait la cannelle.

Je jetai un regard plein d'espoir à Tucker. J'aurais adoré passer la matinée là, à faire semblant de mener une vie ordinaire. Je vis un groupe de garçons qui se renvoyaient un ballon de foot. Je m'imaginai me joindre à eux. Peut-être que Corey serait capable d'imprimer une rotation parfaite au ballon, ce que Cora n'avait jamais su faire. Corey se moquait d'être couvert de boue. Il n'avait pas peur des bleus.

Mais le visage de Tucker affichait des traits graves. Il recula et fit demi-tour dans un tressaillement de pneus.

Peu après, nous empruntions une petite rue, le son de la musique faiblissant.

"Pourquoi est-ce qu'on est venus à Amarillo ?" demandai-je.

J'attendis, observai mon frère. Au lieu de me répondre, il pointa le doigt par la fenêtre.

"Un cimetière, dit-il. Ça fera l'affaire."

Il tourna et franchit un portail en fer forgé qui ouvrait sur une large allée. L'espace était parsemé de chênes, désert à l'exception de notre pick-up. Tucker se gara à l'ombre et descendit du véhicule. Au bout d'un moment, je fis de même.

"Pourquoi est-ce qu'on est venus à Amarillo ?" répétai-je.

Il enfonça une main dans sa poche de pantalon et en retira une feuille pliée qu'il me tendit. Le papier était aveuglant sous le soleil, couvert de mots longs et compliqués. Mon niveau de lecture, je le savais, laissait à désirer. *Sous la moyenne de classe*, déclarait mon dernier bulletin de notes, au plus grand désarroi de Darlene. On aurait dit une liste d'entreprises et de noms. Des noms propres.

"C'est notre programme", dit Tucker.

Les lettres flottaient et tourbillonnaient dans la lumière violente.

"Je l'ai pris à ECO. Je leur ai pris quelques autres petites choses, à vrai dire.

— Ah ouais ?

— Ben, le flingue était posé là, je n'allais pas ne pas le prendre, me dit mon frère avec un clin d'œil. Pareil pour le rouleau de billets. J'ai aussi pris un sachet de beuh et des balles."

Je lui rendis la feuille de papier. Il fit descendre son doigt le long de la liste et tapota un nom en particulier.

“On va commencer par ce mec, annonça-t-il.

— Qui c’est ?

— Viens, on bouge.”

Apparemment, nous étions dans la partie la plus riche du cimetière, les tombes étaient grandes et immaculées, souvent agrémentées de couronnes ou de fleurs en plastique. Il y avait un mausolée en marbre avec des colonnes couleur ivoire et des gargouilles qui lorgnaient vers moi depuis le toit. Au loin, j’apercevais les sépultures des familles plus pauvres – de simples pierres plantées dans la pelouse, souvent envahies de mauvaises herbes. Tucker et moi marchions en rythme, même si j’effectuais deux pas quand mon frère en faisait un. Je portais ma salopette sans rien en dessous, pas même de sous-vêtements, parce que je n’avais plus d’affaires propres. Il semblait légèrement sacrilège d’être ainsi vêtue dans un cimetière, mais je me dis que les garçons, eux, se moquaient de ce genre de chose.

“Pourquoi est-ce qu’on est venus à Amarillo ?” demandai-je pour la troisième fois.

La réponse de Tucker vint rapidement et sans émotion. “On va s’occuper d’un sale type.

— Sale ? Qu’est-ce que tu veux dire ?

— Comme Big Tom”, dit-il.

J’avais une boule dans la gorge. Il n’avait pas évoqué une seule fois l’incendie ces derniers jours. Je m’arrêtai de marcher. Les arbres s’agitèrent dans la brise, et mon frère passa entre les tombes.

Depuis ce qui s’était passé chez Big Tom Taxidermie, j’avais du mal à dormir, me réveillais en sursaut la nuit, un goût de fumée dans la gorge, et j’entendais l’écho d’une sirène imaginaire. J’avais peur, même si j’avais du mal à dire de quoi. Parfois je croyais que c'était l'ours. Mort, empaillé, et dans une posture éternellement vigilante – il me hantait. D'autres fois, c'était Tucker lui-même qui me perturbait : sa taille haute, son calme terrible, ses lèvres retroussées dans un grognement.

Mon frère avait commis un crime, et je l'avais aidé – mais je ne m'en étais rendu compte qu'après coup – et puis je n'avais fait qu'ouvrir une porte – mais j'avais su que, même ça, c'était mal – Tucker n'aurait pas pu déclencher l'incendie sans moi – mais il ne m'avait jamais demandé si j'étais d'accord – sauf que j'aurais sans doute dit oui s'il avait posé la question. Je n'arrivais pas à prendre la pleine mesure du mal que j'avais fait ni à démêler mon implication exacte dans cet acte.

Quand Tucker réalisa qu'il m'avait perdue, il revint en arrière et se tint au-dessus de moi. Il n'avait jamais été aussi bronzé depuis un mois. Nous l'étions tous les deux.

“Toi et moi ?” dit-il.

Une sierra de grandes montagnes blanches flottait au loin au-dessus de l'horizon. Je ne détournai pas le regard du paysage.

“Comment tu t'appelles ? demanda Tucker.

— Corey”, dis-je sans le regarder.

Une fois de plus, j'entendis le bruit des ciseaux rouillés. Je me souvenais de mes longues mèches me chatouillant en tombant autour de moi. Tucker avait fait quelque chose de profond cette nuit-là dans l'abri anti-tornade. Il avait initié un processus qui était encore en cours.

“Il était une fois…” Il s'arrêta. S'agenouilla, son regard au niveau du mien. Je voyais les imperfections dans le marron de ses iris, des taches vertes.

"Il était une fois un tyran. Appelons-le L'Homme aux poulets."

Je me penchai vers lui, souriant légèrement. Alors que Tucker trouvait le rythme de son récit, mon inquiétude reflua. Il n'y avait rien à craindre à l'intérieur d'une histoire, surtout si l'histoire était composée et contrôlée par mon frère.

"L'Homme aux poulets dirigeait des dizaines de fermes. Sauf que ça n'en était pas vraiment. Tu entends le mot *ferme* et tu penses à des prés, des vaches, mais là, il s'agissait d'énormes bâtiments remplis de milliers de poulets qui vivaient dans les pires conditions imaginables.

— Oh non, soufflai-je.

— Les animaux ne comptaient pas pour L'Homme aux poulets. Ses volailles étaient modifiées génétiquement pour donner plus de blanc et leurs pattes étaient si maigres qu'elles ne leur permettaient même pas de se tenir debout." Tucker fronçait les sourcils. "L'Homme aux poulets les gardait dans de toutes petites cages en fer. Elles ne pouvaient jamais voler. Les femelles ne faisaient que pondre. Elles recevaient leur nourriture et l'eau par un trou. Ne mettaient jamais une patte dehors. Passaient leur vie sans voir le soleil."

J'en eus le souffle coupé. L'histoire me captivait. Je connaissais bien cette impression : le monde connu transfiguré et égayé par de la poudre de perlimpinpin et des mots. Mon frère était à la fois inventeur de ce royaume et l'une de ses propres inventions. Lui et moi nous déplacions à l'intérieur de sa création ; je ne savais pas ce qui arriverait ensuite, mais je me sentais en sécurité entre ses mains.

“L’Homme aux poulets ne s’intéressait pas non plus aux coqs. Ils n’étaient que de la nourriture sur pattes. Il les assassinait par milliers et les animaux n’étaient pas pris par surprise. Ils voyaient la mort venir. C’était douloureux. Quant aux petits… je ne préfère pas te dire ce qui arrivait aux poussins.”

J’aperçus une silhouette se déplacer dans le cimetière. Une personne en deuil, sans doute. On aurait dit une femme, même si elle était trop loin pour que je distingue le moindre détail. Une silhouette triste et svelte.

“L’Homme aux poulets était un monstre, tu comprends ?

— Oui.

— Tout le monde essayait de faire fermer ses usines, mais L’Homme aux poulets était juste trop friqué. Je parie qu’il portait chaque jour un costume neuf. Je parie qu’il se torchait le cul avec des serviettes monogrammées. Il était riche à ce point.” Tucker fit un geste comme pour attraper quelque chose. “Il avait tout l’État du Texas à sa botte. Dans toute la Corn Belt, c’était la personne qui avait commis le plus de crimes contre les animaux.”

Mon frère serrait les dents. Le vent soufflait autour de moi, soufflait sous les bretelles de ma salopette et me chatouillait la peau.

“Il ne restait plus que Corey et Tucker. Ils étaient les seuls à pouvoir arrêter L’Homme aux poulets. Ils étaient les seuls à avoir assez de courage pour tenter quelque chose.”

Je sentis la fierté me gagner. “C’est vrai.

— Il faut bien que tu comprennes que Corey et Tucker attachaient de l’importance à la vie sous toutes ses formes.

— Ouais. C’est vrai.

— C'étaient des héros. Tu le sais, non ?"

Je haussai les épaules, moins sûre de moi d'un coup, me remémorant l'incendie. Comme souvent, Tucker semblait deviner mes pensées.

"Des héros, répéta-t-il. Ils défendaient les animaux parce que les animaux ne pouvaient pas se défendre eux-mêmes.

— Oh, murmurai-je.

— Corey et Tucker étaient en mission. Ils essayaient de sauver le monde."

Mon frère tendit la main et me caressa la joue les doigts repliés.

"T'es avec moi, pas vrai ?" demanda-t-il.

À cet instant, un craquement nous parvint des buissons à côté de nous. Dans une explosion de couleurs, un renard plongea entre les tombes. Je vis ses membres agiles et le panache de sa queue. Sa tête intelligente n'était que touffes de poils et angles pointus. Je pris l'apparition de la créature comme un signe et le message n'aurait pas pu être plus clair.

"Niveau un, dit Tucker. Un animal sauvage."

Le renard fila devant un mausolée, ses pattes délicates atterrissant dans l'herbe sans un bruit. Sa fourrure lisse et ses oreilles pointues passèrent sur le vert en un éclair. Puis il disparut dans un fourré. Tucker gloussa et je me mis à rire aussi, de violentes secousses qui étaient presque des sanglots. Peut-être que le renard avait établi sa résidence dans le cimetière, trouvé une compagne ou un compagnon et avait une litière de renardeaux. Je me demandai s'il avait creusé une tanière sous les cercueils, rêvant au milieu des ossements.

“Les animaux envoyèrent un signal, dit Tucker. Un renard rusé. Un farceur. Il montra à Tucker et Corey qu'ils étaient sur la bonne voie. Que les animaux étaient reconnaissants.”

Je pris mon frère par la main et entrelaçai mes doigts aux siens.

“Tout ça est vrai, tu sais. C'est vraiment arrivé.”

27

On passa la journée du lendemain au zoo d'Amarillo. On portait des casquettes de baseball et des lunettes de soleil pour dissimuler notre visage. Nous avions synchronisé les montres digitales qu'on avait achetées au magasin tout-à-un-dollar, sans autre raison que parce que les espions le faisaient souvent dans les films. Vêtus de shorts en jean et débardeurs, nous étions des garçons – on traînait les pieds, on crachait dans l'herbe. Tucker m'avait recommandé de parler le moins possible. Si d'autres enfants venaient me voir, j'étais censée hausser les épaules et m'éloigner. Si un adulte me parlait, j'étais censée rester calme et ne rien dire. Si nous étions séparés, il fallait nous retrouver à un panneau en bois devant le portail d'entrée.

Je n'avais jamais mis les pieds dans un zoo auparavant, Mercy était trop petite pour en avoir un. Il avait été quelques fois question d'organiser une escapade en famille au Pacific Zoo situé en Californie du Sud. Darlene émettait l'idée de temps en temps. *Peut-être un jour. Peut-être quand vous serez un peu plus grandes. Si la chance tourne.* Elle évoquait ce zoo le regard dans le vague et sur un ton particulier. Cela faisait partie des rares sujets capables de rendre ma sœur mélancolique, elle qui est si pragmatique.

Papa y était allé quand il était petit, apparemment, et il en parlait comme d'un pays des merveilles, ses récits étant restés gravés dans l'imagination de Darlene. Ma sœur me transmit le rêve de notre père : les tigres, les rhinocéros, les cascades, les girafes, les barbes à papa, les pandas et les balades en petites voitures, un espace avec des animaux à caresser, des singes de toutes les tailles. Mais nous n'avions jamais eu l'argent pour y aller. La chance n'avait jamais tourné.

Je sentis une odeur d'engrais et de fourrure. J'entendis le rugissement d'un guépard, le cri d'un oiseau exotique. Je sautillais à chaque pas jusqu'à ce que Tucker me pose la main sur l'épaule pour me rappeler que j'étais censée ressembler à un gamin d'Amarillo – un garçon qui était venu là si souvent que tout ça, pour lui, c'était du recuit. La première heure passa dans un léger sentiment d'exaltation. Mon frère m'emmenait d'un enclos à l'autre, ses cheveux courts bouclant dans la chaleur de fin juillet. On se partageait la bouteille d'eau. Le zoo était grand et organisé en circuit. Il y avait des poteaux hérissés de dizaines de flèches sur lesquelles était peinte l'image d'un animal – émeu, zèbre, rhinocéros. Après un virage, on vit trois girafes regroupées sur une colline herbeuse. Je grimpai sur la barre du bas de la clôture pour mieux voir.

Tucker se pencha tout près et murmura : “Quand une girafe meurt dans un zoo, ils doivent découper son cadavre à la tronçonneuse. Sinon ils ne seraient jamais capables de l'incinérer en entier.”

Je l'ignorai. Les girafes tournaient leur long cou vers les hautes branches des arbres. Des langues violettes. Des lèvres aux poils raides. Des têtes cornues. Elles arboraient une expression amusée, comme si elles n'étaient pas sûres de comprendre comment elles avaient atterri au Texas. La plus petite du groupe restait à part. Elle avait une posture assez étrange, les pattes raides, les genoux bloqués, les sabots plantés dans le sol. Elle n'arrêtait pas de projeter son cou maladroitement sur le côté. On aurait dit qu'elle voulait écouter ce que les visiteurs disaient d'elle.

"Ça s'appelle une zoochose, expliqua Tucker. C'est un genre de comportement pathologique chez l'animal.

— Zoochose, répétai-je après lui pour tester le mot dans ma bouche.

— C'est une combinaison de *zoo* et de *psychose*. Certains animaux sauvages – les niveau un – plongent complètement quand ils sont en captivité. Ils tournent en rond, s'arrachent la fourrure ou se comportent comme ça." Il me montra la girafe. "Vomir. Manger leurs excréments. Lécher les murs. Parfois, ils font même exprès de se blesser."

Tout autour de l'enclos, les gens brandissaient leur téléphone, prenaient des photos et filmaient.

"La captivité fait des trucs bizarres à ton cerveau. Dans la nature, l'ennui est un concept inconnu, mais il est assez courant dans les zoos. Et chez les humains aussi, bien sûr.

— Ah, dis-je en y réfléchissant.

— Les animaux les plus intelligents, c'est pour eux que c'est le plus dur. Les éléphants, par exemple. Ils sont sans doute aussi sensibles que les humains. Ils savent parfaitement ce que ça veut dire d'être en cage. Ils ont une tendance à la zoochose et sont parfois catatoniques, même. Dans la nature, les éléphants peuvent vivre jusqu'à cinquante ou soixante ans. En captivité, ils ne tiennent pas plus de vingt." Tucker fit une pause, la mâchoire contractée. "Les pieuvres aussi sont intelligentes. Ce sont des virtuoses de l'évasion. Et elles se servent de leur peau pour envoyer des messages. Les pieuvres qu'on voit dans les aquariums sont toujours rouge vif, parce que le rouge est la couleur de la rage."

Je regardai nerveusement autour de moi. Tucker parlait en gesticulant et des personnes commençaient à jeter des coups d'œil dans notre direction.

"Si on allait voir les serpents", dis-je.

Mon frère ne semblait pas m'avoir entendue. Il désigna la scène d'un geste du bras, un mouvement violent, ses doigts qui déchiraient l'air.

"Cet endroit montre bien tout ce qui ne va pas chez l'homme. Les humains croient qu'ils ne font pas partie de la nature. Et les zoos renforcent cette idée. Les animaux sont d'un côté des barreaux et nous, de l'autre. *Bien sûr*, nous ne sommes pas pareils."

J'attendis qu'il se ressaisisse. Cela arrivait de temps en temps : Tucker devenait pontifiant et il était tellement pris par la cause à défendre que son regard se perdait dans le vague. Parfois, la leçon ne durait que quelques minutes. Parfois ça pouvait prendre des heures. Mon boulot était d'être d'accord avec lui et d'attendre que la crise qui lui traversait le cerveau passe.

"Les zoos ne sont pas seulement mauvais pour les animaux. Ils sont aussi mauvais pour les hommes. Ils font venir la nature à la civilisation plutôt que les hommes à la nature. C'est la version fast-food des grands espaces." Tucker tapa du poing dans sa paume. "Les zoos donnent l'illusion de la nature, mais ne sont pas la réalité. Ils traitent les animaux comme des tableaux dans un musée ou des images sur un écran. Comme des symboles. Pas des créatures indépendantes douées d'instincts propres.

— Tu as raison", dis-je doucement.

Je lui pris la main et l'entraînai à ma suite. Les sourcils toujours froncés, il se laissa faire.

"Les psychopathologies repérées chez les grands singes sont particulièrement graves. Ils souffrent des mêmes symptômes que les patients en hôpital psychiatrique. Ils restent assis dans un coin et se balancent d'avant en arrière, se tiennent les genoux.

— Allons par là", dis-je en pointant la colline du doigt.

On vit un hippopotame dans une piscine, sa peau de la même teinte boueuse que l'eau, son dos et ses fesses rondes comme du vieux granit. On observa les phoques depuis une plateforme souterraine, un tunnel frais et sombre au sol humide, l'air puant l'odeur astringente de l'eau de mer. Les allées étaient bondées – un vieil homme qui marchait lentement avec une canne, des ados boudeurs, tout le monde se nourrissant de glace, de bretzels mous ou de barbe à papa.

"Parlons du plan, finit par dire Tucker.

— D'accord."

Il s'assit sur un banc à l'ombre et tapota les lattes de bois à côté de lui. Je m'assis à mon tour, heureuse de pouvoir me reposer.

"Aujourd'hui, on est en reconnaissance. Regarde de l'autre côté de la rue."

Il désigna quelque chose entre les barreaux du portail qui séparait la ville des animaux. Je remarquai que le sommet de chaque pieu se terminait par une pointe. Tucker montra un bâtiment gris à l'air sévère juste en face. Il semblait clos le dimanche, toutes les fenêtres étaient fermées et sombres.

"C'est le bureau de L'Homme aux poulets", dit Tucker.

Je pris une grande inspiration. L'air avait une odeur unique – terre labourée, urine, et quelque chose de boueux et d'âcre que je supposais être la puanteur des animaux eux-mêmes. Un homme corpulent passa devant nous, couvert de sueur et buvant un soda avec une paille. Il était si gros que le moindre pas lui coûtait beaucoup. Je le regardais descendre péniblement la colline, la peau toute rose, s'essuyant le front.

"Et notre ferme ? demandai-je.

— Quoi ?"

À ma grande surprise, je m'aperçus que j'avais un argument à avancer. L'idée me vint à l'esprit entièrement formée, comme si une partie de moi y réfléchissait depuis un moment.

"Tu n'aimes pas les zoos, dis-je. Mais tu aimais la ferme que nous avions à la maison d'avant. Je me souviens de ça.

— Mmmm, dit Tucker lentement.

— On avait des animaux. Dans des enclos, dans la grange. Est-ce que tu as déjà essayé de libérer nos animaux ?"

Gagnée par l'audace, je croisai son regard. Cora n'aurait jamais eu le courage de défier Tucker. Mon frère était plus âgé, plus fort et mille fois plus apte à s'exprimer qu'elle. Ses mots l'emportaient toujours, quelle que soit l'intensité de ce qu'elle pouvait éprouver.

Corey, quant à lui, voulait obtenir des réponses. Il voulait vérifier la cohérence de ce nouvel ordre mondial.

“C’est une bonne question, dit Tucker. Une excellente question.”

Son expression n’était pas celle que j’attendais. Il semblait aimer mon audace.

“J’avais l’habitude d’ouvrir le portail. Je le faisais tous les quelques mois. Je soulevai le loquet de l’enclos des vaches. Je laissais le poulailler ouvert. Je montrais au cheval comment sortir de la grange.

— Vraiment ?

— Carrément. J’adorais ces animaux, mais je ne voulais pas les garder captifs contre leur gré. Et parfois, ils partaient en exploration. Surtout Sweetie. Elle n’était pas si attachée à nous, et elle aimait grimper dans le jardin du voisin. Mais elle revenait toujours à la nuit tombée.

— Je ne savais pas.

— Personne ne le savait. Mojo – notre vieil étalon, tu te souviens ? – il aimait bien aller se promener, lui aussi. Il descendait l’allée de temps en temps, regardait un peu partout, mangeait les fleurs des voisins, mais en général, il revenait au bout de quelques heures. Et les vaches ne quittaient jamais leur enclos. C’était leur maison. Elles ne voulaient rien d’autre.” Tucker soupira. “C’étaient des niveau quatre. Totalement domestiquées.”

La foule devenait de plus en plus compacte. Certaines personnes semblaient arriver directement de l’église, encore dans leurs beaux habits et leurs chaussures inconfortables.

“Des niveau cinq. Les êtres humains sont une catégorie à eux tout seuls. Tu sais ce qui nous différencie des autres animaux ?

— Quoi ?

— On est incapables de vivre de manière durable. On change tout ce qu'on touche. Un animal sauvage vit en harmonie avec son environnement. C'est ça ce que ça signifie, *sauvage*. Les humains font le contraire."

Je posai la tête contre son épaule. Le vent était vaporeux, les arbres murmuraient, le ciel était tacheté de minuscules nuages blancs.

"Où est-ce que tu as appris cette Pyramide des animaux ?

— Je l'ai inventée."

Je le regardai avec fascination. La lumière de l'après-midi filtrait comme un rêve à travers les branches des arbres au-dessus de nous, mouchetant son front.

"Un jour j'écrirai un article. Je deviendrai célèbre comme Darwin. C'est bien, non ? Les gens aiment avoir des classifications à cinq niveaux. Le réseau trophique et l'échelle de Fujita ont cinq niveaux. Les ouragans et les tornades aussi."

Il tendit sa main intacte, paume ouverte, pliant un doigt après l'autre.

"Le cinq est toujours ce qu'il y a de pire. Le plus fort, le plus destructeur. Le pouce opposable."

28

À neuf heures du matin, j'étais en position. Mes chaussures étaient lacées avec des triples nœuds pour qu'ils ne se défassent pas quand je courrais. L'équivalent de l'heure de pointe à Amarillo rendait la rue animée. Les portes tambour projetaient des arcs-en-ciel sur le trottoir. Quelque part derrière moi, le zoo se préparait à accueillir ses visiteurs. Un taxi klaxonna. J'entendis le camion du marchand de glaces. Une rangée d'enfants tourna au coin de la rue, arborant un t-shirt vert avec l'écusson d'un camp de vacances cousu sur la poitrine.

Une cloche d'église se mit à sonner. Je comptai les coups. La foule d'enfants passa devant moi, m'entoura. Ils étaient tous du même âge que moi, ou un peu plus âgés – douze ou treize ans, peut-être –, et assez grands pour que cette forêt de t-shirts verts me dissimule un instant. La cloche de l'église se tut et le silence retomba dans son sillage.

Il y eut un crissement de pneus. Une voiture se gara devant le bâtiment austère et informe de l'autre côté de la rue. C'était mon signal. Je pris le temps de vérifier que les détails que Tucker m'avait fait rentrer dans le crâne étaient les bons : adresse, véhicule noir, chauffeur coiffé d'une casquette. Les autres enfants me plantèrent là et traînèrent des pieds vers l'entrée du zoo. Sur le trottoir d'en face, le chauffeur contourna la voiture pour ouvrir une portière à l'arrière. Je savais quoi faire ensuite.

Une silhouette apparut qui ne regardait pas dans la même direction que moi – calvitie naissante, cou large, épaules tombantes. L'Homme aux poulets. Un homme d'affaires ordinaire en costume bleu.

Puis je vis Tucker. Tout le reste bougea et se brouilla. Le temps d'une fraction de seconde, mon frère fut la seule chose nette autour de moi. Il se dirigea à grands pas vers L'Homme aux poulets avec une indifférence délibérée, le visage caché par une casquette de baseball, ses doigts abîmés se balançant mollement le long du corps.

Je hurlai de toutes mes forces en me griffant la gorge à vif. C'était mon boulot : j'étais la diversion. Je levai les bras et les fis retomber, vidant mes poumons comme un soufflet. Sur le trottoir, tous les adultes se retournèrent pour me dévisager. Une femme à la tresse grise désordonnée s'avança vers moi, bras tendus, affichant une expression maternelle. De l'autre côté de la rue, le chauffeur fronça les sourcils, plissa les yeux sous sa casquette. Je hurlais toujours, même si j'étais à bout de souffle. L'Homme aux poulets leva les yeux comme s'il n'arrivait pas à déterminer d'où venait ce cri. Peut-être croyait-il que j'étais au-dessus de lui et tombais du ciel.

Plus tard, je fus heureuse qu'il ait fait cette erreur. La dernière chose qu'il vit était le ciel.

Tucker arme au poing. Un éclat de métal brillant.

Mon frère leva le bras. Il y eut un claquement.

Sur le coup, je ne compris pas. J'eus une sensation de dédoublement, comme si chacun de mes yeux voyait quelque chose de différent et que ces images ne voulaient pas se fondre l'une dans l'autre. J'entendis la voix de Cora résonner dans ma tête, plus fort que jamais, hurlant des consignes que je ne comprenais pas, quelque chose au sujet de la maison, au sujet de Darlene. Corey, lui, était prêt à suivre les ordres. Tucker avait dit qu'il y aurait un signal. Il avait dit que je le saurais quand je le verrais. Il avait dit que je devrais courir.

Tout ralentit. Les voitures filaient sur la chaussée aussi paresseusement qu'une feuille d'automne sur une rivière. Tucker avait encore le bras tendu, à bout portant. Il avait le visage tordu, rouge de colère à moins que ce ne soit de triomphe. J'avais du mal à rassembler mes esprits – deux entités dans un seul espace, des personnalités disparates qui se chevauchaient. Il y eut un moment chaotique où chaque idée et impression était jumelée.

L'Homme aux poulets tomba. Il ne fit aucun bruit. Il n'y avait pas de sang. Ça n'était pas du tout comme à la télé. Sa tête n'explosa pas comme une pastèque trop mûre ; il s'affaissa simplement sur le côté et disparut derrière la voiture, hors de ma vue.

D'un geste souple, Tucker rengaina son arme dans la poche de son short. Personne ne sembla assister au coup de feu – sauf moi. Personne ne savait vraiment ce qui arrivait – sauf moi. Quelques personnes regardaient encore dans ma direction. D'autres, peu nombreuses, comprenaient seulement maintenant que la détonation était en fait un coup de feu. Un homme s'accroupit derrière une boîte aux lettres. Tucker tourna les talons et partit, se déplaçant avec indolence, comme s'il n'avait rien à cacher et n'était attendu nulle part.

Je me mis à courir.

Je dégringolai la colline, le mouvement de piston de mes genoux et le martèlement de mes chaussures sur le sol étaient secondaires par rapport à l'état d'apesanteur de mon être. Derrière moi, quelqu'un cria, mais je ne me retournai pas. Peut-être que la foule avait remarqué L'Homme aux poulets. La femme à la tresse grise me pourchassait peut-être. Tucker était peut-être traîné en prison par une foule enragée. Je ne m'arrêtai pas. Respecter les instructions de mon frère était la seule chose à laquelle je pouvais penser. Mon esprit me renvoyait l'écho des hurlements de Cora, mais c'était Corey qui décidait, à présent, Corey qui suivait le plan de Tucker.

Je franchis l'entrée du zoo à toute vitesse, évitant le guichet encombré par un énorme groupe de gamins en colonie de vacances. Je fonçai vers le pavillon des félins. J'eus un point de côté en descendant les marches en béton quatre à quatre. Les toilettes étaient cachées dans les ombres humides et puaient l'urine et les poubelles. Je venais de terminer la première partie de mon parcours. Je me faufilais dans les toilettes des filles – un écran de fumée pratique pour Corey – et jetai un coup d'œil à ma montre. Il ne s'était écoulé que six minutes depuis que neuf heures avaient sonné à l'église.

J'attendis. Mon cœur battait si fort à mes oreilles que je percevais les nuances de mon propre pouls – systole et diastole en boucle. Si on me courait après, je continuerais à fuir jusqu'à échapper à mes poursuivants (plan A). Si ce n'était pas le cas, je me camouflerais en me fondant dans la foule (plan B). J'étais fébrile. Le siège des toilettes était éclaboussé de gouttelettes. Une bande de papier toilette était déroulée par terre, salie de boue et d'empreintes de chaussures. Je vérifiai à nouveau ma montre. Un lion rugit. Des enfants gloussaient non loin. Je n'entendis aucun bruit de pas, aucun cri de policiers, aucune sirène.

Enfin, je poussai la porte des toilettes. Dans la glace au-dessus du lavabo, j'avais l'air hagard. J'enlevai ma casquette de baseball et la jetai dans une poubelle. Puis je sortis un mouchoir rose de ma poche. C'était mon préféré ; je l'avais emporté en quittant la maison, même s'il n'avait pas servi depuis et était resté au fond de mon sac jusqu'à présent. Je pliai le tissu comme Darlene m'avait appris à le faire et le nouai autour de ma tête. Mon reflet devint aussitôt féminin. Un garçon manqué à la coupe courte et insolente. Une enfant au squelette d'oisillon dans des vêtements ordinaires : chaussures de tennis, short en jean, t-shirt gris, rien qui sorte du lot. Cora déguisée en Corey déguisé en Cora.

Pendant un moment, alors que j'observais mon propre visage, je sombrai une fois de plus dans la confusion. Cora et Corey se fracassèrent l'un contre l'autre, les deux hurlant si fort que je ne savais qui suivre.

La porte des toilettes s'ouvrit en grand. Une femme entra, un bébé dans les bras. Elle avait de gros seins, était imposante de partout, et souffrait de la chaleur, son t-shirt taché de sueur. Le bébé dans ses bras était totalement relâché, les yeux perdus dans le vide, ses mains s'ouvrant et se refermant comme des anémones.

“Est-ce que tu voudrais bien remplir ça pour moi, ma jolie ?” demanda la femme.

Elle décrocha la bouteille d'eau du mousqueton attaché à son sac banane. Elle me la tendit, mais je restais pétrifiée, incapable de me mettre en mouvement.

“Tout va bien, ma jolie ?

— Oui, madame.” Je me tournai vers le lavabo et me débattis avec le robinet. Mes mains tremblaient tellement que le goulot de la bouteille tapait contre le robinet. Derrière moi, le bébé émit un cri grognon. Je rendis la bouteille à la femme qui but une gorgée d’eau.

“Passe une belle journée”, dit-elle.

Je sortis dans le soleil, essuyant mes paumes humides sur mon short.

Durant l’heure qui suivit, je changeai aussi souvent d’apparence que possible, alternant entre Cora et Corey. Je portai mon foulard rose pendant vingt minutes, puis l’enlevai, le fourrai en boule dans ma poche et chaussai mes lunettes de soleil. Mon cœur était comme le moteur d’une voiture, accélérant par moments et injectant de l’adrénaline dans mes veines. Je m’obligeai à marcher tranquillement, prenant le moins de place possible sur les grandes allées du zoo inondées de soleil. Tucker m’avait dit d’altérer mon apparence régulièrement – il m’avait expliqué que le camouflage me garderait en sécurité – mais rapidement, je ne savais plus trop qui j’étais censée être. J’enlevai les lunettes de soleil de Corey et enfonçai la main dans la poche de Cora où se trouvait un bracelet fantaisie violet clouté de brillants. Un instant plus tard, je m’aperçus que je marchai toujours comme un garçon alors que j’étais habillée en fille. Je restai figée, terrifiée, persuadée que tout le monde l’avait remarqué. Tremblante, je jetai le bracelet dans l’herbe. En coulant un regard vers la surface réfléchissante d’une vitre, je m’aperçus que je ne savais plus trop qui j’étais censée être. L’enfant qui m’observait ne possédait aucun marqueur de l’une ou l’autre de ces personnalités.

Peu après, un groupe de garçons en t-shirt vert de la colonie de vacances se dirigea vers les toilettes, sans leur surveillant. J'étais postée non loin, à l'ombre, faisant semblant d'examiner un phacochère endormi. Adoptant une fois de plus la démarche chaloupée de Corey, je suivis les garçons sur les marches en béton. J'essayai de ne pas regarder l'homme qui se tenait devant la rangée d'urinoirs et qui chantonnait en faisant pipi. L'ampoule au-dessus de sa tête était à moitié grillée et clignotait.

Je tapotai l'un des garçons sur l'épaule. Il avait des cheveux blond-roux et des taches de rousseur, un enfant costaud affublé d'un chapeau de cow-boy.

"Salut, dis-je. On échange nos t-shirts ?

— Hein ?"

Je sortis un billet froissé de ma poche. Je le dépliai et l'agitai sous le nez du garçon.

"Vingt dollars."

Il avait un de ces visages qui se lisait comme un livre ouvert. Je le voyais qui regardait mon t-shirt, qui touchait le sien, examinait les vingt dollars pour vérifier qu'ils étaient vrais, puis réfléchissait à tout ce qu'il pourrait acheter avec.

"D'accord", dit-il.

Cinq minutes plus tard, j'étais dans la zone des petits mammifères et suivais un groupe d'enfants portant le même t-shirt vert que moi, bien que pas tout à fait avec eux, légèrement à la traîne. Je vivais une existence nomade depuis quelque temps, mais la fragilité de cet état de déracinement ne m'avait encore jamais autant frappée qu'à cet instant. Je n'avais pas de foyer auquel retourner, pas de porte à refermer derrière moi. J'étais aussi vulnérable qu'un lapin au milieu d'un champ, incapable d'effectuer une retraite vers la sécurité d'un terrier.

Les minutes passant, je me dirigeai vers le vivarium, sombre et frais, peu éclairé pour un meilleur confort des animaux. Je me tapis dans les coins, dans les ombres. Au cours de ces dernières semaines, j'avais appris à ne jamais rester trop longtemps quelque part pour éviter qu'on se souvienne de moi. Le but : être totalement ordinaire. Je passais le temps devant les loges les moins intéressantes, celles où il y avait le moins de monde. Les gens se massaient devant les girafes et les éléphants, mais personne ne s'intéressait aux cerfs ni aux renards – des animaux qu'on pouvait voir en pleine nature au Texas.

Vers midi, je réussis à échanger de nouveau mont-shirt, cette fois avec une gamine de mon âge. Elle n'était pas avec le groupe, elle était juste en vacances là. Nous nous lavions les mains côte à côte sous le maigre débit des robinets quand je laissai échapper ma question et qu'elle répondit oui. Elle portait un t-shirt bleu avec une image de robot sur le devant et une tache de ketchup sur la manche. Elle était grande, noire et svelte, les cheveux tressés en petits macarons et ornés de bijoux et de perles. Je ne lui proposai pas d'argent et elle n'en demanda pas. Elle semblait juste contente d'avoir un t-shirt propre. Elle ne demanda pas non plus pourquoi je voulais échanger. Elle se contenta d'acquiescer et partit retrouver sa mère près du vendeur de hot-dogs.

En la regardant s'éloigner, je fus submergée par une sensation que je n'avais jamais éprouvée auparavant. Darlene me manquait tellement que c'était comme une fièvre. Je voulais savoir où elle était. Je voulais lui téléphoner.

Je voulais me jeter dans ses bras et la laisser me porter jusqu'à la maison.

Tucker et moi avions prévu de nous retrouver à quatre heures. Il y avait un petit portail sur le côté qui conduisait à un jardin. Je regardai une énième fois à ma montre. Sous mes yeux, L'Homme aux poulets ne cessait de s'effondrer. La scène ne voulait pas s'arrêter de passer en boucle dans ma tête. Mon souvenir opérait comme un projecteur de cinéma défaillant et la même séquence d'événements se rejouait à l'infini. Je voyais L'Homme aux poulets s'affaisser, une créature vivante se transformant sous mes yeux en objet inanimé, qui n'était plus propulsé par ses propres muscles ni son esprit.

Peut-être que la mort ressemblait à ça. Peut-être qu'il était mort.

J'achetai un bretzel mou même si je ne pensais pas pouvoir avaler quoi que ce soit. J'avais la gorge raide et sèche ; je pouvais à peine boire aux fontaines de temps en temps. Le bretzel était un symbole, un accessoire pour montrer que j'avais ma place dans le zoo.

Quand sonnèrent quatre heures, mon stress avait atteint un tel niveau que j'en devenais maladroite et j'en étais au point où je me faisais moi-même trébucher. J'approchai le point de rendez-vous au moment où la cloche de l'église retentissait. Cette autre sortie était discrète, cachée derrière un bâtiment de maintenance. Un bosquet d'arbres à feuillage persistant bruissait férocement au-dessus de moi, les branches entremêlées formant une canopée de ténèbres. Il n'y avait personne à proximité. La foule se faisait moins compacte tandis que les gens rentraient dîner chez eux. Quelque part dans le zoo, un bébé vagit, à moins que ce ne fût un singe. Je m'appuyais contre les barreaux du portail, la joue contre le fer, me délectant de la fraîcheur du métal.

Une ombre se déplaça de l'autre côté. J'aperçus une silhouette entre les troncs, l'éclat de dents.

"Je te vois", murmura Tucker.

Dans la foulée, j'étais dans ses bras. Je ne sais pas trop comment – si j'avais couru vers lui ou l'inverse.

"Tu vas bien ?

— Je crois.

— Sympa, le t-shirt", dit-il en me reposant par terre.

Je touchai l'image du robot imprimée dessus, la tache de ketchup sur la manche.

"Est-ce que quelqu'un t'a embêté ? demanda Tucker.

— Non.

— Tu as évité les employés du zoo ? Tu t'es caché dans les toilettes.

— Ouais."

Il redressa ses épaules. "Je suis fier de toi. Bien joué, Corey."

Quand il prononça ce nom à voix haute, je sentis la forte pression à l'intérieur de ma poitrine se relâcher un peu. J'inspirai pour la première fois depuis des heures. Mon frère n'avait pas une égratignure. Il portait un jean, un chapeau de cow-boy flambant neuf, et un débardeur qui montrait le relief marqué de ses épaules. Je me demandais ce qu'il avait fait toute la journée. Je me demandais où il avait caché l'arme.

"Il est mort ?" demandai-je.

Tucker leva la main comme si c'était un pistolet et se tira une balle dans la tempe. Je le dévisageai, les yeux fixés sur lui.

"Ça s'est passé comme sur des roulettes. Tu as détourné l'attention de tout le monde juste au bon moment. Je n'aurais pas pu y arriver sans toi.

— Je ne savais pas, dis-je faiblement.

— Hein ?

— Je ne savais pas ce qu'on allait faire.

— Je crois que si. Au fond de toi, tu le savais sûrement."

Je me penchai sur le côté juste à temps. Mon estomac se vida sur l'herbe en un seul haut-le-cœur. Une bile crémeuse éclaboussa ma chaussure et un arbre. Mon frère regarda, mais ne me toucha pas. Je me redressai, m'essuyant la bouche avec le dos du poignet. La gorge me brûlait.

"C'est le choc, c'est tout, dit Tucker. Ça passera.

— Je ne savais pas ce qu'on allait faire", répétai-je.

L'odeur des pins était piquante et écœurante. Les cigales chantaient autour de nous, et les merles américains gazouillaient je ne sais où. Tucker se balançait d'avant en arrière sur ses talons.

"J'ai passé la journée dans un bar avec une télé qui diffusait du sport. J'ai regardé les nouvelles. Ils ont parlé d'une balle perdue. Les flics ne savent pas quoi chercher. Ils n'ont pas le début d'une idée. Vingt personnes dans la rue et personne n'a rien vu."

Je fus parcourue d'un tremblement qui me chatouilla l'échine.

"J'ai froid, dis-je.

— C'est le choc, c'est tout."

Je crois que je n'avais jamais été aussi fatiguée de ma vie qu'à ce moment-là – une enfant loin de chez elle depuis trop longtemps. Tucker me fit descendre l'allée entre les arbres. Je m'accrochai à ses doigts de toutes mes forces, même s'il y avait un tel écart de taille entre nous et que c'était bizarre de marcher en se tenant par la main.

Puis il me sourit, de son sourire que j'aimais le plus, celui où on ne voyait pas ses dents, les yeux plissés et lumineux. Il me prit dans ses bras comme si je ne pesais rien du tout.

29

À minuit, Tucker et moi étions allongés côte à côte à l'arrière d'un nouveau pick-up volé. La lune était haute, presque pleine, une sphère couleur perle pareille au sac d'œufs d'une araignée qui pendrait d'un réseau d'étoiles collantes. Nous étions tous les deux réveillés, observant le ciel nocturne. À l'école, on m'avait appris à reconnaître la Grande Ourse, suivie de la Petite Ourse, et à localiser l'étoile du nord. Mais à cet instant, je ne reconnaissais aucune constellation. Aucune pollution lumineuse créée par les humains ne venait effacer la Voie lactée. Aucun arbre ni bâtiment ne me bloquait la vue. L'obscurité était un voile jeté sur le monde, scintillant d'étoiles comme du sable sur une serviette de plage, les points lumineux trop nombreux pour discerner le moindre motif.

Tucker et moi avions fui Amarillo et nous étions fondus dans le Texas, avions disparu de la carte et des écrans. L'air était si sec que mes poumons me faisaient mal. La nuit était remplie du ronronnement mécanique des insectes du désert. Sur ma peau, la plateforme du camion était agréable et chaude après avoir absorbé le soleil de la journée. Le métal sentait le chien boueux et la bière rance. Tucker déplaça son poids, réajustant ses jambes sur la plateforme.

Aucun de nous n'arrivait à dormir. Je ne savais pas trop où nous étions. Un endroit plat. Près de la frontière du Nouveau-Mexique, peut-être. Je ne savais pas quelle distance on pouvait parcourir en six ou sept heures de route. Je ne savais pas où nous allions, et ça m'était à peu près égal. Plus nous nous éloignions de la mort de L'Homme aux poulets, plus je me sentais légère et propre. Je finis par avoir l'impression que tout ça n'était peut-être qu'une particule sur le rétroviseur.

"J'ai envie de rappeler Darlene.

— Pas de problème. Mais il faudra peut-être attendre un peu. Il faudra attendre qu'on ait à nouveau du réseau.

— OK.

— Darlene n'est pas comme nous. N'oublie pas ça, Corey."

Je ne répondis pas. Le bourdonnement des insectes monta d'un cran.

"Je t'ai laissé le portail ouvert comme je l'avais fait pour les chevaux et Sweetie à la maison. J'ai ouvert la porte du N° 43 et tu es sorti." Il expira lentement. "Darlene n'aurait jamais fait ça. Jane non plus."

J'avais fait la sieste dans la voiture plus tôt – sombrant dans un vide sans rêve dès que l'adrénaline avait quitté mon organisme – et j'étais décalée par rapport à mon rythme de vie habituel, contemplant la lune comme un animal nocturne. Je n'avais pas vraiment sommeil, j'avais l'impression d'osciller entre un état de vigilance et une espèce de délire. Une ombre fila à travers le ciel, peut-être un oiseau, peut-être une chauve-souris. Un vent souffla autour de moi, enveloppant la plateforme du camion.

D'une certaine façon, je comprenais que quelque chose d'irrévocable avait eu lieu. J'avais franchi un seuil et ne pourrais pas revenir en arrière. J'ignorais encore ce que cela signifiait pour moi, mais je sentais la transformation ; tout au fond de moi, je changeais, loin sous la peau, sous les mots.

Je roulai sur le côté pour regarder Tucker.

"Parle-moi de Corey, dis-je. Comment il était ?"

Mon frère émit un son doux comme s'il attendait depuis longtemps que je pose cette question.

"Il était une fois...", dit-il.

Je fermai les yeux.

"En fait, non, je dois d'abord te parler de Tucker, dit-il en s'interrompant.

— OK.

— Il était une fois un garçon qui adorait les animaux. Je ne sais pas pourquoi il était comme ça. Tucker vivait dans une adorable maison avec une adorable famille qui possédait une adorable ferme."

Un oiseau poussa un cri. Un cri rauque, à bout de souffle, qui retentissait à travers champs. Je savais que les chouettes produisaient souvent ce bruit – comme si elles étaient en détresse, affolées, alors qu'il n'en était rien.

"À la ferme aussi, on avait une chouette, dit Tucker. Je crois."

C'était la première fois que je souriais depuis le début de la journée.

"La vie a été belle pendant un moment, dit-il. Mais rien ne dure pour toujours et..." Il fit traîner sa phrase... Il garda longtemps le silence.

“Qu’est-ce qui s’est passé ?

— Un méchant sorcier remarqua la famille du jeune garçon. Il n’aimait pas les voir aussi heureux. Tout cet amour et toute cette insouciance. Alors il décida de leur jeter un sort.” Tucker claqua la langue. “Ce sorcier avait du pouvoir. Maman fut sa première victime. Elle mourut en accouchant. Ça a été dur pour Tucker, comme tu peux l’imaginer.” Un soupir. “Il faut bien comprendre qu’il n’en voulait pas au bébé qui venait de naître. Il a tout de suite aimé sa petite sœur. C’était une gamine en or, un petit joyau. Mais il avait aussi aimé sa mère…”

J’avais les joues trempées. Les larmes s’étaient mises à rouler sans que je m’en aperçoive. Je ne savais pas trop ce que je pleurais : ma mère perdue, notre ferme perdue, ou la petite fille perdue que j’avais été autrefois. Peut-être que je pleurais pour Big Tom ou pour L’Homme aux poulets. Pour le meurtre dont j’avais été complice sans le vouloir. Pour cette journée à laquelle je venais de survivre.

“Le sorcier créa une tornade. Il lança un sort terrible qui emporta la maison de Tucker, ses animaux et son père. Le sorcier n’avait pas de cœur, il était impitoyable.”

Je roulai de nouveau sur le dos, les yeux rivés au ciel, les larmes mouillant mes cheveux courts. Par une nuit aussi claire que celle-ci, j’étais capable de discerner que les étoiles n’étaient pas uniformes. Quelques-unes étaient colorées, un soupçon de bleu ou de rouge mélangé à leur luminescence. Certaines étaient plus grosses – aussi visibles que les trous dans une feuille de papier – alors que d’autres brillaient si faiblement que je ne faisais que les apercevoir du coin de l’œil. Si j’essayais de les regarder, elles se fondaient dans le noir.

“Après la tornade, les choses se compliquèrent. La tragédie ouvrit les yeux de Tucker. Peut-être qu’il pouvait apprendre quelque chose de cette expérience, trouver du sens dans tout ça. Il avait encore ses sœurs, après tout. Pendant encore un petit moment en tout cas.”

Je ne le voyais pas – l’obscurité était trop complète – mais je savais qu’il avait les yeux fixés sur moi.

“Tucker avait le cœur d’un héros. Il eut le courage de quitter la maison. Et bientôt il se fit un ami. Mais cet ami était un hypocrite. On ne pouvait pas lui faire confiance. Un lâche. Après ça, Tucker resta seul pendant longtemps. Parfois, il avait l’impression qu’il ne pourrait pas continuer.”

Le vent séchait mes joues. Je n’avais plus envie de pleurer ; l’histoire commençait enfin à m’apaiser. Je ne comprenais pas tout ce que racontait mon frère, mais je l’emmagasinais, rangeant ses mots dans un coffre, un espace secret en attendant une prochaine saison.

“Puis Tucker trouva Corey.” Il sourit à ces mots. Je ne voyais pas son expression changer dans le noir, mais j’entendais ses lèvres s’entrouvrir, sa voix s’adoucir.

“Et ?

— Et le sorcier n’eut plus d’emprise sur Tucker. Corey était le garçon le plus courageux et le plus sincère qu’il ait jamais connu. Ensemble, ils changeraient le monde.

— Vraiment ?”

Le temps d’un instant, je me remis presque à croire au but de notre voyage, à la certitude du rêve de mon frère. Presque.

“Tout ça est vrai, tu sais. C’est vraiment arrivé.”

AOÛT

30

Par un après-midi pluvieux, Darlene se retrouva devant la maison de son enfance pour la première fois depuis des années. Elle ne savait pas trop comment elle avait atterri là. Après sa journée au supermarché, elle avait voulu rentrer au N° 43, mais avait traversé l'étendue des ravages laissés par le doigt de Dieu.

Au volant du pick-up paternel, encore en tenue de travail, Darlene contempla la rue. Le ciel était couvert, les nuages bas. Son ancienne maison avait disparu, bien sûr. Le cratère en béton du sous-sol était noyé dans les ombres. Au loin, quelques murs isolés à moitié debout – encore vaguement rouges après tout ce temps – étaient tout ce qui restait de la grange. Darlene descendit de voiture et la bruine l'enveloppa dans une étreinte vaporeuse.

Quel instinct l'avait conduite jusqu'à cet endroit ? Elle avait l'impression de chercher quelque chose, d'attendre quelque chose. Alors qu'elle approchait l'absence de son ancienne maison, des gouttelettes de pluie lui embrassèrent la peau. Le sous-sol était moins profond que dans son souvenir. Il y avait l'établi de son père. Le sol en ciment était sali de boue. Les marches étaient gauchies et traîtres, le bois, pourri. Darlene entendit détaler les souris.

La dernière fois que Cora avait appelé remontait à un mois. Aucun contact depuis, aucune nouvelle. Cora était quelque part en Amérique, sur la route, en fuite.

Darlene leva une main et mima le mur qui se dressait là autrefois. La fenêtre du salon aurait été à quelques centimètres au-dessus d'elle. Elle fit semblant de toquer à la vitre qui n'existait plus.

Puis elle sortit son téléphone de sa poche et envoya un texto à Roy : *Est-ce que je peux passer chez toi ? Je deviens dingue, je crois.*

Bien sûr, répondit-il.

Mais elle ne pouvait pas partir. Pas encore. Une espèce d'instinct la retenait à l'entrée du sous-sol. Une bouteille d'eau vide était échouée dans un coin. Une paire de ciseaux grands ouverts et rouillés dans la boue. Darlene baissa les yeux vers la porte de l'abri anti-tornade. Elle semblait petite et inaccessible vue d'en haut, en partie dissimulée par la chute d'une poutre. Elle voulait y entrer. Elle ignorait pourquoi elle voulait y entrer.

Darlene poussa un soupir, ferma les yeux et remonta le temps. À l'après-midi de la tornade. Le gémissement du vent. L'abri qui sentait le moisi. Elle se souvenait d'avoir fermé la porte et de s'y être adossée. Obligeant son frère à rester là contre son gré. *Non*, lui avait-elle dit. *Non.*

Tout avait découlé de ce moment – de cette discorde entre Tucker et elle. Lui qui la suppliait, elle qui refusait. C'était un point de friction comme une vitre ébréchée, une fissure minuscule, mais impossible à réparer et qui s'était étendue et ramifiée, affaiblissant la structure, et menant à la dispute au N° 43, à l'œil au beurre noir ; les lézardes et les fractures zigzaguant inexorablement, entraînant des ruptures plus graves encore, le retour de Tucker à Mercy, l'attentat à la bombe contre Jolly Cosmetics, l'enlèvement de Cora, une feuille de verre qui volait en éclats.

Darlene inspira le parfum puissant de la pluie. La bruine lui toucha doucement les cheveux, lissant ses mèches. Des idées étranges lui inondaient l'esprit. La tornade n'était pas un acte de Dieu, mais un acte de la nature. La nature s'était manifestée à Mercy ce jour-là. Tandis qu'elle était tapie dans le bunker avec son frère et ses sœurs, la nature, dans toute sa sauvagerie, avait rugi au-dessus d'eux, annihilant tout sur son passage.

Tucker reprocha à sa sœur la mort de leur père. Il croyait qu'il aurait pu le sauver si elle n'était pas intervenue. Mais Darlene savait. Sans elle, son frère aurait lui aussi été emporté par la tornade. Elle n'était pas responsable de la mort de leur père ; si elle était responsable de quelque chose, ce n'était que d'avoir sauvé la vie de Tucker.

Elle enroula ses bras autour de son corps, se balançant d'avant en arrière sous la pluie. Pour la première fois, elle se demanda si elle n'aurait pas simplement dû se décaler d'un pas ce jour-là. Peut-être aurait-elle dû ouvrir la porte de l'abri, ultime barrière entre la nature et l'humain, et laisser Tucker sortir.

Plusieurs heures plus tard, Darlene était allongée en travers du lit de Roy, regardant la pluie perler la fenêtre. C'était le mois d'août. Mercy traversait une canicule qui faisait flamber le ciel et transformait l'herbe en allumettes. L'averse apportait de l'humidité, mais ne parvenait pas à rafraîchir la terre calcinée.

À côté d'elle, Roy était allongé sur le dos, immobile, si profondément endormi qu'il respirait à peine. Faire l'amour le plongeait toujours dans un état de repos fervent. La lumière changeante du soir lui tachetait la peau comme la fourrure d'un léopard. Darlene prit un moment pour apprécier son torse musclé.

Puis le téléphone sonna. Elle se leva du lit – un matelas pelucheux et généreux, rien à voir avec les coussins raides du canapé chez elle. Roy grogna mais ne se réveilla pas. Dans la pénombre, Darlene s'agenouilla et fouilla dans la pagaille par terre, tentant de localiser son sac à main. La maison de Roy n'avait pas la clim. Trois ventilateurs bourdonnaient dans la petite chambre, un à chaque fenêtre et le troisième au plafond qui grinçait à chaque révolution. L'air était un bain tiède.

Darlene mit enfin la main sur son téléphone. Numéro caché. Il y eut une explosion de parasites et son système nerveux réagit au quart de tour, comme le moteur d'une voiture.

"Qui est à l'appareil ?" dit-elle.

Une voix résonna au loin, mais se perdit dans une rafale de bruissement mécanique. Le téléphone devint brusquement silencieux. Connexion coupée.

Darlene jura tout haut, puis jeta un coup d'œil à Roy qui dormait toujours. Elle posa une main sur son cœur, s'efforçant de faire taire sa clameur. Ça pouvait être une erreur. Ça pouvait être n'importe qui. Elle examina l'écran noir et se laissa retomber sur le lit, essayant de ne pas être déçue.

Cora était partie depuis une éternité ou à peine une seconde, selon. Un unique coup de fil un mois plus tôt.

Rien depuis. Darlene se rappelait la voix de sa sœur ce jour-là, qui imitait doucement et joyeusement l'abominable rhétorique de Tucker. Cette conversation avait vidé Darlene, l'avait creusée de l'intérieur.

Elle tendit la main vers ses lunettes, en nettoya les verres avant de les chausser. La pluie était un scintillement argenté sur le ciel ardoise. La chambre lui paraissait confortable et encombrée, les murs cachés par les meubles, bibliothèques et tables à touche-touche. Les divers ventilos rivalisaient pour la débarrasser de sa sueur. Roy roula sur le côté, ses rêves lui faisant battre des paupières. Darlene avait encore mal après le sexe. Elle sentait l'écho de l'amour dans son corps comme elle sentait le va-et-vient des vagues après une journée dans l'eau, longtemps après l'avoir quittée.

Son téléphone sonna de nouveau. L'écran revint à la vie entre ses mains, ce qui la fit sursauter si violemment qu'elle faillit le laisser tomber. Une fois de plus, numéro caché. Elle approcha le téléphone de son oreille, maladroite dans son impatience.

"Allô ?"

Un souffle chargé de parasites lui parvint. Darlene se boucha l'autre oreille avec un doigt. Elle entendit des bips électroniques ainsi qu'un murmure fantomatique.

"C'est toi ? cria-t-elle. Tu es là ?

— Je suis là."

La voix de Cora était plus aiguë que dans son souvenir. Elle paraissait si petite, si jeune, les mots lui parvenaient par les ondes comme un miaulement de chaton.

"Tu vas bien ? demanda Darlene.

— Je ne sais pas."

Il y eut une pause. Au bout d'un moment, Darlene réalisa que ce n'était pas une pause : la ligne était de nouveau coupée. Elle gémit. La réception était excellente chez Roy, donc le problème était du côté de Cora. Où qu'elle soit – où que Tucker l'ait emmenée –, elle devait être loin d'une antenne téléphonique.

Roy changea de position et enfouit son visage dans ses avant-bras. Darlene n'arrivait pas à savoir si elle voulait qu'il se réveille et la réconforte ou si elle voulait pouvoir réfléchir seule à la situation. Ils ne sortaient ensemble que depuis quelques semaines. Tout était encore neuf entre eux, à la fois intense et incertain.

Cora rappellerait sûrement. Elle ne laisserait sûrement pas leur conversation en suspens. Avant cet été, Darlene ignorait que l'attente était la pire forme de torture, plus insupportable que la douleur physique ou une perte irrémédiable. Elle s'étonnait parfois d'y survivre, de passer chaque seconde qui s'écoulait à attendre Cora.

Son téléphone se remit à sonner. Elle le porta à son oreille avant la fin de la première sonnerie. Il y eut un crépitement.

“Pardon ! dit Cora. Je ne dois pas du tout bouger sinon ça coupe.

— Où es-tu ?

— Un endroit avec des arbres.

— Quel genre d'arbres ?

— Très grands.

— Est-ce que tu rentres à la maison ? S'il te plaît dis-moi que tu rentres à la maison.

— Quoi ? Je ne t'entends pas.

— Est-ce que tu rentres à Mercy ?” cria Darlene.

Un bruissement violent. Le temps d'un instant, Cora disparut dans la friture. Puis elle murmura : "Tucker a dit que non."

Darlene sentit la colère monter en elle, mais se retint, expira par le nez et compta jusqu'à dix. Elle avait la ferme intention de ne pas répéter les mêmes erreurs de leur précédente conversation. Cette fois, elle n'allait pas crier. Ni donner d'ordres, juste poser des questions. Elle se rappela que Cora n'était plus tout à fait la même – sans qu'elle puisse savoir à quel point. Sa sœur était une enfant volée, et donc différente. Darlene devait en tenir compte.

Puis Cora toussa. Cela ne plut pas à Darlene – un crépitement humide.

"Tu es malade ? demanda-t-elle brusquement.

— Juste un peu.

— Est-ce que Tucker t'a donné des médicaments ?

— Oui, oui", dit Cora d'un ton absent.

Darlene changea de position sur le matelas. Elle sentit un étrange frisson de pudeur, comme si sa sœur pouvait deviner qu'elle ne portait qu'un vieux t-shirt de Roy, le tissu adouci par les années.

"Je suis contente que tu aies appelé, dit Darlene. Je n'ai pas aimé la façon dont notre dernière conversation s'est passée."

Cora répondit par un grognement qui n'engageait à rien.

"Raconte-moi..." Darlene se tut pour choisir ses mots avec précaution. "Raconte-moi ta journée d'aujourd'hui.

— On a fait des trucs. Chais pas."

Darlene serra les dents. Elle essayait de tirer le maximum d'informations à partir du ton de sa sœur. Au cours de leur dernier échange, Cora avait manifesté une espèce d'exaltation grisante, mais cette fois, elle parlait d'une voix plate, grave, terne. Cela signifiait peut-être quelque chose. Peut-être regrettait-elle d'avoir quitté Mercy. Peut-être était-ce juste l'effet de son mal de gorge.

"Raconte-moi n'importe quoi, dit finalement Darlene. Tu es partie depuis si longtemps et je n'ai aucune idée de ce que tu fais."

Cora lâcha une longue note ronflante. "Ben, Tucker m'a montré comment tenir un serpent à sonnette.

— Il a quoi ?

— Tu savais que les bébés sont plus dangereux que les adultes ? Les petits portent la même quantité de poison que les grands, mais ils ne savent pas encore se contrôler. Quand un adulte te mord, il envoie un peu de venin et garde le reste. Alors que les bébés, ils injectent tout d'un coup."

Elle se remit à tousser, son ton suave se transformant en aboiements glaireux. Darlene attendit qu'elle reprenne son souffle. Quand Cora parla, sa voix était plus grave d'une octave, comme celle d'une personne fumant un paquet par jour.

"Les serpents sont de bons citoyens, affirma-t-elle. Ce qu'ils font pour la planète est important.

— Ça fait combien de temps que tu tousses comme ça ?

— Tucker dit que je vais mieux."

Darlene sentit une main dans son dos. Roy se redressa, lui caressant les omoplates, le visage inquiet. Puis il prit son portable et se mit à tapoter dessus. Elle savait qu'il envoyait un SMS au poste de police ou au FBI pour les alerter de ce qui se passait. La lueur de l'écran illuminait son visage par en dessous. Il s'était rasé le crâne récemment, un dôme chauve couleur acajou avec des taches de rousseur.

"Est-ce que Tucker est avec toi ? Est-ce qu'il est là maintenant ?

— Il est toujours avec moi, dit Cora.

— Est-ce que je peux lui parler ? S'il te plaît."

Il y eut une pause. Darlene passa les doigts dans ses cheveux avec angoisse.

"Je dois y aller, annonça Cora.

— Attends.

— Joyeux anniversaire. C'est cette semaine, non ? C'est pour ça que Tucker m'a laissée…" Sa voix retomba. "Je n'ai pas arrêté de lui demander et il a fini par dire que je pouvais…"

Darlene attendit que sa sœur finisse sa phrase, puis réalisa que l'écran était noir.

"Tu es là ? hurla-t-elle. Cora ?"

Silence. Darlene fit un geste brusque de la main, folle de rage, et atteignit la table de chevet. Un vieux réveil, un petit chat en céramique et un roman de science-fiction tombèrent par terre. Le chat se brisa. Darlene baissa les yeux avec une espèce de plaisir pervers vers les éclats qui jonchaient la moquette.

"J'ai envoyé un texto à George, dit Roy. Il est au poste aujourd'hui. Il m'appelle si jamais ils ont réussi à localiser l'appel."

Il se pencha pour examiner la pagaille au sol.

"Je passerai l'aspirateur dans une minute, dit-il doucement. Viens là."

Il écarta les bras. Darlene se blottit dans son étreinte et ensemble, ils se laissèrent glisser contre la tête de lit,

Roy la berçant contre sa poitrine. Elle voulut s'essuyer les yeux, puis s'aperçut qu'elle ne pleurait pas. Peut-être n'avait-elle plus aucune larme en elle.

31

Au cours de la deuxième semaine d'août, Darlene eut vingt-trois ans. Roy lui organisa une fête d'anniversaire à la caravane. C'était un samedi après-midi, le ciel était sec et sans nuages, d'un bleu silex calciné. Pendant que Roy s'affairait à l'intérieur du N° 43 avec des bougies et des assiettes en carton, Darlene regardait par la fenêtre, refusant d'aider. Elle avait dit à Roy qu'elle ne voulait pas de fête, mais il ne l'avait pas écoutée, son optimisme sourd et aveugle décidant qu'elle avait bien besoin qu'on lui remonte le moral. L'appel de Cora trois jours plus tôt l'avait laissée "au fond du trou", disait-il. Rien de mieux qu'une fête pour l'en sortir.

Debout près de la fenêtre, Darlene se sentait anesthésiée. Les voisins faisaient un barbecue ; elle ne les voyait pas, mais sentait l'odeur de viande et entendait la cadence familière d'une dispute conjugale. Les enfants d'autres couples couraient entre les caravanes, leurs voix aiguës se mêlant au chant des cigales. Roy posa le saladier de punch sur la table de la cuisine. Jane ajustait son bandeau devant la glace. Elle avait emprunté un peu de rouge à lèvres à Darlene sans lui demander l'autorisation et s'était mis du vernis à ongles orange. Roy avait la démarche légère, souriait en regardant les décorations, et Jane l'imitait, poings sur les hanches et sourire aux lèvres. Darlene n'en revenait pas de voir sa sœur de si bonne humeur. Ces temps-ci, Jane affichait surtout de l'insolence et du sarcasme – ce matin encore, elle avait fait une crise à cause de la façon dont Darlene préparait les œufs brouillés – mais avec Roy, elle était différente. Son côté facile à vivre ressortait en présence du jeune homme.

"Personne ne va venir à ce truc, dit Darlene.

— Mes potes du poste seront là, dit Roy.

— Des copines de l'équipe aussi, lança joyeusement Jane.

— J'ai aussi invité quelques amis de ma famille, ajouta Roy. Ceux avec qui ma mère jouait au bridge. Mon parrain a dit qu'il passerait. Je veux qu'ils te rencontrent."

Darlene jeta un regard vide à leur visage plein d'espoir. Ils ne semblaient même pas se rendre compte de ce qu'ils disaient : il n'y aurait que des inconnus à son anniversaire. Elle retourna à la fenêtre.

Une heure plus tard, la caravane était bondée. Roy lança une playlist de *dance* soutenue par un beat métallique. Il guida Darlene par le coude pour accueillir ses collègues et ses copains du poker comme s'il était chez lui au N° 43. Les joueuses de l'équipe de foot arrivèrent en masse, six ou sept filles qui descendirent d'un monospace comme les clowns du fourgon d'un cirque. Les invités souhaitèrent un joyeux anniversaire à Darlene sur un ton indifférent, puis lui tournèrent le dos pour parler à quelqu'un d'autre. Le bruit envahit le N° 43 et Roy était au centre de l'attention, serrant des mains et offrant des bières.

Darlene se demanda si son tempérament n'était qu'une question de chance. Roy avait enduré son lot d'épreuves – un père absent, une mère qui avait succombé à un cancer, sans parler du fait de grandir en étant noir en Oklahoma – mais rien ne semblait lui peser. Il avait choisi d'entrer dans la police parce qu'il voulait aider les gens, "rendre quelque chose à la communauté" et il ne se plaignait jamais des difficultés inhérentes à son travail. Il était d'une humeur agréable presque tout le temps, s'élevant au-dessus de la tristesse comme un cerf-volant dans les airs, sa nature le happant vers le haut.

L'après-midi passant, Darlene laissa la porte ouverte pour que les invités puissent entrer et sortir, s'éventant avec les mains et discutant avec les gens qu'ils connaissaient déjà, les groupes ne se mélangeant jamais. Darlene se sentait aussi exposée qu'invisible. Tout le monde avait conscience d'elle, la nouvelle petite amie de Roy, mais personne ne l'intégrait aux conversations.

Puis le portable de Roy sonna. Il sortit rapidement pour prendre l'appel, disparaissant par la porte d'entrée dans une boucle de soleil. Darlene suivit, peu désireuse de rester seule au milieu de sa propre fête. Le soleil était aveuglant et les fanions accrochés à la boîte aux lettres se flétrissaient sous l'effet de la chaleur. Jane et ses copines étaient allongées dans l'herbe à l'ombre de la caravane, près du côté qui faisait face au ravin, leurs jambes nues écartées, rivées sur leur téléphone, s'envoyant manifestement des textos à moins d'un mètre les unes des autres. Pendant que Darlene les observait, les gamines explosèrent de rire presque en même temps, comme les cigales qui s'appellent et se répondent dans une même fraction de seconde. Une télé beuglait au loin. Un bébé vagissait quelque part. En été, tous les habitants du parc à caravanes ouvraient leurs fenêtres, et l'éther de leur vie privée se répandait au vu et au su de tous.

Roy se tenait près du ravin, le dos tourné au N° 43, et parlait au téléphone. En voyant Darlene approcher, il leva un doigt. Depuis qu'il s'était rasé le crâne – ce qu'il faisait tous les étés, apparemment – Darlene en avait acquis une connaissance intime. Il avait le front plissé d'inquiétude, et les rides remontaient au-dessus de la racine de ses cheveux, sa tête froissée jusqu'au sommet.

Il raccrocha et glissa le téléphone dans sa poche.

“Qu'est-ce qui se passe ?

— Rien. Ça peut attendre.

— Quel est le problème ?

— Allons profiter de ta fête. Je crois me souvenir d'un gâteau au chocolat.

— Non. Dis-moi maintenant.”

Il jeta un regard alentour, vérifiant qui pouvait se trouver à proximité, puis il l'emmena le long du ravin. Il baissa la voix et les trilles des insectes augmentèrent. Les sauterelles bondissaient autour des pieds de Darlene, scintillantes et légères. Leur corps grand comme sa paume.

“C'était mon contact au FBI, expliqua Roy.

— Est-ce qu'ils ont localisé l'appel ? demanda-t-elle avec impatience.

— Non. Je suis désolé.”

Darlene croisa les bras sur son ventre avec agressivité.

“Le FBI a fermé les écoutes sur ton téléphone.

— Quoi ?

— Ça remonte à quelques semaines, apparemment.

— *Des semaines ?* souffla-t-elle.

— Ils ne m'ont pas prévenu non plus. J'ai autant les boules que toi."

Darlene s'assit sans vraiment le vouloir – le sol éleva et l'attrapa. Roy s'assit en face d'elle, le front moucheté de sueur. Dans le ravin, les créosotiers squelettiques se fanaient, leurs branches cendrées.

"Est-ce que tu es en train de dire…" La voix de Darlene se perdit. Elle fit une nouvelle tentative. "Est-ce que tu es en train de me dire que personne n'écoutait quand Cora m'a appelée ? Personne n'essayait de la localiser ?

— Mon contact m'a dit que le FBI avait besoin de ces moyens techniques pour une autre affaire.

— *Moi* aussi j'ai besoin de ces moyens, dit Darlene en se frappant la poitrine. Je ne comprends pas comment ils peuvent faire une chose pareille.

— Je suis désolé."

Elle s'aperçut qu'elle se retenait au sol, les doigts creusant la terre chaude.

Darlene ne se rappelait pas grand-chose du reste de la journée. Les visages et les corps qui tournoyaient autour d'elle. Le N° 43 qui devenait flou puis à nouveau net. Des invités qui lui touchaient le bras, se penchant vers elle, leur voix assourdie comme si elle était sous l'eau. Jane dansait à l'arrière-plan avec ses copines. Le soleil qui se déversait par les fenêtres, transformant la caravane en serre.

À un moment donné, Roy apparut dans son champ de vision. Elle cligna des yeux. Il lui tendit un petit paquet emballé.

"Joyeux anniversaire, dit-il.

— Pas de cadeau. Tu avais promis."

Il haussa les épaules. "J'ai pas pu m'en empêcher."

À l'intérieur se trouvait un médaillon en or au bout d'une chaîne délicate. Darlene l'ouvrit pour révéler une photo. Elle s'attendait à voir Roy – une photo de lui qu'elle porterait contre son cœur, peut-être – mais vit un cliché de Cora à la place. Darlene reconnut immédiatement l'image, puisque c'était elle qui l'avait prise : c'était la photo utilisée pour l'alerte enlèvement en juin.

Elle resta frappée de stupeur un moment.

"Mets-le", dit Roy.

Un demi-cercle se forma autour d'eux, les observant. Quelqu'un murmura : "C'est sa sœur. Celle qui a disparu."

Darlene essaya de sourire sans y parvenir. Elle n'avait pas besoin d'un souvenir physique de Cora. Elle avait déjà l'impression de porter Cora avec elle tout le temps, comme un poids sur sa poitrine qui ne se levait jamais.

"Je vais t'aider avec la fermeture.

— Je ne peux pas."

Darlene lui jeta le collier dans les mains, tourna les talons pour s'enfuir, et se heurta à un vieux monsieur. Le parrain de Roy – elle ne se souvenait pas de son nom. Il recula d'un pas chancelant, grognant sous l'effet du choc. Darlene ne s'arrêta pas pour voir si elle lui avait fait mal. Elle fonça vers la chambre de Jane, le refuge le plus proche.

De l'agitation derrière elle. Des bruits de pas et des voix. Roy disait quelque chose – peut-être qu'il réconfortait son parrain, peut-être qu'il demandait à Darlene de revenir. Elle claqua la porte, et s'appuya contre elle, respira.

Personne n'avait localisé l'appel de Cora. Son téléphone n'était plus sur écoute. Darlene n'arrivait pas tout à fait à y croire. Tout au long de cet été cauchemardesque, elle s'était rassurée en se disant que même si la situation était abominable, au moins elle n'était pas seule. Le gouvernement fédéral – les experts – était au courant de sa tragédie et s'y impliquait. Elle imaginait des hommes en costume comme des anges gardiens, l'aidant et la protégeant de loin, invisibles mais omniscients.

Ils n'étaient plus là, désormais. En fait, ils n'étaient plus là depuis un moment. La cruauté de leur logique lui coupait le souffle : quelqu'un avait fait le calcul et décidé que Cora était une cause perdue. Leur silence était une forme supplémentaire de cruauté. Darlene se demanda pendant combien de temps elle avait cru qu'ils la surveillaient alors qu'elle était seule. Une fois de plus.

De l'autre côté de la porte, la musique monta d'un cran. Darlene entendit des bruits de pas rythmés pendant que les invités se lançaient dans une danse en ligne. Manifestement, Roy distrayait ses amis pour leur faire oublier l'attitude déplaisante de Darlene. Cela ne lui ressemblait pas de faire une scène, mais elle n'avait aucun remords et n'éprouvait qu'une fureur justifiée.

Tout ça était absurde. C'était ridicule d'organiser une fête dans cet endroit, là où Tucker l'avait insultée et lui avait mis un œil au beurre noir, où Cora avait été vue pour la dernière fois avant son enlèvement, où Darlene avait passé l'été à souffrir et à attendre. Elle voulait faire partir tout le monde – jeter des objets par terre et pleurer – mais elle était plus sage que ça. Elle n'attirerait pas davantage l'attention sur elle. À la place, elle garderait le silence et se cacherait jusqu'à ce que la foule ait à son tour disparu.

Le temps d'un instant, tout de même, elle aurait aimé pouvoir hurler à en faire s'écrouler la maison. *Il y avait du sang partout dans la caravane*, voulait-elle hurler à toutes ces personnes insouciantes. *Il y avait du sang ici, juste là où vous dansez.*

32

Plusieurs heures plus tard, Darlene était assise toute seule dans le salon du N° 43. Jane dormait dans sa chambre, Roy avait été renvoyé chez lui, les fêtards avaient déguerpi. Darlene avait effacé toutes traces de festivités, avait décroché les fanions de la boîte aux lettres et nettoyé les empreintes sur le sol de sa cuisine. Allongée sur son canapé, fébrile à force de colère et d'énergie non utilisée, elle écoutait le hurlement des cigales.

Elle pensait aux Sooners, ses ancêtres. Elle se souvenait de ses vieux cours d'histoire. Avant que l'Oklahoma ne devienne un État, on le désignait par l'expression Terres non assignées. C'était un désert aride et dépourvu d'arbres, inadapté à l'agriculture ou à l'élevage, et inadéquat à recevoir les tribus indiennes qu'on avait déplacées de force. (Elles avaient été déportées dans la Réserve des Osage au nord-ouest.) Après la mise en place d'une irrigation intensive et grâce à de grands progrès techniques en matière agricole, le territoire était devenu habitable. En quelques décennies, la main de l'homme en avait fait une terre fertile.

Darlene se leva et alla à la fenêtre, observant le parc à caravanes plongé dans l'obscurité. Le gouvernement avait fini par ouvrir les Terres non assignées aux colons blancs qui se dirigeaient vers l'ouest, des gens qui rêvaient d'aventure et d'un nouveau foyer. Une véritable fièvre s'empara d'eux. L'idée était simple : au coup de canon, tout le monde partirait à la conquête. La première personne à revendiquer un terrain – et capable de le garder – en devenait propriétaire. Premiers arrivés, premiers servis. C'était censé être un arrangement équitable. Des milliers de colons pleins d'espoir se réunirent à la frontière des Terre non assignées pour attendre le top départ.

Mais certains d'entre eux, plus tard surnommés Sooners, avaient pris un peu d'avance. C'étaient les plus malins – ceux qui brisaient les règles, les rebelles. Quand le canon fit feu et que la clameur des sabots remplit l'air, les Sooners émergèrent de leur cachette et firent semblant d'être arrivés en même temps que le reste de la foule. Des familles en chariot découvrirent des prés verdoyants, où des gens étaient déjà installés, qui creusaient des puits, plantaient des semences, et brandissaient leurs fusils pour repousser les intrus. Darlene se souvenait d'une histoire à propos d'un homme qui avait été retrouvé des heures après le coup de canon sur un pan de terrain déjà retourné et labouré, les plants déjà en train de germer, sa cabane en bois à moitié construite derrière lui. Manifestement, il était là depuis des jours, mais affirma que le sol riche de l'Oklahoma lui avait permis de démarrer sa ferme en un temps record.

Darlene était fière de son héritage. Les Sooners avaient fait fi des règles avec brio, avaient eu de la ressource, et au final, du succès. Peut-être y avait-il là une leçon à tirer. Elle toucha la vitre fraîche de la fenêtre. Les Shady

Acres étaient un océan sous le clair de lune, ce soir-là, les caravanes oscillant dans cette mer gris pâle comme des icebergs.

Le FBI l'avait laissée tomber. C'était une bureaucratie anonyme qui suivait un ensemble de règlements arbitraires. Mais Darlene n'était pas obligée d'accepter aveuglément son destin. Les Sooners aussi s'étaient heurtés à la rigidité et à l'impassibilité du gouvernement. Peut-être que Darlene pouvait faire comme eux. Au moment crucial, les Sooners n'avaient pas combattu à armes égales : ils n'avaient pas combattu du tout, mais avaient contourné la loi et tracé leur route avec ruse et panache.

Darlene sortit son téléphone de sa poche et fit défiler son historique d'appels. Il ne lui fallut pas longtemps pour trouver ce qu'elle cherchait. Elle composa le numéro et raccrocha immédiatement, se mangeant le pouce.

Puis elle reprit son téléphone. Une voix d'homme décrocha, parlant si vite que Darlene ne comprit rien. Une flambée de staccato. Quelque chose au sujet d'une salle de rédaction. L'homme était Tobias Morgan, un journaliste de Chicago.

"Darlene McCloud à l'appareil.

— Qui ça ?

— Darlene. La famille McCloud. Vous savez, les… les orphelins.

— Oh. La famille la plus triste de Mercy, c'est ça ?"

Il avait une voix cassante et nasillarde, dénuée de toute douceur du Sud.

"C'est ça. Vous m'avez appelée il y a quelques semaines quand ma sœur…

— Bien sûr. Je me souviens. Gros sujet. Ça bouge ?

— Je suis prête à parler.

— De quoi ?”

Darlene faillit perdre contenance. Elle s'était juré de ne plus jamais adresser la parole à ces gens-là. Mais il n'y avait pas d'autre moyen d'avancer. Elle prit une grande inspiration et s'exprima avec force et détermination.

“Ma petite sœur a été enlevée par mon frère. Tucker a fait sauter Jolly Cosmetics et a emmené Cora avec lui.

— Je sais tout ça, dit Tobias avec impatience. Qu'est-ce qui s'est passé depuis ?”

Darlene toucha les objets familiers sur le comptoir – le grille-pain, la spatule, une cuiller en bois.

“Je ne comprends pas. Vous m'avez appelée six fois après l'alerte enlèvement. Vous avez dit que vous vouliez m'interviewer. Maintenant, je suis prête. Cora a disparu depuis le début de l'été et le FBI ne trouve rien.”

Tobias ne répondit pas. Il y eut un froissement à l'autre bout de la ligne, comme s'il feuilletait un tas de papiers. Darlene insista : “Je veux attirer de nouveau l'attention sur ce qui se passe. Je ne veux pas que les gens nous oublient.

— On est en août. Vous m'appelez pour quelque chose qui s'est passé en juin.

— Ça se passe encore, dit Darlene dont la voix était montée d'un cran. Rien n'a changé. Je peux témoigner. Avec des photos. Tout ce dont vous aurez besoin.”

Une autre pause. Encore du papier qu'on manipule.

“Donc rien n'a changé, répéta Tobias en articulant chaque mot bien distinctement. C'est ça le problème. Je suis désolé. Il n'y a plus rien à dire là-dessus. Pour le moment.”

Darlene ferma les yeux.

"Très bien. J'appellerai un autre journaliste."

Sa voix était plus faible qu'elle ne l'aurait voulu. À l'autre bout du fil, Tobias renifla – rit presque.

"Bonne chance, dit-il. Mais ça n'intéressera personne."

Darlene en appela trois. Le premier ne se souvenait pas d'elle. Le deuxième lui dit de rappeler quand il se passerait quelque chose. Le troisième répondit dans un marmonnement voilé, comme si l'appel l'avait réveillé. Il informa Darlene sèchement qu'à la suite d'un plan de licenciement, il cherchait du travail.

Enfin, elle éteignit son téléphone. Puis elle s'allongea sur le lino, sur le dos. Elle avait l'impression d'avoir couru un marathon – le cœur qui battait la chamade, les jambes en coton, la respiration chaotique. Ses cheveux en éventail autour de son visage, elle observait le plafond. Peut-être qu'elle venait de toucher le fond. Mais elle avait déjà cru ça, et on pouvait toujours tomber plus bas.

33

À l'aube, Darlene se tint devant le N° 43, attendant le lever du soleil. Le ciel à l'est était encombré de nuages, bloquant et diffusant la lumière vive. Elle était pieds nus et encore en pyjama. Elle n'avait pas fermé l'œil de la nuit.

Elle repensa aux Sooners. Des voleurs et des renégats. Des bagarreurs et des hors-la-loi. Darlene imaginait les fantômes de ses prédécesseurs se déplaçant autour d'elle, les silhouettes sombres armées de fusils et d'outils de ferme, surveillant leurs arpents de terre et les cultivant.

Mais il y avait une contradiction dans tout ça. Cette terre, autrefois si convoitée et prisée, était désormais utilisée n'importe comment, excessivement, même. Mercy était une petite ville en termes d'habitants, mais très étalée. Les maisons étaient disséminées au bout de culs-de-sac méandreux. Des pans gigantesques de prairie restaient vides. Même le parc à caravanes était deux fois trop grand par rapport au nombre d'unités qu'il contenait. Cette même tendance à l'étalement se retrouvait dans tout l'État. Oklahoma City était la ville la plus étendue des États-Unis, même si sa population était éclipsée par de nombreuses grandes villes du Nord.

La couronne du soleil s'éleva au-dessus de l'écran de nuages – un éclat flamboyant, mince comme un fil, mais assez brillant pour aveugler. Darlene s'avança avec précaution à cause de ses pieds nus, évitant les cailloux et les quelques morceaux de verre. Quelque chose s'enfuit en direction du ravin. Un animal, peut-être un serpent.

L'Oklahoma était censé être un désert, un cratère de poussière, un paysage assoiffé et brisé. La sauvagerie de sa nature se sentait partout sous la surface des choses. Les Sooners s'étaient montrés avares, mais ils n'étaient pas idiots. Les fermes luxuriantes autour de Mercy n'étaient rien d'autre qu'une illusion. Tous les marqueurs de l'industrie et de l'agriculture – les silos à grains et les granges, les restaurants et les parcs à caravanes – étaient aussi éphémères qu'un rêve. Pour l'œil inexercé, ils pouvaient sembler permanents, mais Darlene savait qu'ils étaient en sursis. Elle ne le savait que trop bien. Si les systèmes d'irrigation se détraquaient, si la sécheresse s'installait, si le bétail tombait malade, si les récoltes faiblissaient, l'Oklahoma retomberait dans sa condition inhérente. Ici, la civilisation humaine ne tenait qu'à un fil, à croire qu'un gros orage – disons une tornade – pouvait tout détruire, et ne plus rien laisser que chaleur et poussière.

Le soleil se détacha du banc de nuages. Darlene le regarda flotter et brûler. Elle comprenait son erreur, à présent. En s'adressant aux médias, en appelant journaliste après journaliste – elle n'avait pas retenu la bonne leçon de ses ancêtres.

Les Sooners avaient surtout compté sur eux-mêmes. Ils n'obéissaient pas aux lois du gouvernement parce qu'ils savaient que ces règles étaient arbitraires. La nuit précédente, Darlene avait cru se rebeller contre le système en appelant Tobias Morgan, mais en vérité, elle ne faisait que placer sa foi dans un autre système. Le FBI et les médias étaient deux bureaucraties : impassibles, inflexibles, autocratiques et capricieuses. Elles étaient différentes de caractère, pas de nature.

Son erreur avait été de faire confiance aux systèmes humains tout court. Les Sooners avaient déjà compris ça. Ils ne se reposaient que sur leur propre vigueur et leur force de travail. Darlene sentit le début d'un sourire lui effleurer les lèvres. Immobile, elle laissa le nouveau soleil lui réchauffer la peau.

Pendant sa pause déjeuner, Darlene roula à tombeau ouvert jusqu'au poste de police. Elle trouva Roy au téléphone, carré dans son fauteuil, les pieds sur son bureau. Darlene se tint au-dessus de lui, les doigts tambourinant sur la table avec impatience en attendant qu'il raccroche.

"Il faut qu'on agisse, explosa-t-elle. Si personne ne fait rien, c'est à nous de prendre le taureau par les cornes."

Il passa une main sur le sommet de son crâne rasé. Puis il leva les yeux vers elle avec une expression à laquelle elle ne s'attendait pas – un sourire satisfait et impatient.

"Viens faire un tour avec moi", dit-il.

En sortant, Darlene surprit son reflet dans une vitre – maigre, le teint cireux et l'air agité, sa queue-de-cheval en désordre. Elle semblait à la fois mal et terriblement vivante.

"Je me suis dit exactement la même chose.

— Vraiment ?

— Carrément. Le Seigneur aide ceux qui s'aident eux-mêmes."

Darlene eut un pincement au cœur. Il venait de dire ce qu'elle voulait entendre et le soulagement était presque trop fort après les derniers événements – la fête, l'appel humiliant à Tobias Morgan et sa nuit blanche.

Roy passa un bras autour de ses épaules, l'attira vers lui et lui embrassa le front.

"Il m'est venu une idée concernant Tucker."

Ils empruntèrent une petite rue. Une voiture était garée sur une pelouse à proximité, les quatre pneus remplacés par des parpaings.

"J'ai essayé de regarder les choses sous un autre angle, dit Roy. À la manière de Tucker. Je n'ai pas dormi des masses. J'ai passé la nuit au poste, pour tout dire. Après la fête, j'ai…"

Il s'arrêta, secouant la tête.

"J'ai bien foiré, sur ce coup. Pas vrai ?"

Elle haussa les épaules. "C'est du passé, maintenant."

Un silence se fit, gêné et pourtant complice. Darlene s'aperçut que c'était son premier vrai désaccord avec Roy. Elle voulait pouvoir franchir ce cap sans dommages.

"Bref, dit-il. Après être parti de chez toi, je pensais au FBI et à ce que ce gars m'avait dit au téléphone…" Il fit une grimace. "Je n'arrivais pas à croire qu'ils nous laissent en plan comme ça."

Darlene lui prit la main, entrelaçant les doigts aux siens. Sa voix était si pleine de compassion. Le temps d'un instant, elle envisagea de lui avouer ce qu'elle avait fait la nuit précédente. Mais en pesant le pour et le contre, elle décida de se taire. Inutile d'informer qui que ce soit de son moment de faiblesse.

"J'ai relu le dossier de Tucker. Il ne prend aucune précaution. Il n'est pas du genre à faire profil bas. Mais il est intelligent, pas vrai ?

— Trop intelligent."

Il acquiesça. "Je me suis penché sur les affaires non résolues. Toutes les plus récentes. Tout ce qui correspond aux centres d'intérêt de Tucker, mais qui diffère de son mode opératoire habituel." Roy se racla la gorge. "J'ai même envoyé quelques sondes dans d'autres juridictions. Demandé des services. En fait, mon téléphone n'arrête pas de sonner depuis ce matin."

Ils passèrent devant une maison ornée de lourds rideaux à carreaux qui obstruaient toutes les fenêtres. Le lavomatique au coin parfumait l'air d'amidon. Roy s'arrêta et prit une inspiration calme et profonde.

"Il y a eu une fusillade à Amarillo. Quelqu'un s'est approché d'un éleveur de poulets dans la rue et l'a tué à bout portant."

Darlene sentit son estomac se retourner.

"C'était en juillet. Il y a quelques semaines.

— Pourquoi est-ce que tu me parles de ça ?

— Ils n'ont jamais trouvé le responsable. Sur le coup, ils ont cru que c'était un meurtre non prémédité. Un accident, ou un adolescent armé qui avait quelque chose à lui reprocher. La nuit dernière, j'ai contacté un type que je connais là-bas. Il m'a rappelé. C'était avec lui que je parlais quand tu es arrivée.

— Est-ce que c'était… est-ce que tu es en train de dire…"

Roy s'approcha tout près. “Est-ce que tu es sûre de vouloir savoir ?

— Oui.

— Quelques témoins de la fusillade ont mentionné avoir vu un enfant à proximité.

— Mon Dieu.”

Elle avait un goût de bile dans la gorge. Elle pressa les doigts sur sa bouche.

“Il y a autre chose.

— Pire qu'un meurtre ?”

Il la dévisageait avec une intensité vive. Elle pouvait presque sentir son regard lui effleurer la peau.

“Un cas d'incendie criminel. C'est arrivé environ une semaine avant la fusillade. Quelqu'un a brûlé la boutique d'un taxidermiste à Argon, Texas. Un patelin. Plus petit que Mercy encore.

— Mon Dieu.

— Personne n'a été blessé. Atteinte à une propriété privée, le genre de crime ordinaire. J'en ai entendu parler au poste quand c'est arrivé, sans y faire attention. Mais maintenant…

— Maintenant quoi ?

— Le truc c'est que…” Roy se tut. “Il y avait un chien dans la boutique. Quelqu'un a fait sortir l'animal avant l'incendie et l'a emmené dans une aire de jeux de l'autre côté de la rue. Il y avait un portail et tout. Ça mettait le chien en sécurité. Ce détail était même mentionné dans la paperasse. C'est ça qui m'a fait tiquer.”

Darlene voulut parler puis défaillit. Elle entendit un bruit de pas traînant, et en se tournant, ils virent une femme remonter le trottoir d'en face. Darlene reconnut

Mme Watson – l'institutrice de CE2 de Cora. Elle regardait son téléphone en marchant et ne les remarqua pas. Ils attendirent qu'elle se soit éloignée hors de portée de voix.

"Un motif commence à se dessiner, dit Roy. Je crois que les intérêts de Tucker ne changent pas, mais son comportement, si. L'éleveur de poulets tué par balle à Amarillo avait violé un certain nombre de régulations mises en place par le ministère de la Santé. Et quant au taxidermiste, eh bien…

— Est-ce que tu es en train de dire que Tucker et Cora – qu'ils ont…"

Darlene fut incapable de terminer sa phrase. Roy s'en chargea.

"Ils sont en chasse."

34

Ce soir-là, Darlene rentra chez elle avec un panneau de liège qui glissait sur la plateforme du pick-up. Dans le rétroviseur, sa propre expression l'intriguait – obstinée et féroce.

La caravane était déserte. Jane passait la nuit chez une copine, et Roy en avait encore pour une heure au poste. Elle commença par retirer l'affiche accrochée au-dessus du canapé. (C'était le dessin décoloré d'un zoo, réalisé par un artiste qui n'avait aucun sens des proportions ; les animaux qui surgissaient de leur cage en montrant les crocs paraissaient trop grands. Tucker l'avait récupéré dans une allée quelque part.) Elle accrocha le panneau d'affichage à la place puis fonça vers le placard de Jane. Au milieu des affaires de foot, des bracelets brésiliens et des vêtements, elle dénicha ce qu'elle cherchait : un tube en carton qui lui arrivait à la taille. Un an plus tôt, Jane avait gagné une carte des États-Unis dans un concours d'orthographe.

Darlene sortit des punaises et des marqueurs d'un tiroir. Elle sentait les effets physiques de la fatigue – ses doigts tremblaient par moments – mais sa conscience des choses n'avait jamais été aussi aiguë, elle y voyait si clair que c'en était presque douloureux. Elle comprenait ce qui échappait au FBI et aux journalistes. Sa situation était aussi terrible qu'au moment de la disparition de Cora, quand les sirènes avaient retenti et que les médias et les forces de l'ordre s'étaient rués sur Mercy. Rien n'avait changé depuis cet instant fatal si ce n'est le temps écoulé. Apparemment, le temps était l'ennemi de Darlene. Chaque jour qui passait, l'urgence collective diminuait, alors même que la situation n'était pas moins critique pour Cora. Le FBI avait affiché clairement son indifférence. *Il n'y a plus rien à dire là-dessus*, avait déclaré Tobias Morgan. Ces mois de calme et d'inaction les avaient doucement rendus nonchalants.

Darlene se redressa de toute sa hauteur. Elle se débrouillerait sans le gouvernement et sans l'aide des médias. Ces bureaucraties, ces règlements arbitraires – elle n'avait pas besoin d'eux. Elle était intelligente, combative, c'était une survivante. *Sooner un jour, Sooner toujours.* Et Roy était dans son camp.

Elle déroula la carte des États-Unis et la punaisa sur le panneau. Elle organisa les punaises et les feutres par couleur sur la table de la cuisine. La carte avait une histoire à raconter. Darlene en était persuadée.

Quand Roy arriva, tout était prêt. Pendant les quelques heures qui suivirent, ils travaillèrent dans une sorte de fièvre. Il avait accumulé des informations pendant des mois sans vraiment se rendre compte de leur importance. Il utilisa un Stabilo jaune pour entourer l'endroit où le téléphone jetable de Cora avait été localisé en juin. Quelque part dans l'ouest de l'Oklahoma. Une étendue désertique près de la frontière du Texas.

Roy se servit des punaises de couleur pour marquer tous les endroits où avaient été rapportés des vols de voitures à l'intérieur de cette zone. Au bout de trente minutes, le panneau était aussi hérissé qu'un porc-épic. C'était trop. Darlene essuya la sueur sur son front.

Puis Roy prit une poignée de punaises rouges et s'approcha une fois de plus de la carte. Les frontières des États étaient en noir, les autoroutes en orange, les rivières en violet. Roy marqua une série de villes une par une. Une ligne en dents de scie de punaises écarlates se dessina point après point. Il y avait bien un motif. C'était l'histoire que personne d'autre ne pouvait voir.

"Tucker va vers l'ouest."

Darlene acquiesça et croisa son regard.

"Ici, dit-il en tapotant le premier point. L'incendie de Big Tom Taxidermie.

— Oui.

— Le meurtre d'Amarillo, poursuivit-il en indiquant une autre punaise.

— Voilà.

— Là, ajouta-t-il en en touchant une troisième dans le nord du Texas. Ça c'était il y a dix jours. Un abattoir. Les employés enfermés toute la nuit et quand ils ont pu sortir le lendemain, ils ont découvert que l'électricité avait été coupée et que toutes les cages étaient vides.

— Oh ! s'exclama Darlene, frappée par l'image.

— Quelqu'un a coupé les câbles électriques à différents endroits. Ça va coûter cher en réparations, tu imagines. Et la porte d'entrée a été taguée à coups de…"

Il alla prendre sa sacoche sur la table. Fouillant à l'intérieur, il sortit une photo qu'il tendit à Darlene. Elle vit de la brique beige, une porte en métal et des fenêtres à barreaux. Le mur était dégradé par le dessin grossier d'un animal qui se fondait dans une espèce de gros pâté. Darlene n'arrivait pas à dire ce que c'était censé représenter ; le fouillis de lignes aurait pu être le sang de l'animal en train de couler, ou bien une tornade touchant le sol et mettant la créature en pièces. Le dessin était si maladroit qu'il n'avait pu être fait que par un enfant.

"Je commence à saisir les intentions de Tucker."

Roy désigna la dernière punaise de la rangée, une ville minuscule en plein milieu du Texas. Puis il fouilla de nouveau dans son sac.

"Est-ce que tu as déjà entendu parler des rafles de crotales ?"

Darlene secoua la tête.

"C'est une tradition dans un endroit qui s'appelle Stillwater. Ça remonte à des décennies. Des milliers de crotales sont tués en une journée. Ils font ça pour réduire la population de serpents. En théorie, en tout cas. À mon avis, c'est surtout pour le sport."

Il sortit une pile de photos qu'il se mit à étaler sur la table comme des cartes à jouer. Darlene vit une flaque rouge imbiber la terre du désert. Elle vit un crotale enroulé comme s'il se préparait à attaquer. Elle vit un homme armé d'une machette. Il y avait le cliché d'un ravin rempli de cadavres mutilés – des crânes nus, des fragments de peau et de viscères comme des joyaux.

Darlene se pencha et les examina avec désarroi. Sur l'une des photos, on extrayait le venin d'un serpent. Sa mâchoire prise dans l'étau de chair d'une main humaine, la gueule grande ouverte, poussant un cri silencieux. Le bras d'une autre personne tenait un gobelet sous les crocs. Darlene discerna quelques gouttelettes de venin qui luisait au fond. Sur une autre photo, un groupe d'hommes affublés de chapeaux de cow-boy souriaient à l'appareil en brandissant des serpents morts aussi grands qu'eux. Des clichés montraient différents souvenirs : ceintures en peau de serpent, têtes de serpents préservées dans l'ambre, des hochets pour bébés faits avec les queues des serpents. On voyait un espace pédagogique grillagé, envahi d'enfants. De petites silhouettes couraient dans tous les sens, pourchassant les reptiles d'un bout à l'autre de l'enclos. Un gros plan montrait que tous les serpents avaient la gueule cousue par un épais fil noir.

Darlene prit la photo du bas. Elle représentait un concours de dépeçage. Les participants étaient alignés derrière une table jonchée de bouts de chair et d'os. Plusieurs souriaient. Il y avait une quantité de sang inimaginable – éclaboussant la moindre surface, gouttant sur la nappe, formant une flaque dans l'herbe, peignant des taches sur les mains et les visages.

"Ces photos sont de l'année dernière, expliqua Roy. L'événement se tient en août sur un week-end. Les gens affluent de tout le pays."

Ses doigts s'approchèrent de sa poche en tremblant, mais Roy se retint de sortir une cigarette. Il ne fumait jamais au N° 43. Darlene retourna la photo sur la table, la transformant en rectangle blanc inoffensif. Une par une, elle fit la même chose avec toutes les autres.

"La rafle devait avoir lieu le week-end dernier, dit Roy. Un ranger du coin devait lancer la chasse à l'aube le premier jour. Les gens avaient payé juste pour ça – un prix élevé – et devaient arriver avec tout leur attirail. Sauf que le poste du ranger était en feu.

— Est-ce que c'était..., commença Darlene puis laissa sa voix retomber.

— Les flammes avaient gagné chaque pièce. Les fenêtres ont explosé. Un témoin a dit que c'était..." Il fouilla dans ses papiers et lut à voix haute : "C'était le genre de feu qui parlait et chantait.

— C'était Tucker ? demanda-t-elle en tentant de garder un ton neutre.

— Je n'ai aucune preuve. Mais ça correspond."

Elle acquiesça.

"Incendie criminel. C'est la seule certitude. Quelqu'un a aspergé les lieux avec un produit inflammable. La chaleur était si intense que ça a déformé la maçonnerie et fait fondre la plomberie. Ça ressemble à un hydrocarbure. Je dirais du kérosène, mais ça pourrait être de l'essence.

— Mon Dieu, murmura Darlene.

— Aucun serpent n'a été blessé, dit Roy avec ironie. La chaleur a dû les faire fuir.

— Ils ont été mis en sécurité. Comme le chien sur l'aire de jeux.

— Exactement."

Il sortit un mouchoir de sa poche et épongea la sueur sur son front et son large nez.

"Il y a autre chose, dit-il. Quelque chose d'étrange."

Darlene rit, un petit aboiement étranglé. Roy se mit à rassembler les photos pour les ranger dans sa sacoche. Sans la regarder, il dit : "Une femme qui se trouvait sur place a dit aux différents agents que durant l'incendie, elle avait vu un gamin tout seul dans le désert. Un jeune garçon.

— Tu veux dire Tucker ?

— Non. J'imagine que c'était Cora.

— Elle a cru que Cora était un garçon ? demanda Darlene, sa voix soudain aiguë.

— La femme n'a pas pu donner de description précise. Elle a juste trouvé ça étrange. Un enfant seul comme ça. Qui se tenait en retrait dans les broussailles, si calme, elle a dit. À regarder le bâtiment partir en fumée."

Ils se perdirent en spéculations pendant toute la fin de la soirée, tournés vers l'avenir. Ils cherchaient à discerner un schéma parce qu'ils sont prévisibles. Peut-être pourraient-ils deviner vers où allait Tucker. Une ligne de punaises rouges dans une mer de punaises vertes. Un récit bricolé à partir de photos et d'informations de seconde main. Roy était sûr que Tucker continuerait vers l'ouest. Il avait lu deux trois trucs, dit-il. Les études montraient que quatre-vingts pour cent des gens en fuite vont vers l'ouest. Personne ne sait pourquoi – un instinct profond, un désir inconscient. Quoi qu'il en soit, c'était une donnée qui pouvait aider la police.

Vers vingt-deux heures, ils prirent cinq punaises bleues – une nouvelle couleur – pour indiquer les villes potentiellement sur la liste de Tucker. Darlene sentit une forte poussée d'énergie monter en elle. Le simple fait d'enfoncer des punaises dans le tableau de liège était terriblement satisfaisant. Elle avait enfin une chance d'agir. D'en finir avec l'attente. Une fois de plus, elle eut l'impression que les esprits de ses ancêtres se rapprochaient, que ses compagnons Sooners l'observaient avec fierté, se reconnaissaient en elle.

Darlene remarqua que Tucker semblait préférer les villes de taille moyenne – mais pas trop petites pour éviter que l'apparition d'un étranger et d'un enfant n'éveille la curiosité des gens du coin.

Enfin, Roy décrocha son téléphone et prévint la police de toutes les localités marquées d'une punaise bleue. Il leur rappela l'alerte enlèvement. Parla de Big Tom Taxidermie, du meurtre d'Amarillo et de l'incendie qui avait précédé la rafle de crotales. Il leur demanda de garder l'œil ouvert.

Il n'y avait plus rien à faire. Sur le canapé, Darlene allongea ses jambes sur les cuisses de Roy et tous deux levèrent les yeux vers la carte au-dessus d'eux.

"J'ai pensé aux *serial killers*, dernièrement, dit-elle.

— Ah bon ?

— Ces types commencent toujours par torturer des animaux, non ? C'est assez universel.

— C'est vrai. C'est ce qu'on nous a appris à l'école de police. Faire du mal à nos gentils amis les animaux, c'est un signe qui trompe rarement.

— Eh bien, Tucker, lui…" Elle fit une pause. "Il faisait le contraire.

— Qu'est-ce que tu veux dire ?

— Il sauvait tous les animaux qu'il trouvait. Il est devenu végétarien à cinq ans. Il ramassait les opossums et les rats pour peu qu'ils aient l'air affamés. Il les cachait dans notre sous-sol et s'occupait d'eux jusqu'à ce qu'ils reprennent des forces. Il récupérait les insectes qui se noyaient dans une flaque d'eau et les déposait au sec. Si un oisillon tombait du nid dans notre jardin, Tucker l'enveloppait dans une serviette en papier et grimpait dans l'arbre pour le remettre à sa place." Elle donna un petit coup de talon à Roy. "Je ne sais pas quel genre de folie c'est. Toi ?

— Un truc nouveau, j'imagine."

À minuit, Darlene était chez Roy, trop épuisée pour dormir. Elle était debout depuis si longtemps que ses muscles refusaient de se détendre. Roy ronflait contre son épaule tandis qu'elle contemplait le plafond. Comme d'habitude, elle portait l'un de ses t-shirts, et lui était nu. Trois ventilateurs électriques brassaient l'air à l'en faire écumer. Un mince croissant de lune luisait par la fenêtre. Après leurs longues heures de travail, Roy avait émis l'hypothèse de dormir à la caravane, pour une fois. Mais depuis la disparition de Cora, elle s'était donné pour règle de ne jamais utiliser le lit de sa sœur ; elle refusait d'occuper le moindre espace qui revenait à Cora.

Elle roula sur le côté, observa Roy. Son visage était divisé en pans nets de lune et d'ombre. Ce n'était pas son premier petit ami, mais c'était le premier depuis la tornade – peut-être le premier homme qu'elle ait connu depuis qu'elle était vraiment devenue elle-même. Au lycée, Darlene était sortie avec des garçons, avait perdu sa virginité, mais cette jeune fille-là était une étrangère, désormais. Une ado dans un foyer stable, avec un père aimant. Une jeune femme qui se préparait à aller à la fac, excitée de quitter Mercy. Une jeune femme si éloignée d'elle à présent qu'elle était à peine reconnaissable.

Dans son sommeil, Roy tendit la main vers elle, attirant son dos contre son ventre. Au début, son étreinte l'apaisa, mais bientôt, la chaleur de sa peau lui devint insupportable. L'air était étouffant, sa respiration forte, ses bras aussi lourds que du bois. Elle s'extirpa de là et se leva. Elle le regarda qui la cherchait de nouveau, tâtonnant vaguement sur les draps avant de s'immobiliser.

Elle se glissa hors de la chambre. La maison manquait d'espace – escalier sombre et étroit, plafond bas, trop de meubles dans chaque pièce. Roy avait hérité de la maison de sa mère. Quand cette dernière était tombée malade, il s'y était installé pour s'occuper d'elle. Il resta jusqu'à son décès et la maison lui revint.

Cela remontait à bien avant que Darlene n'entre dans sa vie. Elle ne se serait jamais permis de le dire, mais elle était heureuse de ce timing. Roy ne pleurait plus en pensant à sa mère. Darlene n'avait qu'à l'écouter parler de cette femme et à trouver les mots pour la complimenter – son goût pour la décoration intérieure, sa beauté manifeste sur les vieilles photos, et bien sûr, l'éducation si réussie de son fils.

Darlene entra dans le salon plongé dans l'obscurité. Elle passa les doigts sur le manteau de la cheminée. La moindre surface était couverte d'objets – lampes tarabiscotées, figurines en verre et boîtes en bois sculpté. Tous ces bibelots fragiles avaient survécu à la tornade. Ici, elle était venue et repartie sans laisser de traces. Darlene se demanda quels bibelots sa propre famille avait pu posséder ; avec le temps, ces choses s'étaient effacées de sa mémoire. La maison de Roy incarnait l'esprit d'une vieille femme – sa palette de couleurs, sa haine du vide, son obsession pour les lampes tarabiscotées – plutôt que la personnalité de l'homme qui y vivait. Darlene se demanda si c'était de l'indolence de la part de Roy, une imperméabilité à l'atmosphère, ou si une nostalgie plus profonde était à l'œuvre, une incapacité à se débarrasser des affaires de sa mère pour revendiquer la maison comme sienne.

Elle sentit Roy avant de le voir. Elle aimait se dire que c'était le parfum de son cœur généreux. Il l'enveloppa dans ses bras par-derrière, menton sur son épaule.

"Je n'arrive pas à dormir, dit-elle.

— Je m'en doutais. Je n'ai jamais connu de femme qui erre autant que toi.

— Alors pourquoi je me sens à ce point prise au piège ?"

Sa barbe de trois jours rendait sa mâchoire rêche. Il était nu, sa peau brûlante au toucher. Ils faisaient la même taille, même si Roy était bien plus robuste qu'elle, son torse deux fois plus large que le sien.

"Viens te coucher", dit-il.

Il lui fit remonter les escaliers. Le ventilateur du plafond grinçait, se balançant légèrement à chaque rotation. Roy prit son paquet de cigarettes, en alluma une d'un geste souple et recracha un nuage de fumée vers le clair de lune, les volutes transformées en vaguelettes par le ventilateur. Darlene avait la ferme intention de le guérir de cette mauvaise habitude. Son projet était de le titiller discrètement mais sans relâche à ce sujet jusqu'à ce qu'il arrête. Sauf qu'entre-temps, elle associait de plus en plus cette odeur à Roy. Elle savait que c'était mal, mais elle commençait à l'apprécier.

Trois ventilateurs électriques murmuraient de concert. Roy éteignit sa cigarette et Darlene se blottit dans ses bras. Du bout des doigts, elle suivit le creux de son sternum, un canyon creusé entre les pentes de ses côtes et où s'épanouissait une pilosité drue. Elle sentit le désir lui monter du ventre. L'attirance était indéniable. Elle était imprévisible. Roy et elle étaient faits d'éléments volatils, inertes en eux-mêmes, mais explosifs dès qu'ils entraient en contact, réagissant à la plus petite étincelle – un baiser, un souffle.

Ils firent l'amour avec brusquerie, à la manière des gens fatigués : pas de préliminaires, pas d'acrobaties, uniquement les positions qui leur permettraient à tous les deux de s'allonger, d'atteindre l'orgasme, pas de câlin après coup. Roy s'était rendormi presque avant que leurs corps ne s'effondrent sur le matelas, le sourire sur ses lèvres s'effaçant. Darlene laissa échapper un bâillement. Une vague d'épuisement la parcourut comme une réplique sismique.

Contre toute attente, ça avait l'air d'être sérieux. Elle n'avait jamais été amoureuse auparavant, et elle n'était pas sûre de savoir quoi faire de ce sentiment, surtout en ce moment. Cela tombait mal. Elle n'avait jamais été aussi désespérée ni perdue, ni aussi heureuse et rassasiée.

35

Une semaine plus tard, Darlene ramenait Jane à la maison après l'entraînement de foot quand son téléphone sonna. Il pleuvait, un léger tambourin sur le pare-brise. La journée avait été longue. Darlene était contente de rentrer, une douche chaude et des vêtements confortables l'attendaient. Jane était lancée dans le récit exalté du dernier drame qui avait ébranlé la hiérarchie sociale de l'équipe de foot. Il était quasi impossible pour quelqu'un de l'extérieur de comprendre quelle demie avait lancé une remarque cinglante à quelle attaquante et quelle libéro n'arrêtait pas de faire de faux compliments à la goal.

Sur le coup, Darlene n'entendit même pas la sonnerie. Le temps qu'elle fouille dans son sac, qu'elle en extraie son portable et se range sur le bas-côté, la pluie s'était intensifiée et heurtait le toit bruyamment.

"J'ai du neuf", dit Roy. Sa voix légèrement étouffée. "Ils ont été repérés.

— Répète, dit Darlene avec brusquerie.

— Tucker et Cora. Ils ont été identifiés.

— Où ça ? Quand ?

— Dans une des villes qu'on avait marquées. Black Rock, au Nouveau-Mexique. Il y a deux heures."

Darlene mit la voiture au point mort et coupa le contact. Jane la dévisageait, enroulant le bout de sa tresse autour d'un doigt, agitée. La rue était large et bordée de jeunes arbres maigres. Une boîte aux lettres au coin était en train de changer de couleur sous la pluie, prenant une teinte plus foncée et luisante.

"Comment… Et est-ce qu'ils… Mais précisément, qu'est-ce que…

— Cora a volé une barre chocolatée, expliqua Roy.

— Une barre chocolatée ?

— Ils étaient dans une épicerie…" Un froissement de papier, comme s'il vérifiait ses notes. "Tucker a acheté des bricoles. Une bouteille d'eau, des chewing-gums. Le type à la caisse a remarqué un gamin près de la porte. Cora a glissé la barre chocolatée dans sa poche en sortant. Le gars lui a couru après, mais ils étaient déjà partis. Il a appelé la police dans la foulée."

Les gouttes de pluie s'écrasaient contre le pare-brise, mouchetant et déformant le paysage. La cime des arbres tourbillonnait comme un tableau cubiste, transformée en éclats hachurés de pigments. Darlene se passa une main sur les yeux.

Roy parlait toujours. "Normalement les flics ne se seraient pas déplacés pour si peu. Ils auraient fait un rapport et l'auraient remisé dans un dossier quelconque. Mais quand ils ont dit qu'il s'agissait d'un homme et d'un enfant…

— D'accord.

— Une caméra de sécurité était fixée au-dessus de la porte. Une voiture de police est passée. Ils ont récupéré la séquence vidéo et ils m'ont appelé dès qu'ils ont été sûrs de l'identification. C'est Tucker. Ça ne fait aucun doute.

— Oh, mon Dieu." Darlene s'affaissa vers l'avant, la tête tournée contre le volant. La respiration de Jane semblait anormalement bruyante, un bruit de papier de verre sur du bois.

"Le FBI a été informé, dit Roy. On a une piste concrète, ils vont nous aider. Ils vont quadriller Black Rock. Tout le Nouveau-Mexique a été prévenu. On va peut-être en voir le bout. Tucker approche de la frontière de l'Arizona, mais je ne pense pas qu'il la franchira."

La pluie faiblit puis s'arrêta. Les vitres de la voiture étaient tachetées d'une humidité qui commençait déjà à s'évaporer dans la chaleur. Les trottoirs seraient bientôt secs, le ciel dégagé, les nuages réduits à de fines volutes.

"On avait raison, dit Roy, sa voix vibrant de fierté.

— C'est vrai.

— Bon sang.

— Je devrais monter dans un avion, dit Darlene. L'aéroport le plus proche serait Albuquerque, non ? Je peux y être dans deux heures.

— Ne bouge pas, dit-il fermement. Souviens-toi de la gamine de la Red River. Attendons d'être sûrs.

— Je devrais monter dans un avion, répéta-t-elle.

— Rentre. Je te tiens au courant. Je t'appelle dès que possible."

Une heure plus tard, Darlene était allongée sur le canapé avec Jane. La télé était allumée, mais elles regardaient toutes les deux dans le vide, distraites. Darlene ne portait même pas ses lunettes ; pour l'instant, elle préférait que le monde reste flou.

Puis son téléphone sonna sur la table basse. Il n'y avait pas de message, juste une image. Roy lui avait envoyé ce qui ressemblait à une capture d'écran à partir des images de vidéosurveillance. Jane se pencha pour voir elle aussi.

C'était Tucker. C'était sûr, incontestable. Darlene sentit un gémissement monter en elle. L'image était granuleuse, prise en plongée. Tucker n'avait pas l'air d'avoir remarqué la caméra. Ses cheveux noirs étaient coupés court, plus de queue-de-cheval. Son front paraissait proéminent sous cet angle, ses yeux noyés dans une flaque d'ombres. Il tendait quelques billets, mais sa main était bizarre. Darlene n'arrivait pas à dire si la déformation venait de l'image ou de sa chair. Il n'avait pas assez de doigts.

Puis elle s'aperçut que la caméra avait capté quelqu'un d'autre. Un enfant qu'elle ne connaissait pas se trouvait à l'arrière-plan, un jeune garçon aux mollets maigres, avec une démarche de pigeon et des chaussures délacées.

Jane se détourna pour s'essuyer les yeux et renifler. Darlene regarda à nouveau l'image. Elle l'examina. Rapprocha le téléphone.

Le garçon était Cora. Tandis que cette réalité s'imposait, Darlene eut le souffle coupé. Elle reconnut aussi le torse de sa sœur, ses épaules voûtées, ses genoux noueux. La lumière crue de la supérette avait transformé les joues de Cora en triangles ; Darlene avait déjà vu cela quand ses sœurs étaient photographiées sous une lumière trop intense. Ça ne pouvait être que Cora. Sauf qu'elle portait un short et un t-shirt de garçon. Et ses cheveux – ses cheveux ! Les longues bouclettes brunes avaient disparu pour laisser place à une affreuse coupe militaire. Le galbe de ses jambes suggérait qu'elle avait perdu quelques kilos. Elle n'avait pas de kilos à perdre.

"Qu'est-ce qu'il t'a fait ?" murmura Darlene.

Jane lui lança un coup d'œil. Darlene posa son téléphone à l'envers sur la table et s'enfonça dans les coussins, l'esprit embrasé d'idées douloureuses.

Elle essaya de deviner où Tucker et Cora pouvaient bien se trouver à l'heure actuelle. Elle n'arrivait pas à visualiser ce à quoi pouvait bien ressembler leur quotidien en fuite. Pendant un temps, elle avait craint que sa sœur ne meure en compagnie de Tucker – non pas par un acte malveillant de son frère, mais simplement par négligence, à la suite de mauvais choix. Mais Cora était sur la route avec lui depuis assez longtemps et on pouvait supposer qu'elle survivrait à son influence. Physiquement du moins. Ce qui se passait dans sa tête était une tout autre question.

Manifestement, Cora avait été complice de choses abominables. Incendie criminel, vandalisme et meurtre – et ce n'était là que les incidents dont Darlene était au courant. Elle ne pouvait pas savoir à quel point sa sœur était en accord avec tout cela. Elle se représentait Tucker travaillant le cœur de Cora comme la rouille ronge le métal, entraînant sa corrosion et son affaiblissement. L'attirant vers son état à lui. Lui mettant ses mots dans la bouche. Lui coupant grossièrement les cheveux. L'habillant différemment. La sculptant à son image – une activiste, une marginale au sein de sa propre espèce.

Darlene entendit de nouveau l'écho de la voix de Roy dans son esprit. *Un jeune garçon, a dit le témoin. Tellement calme. Qui regardait le bâtiment partir en fumée.*

Pendant tout ce temps, Darlene ne s'était pas inquiétée pour les bonnes raisons. À présent, elle savait : elle ne s'était pas assez inquiétée.

36

Elle attendit. Elle attendit pendant des heures. Elle s'endormit à force d'attendre et se réveilla sur le canapé avec un torticolis, Jane affalée contre elle. Darlene regarda son téléphone et vit que Roy avait envoyé trois textos. *Rien pour l'instant.* Puis : *Pas de nouvelles.* Et finalement : *Courage, bébé.* Elle ferma les yeux une fois de plus.

Le reste du week-end s'éternisa. Pour la toute première fois, Jane demanda à sauter l'entraînement de foot. Elle voulait rester en famille, dit-elle ; personne d'autre ne comprendrait. Darlene partit travailler et revint à la maison sans le moindre souvenir de sa journée. Le dimanche, elle nettoya la caravane de fond en comble. Parfois elle imaginait encore qu'elle sentait le sang de Tucker sur les joints de la salle de bains. Elle fit les vitres et s'attaqua à l'espace moisi sous l'évier de la cuisine. Elle essaya de ne pas envoyer de textos à Roy trop souvent. Elle essaya de ne pas rester scotchée à son téléphone. Elle le gardait dans sa poche et crut recevoir une dizaine de messages fantômes pendant qu'elle récurait la douche, sentant son téléphone vibrer contre sa cuisse, retirant frénétiquement ses gants en caoutchouc pour constater dans la foulée que l'écran n'affichait rien.

Ce soir-là, Jane et elle veillèrent tard et regardèrent une émission de télé-réalité. Darlene s'installa sur le canapé tandis que sa sœur était allongée par terre, téléphone à la main, jambes relevées contre le mur. L'air étincelait d'une odeur piquante de détergent. Le clair de lune entrait par la fenêtre de la cuisine comme une lampe torche.

"Ils font tout ce qu'ils peuvent, pas vrai ? dit Jane.

— Oui. Le FBI est dessus. Enfin.

— Roy nous tiendra au courant s'il y a des nouvelles, hein ?

— Bien sûr."

Elles avaient cette conversation pour la dixième fois en une heure, mot pour mot.

"Cora me manque, dit Jane.

— Je sais. Je n'arrête pas d'acheter ses biscuits préférés. Les trucs bizarres aux flocons d'avoine. Ils s'empilent dans le placard. Je n'arrive pas à les enlever de la liste."

Jane soupira. "Je me suis réveillée l'autre jour et je voulais emmener Cora faire du bowling. Je ne sais pas pourquoi. J'avais préparé tout un plan dans ma tête. Il m'a fallu un moment pour me souvenir."

Darlene passa les doigts au fond du bol de pop-corn pour en récupérer les derniers grains.

"Avant, je me disais que notre vie était bien merdique, déclara Jane. Plus de papa. Plus de maison ni de ferme. Plus de fac pour toi."

Darlene acquiesça. La carte des États-Unis, tachée de punaises, menaçait depuis le mur, une présence silencieuse.

"Je veux retrouver notre vie merdique d'avant", dit Jane.

Le lendemain matin, Roy passa à la caravane en allant travailler. Darlene se tenait à la fenêtre et lavait la vaisselle du petit déjeuner en regardant le ciel humide de rosée, des rideaux d'une chaleur aussi épaisse que du lin flottant dans l'air. Jane était sous la douche quand Roy se gara. Darlene l'observa qui descendait du véhicule et se dirigeait vers la maison. Il avait les épaules voûtées, l'expression défaite. Même sa peau terre de Sienne semblait ternie.

Darlene sut exactement ce qu'il allait lui dire. Les pistes n'ont rien donné, quelque chose comme ça. Ou un truc sur la charge de travail du FBI. Ou sur le fait qu'il fallait garder espoir. Elle était presque trop fatiguée pour respirer. Les vastes rouages de la justice les abandonnaient une fois de plus. Tous ses efforts n'avaient servi à rien.

Roy toqua à la porte et elle le fit entrer. Quand il voulut parler, elle le devança en posant l'index sur ses lèvres. Elle s'approcha de la carte hérissée de punaises. Pieds nus, les mains gouttant d'eau de vaisselle, Darlene la décrocha. Roy resta en retrait et la regarda, une main nerveusement enfoncée dans sa poche. Elle eut du mal à passer la porte d'entrée avec le panneau de liège. Elle marcha à grands pas dans le matin ensoleillé, s'avança vers le ravin et, de toutes ses forces, elle lança la carte dont l'ombre fut projetée sur le créosotier et qui atterrit dans un craquement satisfait de branches.

37

Une vibration. Darlene se retourna, encore emmaillotée dans le sommeil. Le bruit perdura tandis qu'elle extirpait son esprit des rêves, comme une plongeuse remontant à l'air libre. Elle croyait que c'était une cigale – une douzaine de cigales dans la chambre de Roy. Puis elle se rappela enfin qu'elle avait éteint la sonnerie de son téléphone pour le laisser en mode vibreur.

Numéro inconnu. Darlene cligna des yeux, s'efforçant de rassembler ses esprits. La lumière du matin s'enroula dans les rideaux. C'était juste avant l'aube.

"Allô ? murmura-t-elle.

— Pourquoi tu n'es pas venue ?" demanda une voix sans se présenter. Une plainte aiguë, une voix de fausset. La plainte d'un enfant.

Darlene fut debout avant même de s'apercevoir qu'elle avait bougé. Elle jeta un coup d'œil autour d'elle et vit qu'elle se tenait au milieu de la pièce, un bras tendu vers le mur. Sa colonne vertébrale était rigide, sa respiration difficile.

"Est-ce que c'est toi ? Où es-tu ?

— Je croyais que tu viendrais", dit Cora. Il y eut un son qui aurait pu être un sanglot ou de la toux : un souffle crachotant et surchargé de glaires.

“Qu’est-ce que tu veux dire ? demanda Darlene.

— J’ai vérifié qu’il y avait une caméra de surveillance. J’ai pris la barre chocolatée.

— Tu…” Sa voix faiblit, sa bouche s’ouvrit et se ferma sans un son. “Tu l’as fait exprès ?

— J’ai cru que tu viendrais, répéta Cora d’un ton plaintif.

— J’ai essayé, dit Darlene désespérément. On a tous essayé. On a tout fait pour. Oh, Cora.”

La lumière changea, le soleil franchit l’aube au-dehors et la pièce s’éclaircit d’un coup, les fleurs piteuses du papier peint se parèrent de couleurs vives. Darlene vit son ombre dans le jardin, irréelle et grise.

“Il a un comportement super bizarre”, dit Cora. Chaque voyelle humide. “Il prépare un nouveau truc.

— Tucker ?

— Il a dit qu’il allait se passer un truc important. Je ne sais pas quoi.

— Cora, s’il te plaît, éloigne-toi de lui. Est-ce que tu peux trouver quelqu’un, n’importe qui, qui puisse t’aider ?

— Je ne me sens pas bien. Je ne sais pas où je suis.”

Puis il y eut un couinement parasitaire. Darlene éloigna le téléphone de son oreille. S’ensuivit un fracas, une cacophonie de braillements indéchiffrables – la voix en colère de Tucker, peut-être, ou un dysfonctionnement mécanique –, et la ligne fut coupée.

Darlene voulut crier, mais le son se prit dans sa gorge. La sensation que l’air dans ses poumons était aussi solide que de l’argile. À cet instant, elle se représenta toutes les ouvertures, toutes les portes de sortie qui s’étaient présentées à elle ces derniers mois : toutes les télévisions, ordinateurs, téléphones et même la radio dans la voiture, une centaine d'interstices qui lui avaient permis d'apercevoir son frère, d'entendre parler de sa sœur. Contemplant l'écran dans sa main, Darlene imagina que ça n'était pas un rectangle vide, mais une porte fermée. Pendant une poignée de secondes, l'illusion fut presque complète, comme si elle pouvait passer de l'autre côté.

Alors que le soleil se levait, Darlene et Roy restèrent assis dans le jardin, pelotonnés l'un contre l'autre sur une chaise longue. Août faisait ses adieux. Des éclats rouges et or apparaissaient dans les feuillages au-dessus d'eux. L'air du matin n'avait pas été aussi frais depuis des semaines. La rangée de maisons bloquait le soleil levant, le jardin rempli d'ombres mornes. Le ciel était un pan d'albâtre.

"Elle l'a fait exprès, dit Darlene. Elle espérait se faire prendre. C'est ce qu'elle m'a dit.

— Je sais, bébé."

Elle était sans forces sur ses genoux, trop alourdie de chagrin pour parvenir ne serait-ce qu'à relever la tête. Roy chercha une cigarette dans sa poche.

"Je l'ai déçue, dit-elle. J'ai pas été à la hauteur.

— Mais non, dit-il en allumant sa cigarette.

— Qu'est-ce qui va se passer ? Tucker prépare un gros coup. C'est ce que Cora a dit. Plus gros qu'un incendie. Plus gros que tirer sur quelqu'un."

Roy cracha un panache de fumée par le coin de la bouche.

"Cora est malade. Tu aurais dû l'entendre tousser. Elle a besoin de moi et je ne suis pas là.

— Tu l'es. Tu étais à l'autre bout du fil.

— Tucker lui a coupé les cheveux. Il l'a habillée en garçon. Je l'ai à peine reconnue sur cette image. Pourquoi faire ça ?

— Il est fou à lier, marmonna Roy.

— Je l'ai à peine reconnue."

Darlene savait qu'elle se répétait. Le jardin était un rectangle misérable, la pelouse mal entretenue et jaune. Une haute palissade en bois qui ne permettait pas de voir quoi que ce soit chez les voisins, créant l'illusion de la solitude. La mère de Roy aimait jardiner, et les pots en terre étaient restés là où elle les avait laissés, désormais pleins de cailloux et de mauvaises herbes. Darlene était encore en pyjama, Roy dans une vieille robe de chambre en coton élimé.

"Qu'est-ce que Tucker est en train de mijoter ?" demanda-t-elle, se parlant plus ou moins à elle-même. Elle fut un peu surprise quand Roy répondit :

"Il fera ce qu'il fera.

— Et ensuite, il se passera autre chose", dit Darlene.

Elle entendit sa propre voix – plus forte, plus vive. Roy sembla le remarquer lui aussi ; il lui lança un regard interrogateur.

"C'est ce que mon père disait toujours. J'avais oublié."

Elle ferma les yeux. Un souvenir remontait des profondeurs grises, s'extrayait du néant, de plus en plus net. Pour la première fois depuis longtemps, elle entendit la voix de baryton rauque et enfumée dans son esprit. *Et ensuite, il se passera autre chose.* Il disait souvent ça quand elle était petite, et cela lui faisait l'effet d'un cadeau quand elle s'inquiétait d'une mauvaise note ou d'une dispute avec Tucker. Il prononçait toujours ces mots de la même façon – comme s'ils lui apportaient un immense réconfort. Darlene n'en comprenait pas très bien le sens, mais le simple fait qu'il essaye de la réconforter la calmait.

"Et ensuite, il se passera autre chose", murmura-t-elle.

Elle enfouit son visage dans la clavicule de Roy et ne bougea plus pendant que le soleil montait au-dessus des maisons, inondait le jardin de lumière. Il n'y avait rien d'aussi irrépressible que l'aube – le vent infusé d'une chaleur soudaine, le réveil des oiseaux, la promesse et la menace d'un jour nouveau.

LES FRICHES

38

On arriva enfin en Californie, où l'été ne finissait jamais.

Notre nouvelle maison était un mausolée au sommet d'une colline, une imposante structure de marbre avec des dalles en guise de marches et des anges sur le toit. Il y avait une rangée de portails en fer derrière lesquels se trouvaient des cadavres. Le sol était froid et rugueux au toucher, l'air sentait la boue et quelque chose d'autre, quelque chose d'aigre. L'obscurité paraissait moisie et éternelle – une caverne froide où le soleil ne pénétrait jamais.

Le cimetière s'étalait sur de vastes terres aux abords d'une nouvelle ville bizarre. Les pierres tombales qu'éclairait le soleil étaient entourées d'une forêt d'arbres caducs. Mais contrairement aux chênes et aux ormes de Mercy, ceux-ci n'étaient pas affectés par les saisons et leurs feuilles restaient toujours vertes. Quelques palmiers incongrus se dressaient ici et là au milieu des tombes. Leur long cou hérissé et leur tête hirsute avaient quelque chose de festif, d'idiot, même, dans cet endroit sombre et calme.

À la limite de mon champ de vision, il y avait l'océan. C'était la première fois que je le voyais, et j'étais incapable d'appréhender son étendue, son ampleur. Ce n'était pas un étang ni un lac, mais un deuxième ciel, plus bleu et plus chaotique que celui qui le surplombait. Je passais des heures chaque jour à fixer la houle et le mouvement des vagues au loin, les motifs de lumière froissée.

En Californie, j'étais souvent toute seule. Tucker avait trouvé un boulot quelconque et n'en parlait quasiment pas. Il partait tous les matins à l'aube, vêtu d'une combinaison verte, s'éloignait entre les tombes avec un geste de la main. Il allait récupérer notre nouveau véhicule dans une petite rue – une berline argentée dont l'heure de gloire était passée depuis pas mal d'années, une voiture de personne âgée – et ne rentrait qu'au soir. (Il fut un temps où j'aurais donné un nom à cette voiture, mais il en avait défilé tellement durant l'été qu'il était devenu difficile de me souvenir de toutes. J'avais arrêté ce jeu plusieurs États plus tôt, bien avant l'Homme aux poulets.) Quand il rentrait, Tucker sentait le dur labeur. Il y avait souvent des taches sur sa combinaison : de la saleté ou du fumier, j'avais l'impression. Je n'avais pas l'habitude de passer du temps loin de lui. Ces derniers mois, mon frère avait été à mes côtés, avait partagé tous nos repas, rempli tout l'espace de sa voix, dormi allongé à côté de moi, toujours à portée de main.

Mais les choses avaient changé. Tucker était devenu secret. Il ne voulait pas me dire pourquoi nous étions venus en Californie ni où il allait tous les matins. Il ne voulait pas dire à quel travail correspondait cette combinaison verte. Il me disait d'attendre. Quelque chose de bien allait arriver, disait-il.

C'était ma punition : sa méfiance, la distance entre nous. J'avais appelé Darlene contre son gré. Depuis, il restait vigilant et réservé. Le sac de téléphones jetables avait disparu ; il s'en était débarrassé pour m'"éviter toute tentation". Il m'avait répété plusieurs fois l'histoire de Mike et de la trahison qui avait mis fin à leur amitié. *Il est mort à mes yeux*, me serinait-il sans cesse comme un mantra. Puis il me dévisageait et poussait un soupir lourd de sens.

J'acceptai ce changement dans notre relation comme j'acceptais tout désormais, avec une lassitude morne. Plus aucune partie de mon être ne luttait contre Tucker. Cora avait été broyée par la fièvre et le désespoir, sa voix réduite au silence. L'appel passé à Darlene était son dernier acte de rébellion. Corey seul avait survécu.

Je n'avais plus qu'à suivre Tucker comme un caneton derrière un renard, intégrée à la mauvaise espèce, en ayant plus ou moins conscience que mon frère n'était pas la personne la plus sûre pour me protéger, mais n'ayant pas vraiment d'autre choix. Je ne remettais plus en cause ses décisions, même en mon for intérieur, en privé. Sa volonté était devenue mienne. Ses idées m'inondaient la tête, et quand il n'était pas là, je ne pensais strictement à rien.

Tous les soirs, Tucker rentrait à la maison en rapportant des cadeaux sous forme de nourriture et d'eau minérale. On s'asseyait sur les marches du mausolée et on partageait un burger végétarien et un cornet de frites grasses. On observait l'océan qui s'étendait devant nous, le soleil couchant qui mouchetait l'eau de milliers de reflets mouvants. Derrière nous, le paysage urbain changeait lui aussi, scintillant et agité. Je n'avais jamais vu une ville aussi énorme, aussi bruyante. Des sirènes hurlaient en permanence. Les gratte-ciel étaient peints sur les nuages, éthérés et soyeux. La lumière de ces multitudes de fenêtres tachait la nuit d'une lueur artificielle. Je ne voyais jamais aucune étoile.

Après, Tucker et moi nous installions dans le mausolée et refermions la porte. On s'allongeait sur le marbre sale jonché de feuilles, sans tapis ni oreiller. Je dormais mal. Les cadavres de la crypte étaient enfermés derrière une rangée de portes de métal le long du mur du fond, mais leur présence se faisait sentir. Ils s'insinuaient souvent dans mes rêves, grimpant jusqu'à l'air libre, me tapant sur l'épaule de leurs doigts pourris, leurs poumons creux et parcheminés crachant leur souffle dans mon cou. Il y avait sept morts. J'avais examiné les petits portails de nombreuses fois. Le plus vieux avait été enterré presque un siècle plus tôt, le plus récent depuis seulement dix ans.

Je n'aimais pas dormir dans cet endroit, mais j'étais trop malade pour rester longtemps éveillée. Mon état ne s'était pas amélioré depuis notre arrivée en Californie. Toutes les nuits, mon cerveau enfiévré m'entraînait dans des rêves que je le veuille ou non. Parfois, Tucker plaçait une main sur mon front, sa paume étrangement froide, ce qui était agréable. Puis il grimaçait et retirait sa main.

"Ça ira, disait-il. Tu iras mieux bientôt."

Ma maladie ajoutait une note intéressante à la situation. En journée, je me prélassais sur les marches et regardais ce qui m'entourait, mon attention portée par le vent, changeant de direction à chaque bourrasque. J'observais les mouettes et les nuages. Ma montre s'était arrêtée depuis un bon moment si bien que je n'avais aucun moyen d'évaluer le passage du temps. J'attendais le retour de Tucker dans un état de stupeur, suivais du regard le chemin par lequel il avait disparu, levant les yeux avec espoir vers toute silhouette lointaine, regardant les ombres se presser, sentant les premiers tiraillements de la faim, ignorant depuis combien d'heures il était parti. Je ne savais pas quel jour, quelle semaine ou quel mois nous étions et ça m'était égal ; ça n'était que des désignations arbitraires. Je comprenais désormais que la marche du temps était une illusion – une construction humaine. Le temps était circulaire et non linéaire, composé de l'orbite du soleil et du balancement des ombres, des rythmes de la lumière et de l'obscurité. Tout bougeait, mais rien ne changeait. L'aube arrivait, Tucker partait, la ville hurlait, la marée montait, ma fièvre couvait, les nuages flottaient, le soir tombait, Tucker rentrait, toujours différent, toujours identique.

Le mausolée était une étrange résidence. Même en journée, il y régnait un silence bien particulier. Je n'arrivais pas totalement à identifier l'odeur – acide et humide. Si cet endroit manquait de charme, il compensait par l'isolement. Personne n'avait posé les yeux sur moi ni ne m'avait parlé depuis des jours. Les seules personnes présentes étaient mortes. Tucker m'avait dit de faire attention au gardien du cimetière – le vieil homme qui entretenait, seul, apparemment, les tombes. Je l'avais vu quelques fois de loin, qui traînait son balai derrière lui, le dos voûté par l'âge. Un jour, il avait passé toute la matinée sur une tondeuse autoportée rugissante, me reléguant à l'intérieur moisi du mausolée pendant plusieurs heures désagréables. (En général, je n'y entrais pas seule. J'attendais sur les marches que Tucker me rejoigne et on affrontait les cadavres ensemble.) Les jours passant, je fus le témoin lointain de quelques enterrements. Un matin, j'assistai à une cérémonie près du mur ouest, un petit groupe de gens, les porteurs du cercueil qui avançaient dans l'allée en s'emboîtant le pas. Un prêtre de confession inconnue récita une prière d'une voix forte.

Il m'arrivait de voir d'autres enfants. Le cimetière était délimité par un portail en fer qui permettait d'avoir un aperçu sur l'extérieur. Le matin, j'aimais observer l'activité trépidante des gens qui se préparaient à aller au travail. Des adultes dans des vêtements impeccables qui marchaient à grands pas, l'œil rivé sur leur téléphone portable et leur gobelet de café à emporter à la main. Les enfants avaient repris l'école. Je le voyais à leur sac à dos, leurs uniformes rutilants, leur démarche résignée. Je retombais sans cesse sur la même petite fille blonde, son nuage de boucles pas tout à fait contenues par la casquette de baseball qu'elle ne quittait jamais. Tous les après-midi, un garçon mince à la peau d'obsidienne longeait le portail pour rentrer chez lui en bondissant en cognant un bâton sur chaque barreau du portail.

Je rêvais parfois que je marchais parmi eux, mon sac à dos sur les épaules, impatiente de commencer mon année de CM1. Mais ces rêves se dissolvaient toujours dans le chaos – j'étais habillée comme Corey, personne ne se souvenait de moi, le professeur ne trouvait pas mon nom sur le cahier d'appel, et quand Darlene venait me chercher, elle me passait devant comme si elle ne me reconnaissait pas.

Dans mon état fiévreux, j'errais parfois comme si j'étais déjà morte. J'avais l'impression de ne pas vivre dans le même monde, quand je m'asseyais au milieu des tombes et que je regardais les gens ordinaires vivre leur vie ordinaire. Tucker savait peut-être quelque chose que j'ignorais ; il avait peut-être choisi le sommet de cette colline bizarre pour qu'elle soit ma dernière demeure. Peut-être avait-il porté mon corps sans vie vers le mausolée. Peut-être ma mort était-elle la raison pour laquelle il se comportait de manière aussi étrange – la raison pour laquelle il avait accepté ce boulot, était devenu si solennel, me laissait tout le temps seule. C'était peut-être ça, la vie après la mort : on décède sans le savoir et on se transforme en fantôme que seul votre frère peut voir. Peut-être que je le hantais, reliée à lui, incapable de le quitter, même à présent. Peut-être que j'allais passer le restant de l'éternité sur cette colline ensoleillée, gardant un œil sur ces animaux lointains, les vivants.

39

Tucker m'emmena voir l'océan. C'était sa journée de congé, me dit-il en enfilant un short et un débardeur à la place de sa combinaison. Il m'apporta un bagel fourré de fromage frais pour le petit déjeuner, quelque chose que je n'avais encore jamais goûté. Pendant que je mangeais, il me lava tendrement avec de l'eau minérale, frottant mes aisselles et me shampouinant le crâne, là, sur l'herbe du cimetière. Je gardai mes sous-vêtements au cas où des inconnus regarderaient – et par respect pour les morts. La journée était chaude et dorée. Jusque-là, chaque journée avait été chaude et dorée en Californie. Il sortit un flacon de sa poche et fit tomber quelques comprimés dans sa paume.

“Avale-moi tout ça, dit-il. Ça ne va pas te guérir, mais ça te fera du bien.”

J'avais dormi pendant presque tout le trajet jusqu'à l'océan. J'avais mal à la mâchoire et aussi au niveau des tempes. Pour ajouter l'insulte à la blessure, j'avais perdu une dent quelque part en Arizona – une molaire – et la pulpe à vif de la gencive était elle aussi douloureuse. J'avais perdu beaucoup de dents dans ma jeune vie, mais je n'avais jamais autant souffert après. Ma tête me faisait penser à une piñata en pleine fête d'anniversaire :

amochée, esquintée, bientôt démembrée. La voiture descendit une colline et je fermai les yeux. Je sentais le soleil sur ma joue, du mouvement dans mes os. Pendant un moment, je crus être rentrée à la maison, installée sur le siège passager du vieux pick-up de papa avec Darlene au volant. Elle me conduisait peut-être à l'école – Cora, pas Corey –, en CM1, j'étais censée entrer en CM1. À moins qu'elle ne m'emmène aux urgences.

"On est arrivés", dit Tucker.

Je me redressai en clignant des yeux. La mer était un tableau abstrait : une bande de ciel azur au-dessus d'une bande d'eau indigo au-dessus d'un ruban de sable mouillé marron au-dessus d'une traînée de plage couleur noisette. Je n'avais jamais vu l'océan. Cela ressemblait au genre d'endroit qu'on pouvait voir en rêve : trop cru et sauvage pour être vrai, tout en étant plus ou moins familier, un souvenir très ancien appartenant à mon espèce, imprimé dans mon code génétique, un savoir plus profond que la mémoire. J'entendis un chaos de voix distantes, les mouettes qui hurlaient, le grondement des vagues, les aboiements d'un chien – non, pensai-je, d'une otarie.

Mon frère monta sur le trottoir pieds nus. Je l'imitai. Avant que je m'en rende compte, on courait vers les embruns, hurlant de joie. L'océan eut une espèce d'effet magique sur moi, et pendant un moment, je fus remplie d'énergie, capable de pourchasser Tucker jusque dans le premier baiser étonnant des vagues. L'eau scintillait, en flaque autour de mes pieds, glacée, et troublée par le sable. Tucker projeta la tête en arrière et rit. On s'envoya de l'eau à coups de pied. On fonça en tandem sur les mouettes qui s'envolèrent en poussant des cris indignés.

Mais l'intérieur de mon crâne se remit à palpiter. Mes membres étaient de plus en plus faibles. Je m'assis, puis m'allongeai, la plage aussi chaude que l'étreinte de Darlene. Je n'arrivais plus à distinguer les gradations entre terre, eau et air. L'horizon était flou, le bord des hauts-fonds toujours en mouvement, le vent chargé d'embruns. Tous les états de matière évoluaient, la pierre en ciel en sable en océan en soleil.

Tucker s'installa derrière moi, et on se positionna pour que je puisse mettre ma tête sur ses genoux. Il caressa mes cheveux qui avaient commencé à repousser, hirsutes et d'une longueur intermédiaire qui me faisait paraître encore plus jeune. Aux yeux d'un observateur occasionnel, mon genre devait être indéterminé. Je ne savais plus moi-même si j'étais censée être un garçon ou une fille. Je m'en moquais. Mon apparence correspondait à l'état nébuleux de mon esprit – une ardoise vierge, sans identité.

“Il était une fois un endroit appelé les Friches”, dit Tucker.

Ses histoires ne commençaient pas comme ça, d'habitude. Je levai les yeux vers lui, son visage sombre contre le ciel aveuglant. Il massait mes tempes du bout des doigts en mouvements circulaires.

“Imagine un monde déséquilibré. La sixième extinction de masse en cours sur la planète. Une guerre entre humains et animaux. C'est le monde dans lequel sont nés Corey et Tucker.”

Je ne dis rien. J'étais hypnotisée par le mouvement de ses mains. À présent, il dessinait des croix sur mon front, projetant des ombres sur mes joues.

"Corey et Tucker étaient des héros, dit-il. Ils ne se contentaient pas de rester les bras croisés à attendre qu'il se passe quelque chose. Ils luttaient contre leur propre espèce pour le bien des animaux."

J'acquiesçai. J'avais entendu cette histoire de sa bouche tellement de fois qu'elle avait perdu tout son sens. C'était devenu aussi creux qu'un Notre Père.

"Mais il n'y a pas de guerre sans victimes. Tucker s'inquiétait de ça. Il n'en dormait plus. Il se moquait un peu de ceux qui mouraient. Pour eux, c'était pas grave. C'en était fini. Il s'inquiétait surtout pour ceux qui… ne s'adaptaient pas."

Mon frère était penché au-dessus de moi, me dévisageait avec des yeux noirs comme du goudron. Il avait l'arête du nez brûlée par le soleil.

"Qu'est-ce que tu veux dire ?"

Il n'interrompit pas son récit et me répondit comme si cela faisait partie de l'histoire. "Tucker savait que ses actions avaient des conséquences. On ne peut pas libérer des chevaux domestiqués d'un champ et s'attendre à ce qu'ils sachent redevenir sauvages. On ne peut pas libérer des rats de laboratoire d'une usine de cosmétiques et espérer qu'ils se débrouillent après des années de torture dans des cages. Un incendie dans le désert peut suffisamment effrayer des crotales pour qu'ils abandonnent ce qui leur est familier, mais où est-ce qu'ils iront ensuite ? Tu comprends ce que je veux dire ? Il y aura toujours des parias.

— Des parias", répétai-je. Je ne connaissais pas le mot à l'époque.

Tucker tendit un bras, indiqua l'océan, les palmiers dressés en ligne le long de la route, le ciel plat et informe au-delà, vierge de tout nuage.

“Ce sont eux, les vraies victimes de la guerre. Ceux qui n’ont de place nulle part. Un cheval qui passe de l’autre côté de l’enclos pour la première fois. Un chimpanzé qui a fui un laboratoire. Un grizzly qui cherche de la nourriture dans une ville de montagne. Un tigre atteint de zoochose après des années de captivité. Des animaux qui ne correspondent à aucune classification. Qui sont hors de l’écosystème lui-même.”

Sa voix se fit rauque, faiblissant un instant. Alors qu’il changeait de position, mon crâne bougea dans le cocon formé par ses jambes. Ses tibias m’irritèrent la nuque.

“Corey et Tucker. Eux, c’étaient les parias ultimes.

— Vraiment ?”

Il sourit tristement. “Ils ne pourraient jamais rejoindre la civilisation. Tucker le savait. Ils s’étaient battus contre leurs congénères pendant trop longtemps. Cela lui avait ouvert les yeux, avait modifié son cerveau. Ils n’étaient plus comme les autres humains.” Il secoua la tête. “Ils n’étaient plus adaptés à l’humanité. Il n’y avait de place pour eux nulle part.”

Je déglutis difficilement. En général, les histoires de mon frère avaient un effet tranquillisant sur moi. Pas celle-ci.

“Alors où est-ce qu’on va ? demandai-je. Où ils sont allés, Tucker et Corey ?

— Dans les Friches”, dit-il et sa voix était plus forte à présent, chargée d’émotion. Je changeai à mon tour de position, le regardant avec curiosité. Tout dans son attitude était différent, le dos droit, le regard fixé à mi-distance.

“C’était l’expression de maman, dis-je.

— Ouais. J'ai fini par comprendre ce qu'elle essayait de me dire. Tu te souviens de la définition du dictionnaire ? « Une terre qui n'est pas cultivée ou est inapte à la culture. »"

Le rugissement de l'océan augmenta dans mes oreilles. Les vagues se mirent à déferler avec un peu plus d'empressement, se brisant en projetant un mince filet d'embruns.

"Les Friches étaient un lieu spécial, dit Tucker en reprenant le cours de son récit. Un lieu pour les êtres perdus et les fugueurs. Pour tous les réfugiés de cette guerre."

Je me souviens encore de chaque mot qu'il a prononcé ce jour-là. J'entends encore le murmure de sa voix à mon oreille, mêlé au cri des mouettes et à la déflagration des vagues. Je sens encore le bout de ses doigts sur ma peau, son toucher aussi doux que la brise. Je sens l'effet de mon nouveau statut révélé – j'étais une paria au sein de l'humanité, une créature perdue en quête d'un sanctuaire.

"L'ancien écosystème avait disparu, dit Tucker. Les humains l'avaient détruit. Les Friches étaient quelque chose de neuf. « Inaptes à la culture. » Ça veut dire : pas de genre, pas de civilisation. Les animaux sauvages, remis à la nature, apprivoisés et domestiques – tous les êtres vivants qui n'avaient pas de place dans la chaîne alimentaire –, tous les parias s'y retrouvaient. Tous les animaux perdus et solitaires rejoignaient les Friches."

Il affichait une expression pleine d'espoir. Il avait refermé les poings de chaque côté de ma tête, un geste involontaire qui maintenait mon crâne comme dans un étau.

"Des champs verdoyants, un ciel bleu. Et Corey et Tucker vivaient avec ces animaux. Ils étaient les seuls humains. Un tout nouvel Éden." Il se frappa la poitrine de la paume d'un mouvement triomphal. "C'est vrai, tu sais. C'est vraiment arrivé."

Je bâillai. Je ne pouvais pas m'en empêcher. Le soleil et la fièvre passaient dans mon système sanguin comme un sédatif. L'effet du médicament que Tucker m'avait donné dans le mausolée s'estompait. Je sentis les mains de mon frère glisser sous mes omoplates, me soulever et me mettre en position assise. Mes tempes se mirent à palpiter, le soleil me brûlant la nuque.

"Et à la fin…", dit Tucker sans finir sa phrase.

Le silence dura. Je le regardai en clignant des yeux, gagnée par le sommeil.

"Qu'est-ce qui est arrivé à Corey et Tucker ? demandai-je. Est-ce qu'ils ont vécu heureux ?

— Non, dit-il. Mais les Friches étaient ce qui s'approchait le plus du bonheur."

40

On se réveillait souvent au même instant. Après avoir passé tant de temps si proches, nos corps s'étaient calés sur le même rythme. J'ouvris les yeux dans les ténèbres de la tombe et sentis Tucker bouger à côté de moi. On bâilla à l'unisson.

"Les cadavres", dit-il. Sa voix sonnait différemment dans le noir : sourde et métallique. "Est-ce que tu fais des cauchemars sur eux, toi aussi ?

— Tout le temps.

— Cette nuit, j'ai rêvé que l'un d'eux essayait de m'étouffer. En fait, j'étais allongé avec mon bras sur le visage. Horrible. Je crois qu'on devrait partir d'ici.

— Vraiment ?" dis-je, pleine d'espoir.

Il se leva dans le noir, avec lenteur et précaution. Je n'y voyais pas grand-chose – une lueur de suie sous la porte, le faible contour du banc. La silhouette de Tucker faisait un trou dans le monde. Quand il ouvrit la porte, on réagit simultanément en se détournant de la lumière du matin. Le gazouillis des oiseaux et le murmure du vent se déversèrent dans la crypte moisie. Les palmiers étaient regroupés contre le soleil levant. L'océan était une tache d'un gris crémeux, l'horizon assombri par des panaches de brume.

Pour le petit déjeuner, on se partagea des bouts de sandwichs végétariens écrasés vieux de trois jours. Assis sur les marches, on se passait la bouteille d'eau minérale. Tucker posa une main sur mon front et regarda ailleurs. Il me donna des comprimés qui avaient un goût de poussière sur ma langue.

"Promets-moi une chose.

— Mmm ?

— Quand tu mourras, ne fais pas comme ces gens." Il désigna le mausolée. "Ne te fais pas embaumer ni enfermer dans une boîte."

Je ne dis rien, le regardai.

"Je suis sérieux, là. Je veux que tu te décomposes et que tu nourrisses les arbres. Je veux que tu sois mangée par les charognards et les insectes jusqu'à ce qu'il ne reste plus rien de toi. C'est ce qu'on est censés faire. Mais cette tombe…" Il secoua la tête. "Ces imbéciles ont gavé leurs chairs de produits chimiques pour que rien ne mange leur carcasse et se sont coupés du cycle de la vie. Est-ce que tu peux imaginer un truc pire que ça ? Les fantômes, c'est à cause de ça. C'est pour ça qu'ils nous hantent."

Je mordis à nouveau dans mon sandwich. J'avais l'impression de bouger au ralenti tandis que mon frère semblait accélérer, comme une vidéo passant à la mauvaise vitesse.

"Est-ce que je suis en train de mourir ?" demandai-je.

Tucker ne semblait pas m'avoir entendue. Il suivait le cours de ses pensées. Au bout d'une minute, il se tourna vers moi et dit : "On est dimanche."

Un mouvement rapide retint mon attention. Un papillon de nuit couleur caramel battit des ailes devant nous et se posa sur un tronc non loin, son camouflage indétectable sur l'écorce. La brise placide fit bruisser les buissons qui entouraient le mausolée.

"Tu es toujours avec moi ? J'ai besoin de savoir.

— Qu'est-ce que tu veux dire ?"

Il me tapota le front du bout des doigts. Le geste était brusque et fit des ricochets douloureux dans le réseau de mes sinus.

"Des gens m'ont déjà laissé tomber. On finit toujours par me laisser tomber. Mais toi..." Il se rapprocha. "Il faut que je sache. Est-ce qu'on est toujours Corey et Tucker ?

— Oui.

— Tu me fais confiance ?

— Oui."

Il prit son sac à dos et sortit son canif. La concentration lui rosissait le visage, les lèvres pincées. Il ouvrit la longue lame brillante, puis en testa la pointe sur la pulpe de son pouce.

"Est-ce que tu veux aller voir les Friches ?"

Le couteau miroitait au soleil. J'avais les yeux rivés dessus.

"Je crois", murmurai-je. Soudain, les larmes me piquèrent les yeux, voilant tout, brûlantes. Je m'en débarrassai en clignant des paupières ; je ne voulais pas que Tucker voie cette preuve de faiblesse.

"Est-ce que tu es avec moi ?" répéta-t-il en faisant tourner la lame entre ses doigts.

Enfin, je croisai son regard. Il se pencha en avant en me dévisageant très attentivement comme s'il ne remarquait pas que je pleurais.

"Tu veux voir les Friches ? répéta-t-il avec sérieux.

— Oui."

Sa main s'avança vers moi à la manière d'un serpent et attrapa la mienne. Je tressaillis pendant qu'il dépliait mes doigts, caressait ma paume pour la mettre à plat.

"Un pacte de sang. Pour qu'on soit frères de sang."

Je vis le flot de rouge avant de sentir la morsure de l'incision. Tucker traça une entaille sur ma paume. L'estafilade entamait les plis de ma chair comme une autoroute sur une carte. Je regardai les perles de sang fleurir, incrédule.

Puis Tucker me tendit le couteau. Le rouge entachait la lame – le jus de mon corps, aussi sombre que de la peinture. Je sentis ma respiration se bloquer dans ma gorge et j'oscillai un instant dans le vent, prise de vertiges.

C'était un test.

Je saisis la main de Tucker, enfonçai la lame dans sa peau. Je creusai une ligne de son pouce à son petit doigt. Le sang forma une flaque au creux de sa paume. Des coulures cramoisies dévalèrent son poignet, soulignant le dessin de ses tendons.

"Toi et moi", dit-il.

Il pressa sa paume contre la mienne, humide et douloureuse, pour mêler nos deux sangs.

Le jour passait et Tucker n'enfilait pas sa combinaison verte, ne me quittait pas. Il se prélassait dehors tandis que le soleil montait dans le ciel. Quant à moi, je passais le temps allongée, ma main enveloppée dans de la gaze, les tempes battantes. Tucker se mit à rassembler toutes nos affaires – il n'y avait pas grand-chose – et me dit qu'on partirait à la nuit tombée. Il était agité, n'arrêtait pas d'entrer et de sortir du mausolée. Il avait la main bandée comme moi ; nous portions des blessures identiques. Il se parlait à voix basse. Il sortit un stylo, du papier et s'assit un moment pour dessiner des diagrammes. Je ne savais pas pourquoi il ne m'avait pas laissée seule comme d'habitude. J'y réfléchis en sommeillant. Je finis par me souvenir que la plupart des gens ne travaillaient pas le dimanche. J'avais été coupée des rythmes de la civilisation humaine pendant assez longtemps pour avoir oublié ce qu'était un week-end.

Au bout d'un moment, Tucker se mit à me faire la leçon. Sa voix vibrait dans l'air tandis que j'alternais entre assoupissement et contemplation de l'océan. La brume s'était dissipée, l'horizon aussi aiguisé que la lame du canif de Tucker. Il ne cessait de parler. *Les incendies de forêt. Les espèces invasives. Les champs d'algues.* Il ne se rendait peut-être pas compte que je n'écoutais pas. Peut-être qu'il espérait que mon esprit enregistrait une partie de ses idées malgré tout. Peut-être qu'il n'avait pas du tout conscience de ma présence, et s'exprimait tout haut simplement parce qu'il ne pouvait plus garder ses pensées pour lui. *La destruction de la forêt pluviale. La chaîne alimentaire. Le jour du dépassement.* Le vent me touchait la joue. Le soleil s'enveloppait dans les nuages. Je m'assoupis et me réveillai, m'assoupis et me réveillai, la voix de mon frère entrecoupée de rêvasserie et de sensations.

Puis ce fut l'obscurité autour de moi. J'étais de nouveau à l'intérieur du mausolée. Je me demandai si Tucker m'avait portée – ou peut-être avais-je flotté jusque-là, portée par la brise. La pression fraîche de la dalle était apaisante. La porte ouverte était un rectangle de verdure et de lumière tamisée. Je me passai une main dans les cheveux – celle que Tucker n'avait pas entaillée. Mes boucles étaient assez courtes pour ne pas me tomber dans les yeux, mais assez longues pour s'enrouler autour de mes doigts. Je me demandais à quoi je ressemblais à présent. Je n'avais pas croisé de miroir depuis des semaines.

Je clignai des yeux. L'air était froid. La lumière avait changé une fois de plus, le sol en marbre éclaboussé d'hélices violettes et ocre. Le temps n'en finissait plus de passer sans mon consentement. Dès que je fermais les yeux, une heure de plus m'échappait.

"Tu te souviens de ce que je t'ai dit au sujet des prédateurs au sommet de la chaîne ?" demanda Tucker.

Je m'aperçus qu'il était assis à côté de moi, sa jambe contre la mienne. Je me demandai depuis combien de temps il était là – depuis combien de temps il me parlait alors que je dormais. Il se balançait d'avant en arrière, son genou poussant le mien à chaque mouvement.

"Dans la nature, les ours polaires parcourent des kilomètres et des kilomètres chaque jour. Leur territoire s'étend sur tout le plateau arctique. Les tigres c'est la même chose. Ils vivent seuls. Ils se déplacent constamment. Les meutes de loups traversent des chaînes de montagnes entières pour chasser."

Je pliai les doigts, la gaze se resserrant autour de ma paume douloureuse.

"La plupart d'entre eux vivent dans des zoos à présent. Tu prends un prédateur au sommet de la chaîne et tu le mets derrière des barreaux. Tu sais ce qui se passe ?

— Non, marmonnai-je.

— Les ours polaires sont connus pour creuser des ornières profondes dans le sol de leur cage à force d'aller et venir. Les tigres tournent en rond au point que parfois, ils s'effondrent, terrassés par une crise cardiaque." Il serra les poings, un sur chaque genou. "Ils n'arrivent pas à accepter leur enfermement. Ils ne peuvent pas s'arrêter. Ils ne peuvent pas se reposer. L'idée de la captivité dépasse leur entendement."

Une brise fit le tour du mausolée, portant l'odeur de l'océan. Les mouettes crièrent au loin. J'avais dû me rendormir, la voix de mon frère tourbillonnant autour de moi. *Additionne tous les gens sur Terre plus les animaux qu'on a domestiqués.* Les mouettes étaient désormais plus proches, chantant dans un chœur perçant et agressif. *Additionne tous les mammifères présents dans la nature.* La voix de Tucker se fit plus grave, plus gutturale. *Il y a dix mille ans, les êtres humains et les bêtes de somme représentaient tout juste 0,1 pour cent de l'ensemble des mammifères.* Je me redressai, puis changeai d'avis et m'allongeai de nouveau. Ma tête était aussi lourde et difficile à porter qu'une boule de bowling. *Maintenant, la population humaine et les animaux domestiques sont vingt fois plus nombreux que tous les autres mammifères de la planète.*

Puis une autre voix parla, hésitante et voilée. *Les humains refont le monde à leur image.* Une agréable voix de soprano intervint. *Certaines espèces se retrouvent partout : pommiers, vaches, poules, riz, chiens. Mais les plantes que nous ne mangeons pas, les animaux que nous n'aimons pas – ils disparaissent sous nos yeux.* Un ténor bourru prit la suite, renvoyant un écho comme s'il parlait de loin. *Certaines personnes affirment que l'homme est le seul animal doué de rire. Je ne suis pas d'accord. L'homme est l'animal qui raconte les histoires.* Un gémissement faible et spectral conclut le monologue. *On doit se souvenir d'eux. On doit raconter leur histoire.*

C'étaient les cadavres. J'en étais sûre à présent. Peut-être que Tucker n'avait pas dit un mot depuis des heures ; peut-être qu'il se balançait en silence pendant que les voix des morts retentissaient autour de nous. Le vacarme devint insupportable, trop de tonalités différentes qui se chevauchaient, de plus en plus fort, chacune hurlant pour se faire entendre par-dessus les autres.

Puis Tucker me réveilla en me touchant du bout de l'index.

"C'est l'heure."

41

Le trottoir avait la pâleur du gel, une rivière éclairée par la lune qui coulait entre les masses sombres des pavillons des animaux. Le rhinocéros, dont la silhouette était aussi grande qu'un camion, se traînait d'un air maussade dans sa cage. Un loup hurla à l'autre bout du zoo, son appel flottant dans l'air comme la fumée d'un feu de bois. Le grondement d'un ours surgit de l'obscurité derrière moi. La maison des koalas était illuminée de l'intérieur par la lueur faible d'un panneau de sortie, un œil rouge sang scintillant dans les salles vides.

Il était minuit, et nous étions à l'intérieur du Pacific Zoo.

"C'est parti", dit Tucker.

C'était ça le secret de la combinaison verte. Mon frère avait trouvé du travail dans l'équipe d'entretien de l'un des zoos les plus connus du Sud-Ouest. Il avait balayé les allées et les pavillons des animaux, récuré les urinoirs, avait obtenu un badge, un jeu de clés et avait été payé au noir. J'étais fascinée par sa ruse. Pour moi, le Pacific Zoo n'était rien de moins qu'un royaume magique. J'avais entendu parler de cet endroit toute ma vie. Mon père y était allé quand il était petit, et ses histoires avaient filtré jusqu'à moi par le biais de Darlene et Jane.

En tant qu'homme à tout faire, Tucker avait pu se familiariser avec les lieux. Il avait repéré l'emplacement des caméras de surveillance, repéré quels enclos étaient protégés, quand les vigiles faisaient leurs rondes. Il avait appris le plan par cœur jusqu'à pouvoir circuler dans le noir. Il connaissait l'emplacement de toutes les sorties annexes. Il avait même découvert quelques failles dans le système – un loquet mal fixé ici, une caméra en panne là – des problèmes que seul un membre du personnel de maintenance pouvait découvrir.

"Ça n'a pas été compliqué de me faire embaucher, murmura-t-il. Ça tourne pas mal dans ces équipes. Il y a de nouveaux visages tous les mois ou presque."

J'eus l'air perdue, il expliqua : "Il y a de *très grosses* quantités de fumier à gérer. Les kangourous sont les pires. Ce truc est hypertoxique."

Tous les symptômes de ma maladie avaient disparu. Ma tête ne me faisait pas mal, ma dent et ma paume ne me faisaient plus sentir le rythme de mon pouls dans des élancements douloureux. L'adrénaline avait court-circuité ma fièvre. Je me sentais plus alerte que jamais.

"Est-ce qu'on va vraiment faire ça ?

— Carrément. Tucker et Corey."

Il me tendit une cagoule. Je l'enfilai avec son aide pour ajuster les trous au niveau des yeux et de la bouche. Le tissu me grattait autour des oreilles. Tucker en enfila une aussi en me souriant. Son visage tordu par l'agencement du tissu noir, un éclat de dents, une lueur dans les yeux, plus tout à fait humain.

"Il y a trois gardiens de nuit ici", dit-il.

Il expliqua qu'il y aurait deux jeunes types et Abe. À cet instant, le vieil homme était très certainement en train de dormir, calé au fond de son fauteuil pelucheux dans le bâtiment de l'administration. Après minuit, Abe ne prenait plus trop son devoir de surveillance au sérieux, supposant que n'importe quel vandale potentiel serait, comme lui, trop endormi pour agir. Les deux jeunes, à l'inverse, seraient beaucoup plus vigilants.

Nous nous dirigeâmes vers la loge des pandas. Une traînée argentée près du mur sud aurait pu être le cou d'une girafe ou le sillage d'un avion qui avait poudré le ciel. Les arbres bruissaient, comme vivants, enflaient dans le vent. Entrer dans l'habitat des pandas – un espace à l'air libre derrière un haut grillage, une étendue vide remplie de bruits nasillards – requérait une carte magnétique et une clé. Tucker avait les deux ; je me tenais collée sous l'arche à la porte de derrière, me grattant par-dessus la cagoule et le regardant s'affairer. Il lui fallut un moment pour trouver la bonne clé, fouillant un porte-clés qui tintait dans le noir. Je tremblais d'excitation. Je ne m'étais jamais sentie aussi garçon qu'à ce moment-là.

La porte s'ouvrit dans un déclic cuivré. La silhouette des pandas était impossible à deviner de loin. Leur fourrure noire se fondait dans l'obscurité tandis que les taches blanches ressortaient en formant des configurations mystérieuses – deux, peut-être trois des animaux qui dormaient en tas se mirent à remuer, à rouler pour se mettre debout. J'avais l'impression d'un mouvement désincarné, un patchwork de tissu pâle comme des draps tendus sur un fil, soudain doué d'action, ondulant et flottant vers moi.

"Viens", dit Tucker.

On se dirigea vers les loges des primates où notre travail serait à la fois plus facile et plus complexe. Les singes avaient tenté de s'enfuir toute leur vie et comprendraient rapidement l'opportunité qui se présentait, mais même les petits tamarins et les lémuriens pouvaient être dangereux s'ils étaient pris par surprise – sans parler des gorilles et des chimpanzés, plus rapides et plus forts que mon frère et moi, capables de nous broyer le crâne à mains nues.

Tucker emprunta l'entrée du personnel d'entretien et descendit un couloir étroit en courant. Les salles étaient jolies et grandes, des filets, des balançoires de corde et toutes sortes de jouets y étaient installés – une approximation de la forêt tropicale faite pour charmer les visiteurs mais incapable de berner les animaux. Les trappes cachées au public étaient beaucoup moins jolies. Une rangée de carrés d'acier avec des poignées en plastique. Sur le coup, elles me rappelèrent le mausolée.

Tucker tripota son trousseau de clés. Il s'occupait de la serrure, moi, d'ouvrir la porte et nous courions à la porte suivante. Derrière nous, des silhouettes poilues se précipitaient à l'air libre comme si elles étaient montées sur ressorts, hurlant de joie et d'inquiétude. Les plus petits singes donnaient l'impression de voler, leurs membres minuscules écartés. Les capucins, plus grands et plus calmes, criaient cordialement, léchaient le trottoir, et faisaient des pauses pour humer l'air. Quelques querelles territoriales éclatèrent, mais furent résolues en quelques secondes par un spectacle de babines retroussées.

Les primates n'étaient pas tous regroupés dans un même lieu, mais étaient répartis dans une série de loges, certaines en extérieur, d'autres en intérieur, certaines spacieuses, d'autres exiguës, certaines puant l'urine et le fruit pourri, d'autres tapissées d'une belle couche de paille. On relâcha les gibbons qui bondirent maladroitement en direction des arbres. Leurs bras étaient assez longs pour traîner au sol si bien qu'ils sautaient de manière oblique tout en levant les mains comme des échassiers peu désireux que le haut de leur corps entre en contact avec l'eau glacée. Ils grimpèrent dans les branches, et aussitôt leur morphologie fit sens : un torse puissant qui se balançait entre des bras fins et habiles. Un gibbon – un jeune à la fourrure ivoire – se percha en haut d'un pin à proximité pour nous observer. Il s'agrippait à une branche d'une main et avait la queue enroulée autour d'une autre. De sa main libre, il effectua un geste vague, sans doute pour se gratter la mâchoire même si j'imaginais qu'il pouvait aussi bien nous dire au revoir.

Personne d'autre que Tucker et Corey n'aurait pu réussir ça. Tout cela était vrai – ça arrivait vraiment.

Nous ne descendions pas les allées de manière systématique car cela aurait rendu notre progression plus facile à détecter et nous aurait exposés à trop de caméras de surveillance. On zigzaguait plutôt à travers le zoo en suivant divers trajets et des allées de traverse, selon un motif que seul Tucker discernait. Le crocodile. L'élan. La tarentule. Le fourmilier. Le cabiai. On marcha sur ce qui parut des kilomètres, gravissant des collines, traversant des bâtiments accroupis, nous faufilant dans des passages aussi étroits que des terriers. J'étais désorientée, déroutée et extatique. Je ne sentais plus l'oppression de la cagoule sur mon visage ; je m'y étais habituée et ne m'en souvenais que quand je regardais mon frère, pareillement dissimulé.

On libéra les kangourous qui comprirent aussitôt le concept de fuite, mais mirent un certain temps à s'enfuir pour de bon ; une douzaine d'entre eux bondirent par le portail et revinrent en arrière comme des coureurs de relais privés de leader. On relâcha le seul orang-outang du zoo : dans un tas de foin sombre, une posture timide, une noix bouillie en guise de visage. Je n'aurais jamais pu imaginer qu'il existe autant de cervidés et d'antilopes – l'un timide et chancelant, un autre aussi massif qu'un rocher, un troisième à moitié noyé sous une cascade de fourrure désordonnée. Certains avaient des cornes en tire-bouchon alors que d'autres portaient des surins courts et aiguisés. Un mâle était couronné d'un entrelacs de bois de la taille d'un buisson et semblait soutenir les étoiles entre chaque pointe. On les libéra tous.

Les suivants sur la liste étaient les zèbres. Tucker me conduisit derrière un bâtiment de maintenance, se glissa le long d'un mur pour éviter la lueur d'un lampadaire et une caméra perchée sur une gouttière à proximité. Les zèbres étaient plus fébriles que les cervidés. Leur instinct leur venait de la savane africaine, après tout, la nuit était l'heure de la chasse, le moment où rôdaient les lions et les hyènes. Les zèbres ruaient et caracolaient. Leurs corps étaient une cacophonie de rayures blanches et d'espace négatif, la plupart d'entre eux fondus en une unique masse chaotique. Je ne pouvais pas les compter. Réunis en troupeau, ils s'engagèrent bruyamment dans l'allée et foncèrent vers les arbres, s'en donnant à cœur joie, sonnant l'alarme incendie inversée qui leur servait de cri.

Après ça, la situation se fit plus intense et compliquée ; Tucker murmura que nous n'avions plus beaucoup de temps. Il nous faudrait agir de plus en plus vite. Il ouvrit le portail du tigre, déverrouilla le cadenas et poussa la porte.

Le gros chat dormait au loin sur un rocher, son ventre broussailleux débordant par-dessus la roche, sa queue battant dans son sommeil plein de rêves. Tucker m'éloigna, murmurant que l'animal se réveillerait bien assez tôt, stimulé par la vague de bruits inhabituels, le musc des cerfs effrayés, le hennissement des zèbres, la suggestion d'une proie en mouvement. Le tigre étudierait la porte de la cage – il le faisait toujours – et l'ouvrirait d'un coup de patte.

En route vers le pavillon des ours polaires, je jetai un coup d'œil au bas d'une pente et vis de la lumière briller dans le bâtiment de l'administration. Tucker remonta sa cagoule sur son front pour mieux voir, puis se frotta le menton d'un geste nerveux.

"Merde", murmura-t-il.

Une gazelle partit au petit galop sur l'allée, reniflant l'air, tête en arrière. Une meute d'ombres se faufila entre les arbres – des hyènes ou des kangourous, je n'en étais pas sûre. Tucker se tourna, en me faisant signe de le suivre.

Les ours polaires dormaient sur une dalle de pierre, leur fourrure laiteuse scintillant dans le noir. Ils étaient trois – un frère et sa sœur, m'informa Tucker, ainsi qu'une femelle orpheline qui les avait rejoints quand elle était jeune adulte. Leur espace se composait d'une piscine profonde, l'eau gagnée par une lueur d'un bleu doux qui semblait émaner du fond en béton. Tucker actionna la trappe fermée électroniquement qui s'ouvrit dans un déclic métallique. Les trois ours se réveillèrent aussitôt. D'après Tucker, ce bruit était généralement associé au petit déjeuner. Je les regardai se mettre debout lourdement en humant l'air à leur tour. L'un d'eux était beaucoup plus imposant que les deux autres, aussi massif et pâle qu'un cumulus, sa fourrure marbrée de saleté et d'humidité. Il prit la tête, s'avançant avec raideur et curiosité vers nous tandis que les femelles lui emboîtaient le pas.

"Tu sais comment on appelle un groupe d'ours polaires ?" me souffla Tucker à l'oreille.

Je secouai la tête.

"Toutes les espèces ont leur propre nom. Un troupeau de vaches. Une colonie de chauves-souris. Une volée de corbeaux. Pour les ours polaires, on parle de célébration." Il sourit sous sa cagoule. "C'est parce qu'ils se réunissent très rarement. Ils ont des vies très solitaires. Quand il y en a plus d'un, c'est une célébration."

On traversa une allée et mon frère m'aida à escalader une clôture en bois. On s'approcha du pavillon des gorilles. Il nous faudrait agir à la vitesse de la lumière. Les animaux vivaient dans une vaste arène en extérieur où ils pouvaient se prélasser. Il y avait de faux arbres et de faux rochers ainsi qu'une cascade artificielle. Je remarquai que les gorilles étaient au repos, allongés sur des branches, dans des coins. Le gros gorille mâle au dos argenté étudiait ses pieds. Une des femelles tenait un bébé dans ses bras, pendant qu'une autre s'enterrait consciencieusement sous la paille. Je me collai à la fenêtre d'observation.

D'un coup, le mâle fut en mouvement, galvanisé. Il envoya violemment son bras monstrueux contre un rocher pour projeter le poids de son corps vers le haut et aller se percher plus en hauteur. Il se déplaçait dans la cage comme une fusée, lançant un cri puissant pour marquer son territoire, se balançant de branche en branche. Les autres gorilles ne bronchaient pas. Une des femelles mâcha un brin d'herbe. Le bébé tenta d'échapper à l'étreinte de sa mère, mais reçut une tape pour sa peine. Le mâle atterrit bruyamment dans la paille et se mit à cogner dans la balançoire en pneu.

Je fus sortie de ma rêverie par un bruit métallique derrière moi. En me tournant, je m'attendis à trouver un surveillant, peut-être armé d'un pistolet. Mais Tucker et moi étions seuls sur l'allée sombre. Je finis par me rendre compte que le bruit était venu d'en haut. Un animal se trouvait sur le toit d'un bâtiment proche. Je le vis encadré dans le clair de lune – une chèvre de montagne surmontée d'une spirale de cornes, ses sabots fendus claquant au rythme de son déplacement.

"Reste près de la porte, dit Tucker. Prépare-toi à courir."

Le cadenas tomba – le mâle lança un regard noir – et nous étions partis.

En bas de la colline, le pavillon des reptiles était éclairé. Une silhouette humaine passa devant l'une des vitres. Les gardiens avaient dû découvrir que l'alligator et l'anaconda avaient été libérés. Les lampes étaient allumées dans la ferme pédagogique aussi. On put s'occuper des quelques enclos suivants à temps. Tucker ouvrit aux éléphants et s'arrêta un instant pour observer une trompe grise passer par le trou de la porte et chercher la poignée. Je libérai les rhinocéros et les regardai marcher lourdement, tête agressivement baissée. Les autruches s'enfuirent dans une allée sur leurs pattes raides et musculeuses, un panache de poussière soulevé derrière elle. Je défis le loquet de la cage des oiseaux, et un vautour se posa lourdement à quelques pas de là. Il battit des ailes, comme s'il était pris de spasmes, sa tête nue luisante. Criant fort, il passa le portail clopin-clopant et jeta un coup d'œil alentour. Puis les aigles suivirent un à un. Leur vision télescopique avait forcément remarqué tous les détails de mon approche, jusqu'à la lueur de la clé et la sciure poussée à l'intérieur par la brise.

L'hippopotame. L'âne. Le fennec. Des voix humaines hurlaient désormais à travers tout le zoo. Au sommet de la colline un bâtiment resplendissait comme un feu de joie. Les zèbres apprivoisaient leur peur en ne cessant de courir. Un loup hurla quelque part et un chœur à l'autre bout du zoo lui répondit. Au milieu du chaos, la meute avait manifestement été séparée et ses membres essayaient de se localiser.

Malgré tous nos efforts, quelques animaux ne voulurent pas quitter leur enclos. Tucker m'avait prévenue que cela pourrait arriver – exactement comme les animaux de notre ferme avant que la tornade ne les emporte. Ça n'était pas notre faute, dit-il. On ne pouvait pas faire plus. On tenta de libérer les pingouins, mais ils refusèrent de quitter leur piscine ; ils se contentèrent de coasser, de s'asperger d'eau et de lisser leurs plumes. Les chameaux non plus ne semblaient pas intéressés par ce que Tucker et moi avions à offrir. Ils nous jetèrent un regard torve et crachèrent. On finit par les laisser vivre leur vie. Si l'envie les prenait de s'enfuir, ils le feraient à leur rythme.

D'autres animaux étaient tout bonnement trop lents. Les tortues se dressaient comme des sculptures de glace, leur coquille vitreuse miroitant dans un rayon de lune. Tucker essaya de les faire accompagner vers l'air libre, mais elles ne bougeaient qu'en réaction à ses gestes, avançant mécaniquement d'un pas à chaque poussée et s'arrêtant dès que lui s'arrêtait. J'étais à moitié convaincue qu'elles étaient mortes. Le paresseux souffrait lui aussi d'un tempo largo. On ouvrit sa loge et je le regardai tourner la tête millimètre par millimètre et cligner des yeux comme un automate dans une vitrine de musée. Il n'y arriverait jamais à temps.

Les girafes me surprirent. Quand Tucker et moi les approchâmes, elles semblaient dormir debout, trois adultes et deux jeunes, leurs têtes cornues dans l'ombre, leurs cous qui se chevauchaient comme les troncs d'un bosquet poussant anarchiquement vers la lune. Leur enclos comprenait quelques mangeoires à leur taille – des paniers accrochés à des poteaux protégés par des ombrelles en chaume. Tucker me laissa ouvrir la grille. Les gonds grincèrent douloureusement pendant que je tirais sur l'énorme battant. Quelqu'un avait oublié d'y mettre de l'huile. Le frottement du métal réveilla les girafes.

Elles se mirent à courir toutes les cinq. Elles firent quelques tours de piste dans leur enclos, peut-être pour se dégourdir les jambes, peut-être pour étudier la situation. Leurs mouvements évoquaient des marionnettes, se balançant d'avant en arrière comme si elles étaient animées par des ficelles invisibles. Elles couraient aussi vite que des chevaux, mais leur petit galop était beaucoup plus inquiétant. Chaque pas faisait trembler le sol. Les jeunes furent les premiers à franchir le seuil, les adultes les talonnant. Une fois dehors, les girafes semblèrent subir une transformation. Sous mes yeux, elles devinrent réelles. Elles avaient la même taille et la même forme qu'une seconde plus tôt, mais possédaient désormais une densité – une odeur, un souffle, une chaleur. Je reculai, me heurtant à Tucker, bouche bée.

Et puis on trouva les lions. La troupe était allongée dans l'herbe, les femelles amoncelées les unes sur les autres, les mâles réduits à des coussins de crinière beige émergeant de derrière un rocher. Tucker souleva la barre qui fermait le portail et on courut se mettre à l'abri. Même chose avec le lynx, le guépard et le petit serval. Tucker m'avait appris qu'il ne fallait *jamais* se mettre à courir face à des prédateurs de ce genre. La simple vue d'une proie en fuite pouvait réveiller leurs instincts de chasseurs. Mais dans l'extrémité de ce moment, nous n'étions plus capables d'une pensée rationnelle. Notre instinct prit le dessus, et on courut de manière effrénée, désespérée, en nous tenant par la main, la paume bandée de mon frère pressée contre la mienne.

Une sirène d'alarme retentit au-dessus de nos têtes. Les derniers bâtiments prirent vie. De toute évidence, quelqu'un avait décidé d'allumer toutes les lumières. Un ours malais se figea au moment de traverser le patio comme s'il avait reçu un électrochoc. Un aigle royal s'envola, tournoyant au-dessus du café. On se précipita dans une allée pour regagner la sortie. Ma cagoule était de travers, le tissu me bloquait la vue d'un œil, mais je ne m'arrêtai pas pour le remettre droit. Je suivis la silhouette agile de mon frère tandis qu'il tournait à un coin et dévalait une colline. La seule chose qui nous séparait d'une sortie sans encombre était l'étang des flamants roses.

Tucker fit une pause, clairement tenté. Le tumulte ne perturbait en rien les oiseaux. La plupart se tenaient dans l'eau, sur une patte, la tête repliée sous une aile. Ainsi endormis, ils ne ressemblaient plus à des oiseaux – ils ne ressemblaient à rien. On aurait dit des tiges surmontées de panaches qui auraient eu leur place dans les forêts aquatiques d'une autre planète.

Mon frère chargea. Dans une explosion de gouttelettes, il courut au milieu de leurs silhouettes perlées. Les roseaux se resserraient autour de ses mollets, le ralentissaient, faillirent le faire tomber tête la première, mais il retrouva l'équilibre et cria, leva haut les bras. Les flamants s'envolèrent. Ils se heurtèrent les uns aux autres, écartèrent leurs pattes palmées et s'envolèrent dans un nuage, leurs plumes effaçant la lune.

Tucker sortit de l'étang, trempé et frissonnant. Il me conduisit vers une petite porte et nous fûmes dans la rue, au milieu d'un tonnerre d'ailes.

42

Tucker avait garé la voiture dans une ruelle des heures auparavant. Il avait choisi l'emplacement pour son isolement et son accès facile à l'autoroute. Les jambes de pantalon mouillées de mon frère claquaient à chaque pas tandis que nous descendions la rue le plus vite possible.

À la lueur d'un lampadaire, je vis une sphère noire tacher la structure lisse de notre berline argentée. Il me fallut un moment pour comprendre ce que je voyais. Puis le chat leva la tête. Ses yeux étaient deux points luminescents d'un vert émeraude éclatant. Sa queue se balança et effleura la plaque d'immatriculation. Près de moi, Tucker poussa un grognement choqué.

Il y avait un léopard sur le capot de notre voiture.

L'animal lâcha un grondement guttural. Je vis l'éclat de ses dents acérées. Le message était clair : il avait annexé le véhicule. C'était le seul de la rue à avoir roulé récemment – le seul dont le moteur dégageait de la chaleur. Mon frère me fit passer derrière lui, son corps faisant rempart tandis que nous reculions. Le léopard se rassit, même si sa queue ne cessait de battre. Il observa le moindre mouvement de notre retraite de ses yeux étranges et réfléchissants.

"Merde", murmura Tucker.

On se coula dans une allée. Un espace entre deux bennes à ordures nous offrit une sorte d'abri. Au loin, une sirène retentit – puis une autre. Tout un chœur se mit à chanter. Les lieux fourmilleraient bientôt de policiers.

"Putain, dit Tucker, se donnant un coup sur le front. Tout ce dont on a besoin est dans la boîte à gants. Notre fric. Le pistolet. Tout.

— Qu'est-ce qu'on fait ?"

Une voiture de police fonça dans une rue adjacente, son gyrophare éclaboussant l'allée d'éclats rouges et blancs intermittents ; Tucker me poussa un peu plus vers l'arrière de la benne. Le véhicule roulait vers le zoo, sa sirène jouant désormais en mode mineur.

"Le marteau et l'enclume, dit Tucker.

— Quoi ?

— On va devoir rester en mouvement. Et hors de vue. Tu piges ?"

On renfila nos cagoules. On longea le mur en restant dans l'ombre. Tucker se prit le pied dans un nid-de-poule et lança un juron. Un âne se mit à braire d'un ton plaintif de l'autre côté d'un immeuble. Une autre voiture de police passa à toute vitesse, soulevant une tempête de sirène et de lumières, mais disparut en quelques secondes. Je crus entendre le fracas lointain produit par les sabots des girafes.

Sur le moment, je ne compris pas à quel point nous étions en danger. Je vivais à moitié dans un royaume d'histoires – les aventures de Tucker et Corey – et à moitié dans un rêve nourri par la maladie et l'exaltation. Rien ne semblait tout à fait réel. D'une minute à l'autre, Tucker me secouerait le bras pour me réveiller. Je me retrouverais à nouveau dans le mausolée ou même chez moi au N° 43, extirpée du sommeil par la voix de Darlene.

Mais Tucker ne se faisait aucune illusion sur notre situation. Son état d'esprit était évident – épaules rigides, souffle court. Selon son plan initial, nous aurions déjà dû nous trouver à des kilomètres de là. Nous aurions dû partir avant l'arrivée de la police et avant que les animaux ne s'éloignent trop loin de leurs cages. C'était comme si nous avions déclenché une bombe qui aurait relâché des kangourous, des chèvres de montagne et des ours polaires plutôt que d'émettre des radiations. Plus d'une centaine d'animaux étaient en liberté dans la ville avec nous et s'éloignaient de plus en plus de l'épicentre qu'était le zoo.

"Continue d'avancer, murmura Tucker. Pas d'autre moyen."

Je le suivis sans poser de question, comme Corey l'avait toujours fait. On courut vers une rue où s'enchaînaient restaurants et boutiques. Un auvent claquait au-dessus de nous et Tucker se figea, leva les yeux, paniqué. Je n'arrivais pas à savoir où nous étions. Le ciel nocturne était à la fois sombre et brillant, une brume dotée d'un lustre iridescent retenait la lumière qui restait de la ville. Les lampadaires brillaient en rangées joyeuses sans désigner de chemin à suivre. Les sirènes résonnaient tout autour de nous, certaines en gamme montante alors qu'elles s'approchaient, d'autres descendant note après note en s'éloignant. Un coyote jappa – une voix familière qui rappelait les nuits calmes de Mercy. C'était étrange de l'entendre au milieu de ce paysage urbain.

Une voiture tourna au coin, ses phares balayant l'espace dans notre direction. Tucker me poussa derrière des distributeurs de journaux, et s'accroupit à côté de moi. Tandis qu'elle nous dépassait – c'était un taxi, pas une voiture de police – j'aperçus quelque chose qui bougeait sur un toit de l'autre côté de la rue. Je crus que c'était un écureuil, mais en plissant les yeux, je vis que c'était un singe qui se déplaçait sous le ruban formé par sa queue.

Tucker se releva et m'enjoignit de le suivre d'un geste de la main. On se mit à courir.

Un aigle hurla dans les airs. C'était un son glacial, porté par le vent, le genre de cri de bataille féroce censé être renvoyé par le flanc des montagnes. Je vis une silhouette kaki tournoyer dix mètres au-dessus de nous. L'envergure de l'aigle dépassait ma hauteur. Il écartait les serres. Tucker attrapa ma main bandée et me tira en avant. On passa en courant devant une série de poubelles, un immeuble et une station-service. On coupa à travers une aire de jeux dans une autre allée.

"Regarde", dis-je en pointant du doigt.

Un crocodile venait vers nous dans un dandinement sympathique. La chaussée s'inclinait vers une rigole creusée en son milieu et percée à intervalles réguliers de bouches d'égout grinçantes. L'animal semblait suivre ce caniveau comme s'il espérait qu'il le conduise à de l'eau. Des pattes comme des jambons. Petits yeux. Trois mètres de long. J'entendis le souffle de sa respiration, le grattement de ses griffes. Il puait la viande pourrie. Tucker me serra la main si fort que je sentis la moindre de mes articulations.

Le crocodile passa devant nous sans avoir l'air de remarquer notre présence. Apparemment, sa vision de nuit était approximative. Je le regardai traîner les pattes dans une flaque de lumière sous un lampadaire. La lueur souligna chacune de ses dents l'une après l'autre, des dizaines de lames logées dans sa mâchoire comme une scie. La queue de l'animal oscillait de droite à gauche en contrepoint à l'oscillation de son ventre. Il hissa la masse de son corps sur le trottoir puis sur la route. Je m'attendais presque à ce qu'il regarde des deux côtés avant de traverser, mais bien sûr, il ne reconnaissait pas les limites et les seuils du monde humain. Il s'engagea dans la rue sans hâte ni inquiétude et se glissa parmi les ombres de l'autre côté.

"Bordel", dit Tucker.

On grimpa une colline. Traversa un parking. Longea une supérette. Ma tête recommençait à me faire mal. Mes mains tremblaient tandis que refluait l'adrénaline et ma paume blessée me picotait. De nouveaux bruits résonnaient dans l'air : un perroquet cancana, un renard glapit, une meute de hyènes émit un rire perturbant. Je ne comprenais pas trop pourquoi les animaux donnaient de la voix – peut-être pour rester en contact avec leurs congénères, peut-être pour lancer un avertissement aux autres espèces, peut-être pour couvrir le chœur des sirènes de la police. Je n'avais jamais vécu une nuit aussi folle, remplie d'une musique aussi périlleuse. Mes nerfs trépidaient en accompagnement. Mon frère me conduisit vers une allée tranquille plantée de palmiers, mais nous avions à peine fait quelques pas qu'on entendit un souffle puissant – un rhinocéros renifla en nous voyant – et une ombre massive se déplaça dans le noir. On fit demi-tour.

Tucker était perdu. Je finis par le comprendre. Sa folie n'était pas méthodique ; il ne me ramenait pas à la voiture, ne me ramenait nulle part. On passa une première fois devant une boîte aux lettres enfoncée sur le côté et une seconde fois quelques minutes plus tard. Mon frère retira sa cagoule et essuya la sueur sur son front. Ses narines se dilatèrent, un signe évident de tension. Il marmonnait tout seul en levant les yeux vers les panneaux indicateurs, consterné.

Mon crâne martelait sourdement. Tucker se jeta dans une ruelle, puis revint sur ses pas, ses doigts tambourinant son menton. Il jeta sa cagoule par terre et la piétina. Il fit un cadre avec ses doigts et pivota comme s'il cherchait à localiser le nord.

Enfin, il pencha la tête en arrière et rit.

"Fais chier", dit-il.

Je me tenais à côté de lui, hébétée. La douleur au niveau des tempes était trop forte.

"L'homme prévoit, dit Tucker, Dieu rigole."

Il me prit dans ses bras et me hissa sur son dos. Soulagée, je m'accrochai à son cou, une joue contre le pan musculeux de son épaule. Il s'élança à un trot rapide. Je fermai les yeux, rebondissant contre sa cage thoracique, et quand je les rouvris, nous étions dans un grand parc boueux. La cime des arbres dessinait des croisillons sur le ciel, noir et plein de murmures, le feuillage s'écartant de temps en temps, dévoilant un nuage.

"Prendre de la hauteur", dit Tucker.

Il me fit grimper sur une branche noueuse. Je fus heureuse de m'adosser contre le tronc, les jambes pendant de chaque côté de la branche, le vent enveloppant mes tibias nus. Tucker se percha à côté de moi. On voyait la rue – un restaurant, une station-service et un cinéma dont l'enseigne était éteinte pour la nuit – mais personne n'aurait pu nous voir depuis le trottoir.

J'ignore combien de temps on resta là. J'étais tellement fatiguée que mes bras tombaient mollement le long de mon corps ; je n'avais même pas assez de force pour soulever les mains et les poser sur mes genoux, ce qui aurait été plus confortable. Mais je ne dormis pas. D'abord, un trio de chimpanzés fit son apparition. Les lampadaires donnaient l'impression qu'ils étaient couleur bronze, leur fourrure comme de la paille. Des ballots de paille en mouvement. Une bouche d'incendie sembla les énerver. Les trois singes hurlèrent en la voyant, et ils se tournèrent les uns autour des autres, tenant l'objet inconnu à distance, pivotant sur les articulations de leurs mains. Leurs longs bras étaient raides, leurs pattes arrière dansant un pas de deux.

Puis vinrent les zèbres. J'entendis leurs sabots avant de les voir. Ils surgirent brutalement sous le néon du parking de la station-service, ils étaient environ une quinzaine. L'un d'eux saignait, une éclaboussure cramoisie sur le treillage noir et blanc. Leurs arrière-trains faisaient des vagues, leurs crinières dressées comme la brosse d'un balai. Ils avaient tous la même expression – oreilles dressées, yeux écarquillés, montrant les dents. L'un d'eux laissa échapper un hennissement auquel les autres répondirent. Ils ne couraient pas à bride abattue ; ils semblaient se maintenir au trot consciemment, comme s'ils avaient compris qu'il s'agissait d'un marathon et non d'un sprint.

Une voiture de police apparut, roulant à toute blinde au milieu de la voie sans le moindre respect pour la double ligne jaune. Son gyrophare étincelait comme un feu d'artifice, mais la sirène était éteinte. Je me demandai si un ordre avait été passé par radio. Les sirènes s'étaient peut-être avérées contre-productives, effrayant et stimulant les animaux.

Les zèbres marquèrent le pas en voyant la voiture et la voiture freina dans un dérapage contrôlé en les voyant. Je me demandai ce que l'agent allait faire. Il pouvait difficilement mettre les animaux en état d'arrestation. Le troupeau s'était regroupé sous le feu de signalisation pour mieux se défendre. Le temps d'un instant, ils se retrouvèrent dans une impasse. Les zèbres piaffaient et rejetaient la tête en arrière. L'agent fit rugir le moteur, mais ne bougea pas.

Puis, à ma grande surprise, le véhicule fit marche arrière. Il y eut une petite embardée tandis que le conducteur tentait de s'extraire de là, les pneus geignant contre la chaussée.

Les zèbres le prirent en chasse. Dans un roulement de tambour produit par leurs sabots, ils chargèrent. Pour autant que je puisse en juger, l'idée leur était venue à tous en même temps. Ils galopèrent après la voiture de police, leurs jambes maigres flottant au-dessus du sol, la queue battante. Je me demandai s'ils pourchassaient une menace – à la manière dont ils se réuniraient face à un guépard solitaire dans la savane, surpassant un prédateur par la simple force du nombre – ou s'ils avaient décidé de suivre ce qu'ils pensaient être un allié dans cette situation inconnue et déroutante. Le véhicule les entraîna jusqu'en bas de la colline, disparaissant hors de vue dans une marche arrière effrénée.

Puis tout fut silencieux. La clameur des sirènes était retombée. Les animaux ne lançaient plus d'appels avec la même fréquence. Ils s'étaient peut-être enfin attelés à la dure tâche de la fuite. À mes côtés, Tucker regardait la ville avec un air de fierté presque indécent. Il ne montrait plus aucun signe de peur, baignant à présent dans le halo de sa réussite. Je n'avais jamais vu de visage humain à ce point gagné par la satisfaction.

Au milieu de ce silence, il y avait du mouvement. Des animaux partout. Un énorme oiseau de proie qui traversait une énorme banquise de nuages ambrés. Un gratte-ciel me bloquait la vue à l'ouest, doré par la silhouette d'un escalier de secours. Quelque chose était monté dessus – trop massif pour être humain, son ventre rond, ses bras pelucheux d'où pendaient des rideaux de fourrure. Un orang-outang. Il escaladait la structure, se balançant au bout d'une main puis de l'autre.

Un bruit attira mon attention. Un gloussement. Méchant. Presque humain. Je parcourus la rue du regard. Il y avait une école élémentaire à l'autre bout. Des formes noires irrégulières se déplaçaient dans l'aire de jeux, se faufilant sous le toboggan et flairant les balançoires. L'obscurité les engloutit, mais j'entendais encore leurs voix – la folle gaîté des hyènes en chasse.

Le ciel commençait à s'éclaircir. Chaque fois que je clignais des yeux, les nuages sur l'horizon à l'est gagnaient en intensité, ne se contentaient plus de refléter plus simplement les lumières de la ville mais marinaient dans la lueur féroce du jour naissant. Tucker regarda sa montre. Il se passa une main sur la gorge et tritura son col.

Au-dessus des toits, j'aperçus la tête d'une girafe qui oscillait. Son corps était caché par les bâtiments. Le mouvement de balancier de cette démarche empotée paraissait insensé quand on ne voyait que sa tête – les cornes qui chutaient, le menton qui se relevait, les oreilles qui tournaient. La girafe s'arrêta pour cueillir une bouchée de feuilles d'érable, puis bondit derrière un immeuble d'habitation.

J'attendis de la voir réapparaître de l'autre côté, mais ça n'arriva pas. À la place, je vis une lampe s'allumer à une fenêtre en hauteur. Le ciel devenait plus clair à chaque seconde qui passait. La ville se réveillait.

J'entendis des pas traînants sur le trottoir en contrebas. Un mouflon canadien émergea d'une allée, sa fourrure hirsute. Ses sabots émettaient un bruit délicat. L'animal avait la taille d'une moto, alourdi par une arabesque de cornes géantes.

Puis une porte s'ouvrit plus loin dans la rue. À cinq, six mètres du mouflon, un homme sortit, flou dans l'obscurité. Il avança vers une des voitures garées là et posa sa mallette sur le toit, cherchant sa clé.

L'animal réagit rapidement et s'éloigna d'un bond. Dans la vitesse, son aspect changeait complètement, passant du rocher de chair arrimé au sol à un objet aérien, porté par le vent comme un cerf-volant. Je le vis effectuer un enchaînement de gymnastique parfait. Il sauta sur une boîte aux lettres, ricocha contre le toit d'un van, et s'envola vers le sommet d'un bâtiment proche. Il s'était élevé de dix mètres en moins d'une seconde. Puis il se figea, tendit l'oreille, sa silhouette se découpant sur les nuages, pivotant ses cornes entrelacées.

L'homme n'avait strictement rien remarqué. Il ouvrit la portière de la voiture et lança sa mallette à l'intérieur. J'entendis sa radio s'allumer et il démarra.

“Reste ici, dit Tucker.

— Quoi ?”

Je me tournai et le vis descendre de l'arbre. Il atterrit sur l'herbe et s'épousseta les cuisses. Levant les yeux vers moi, il posa un doigt sur ses lèvres.

“Je crois que je sais où nous sommes, dit-il. Je vais chercher la voiture.

— Non. Tu ne peux pas me laisser seule.

— Tu seras plus en sécurité ici."

Je me tournai à mon tour et descendis maladroitement de l'arbre. J'égratignai ma paume déjà blessée contre l'écorce. La coupure se rouvrit, le sang imbibant la gaze.

"On reste ensemble, dis-je fermement. Tucker et Corey."

Il baissa les yeux vers moi un moment, étudia mon expression déterminée et la tache qui s'étendait sur ma main bandée.

"Mon sang, ton sang."

Le paysage était temporairement désert. Pas d'animaux. Pas de voitures de police. Pas de travailleurs du petit matin. Nous traversâmes la rue. L'air sentait le pain et les viennoiseries cuits au four, mélangés à un soupçon enivrant d'océan, une odeur piquante et salée qui, ici, était partout. Le ciel à l'est était presque trop lumineux pour être regardé. La rangée de lampadaires de la rue clignota une fois, deux fois et s'éteignit pour la journée.

"Par ici", dit Tucker.

On tourna dans une allée. Quelque part au loin, un éléphant barrit, une note vibrante comme celle d'un tuba. Les murs dessinaient un filet d'ombres. On se fraya un chemin entre les ordures qui jonchaient le sol et les trous dans la chaussée. Je m'aperçus que je saignais tellement que ma paume gouttait. Je fis une pause, examinai le pansement détrempé et m'essuyai sur mon t-shirt tandis que Tucker continuait d'avancer.

C'est à cet instant que ça arriva. Comment un truc de cette taille avait pu échapper à notre vue ? Pendant une fraction de seconde, je n'en crus pas mes yeux.

Un ours polaire surgit de derrière une benne. L'animal posait un regard neutre sur Tucker et moi. Sa présence faisait l'effet d'une illusion d'optique, un reflet dans l'obscurité, une tache pâle sur un négatif.

On dit que dans les grands moments de stress, le temps paraît ralentir. Pour moi, chaque seconde devint transparente et sublime, aussi dure et travaillée qu'une pierre précieuse. J'eus le temps de voir l'animal envisager notre présence, pencher très légèrement la tête. J'eus le temps de remarquer que sa fourrure puait le poisson et l'argile. J'eus le temps de réaliser que le couvercle de la benne était de travers. Peut-être que la bête y avait cherché de la nourriture. J'eus le temps de me souvenir que les ours polaires reconnaissaient l'odeur du sang à plus d'un kilomètre de distance, comme celui de ma coupure qui s'étalait sur mes vêtements.

Tucker recula d'un demi-pas, puis sembla changer d'avis. Battre en retraite n'était pas une option en l'occurrence. L'animal était presque aussi gros qu'une voiture. Il avait un corps topographique, le pic alpin des épaules, la pente neigeuse de l'abdomen, la falaise déchiquetée des pattes arrière. J'avais du mal à évaluer s'il était loin de nous ou pas. Six ou neuf mètres, peut-être. Cet ours polaire était assez gigantesque pour me faire perdre mon sens de l'orientation dans l'espace.

Un grognement vint parfumer l'allée sombre. J'aperçus rapidement sa langue. La bête se tenait debout les pattes légèrement en V, comme un pigeon. Sa fourrure était emmêlée, mais sa teinte était magnifique. Il ne bougea pas. Il y avait quelque chose de presque sacré dans son immobilité. Inutile de se presser. Le monde attendrait qu'il soit prêt. Je ne m'étais jamais retrouvée en présence d'un être vivant absolument dénué de peur.

Tucker agit le premier et se jeta sur moi. Je sentis ses mains me saisir sous les bras et me soulever dans les airs. Il me lança de toutes ses forces – le sol s'inclina – et ma tempe heurta quelque chose. Je me cognai sur le côté contre une surface métallique rugueuse. Tout était sombre. Je crus avoir été frappée et avoir perdu connaissance, puis j'aperçus un pan de ciel au-dessus de moi. Tucker m'avait propulsée dans la benne à ordures.

Le souffle court, je fis le point sur ma situation. L'intérieur de la benne était à moitié rempli de sacs-poubelles qui m'enserraient le corps et m'entraînaient vers le fond comme des sables mouvants. Mes côtes me faisaient mal chaque fois que j'inspirais. Il y avait une fissure dans un coin. Je me penchai, incapable de m'extraire de la molasse glissante des sacs-poubelles, mais capable de regarder l'allée par le trou.

Une lueur blanche. Un semblant de mouvement. Les épaules de Tucker. Je vis mon frère debout au milieu de l'allée, face à l'ours.

L'attaque fut si rapide que je pus à peine la suivre. Pas de préliminaires avec fléchissement des genoux et babines retroussées, pas d'avertissement d'aucune sorte, pas de communion entre animaux, pas de *célébration*. D'objet inamovible, l'ours se transforma en force irrésistible. Il fondit sur mon frère, ses pattes atterrissant sans un bruit. Sa foulée paraissait sans effet, et même gracieuse. L'architecture parfaite de ses muscles était visible sous l'oscillation et le rebond de sa masse et les vagues de fourrure emmêlée.

J'attendis que Tucker se mette à courir. Il allait forcément essayer de s'enfuir. J'ouvris la bouche pour hurler, mais aucun son ne sortit ; il semblait aussi paralysé que moi dans certains de mes cauchemars. Il y eut un bruit de déchirement, un soupir humide, quelque chose qui giclait, suivi d'un autre grognement de l'ours. Tucker ne dit pas un mot. Tout ce blanc me bloquait la vue. La bête me tournait à présent le dos, sa fourrure aspergée de sang.

Tucker réapparut. Je vis à sa posture qu'il était gravement blessé, il se tenait les côtes, les lèvres pincées de douleur. L'ours et lui commencèrent à se tourner autour, mon frère vacillant, l'animal marchant, satisfait. Tucker longea le mur de l'allée, les deux mains pressées contre son ventre. Le sang coulait comme une fontaine sur ses doigts. Il avait une grosse entaille à la cuisse aussi, son jean réduit en haillons. L'ours polaire se déplaçait en silence, prenait son temps. Un grand prédateur dans son élément.

Mon frère me regarda. Je jure qu'il me vit – mon petit visage pressé contre le trou au coin de la benne.

L'ours polaire se remit debout. Ça paraît impossible, mais il était encore plus grand qu'avant, sa tête effleurant les nuages. Toutes griffes dehors. Le dos cambré. Un cairn de marbre et de glace.

C'est mon dernier souvenir de Tucker. Cette nuit-là, dans cette allée. Il n'y avait ni inquiétude ni chagrin sur son visage. Il avait les yeux écarquillés dans une sorte d'émerveillement voluptueux. L'ours rugit assez fort pour me faire mal aux tympans. Tucker écarta les bras, peut-être pour imiter la posture de l'animal, peut-être pour appeler son étreinte. L'ours l'enveloppa obligeamment de tout son corps, le recouvrit d'une espèce de couche de neige.

J'entendis le broiement humide des os qui se brisaient. La main de Tucker était toujours visible – sa main bandée –, les doigts eux aussi écartés. Un frisson lui parcourut la chair quand l'ours lui fit voler la colonne vertébrale en éclats. Son bras retomba.

Ma vue se brouilla et je m'essuyai les yeux. L'ours polaire enfouit la gueule dans la clavicule de mon frère. Les crocs bien plantés dans un craquement audible. Il resta comme ça un moment, tête baissée. Puis, après un grognement, il secoua le corps inerte de Tucker d'un côté et de l'autre comme un chien avec un jouet. Des jets cramoisis éclaboussèrent le mur de brique. Mon frère ne semblait rien peser dans la gueule de l'animal. Sa merveilleuse corpulence – son dos large, son torse tout en longueur, ses mains puissantes – n'était rien comparée à la masse de l'ours. Ses membres tombaient bizarrement, tachant la fourrure blanche de leur sang. La bête leva une patte bien haut, ses griffes ornées de caillots de chair. Je vis la courbe de son épaule et la dentition éclatante. Plus rien ne suggérait la douceur sur son visage. Son ventre était un patchwork de rouge, ses yeux aussi dépourvus de pitié que des morceaux de charbon, son front marqué couvert d'une peinture de guerre.

L'animal debout laissa tomber Tucker au sol dans un bruit sourd. Mon frère chuta, mais pas comme un organisme vivant. Il n'avait plus la bonne forme, ni la bonne consistance. Ses os étaient mous, sa jambe déchirée, sa gorge béante d'où fusait un geyser. Il était un tas de chair, un souvenir. Il était une proie. L'ours polaire ouvrit sa gueule pleine de sang et rugit de triomphe.

Et sans plus un mot, Tucker disparut.

SEPTEMBRE

43

Darlene était devant la morgue les bras croisés sur la poitrine. Elle avait beau rassembler son courage pour ouvrir la porte depuis vingt minutes, elle ne s'autorisait pas à passer à l'acte. L'air était un ragoût infect de formol et de javel. Un homme se tenait à ses côtés – lunettes à monture de corne, mine solennelle, regard calme. Si elle lui faisait perdre patience, il n'en montrait rien. Il baissa les yeux vers l'écritoire à pince entre ses mains comme si toutes les énigmes de l'univers y étaient répertoriées, comme s'il n'avait nulle part où aller de plus accueillant que ce couloir exigu et mal éclairé.

"C'est bon", dit Darlene.

Le légiste ouvrit la porte.

La morgue comptait quatre tables en métal. Chacune émettait une lueur argentée sous sa lampe individuelle. Le sol était carrelé, en pente vers une grille au milieu de la pièce. Darlene regarda ailleurs et s'obligea à ne pas penser au but ni au contenu de ce tuyau d'évacuation. Les instruments médicaux étaient disposés à côté d'un évier en inox rutilant. La morgue était située en sous-sol et ne possédait qu'une fenêtre, très en hauteur, qui donnait sur un buisson de persistants ébouriffés.

Il y avait une cinquième table dans le coin. Darlene ne l'avait d'abord pas remarquée, peut-être parce qu'elle était la seule à être recouverte d'un drap. Le légiste s'avança et tapota le tissu blanc. L'air était froid ; un courant d'air arrivait par une ouverture au plafond. Darlene enfonça les mains dans les poches de sa veste en jean. Elle aurait aimé que Roy soit avec elle. Elle ferma les yeux et l'imagina – son visage franc, le coussin généreux de sa lèvre inférieure, les rides étoilées autour de ses yeux.

"Par ici", indiqua le légiste.

Elle s'avança sur le carrelage comme si elle était montée sur roulettes, glissant plus qu'elle ne marchait. La forme qui se trouvait en dessous était étrange. Elle ne semblait pas avoir la bonne disposition de bosses et de vallées. Dans un lointain repli de son esprit, Darlene se demanda si Tucker lui jouait un de ses tours tordus. Peut-être qu'en tirant sur le drap, le légiste révélerait un mannequin de vitrine ou de crash-test. Peut-être que Tucker surgirait du placard, riant en voyant sa tête. Il adorait faire des blagues quand ils étaient petits.

"Vous êtes prête ? demanda le légiste.

— Oui. Non."

Il souleva lentement le drap. Voilà : des cheveux bruns comme du chaume. Le front en pente lisse. Le nez et le menton de son frère.

"Oh", souffla-t-elle.

La moitié de son visage avait disparu. Elle voyait exactement où les griffes de l'animal avaient atterri – de grosses entrailles lui marquaient une joue. Il lui manquait l'œil gauche, l'orbite était déchiquetée et tapissée de sang séché. Un bout de sa lèvre supérieure avait été arraché, la chair trouée laissait apparaître quelques dents. Son oreille elle aussi avait été mangée. Darlene vit scintiller son crâne sous le couvercle moucheté de peau.

Le légiste était discret et fit de son mieux pour ne montrer que le visage de Tucker. Mais Darlene aperçut ce qui se trouvait en dessous. La poitrine de son frère n'était plus qu'une tranchée marbrée d'écarlate, son épaule gauche rognée jusqu'à l'os. Elle se rendit compte que ses jambes n'étaient plus là non plus. C'était pour ça que le drap ne retombait pas normalement sur le bas de son corps ; il n'y avait qu'un membre intact d'un côté de la table.

"Reconnaissez-vous Tucker McCloud ? demanda le légiste.

— Oui. C'est mon frère."

Il tira rapidement le drap sur le cadavre. Il nota quelque chose sur son écritoire et signa en bas de la page. Il murmura qu'il allait la laisser se recueillir. Mais après réflexion, il la prit par le coude et la conduisit à une chaise. Il attendit qu'elle soit bien assise pour sortir.

Darlene respira dans un nuage de formol. Elle essaya de se rappeler les faits qu'on lui avait racontés. Il lui semblait vital d'en rester aux faits. Tucker était mort depuis environ trente-six heures. Son corps avait été découvert dans une allée, par une femme qui partait travailler. Il avait été déchiqueté par un animal – un prédateur de grande taille, espèce inconnue pour l'instant. Il était mort à l'arrivée des secours. Depuis une ou deux heures environ, déjà gagné par la rigidité cadavérique.

Roy l'avait prévenue, le traumatisme de voir son frère pourrait entraîner un contrecoup. Il lui imprima la liste des symptômes du syndrome post-traumatique, lui donna le nom de groupes de soutien pour les gens dans sa situation, mais Darlene ne croyait pas à l'existence de gens comme elle. Sa situation était trop particulière, son frère unique. Elle n'éprouvait aucune des émotions qu'elle était censée éprouver.

Elle était surtout furieuse. La rage qui avait brûlé dans sa poitrine tout l'été n'était pas encore retombée. Tucker était mort, mais Darlene était encore en colère contre lui. Elle lui en voulait d'avoir tiré sa révérence, de s'être rendu inatteignable. Elle n'aurait jamais l'occasion de lui dire ce qu'elle avait à lui dire, ne pourrait jamais lui clouer le bec une bonne fois pour toutes, lister les milliers de blessures qu'il lui avait infligées à elle – et à Cora – et à toute la civilisation humaine.

Darlene se leva, les mains au fond des poches de sa veste. Ce seraient ses derniers instants avec Tucker. Elle s'approcha de la forme sur la table.

Elle avait déjà vu des cadavres. Elle se souvenait de sa mère à la veillée, tant d'années auparavant : la peau de sa mère qui paraissait creusée et l'odeur singulière, artificielle de ses cheveux. Puis il y avait eu son père, disparu dans le bleu du ciel. On lui avait volé l'opportunité de voir son corps, et c'était une douleur qui ne la quittait pas. Peut-être que cela l'aurait aidée à accepter sa mort.

Elle posa une main au niveau du cœur de son frère, l'autre sur son front. Même à travers le tissu, elle sentait la froideur peu naturelle de sa chair. Le tissu était rêche sous ses doigts. Elle ne bougea pas le drap ; elle n'avait pas besoin de le revoir. Les blessures de Tucker resteraient gravées à jamais dans son esprit. Il ne ressemblait plus à la personne dont elle se souvenait. L'état grotesque de son corps rendait sa mort un peu plus facile à accepter, offrant une représentation visuelle de son état mental. Son apparence extérieure correspondait enfin à son esprit : normal par endroits (front lisse, menton pointu, taches de rousseur), et déformé à d'autres (un œil manquant, une joue ravagée, le torse réduit à un canyon de sang). Le garçon qu'elle avait aimé pendant une grande partie de sa vie avait disparu. L'homme sur la table était quelqu'un d'autre.

Enfin, Darlene s'essuya les yeux et tourna les talons.

44

Darlene prit un taxi depuis l'hôpital où se trouvait Tucker vers un second hôpital à l'autre bout de la ville où se trouvait Cora. Son frère et sa sœur étaient chacun à une extrémité de cette cité tentaculaire et inconnue. Le soir approchait, le soleil rejoignait l'horizon. De grands immeubles bordaient les rues, recouvrant la chaussée d'ombres. Le vent était chargé d'une odeur d'eau de mer. Elle n'avait jamais senti une brise si humide ; dans l'Oklahoma, l'air était toujours sec comme de l'os.

La circulation était mauvaise. Le chauffeur klaxonnait régulièrement, hurlait dans une langue que Darlene ne reconnaissait pas et gesticulait, une main passée par la vitre baissée. Les vélos filaient au milieu des bouchons, aussi fragiles qu'une flotte de libellules. De temps en temps, la matrice des rues s'alignait juste assez pour que le soleil couchant déplie ses doigts le long d'une grande avenue jusqu'à la voiture. Dans sa précipitation pour aller récupérer sa sœur, Darlene avait oublié ses lunettes de soleil à Mercy.

La panique sembla s'emparer des piétons sur le trottoir. Les gens au coin de la rue se bousculèrent. Une femme trébucha et atterrit sur la chaussée avec un hurlement. Un klaxon retentit. Le chauffeur enfonça la pédale de frein et Darlene poussa un cri d'indignation quand la ceinture de sécurité l'étrangla.

Puis elle le vit : un phacochère chargeait à travers la foule. Il courait tête baissée, boulet de démolition fait de sabots et de défenses. Darlene aperçut la crête iroquoise tandis que les gens s'écartaient de son chemin. Il avait le regard fou et la bave aux babines.

Elle retint son souffle, fascinée. Le phacochère était plus gros qu'elle ne l'aurait cru. Plus long et plus large qu'un être humain. Il fonça dans les genoux d'un vieil homme qui tomba sur le côté. La bête ne sembla rien remarquer. Elle se jeta dans le carrefour en émettant un couinement extraterrestre. La circulation s'immobilisa tandis que l'animal partait dans tous les sens. Il se fraya un chemin dans le marécage de voitures, reniflant, s'évertuant à trouver un chemin vers la sécurité.

Darlene se pencha en avant pour regarder par la vitre. Les bajoues du phacochère tremblaient à chaque pas. Son ventre formait une sorte de hamac gris. Son apparence avait quelque chose de préhistorique – le groin allongé, le cou aussi large qu'un poteau téléphonique, les doubles défenses ternies et enroulées sur elles-mêmes. Les étranges nœuds de chair gonflée sous ses yeux. Darlene entendit un bruit de verre qui se brisait quand l'animal heurta un break, arrachant d'un coup le rétroviseur latéral. Le phacochère laissa échapper un dernier cri, puis bifurqua vers l'est et accéléra.

Le chauffeur se retourna sur son siège et pointa un doigt sur le visage de Darlene. Il avait les joues rouges de fureur. Pendant un instant, elle crut qu'il l'accusait de quelque chose, mais il ne faisait que fulminer, postillonnant à chaque mot.

“Vous voyez ? hurla-t-il dans un accent à couper au couteau. Vous avez entendu parler de cette histoire au zoo ? Vous voyez où ça nous mène ?

— J'ai entendu.

— De la folie. Qui ferait une chose pareille ? Quel genre de personne ?

— Un loup solitaire”, dit-elle faiblement.

C'était l'expression que les journalistes employaient. Il y avait eu un communiqué de la police un peu plus tôt dont les mots avaient été choisis avec précaution, et qui confirmait que l'homme responsable de ce terrible attentat écoterroriste était mort dans l'attaque. Aucun nom ni aucun détail n'avait été divulgué. Et Cora n'avait pas été mentionnée. Tout cela viendrait plus tard.

Le chauffeur grogna et fit de nouveau face à la route. Il redémarra. Darlene posa sa joue contre le verre froid de la vitre. La Californie défila devant elle, un magasin de bijoux, un cinéma, une animalerie. Le phacochère avait disparu. Elle vit une femme impatiente derrière une poussette. Elle vit un homme si concentré sur son téléphone qu'il faillit se prendre une bouche d'incendie. Elle vit un enfant tenir un ballon au bout d'une ficelle.

Pour la première fois, Darlene éprouva un pincement d'empathie pour Tucker. Elle pouvait se permettre ce luxe, maintenant qu'il n'était plus qu'un cadavre sous un drap. Il ne pouvait plus faire de mal à personne. Bientôt il serait incinéré, réduit à des particules. Tucker était libéré de cet état embrouillé, déréglé qu'il avait subi pendant si longtemps.

Peut-être que ça remontait à la tornade. Peut-être qu'en fait, *tout* remontait à la tornade. Darlene se demanda si cette tempête avait transformé son frère – fait voler son tempérament en éclats lesquels s'étaient ensuite reconfigurés autrement – ou si elle n'avait été que le catalyseur d'une tendance déjà présente en lui. Elle ne le saurait jamais. Peut-être que les graines de l'instabilité étaient plantées dans son cerveau depuis la naissance, endormies, et attendant le bon déclencheur pour croître. Si ça n'avait pas été la tornade, il y aurait eu autre chose. Peut-être que son destin était de courir après le monde sauvage.

Mais peut-être qu'il aurait été sain d'esprit et aurait grandi normalement si le doigt de Dieu n'avait pas touché Mercy ce jour-là. La tornade lui avait peut-être transmis quelque chose de sa propre essence – son mouvement impossible à arrêter, son imprévisibilité, sa capacité de destruction. Darlene se représenta le nuage en entonnoir rugissant dans l'esprit de Tucker, éparpillant les éléments de sa personnalité aux quatre coins du paysage, créant le chaos dans son sillage.

45

Cora et Jane dormaient ensemble dans le lit de l'hôpital. Darlene s'arrêta sur le seuil de la chambre, frappée par la beauté de la scène – ses sœurs qui se partageaient un oreiller. Leur absence d'expression dans le sommeil accentuait leur ressemblance ; Darlene voyait les similitudes dans la forme de leur bouche, la ligne du front si droite et les oreilles en forme de petites huîtres. Elle posa son sac, mais cela ne les réveilla pas.

Roy regardait la télévision sans le son, installé dans un fauteuil. Darlene remarqua quelques gobelets de café vides sur la table à côté de lui. Il lui fit signe d'approcher et elle se laissa tomber avec reconnaissance sur ses genoux. Comme d'habitude, le corps de Roy irradiait la chaleur. Une fournaise humaine. Il lui caressa les cheveux.

"C'était Tucker, murmura-t-elle.

— Je suis désolé. Ça a dû être affreux.

— Ça l'était.

— Tu aurais dû me laisser venir avec toi."

Darlene haussa les épaules. "C'est fini."

La chambre était comme une coquille d'œuf vide. Les murs étaient blancs, la porte blanche, les stores blancs et toujours un peu de travers quelle que soit la façon dont

Darlene maniait les cordons. La fenêtre donnait sur un mur de brique envahi de lierre. Darlene changea de position sur les genoux de Roy. Elle regarda fixement la silhouette immobile de Cora à l'autre bout de la pièce.

Sa sœur n'avait été retrouvée que par un caprice du hasard. La veille, au matin, une passante avait découvert Tucker allongé dans une allée – une flaque de sang et de chair – et avait appelé une ambulance. Les ambulanciers étaient arrivés rapidement, mais des heures trop tard pour le sauver.

Puis ils avaient remarqué une benne à ordures renversée sur le côté, un trou dans un des coins, des marques de griffes laissées dans le métal. Ils décidèrent d'y regarder de plus près. Cette décision simple, prise sur un coup de tête, avait sauvé la vie de Cora. Darlene frissonna, imagina sa sœur cachée au milieu des sacs-poubelle. Il aurait été si facile pour les ambulanciers de rater le petit corps.

Au début, ils crurent qu'elle aussi était morte.

Cora était inconsciente quand elle fut admise aux urgences. Le front contusionné. Trois côtes cassées. 41 de fièvre. Le pouls erratique et faible. On lui avait diagnostiqué une pneumonie et une double infection de l'oreille. Cette dernière avait causé la perforation du tympan droit. De plus, ses gencives laissées à vif par la perte d'une dent de lait n'avaient pas été correctement désinfectées, ce qui avait provoqué une infection grave au niveau de la mâchoire. Quand Cora aurait repris des forces, il faudrait l'opérer. Elle souffrait de malnutrition et de déshydratation aiguës. En résumé, elle avait de la chance d'être encore en vie.

Darlene inspira pour se calmer. Elle se rappela que Cora était dans un état stable, à présent, même si elle faisait encore peur à voir. Elle était reliée à une intraveineuse et un appareil gros comme un frigo qui surveillait ses constantes. Bourrée de médicaments. Bien au chaud sous une couverture. Affreusement maigre. Une bosse au niveau de la tempe, un bleu qui s'étendait. Ses cheveux avaient été coupés en touffes inégales dont les pointes recommençaient seulement à boucler. Elle avait le haut des bras plus fin que ses coudes. Partout sa peau était tatouée d'égratignures et de marques récentes.

Darlene ferma les yeux et se blottit contre la poitrine de Roy. Il lui massa les épaules, un peu trop fort. Elle grimaça mais ne dit rien ; ça paraissait mesquin de critiquer un élan généreux.

"Hé, dit-il. Regarde."

Elle leva les yeux vers la télé accrochée au mur à une hauteur qui ne convenait à personne. Elle attrapa la télécommande pour monter le son, puis jeta un coup d'œil à ses sœurs. Elle voyait le bras de Jane sur la couverture, le serpent doré de sa tresse qui zigzaguait par-delà son coude. Le corps de Cora était si frêle qu'il soulevait à peine l'édredon blanc. Darlene entendait la pneumonie à chaque respiration rauque et gargouillante.

Elle laissa la télécommande de côté. À l'écran, un journaliste disait quelque chose. Puis l'image d'un éléphant apparut, les oreilles décollées et la trompe dressée. L'animal semblait avancer lourdement entre des files de voitures en direction d'un carrefour.

Darlene se redressa. L'arrière-train de l'éléphant dominait les voitures qui l'entouraient. Les bords de ses oreilles étaient abîmés, comme si on les avait ourlés maladroitement. Un détail de sa posture suggérait jeunesse et énergie, même si son âge véritable était brouillé par des plis de peau mal assemblés d'un noir charbon, gravés d'un treillis de rides. Pour Darlene, tous les éléphants avaient l'air très âgés. L'animal semblait engagé dans une course avec un bus et se déplaçait d'un pas rapide, sa queue se balançant, la trompe dressée en l'air.

"La vache", dit Roy.

Une série d'images passa à l'écran. Un enchaînement d'animaux, tous à des endroits où ils n'auraient pas dû se trouver. Un renard blanc était installé sur un tram, volute de fourrure laiteuse, poils du cou hérissés, montrant les dents. Un python était tapi derrière une boîte aux lettres, enroulé pour former une flaque de chair. Un groupe de kangourous traversait l'autoroute, immobilisant la circulation. La plupart des animaux étaient flous, photographiés en plein bond, mais un gros mâle dressé sur ses pattes arrière tournait farouchement la tête vers l'appareil. Il était déconcertant de constater combien sa silhouette était anthropomorphe dans cette pose. On aurait pu croire à un dieu malicieux – un amalgame à la fois taquin et sinistre de traits humains et animaux : des épaules d'homme, des hanches de femme, une belle fourrure chocolat, un long nez chevalin, les oreilles penchées en avant, les yeux bordés de grands cils. Ses mains étaient sans doute la partie de son corps la plus frappante. Des pattes de singe tannées ornées de serres cruelles et crochues. Chaque griffe était aussi longue que le doigt.

"J'ai vu un phacochère un peu plus tôt, dit Darlene. En chair et en os, en plein milieu de la rue.

— Bon sang", dit Roy.

Puis on diffusa une vidéo filmée avec un téléphone. La qualité était mauvaise, l'image pixélisée. Darlene se frotta les yeux sous ses lunettes et battit des paupières. L'arrière-plan semblait montrer une bibliothèque publique. Un groupe d'enfants assis en cercle pendant qu'une femme leur lisait un album illustré. On voyait des rangées d'étagères en métal et un chariot rempli de volumes à la couverture plastifiée. L'image bougea puis fit à nouveau le point sur l'un des petits visages levés, une gamine à la peau couleur de noix avec une bouche rebondie en bouton de rose. Elle mâchait le bout de sa tresse, captivée par la lecture. C'était l'heure des histoires à la bibliothèque. Un parent aimant filmait de loin.

Puis une silhouette apparut à l'écran – un homme qui courait. La caméra pivota. Le temps d'un instant, le mouvement et le flouté de l'image furent trop chaotiques pour que Darlene comprenne ce qui se passait. Roy lui attrapa le genou, lui enfonça les ongles dans la peau.

Un lion à l'intérieur de la bibliothèque. La caméra cadra l'animal et la personne qui filmait se figea. Un léger mouvement suggérait une main tremblant de peur. Le mur beige offrait un camouflage étonnamment efficace. L'appareil n'arrêtait pas d'essayer de faire le point. Pas de crinière. Une femelle. Des yeux dorés. Des épaules de chat voûtées dans une posture de prédation, la queue qui tournoyait. Elle rôdait autour des enfants assis sur le tapis.

"Non, non, non", murmura Darlene.

La silhouette d'une femme apparut, trop loin pour deviner davantage qu'un corps en jupe longue. Une bibliothécaire à l'esprit vif. Elle fila vers un boîtier rouge au mur et fit quelque chose avec sa main. Le son de la télé était éteint, mais Darlene supposa qu'elle avait déclenché l'alarme incendie.

La réaction fut immédiate. Le félin s'arrêta d'un coup, une patte suspendue au-dessus de la moquette. Oreilles aplaties, il était manifestement inquiet. Son contrôle sur sa musculature était impeccable ; il se raidit du museau jusqu'à la queue. À l'inverse, les enfants bondirent de leur place assise. Excités par l'alarme, ils se mirent à hurler et à danser. Aucun d'eux n'avait remarqué le prédateur au milieu des rangées de livres à six mètres de là.

La lionne tourna les talons et s'en alla. Cachée derrière un chariot en métal, elle fit une pause assez longue pour se débarrasser des tensions dans son corps. Sa démarche changea, moins tendue et déterminée pour devenir rapide et efficace. Elle se déplaçait sur la moquette avec la légèreté et l'insouciance d'un matou qui va retrouver son coin sieste préféré. La vidéo s'acheva sur une image tremblée : l'arrière-train étroit de la lionne et la queue terminée par une touffe de poils se faufilant entre les rangées de livres.

Le présentateur réapparut à l'écran. Assis derrière un bureau, il s'adressa de nouveau à la caméra. Darlene étudia son visage et en déduisit que la lionne n'avait fait de mal à personne.

Roy sembla tirer la même conclusion.

"C'était chaud.

— Trop chaud."

D'un coup, elle ne supporta plus toutes ces nouvelles informations. Elle tritura la télécommande et éteignit la télé.

Cora roula sous la couverture, toussant gras. Darlene la regarda jusqu'à ce qu'elle s'immobilise de nouveau. Un tube s'enroulait au creux de son bras, raccordé à une poche elle-même suspendue à un pied à perfusion. Le liquide s'écoulait au goutte-à-goutte dans son corps pour l'hydrater. Les infirmières se servaient de l'intraveineuse pour lui injecter d'autres médicaments – des antibiotiques et des analgésiques qui l'endormaient trop pour qu'elle puisse seulement bouger. Elle ne pourrait pas avaler d'aliments solides avant un moment. Pour l'instant, elle mangeait et buvait par son sang, faisait pipi par un tube et était rattachée à une autre poche transparente que les infirmières vérifiaient et changeaient sans cesse. Elle avait les côtes bandées. La bosse sur son front était multicolore, allant du vert à l'orange en passant par le violet, pareille à une tentative de peinture au doigt réalisée par un enfant de maternelle. Des balafres entamaient profondément sa joue et sa paume. Elle avait les yeux creusés.

Darlene détourna le regard. Ça lui brisait le cœur de penser qu'elle ne savait presque rien de ce qui était arrivé à Cora – qu'elle ne saurait peut-être jamais rien. Sa sœur disparut pendant des mois. Dans un vaste paysage. Un vent d'été qui sentait fort la pluie.

Darlene imagina son frère et sa sœur sur des chemins, se promenant sans se dépêcher, chargés de balluchons comme les vagabonds à la télé. Elle se les représenta sautant à bord d'un train de marchandises, attendant qu'il atteigne un virage et ralentisse, les roues tremblant, les freins crissant en protestation, Tucker jetant le petit corps de Cora sur le lit d'un wagon et grimpant à sa suite, tous les deux allongés sur le dos, hors d'haleine. Darlene les imagina dormant dans les champs et les granges abandonnées, sur des bottes de foin. Volant leur nourriture. Entrant par effraction chez les gens pour chiper une miche de pain ou une brique de lait. Elle avait conscience que son imagination était plus ou moins faussée – un mélange de vieux films et de livres de son enfance – cela lui apparaissait si nettement, cela lui paraissait si réaliste.

Ça n'était pourtant pas réaliste, étant donné le déchaînement de violence. Double incendie criminel, vandalisme, assassinat et attentat au Pacific Zoo – et cela ne représentait que ce qu'elle savait. Pour la centième fois, elle se demanda à quel point sa sœur était impliquée. Plusieurs témoins avaient mentionné avoir vu un enfant sur les différentes scènes de crime. Cora avait-elle servi de bras droit à Tucker, l'aidant de son plein gré ? Avait-elle été convertie à la cause, une fervente disciple de cette secte de deux personnes, une enfant soldat engagée dans la guerre de son frère ? Ou était-elle restée en retrait ? Une observatrice forcée qui refusait de participer, présente seulement parce qu'elle n'avait pas d'autre choix ?

Cora ne ressemblait plus à un garçon. Le *doppelgänger* qui avait volé une barre chocolatée et apparaissait dans un noir et blanc très contrasté sur la séquence de la vidéosurveillance il y a une éternité s'effaçait pour laisser place à une enfant qui n'était ni ici ni là. Dans sa lente et terrible guérison, Cora habitait un état liminal qui affectait tous les aspects de son pauvre petit corps : ni malade ni en bonne santé, ni réveillée ni endormie, ni garçon ni fille.

Cora finirait par être en mesure de répondre aux questions, mais Darlene savait qu'il valait mieux ne pas attendre quoi que ce soit de détaillé de la part d'une gamine de neuf ans traumatisée. Sa sœur serait sans doute capable de répondre aux questions de base (qui, quoi, où), mais les concepts plus compliqués (comment, pourquoi) lui échapperaient. Peut-être qu'elle ne serait jamais totalement capable d'expliquer ce qui était arrivé durant cette période coupée de tout. Peut-être qu'elle ne voudrait jamais le faire.

Darlene se demandait surtout comment son frère avait fini mort dans une allée et sa sœur sans connaissance dans une benne à ordures. Mais cela, encore plus que le reste, serait à jamais un mystère. À la mort de Tucker, Cora était déjà fiévreuse et délirante, peut-être même évanouie. Elle n'avait sûrement pas vu ce qui s'était passé. Sûrement.

Tucker avait peut-être essayé de faire le mort. Il avait peut-être agité les bras pour paraître plus grand qu'il n'était. Le légiste avait déterminé qu'une perte de sang importante avait causé sa mort. Choc hémorragique. Un animal avait déchiqueté Tucker ; l'attaque avait été si violente que la moitié de sa jambe avait atterri dans le caniveau. Darlene ne pouvait pas imaginer pire façon de mourir.

Elle ignorait quel genre de créature avait tué son frère. Un grand prédateur – Tucker lui avait appris ce terme. Un jour, longtemps auparavant, il avait parlé du réseau trophique. Le légiste finirait par déterminer à quoi correspondaient les marques de morsures et par offrir une réponse définitive. Un tigre, peut-être, ou un grizzly. Un animal tout en dents, en griffes et en instinct.

Darlene n'en voulait pas à l'animal. Il n'avait pas mangé Tucker, c'était déjà ça. Et il n'avait pas touché à Cora après. Darlene supposait que la bête n'avait pas faim et n'était pas en chasse. Il était sans doute perdu et apeuré, les nerfs à rude épreuve, hors de son élément, relâché en terre inconnue et entouré d'odeurs et de sons inédits. Il avait perçu son frère comme une menace – ce qu'il était, bien sûr – et à la façon de son espèce, l'animal lui avait réglé son compte, avec brutalité et efficacité, sans conscience ni remords.

46

Darlene dormit peu les jours suivants. Roy trouva un hôtel pas cher à quelques rues de l'hôpital et prit deux chambres, une pour Jane et une pour Darlene et lui. Il fit le tour des restaurants du quartier. Il insista pour que Darlene s'accorde des pauses, sorte marcher ou aille à la plage. Ils devraient visiter un peu la Californie, dit-il. Ne jamais quitter le chevet de Cora ne la ferait pas guérir plus vite, dit-il.

Mais Darlene resta aux côtés de sa sœur. Elle poussait Roy et Jane à rentrer à l'hôtel chaque soir et dormait assise dans un fauteuil. L'activité ne faiblissait jamais à l'hôpital. Les infirmières venaient voir Cora toutes les heures, vérifiaient sa température, écoutaient sa respiration, et laissaient des marques illisibles sur son dossier. La lumière naturelle n'entrait quasiment pas dans la chambre ; la seule fenêtre donnait sur le mur d'une autre aile de l'hôpital. Darlene ne voyait jamais le soleil. La nuit, on baissait l'intensité des néons dans le couloir, mais l'effervescence demeurait toujours aussi intense. Des bruits mécaniques lui parvenaient du couloir. Les infirmières examinaient la perfusion de Cora et émettaient des claquements de langue. Au bout d'une semaine, il fallut changer l'aiguille de son bras. Les substances caustiques qu'on lui injectait lui avaient rongé la veine, ne laissant qu'un méchant bleu tirant sur le vert.

Pendant ce temps, sous la télé, au milieu du bourdonnement des ampoules et le martèlement des bruits de pas dans le couloir, Cora respirait. Ce soulèvement régulier, gras et rauque, emplissait la pièce comme le flux et le reflux d'une marée. Darlene se sentait comme emportée dans le va-et-vient de ce courant. Elle regardait sa sœur bouger dans son sommeil. Cora se passait souvent la main sur le visage pour repousser ses boucles inégales et emmêlées. De temps en temps, elle murmurait : "Où est Tucker ?" Elle ne restait pas éveillée assez longtemps pour entendre une réponse.

Peu à peu, Darlene acquit ses repères dans l'hôpital. Elle savait quel escalier menait au toit et dans quelle allée les infirmières faisaient leur pause cigarette. Elle se rendit dans le minuscule bureau où une femme aux airs de sorcière – sa gentillesse faisant mentir ses sourcils agressifs – lui expliqua les complexités de l'assurance maladie Medicaid.

Darlene se dit plus d'une fois que cela aurait pu être sa vie. Il y a longtemps, à une autre époque de son existence, elle aussi avait voulu devenir infirmière. Elle s'était imaginée loin de Mercy, travaillant dans un hôpital comme celui-ci, stérilisé et rutilant, doté d'équipements dernier cri. Elle s'était vue prenant soin de gens dans le besoin, de gens en danger, de gens comme Cora.

Mais à cet instant précis, il lui était impossible d'éprouver du regret. À présent que Tucker était mort et qu'elle avait sa petite sœur auprès d'elle, Darlene était presque en paix.

La plupart des matins, juste après l'aube, Roy apportait le café et le petit déjeuner. Parfois, il venait avec Jane, d'autres non ; apparemment, cette dernière se délectait du glamour d'être en Californie, restait à l'hôtel où la piscine en extérieur avait une vue de l'océan.

Le dixième jour de leur séjour, Roy entra et, sans dire un mot, tendit un journal à Darlene. Cora dormait dans un buisson d'ombres. Roy s'assit et sortit son téléphone. Darlene sentait le musc de sa peau qui, pour une fois, n'était pas imprégné par la puanteur des cigarettes.

Elle déplia le journal sur ses genoux. Tous les articles étaient consacrés à l'affaire du zoo, bien sûr. En première page, on voyait un vautour perché sur un bus, juste au-dessus du pare-brise comme une mascotte sur le capot d'une voiture, son crâne chauve luisant au soleil tandis qu'il se faisait transporter jusqu'en centre-ville. Sur un autre cliché, une meute de loups rôdait en noir et blanc sur un court de tennis, leurs silhouettes hagardes floutées derrière un grillage.

En lisant, Darlene fit le compte. En tout, cent onze animaux avaient été libérés. Quarante-deux cages ouvertes. Trois agents de sécurité renvoyés. Des centaines de milliers de dollars seraient dépensés pour réparer les dégâts, retrouver les animaux et sécuriser à nouveau les lieux pour accueillir le public. On se souviendrait de l'attaque perpétrée contre le Pacific Zoo comme du pire acte écoterroriste qu'ait connu le territoire américain.

Pour l'instant, il n'y avait qu'une seule victime humaine.

Le nom de Tucker n'avait pas encore été dévoilé. C'était uniquement grâce à Roy qui jouait les agents de liaison entre la famille et les forces de l'ordre, et donc les médias.

La plupart des après-midi, il passait des heures au téléphone à gesticuler et discourir. Darlene avait vaguement conscience qu'il s'était rendu à un nombre non négligeable de rendez-vous en ville pour la protéger, pour éviter qu'elle ait à s'exprimer elle-même. Tous les quelques jours, la police publiait une nouvelle déclaration officielle, livrant l'histoire au compte-goutte. Petit bout par petit bout, ils offraient assez d'informations pour rassasier les médias tout en gardant l'identité du criminel secrète. Pour l'instant.

Dans l'idéal, Roy tenterait de les retenir jusqu'à ce que Cora soit en mesure de quitter la Californie. Darlene voulait que sa famille ait franchi les frontières de l'État avant que l'orage n'éclate. Pour le moment, Tucker n'était désigné que par les expressions "suspect", "délinquant" et parfois "loup solitaire". (D'après Roy, c'était l'euphémisme qu'on employait pour parler d'un criminel blanc. Tout autre personne aurait été qualifiée de terroriste.) Darlene trouva la formulation particulièrement étrange dans ce contexte étant donné que de véritables loups étaient impliqués dans l'affaire.

Elle tourna une page du journal, passant le doigt sur les titres. Plusieurs animaux avaient péri au cours de la semaine, renversés par des voitures, d'autres piétinés par des foules en panique. Quelques-uns avaient été tués par des habitants armés. Un article relatait l'histoire d'un faon qui n'avait pas réussi à traverser l'autoroute en même temps que ses parents ; ces derniers avaient été obligés d'abandonner son corps démantelé sur le terre-plein central. Un ours malais avait été exécuté à bout portant devant un restaurant par un passant. Une montagne de fourrure sur la chaussée. Mort avant d'avoir touché le sol.

Et pire que tout, une girafe avait été heurtée par un camion de pompiers. L'animal était mort et le véhicule détruit. La photo était aussi spectaculaire qu'effroyable. Le camion ressemblait à un jouet d'enfant sur lequel on aurait marché, la girafe morte étendue en travers du carrefour. Darlene n'avait jamais vu aucun de ces animaux allongés par terre, leur hauteur – plus de cinq mètres pour celle-ci – se mesurant au nombre de voitures garées et de panneaux indicateurs plantés le long de son corps. Même le noir et blanc de l'image n'aidait pas à en atténuer l'horreur. La carcasse de l'animal était en sang et déchiquetée, sa cage thoracique enfoncée, une longue jambe pliée dans le mauvais sens.

En feuilletant le journal, Darlene découvrit qu'un nombre surprenant d'animaux était de nouveau sous bonne garde. Un éléphant avait été récupéré quelques heures après l'événement. Son soigneur l'avait approché pendant qu'il buvait à une fontaine, lui avait gratté le front et donné une friandise avant de le ramener tranquillement sous la clameur des applaudissements. Quatre zèbres furent coincés dans une allée et rassemblés dans un fourgon. Les quatre girafes restantes rentrèrent au zoo d'elles-mêmes, épuisées, tremblantes et visiblement en deuil après la mort de leur amie.

Darlene tourna une page et pinça les lèvres. Apparemment, le phacochère avait été localisé devant une boutique, enragé, fonçant sur les clients, et avait tenté de faire voler les sacs de vêtements qu'ils avaient à la main. Il fut rapidement anesthésié. Une hyène s'était retrouvée dans un abri de jardin. Les chèvres de montagne firent la démonstration de leur ruse et de leur agilité, perchées sur un camion UPS, puis sur une Honda. On finit par les attirer avec de la nourriture. Les chèvres ont toujours faim.

Un gorille apparut sur la plage, examinant les déchets laissés sur le sable, la saleté formant des grumeaux dans sa fourrure, un pied très amoché. On découvrit un serval en train de traquer des pigeons dans une allée. Un cycliste intrépide tacla le félin à mains nues, l'emmaillota dans sa veste en cuir et le transporta jusqu'à sa cage, gagnant au passage quelques égratignures et une méchante morsure au cou.

Les singes-écureuils ne sortirent jamais du zoo. Ils se faufilèrent dans le sous-sol de leur abri où ils cassèrent le distributeur automatique, apprirent à faire marcher la fontaine d'eau potable et, plus généralement, adoptèrent les lieux, les transformant en réplique de l'enclos qu'ils avaient fui.

Darlene se demanda si Tucker avait compris quelles étaient les véritables conséquences de ses actes. Avait-il imaginé qu'il pourrait finir sur la table froide d'une morgue ? Savait-il combien d'animaux souffriraient et mourraient à cause de lui ? Avait-il imaginé que des inconnus retrouveraient Cora dans une benne à ordures ?

Les doigts tremblants, Darlene referma le journal et le repoussa. Soudain, toute cette sauvagerie la dépassa. La situation était déjà assez surréaliste pour qu'elle puisse affronter des doutes quant à sa propre santé mentale. Elle retira ses lunettes et se massa les tempes.

Il y avait là un mystère. Les précédents crimes de son frère avaient été clairs : faire sauter une usine de cosmétiques pour mettre un terme aux tests sur les animaux, faire flamber le poste d'un ranger pour empêcher la chasse aux crotales. Dans chaque cas, le lien entre les actions menées par Tucker et le but qu'il espérait atteindre apparaissait clairement à Darlene. Sensibiliser fortement le public. Exiger des changements de politique. En finir avec la cruauté envers les animaux. Punir les coupables.

Mais l'attaque contre le Pacific Zoo était différente. Cette fois, le but ultime n'était pas si évident. En captivité, les animaux étaient en sécurité, au chaud, nourris, et recevaient toutes sortes de soins et de médicaments. Les libérer de leurs enclos les exposait à plus de danger que de les laisser où ils étaient. C'était un acte de protestation incompréhensible. Même Darlene, qui connaissait son frère mieux que quiconque, ne parvenait pas à deviner quelle était cette toute dernière leçon qu'il voulait donner au monde.

Puis elle pensa à quelque chose. Des éléphants dans les rues de la ville, des gorilles à la plage, des lions blessés, des gens effrayés – tout cela sortait de l'esprit de Tucker. Peut-être que ses intentions se résumaient à cela : faire de ses visions et de ses désirs une réalité. Plutôt que de libérer les animaux du zoo, son frère aurait tout aussi bien pu projeter sur le monde extérieur tout ce qui se trouvait à l'intérieur de son cerveau, permettre aux fruits de son imagination d'envahir le paysage.

47

Après deux semaines d'hospitalisation, Cora put enfin se tenir assise, manger et boire. Les aides-soignantes lui apportaient des plateaux où tous les aliments étaient présentés dans des emballages individuels – petites parts de pudding et briques de jus de fruits fermées par un opercule. Une fois par jour, les infirmières lui injectaient un produit pour éviter la formation de caillots de sang due à son immobilité prolongée. À voir l'expression de Cora, le médicament la brûlait quand il lui entrait dans le corps, mais elle ne se plaignit jamais. Darlene était impressionnée et troublée par le stoïcisme accru de sa sœur.

Le meilleur remède pour Cora semblait être Jane. Elles faisaient la sieste ensemble et regardaient la télé. Darlene se rendit compte des pincettes que tout le monde prenait avec Cora (on parlait à voix basse, on ne la touchait pas, on faisait semblant de ne pas remarquer son apparence cadavérique, on ne posait aucune question) quand Jane se mit à jacasser sur le foot et l'école comme s'il ne s'était rien passé. Leur vieille dynamique était encore là : deux sœurs obligées de partager un lit depuis des années, bienveillantes la plupart du temps, mais qui pouvaient aussi se chamailler pour un rien. Il ne vint jamais à l'esprit de

Jane de prendre des gants avec sa sœur. Elle se moqua de la nouvelle coupe de cheveux de Cora. Elle lui promit qu'à la maison leur chambre était exactement comme avant. Elle n'avait même pas fait le ménage, dit-elle.

Darlene ne chercha pas à se joindre à leurs conversations. Elle se contenta de les écouter discrètement en feignant d'être concentrée sur son téléphone. La franchise naturelle de Jane était une bénédiction. Elle n'avait pas peur de se lancer sur des sujets que Darlene n'aurait abordés pour rien au monde. Elle demanda à Cora ce que ça faisait de frôler la mort, si toute sa vie avait défilé devant ses yeux. Elle lui dit qu'elle ressemblait à un garçon – ou à un garçon manqué, peut-être. Qu'en tout cas, elle avait l'air bizarre. Jane lui demanda même si Tucker était vraiment aussi fou qu'on le disait.

Généralement, Cora répondait par grognements et monosyllabes. Elle était déjà silencieuse avant, elle l'était encore plus à présent. Darlene la gardait sans cesse à l'œil, mais discrètement. Cora avait désormais tendance à fixer du regard des choses *a priori* sans grand intérêt – un jeu de lumière sur le mur, l'eau qui s'écoulait dans le tuyau d'évacuation de la douche – comme si elle voyait des choses qui échappaient aux autres. Elle mangeait et buvait mécaniquement. Les infirmières lui dirent de s'entraîner à marcher, ce qu'elle faisait, aussi fragile et instable sur ses jambes qu'un poulain qui vient de naître. Quand elle regardait la télé, elle était souvent distraite ; son regard dérivait vers la fenêtre. Sa coiffure ne ressemblait à rien, ses boucles délicates tombaient comme des copeaux de bois, mais elle n'avait pas l'air préoccupée par son apparence. Elle se regardait dans le miroir avec une sorte d'étrange indifférence.

Elle ne pleurait pas. Le stress se manifestait d'autres façons. Elle se rongeait les ongles jusqu'au sang. Des bruits ordinaires la faisaient sursauter : un chien qui grognait à la télé ou un pot d'échappement qui pétaradait et rappelait un coup de feu. Parfois, elle s'arrêtait en plein milieu d'une phrase comme si elle cherchait un mot et le silence s'étendait jusqu'à ce que Darlene comprenne que la conversation était terminée ; sa sœur n'irait pas au bout de sa pensée. En surface, la santé de Cora s'améliorait, mais Darlene se sentait mal à l'aise. Elle avait du mal à savoir ce qui, précisément, avait changé.

Autrefois, longtemps auparavant, elle pouvait lire les pensées de sa sœur à travers ses gestes et ses expressions. À présent, Cora possédait une espèce de maîtrise d'elle-même qui la dissimulait comme un masque. C'était une qualité d'adulte, une prudence et une précision qui juraient avec son petit corps. Darlene ne savait pas comment l'aider. Elle avait peur de toucher sa sœur, ne serait-ce que pour repousser les cheveux qui lui tombaient dans les yeux ou lui prendre la main.

En parallèle, elle continuait à suivre l'histoire du zoo. Elle s'efforçait de faire barrage pour que ça n'atteigne pas Cora, regardait les informations sans le son quand sa sœur dormait et lisait les journaux sur son téléphone en privé. Roy et elle en parlaient à voix basse quand Cora avait la tête ailleurs. L'incident aurait fasciné Darlene même si ça n'avait pas été une affaire de famille, pas été cette tragédie grecque mettant en scène son frère et sa sœur.

Elle savait combien d'animaux étaient morts, dont un gibbon et un caméléon récemment, tous les deux écrasés par des voitures. D'autres avaient dû périr sans que personne ne s'en rende compte, des cadavres sur les routes et dans les caniveaux parmi d'autres. Aucun humain n'avait été tué – à l'exception de Tucker, bien sûr – mais il y avait quelques blessés, certains assez gravement. Une femme qui avait tenté de nourrir un capucin à mains nues avait été mordue si fort qu'on avait dû lui amputer trois doigts. Dans une rue, un petit garçon avait eu si peur en voyant un léopard qu'il avait fait une crise de nerfs. Un vieil homme avait eu une altercation avec un ours brun dans une allée et en était sorti avec un bras cassé. Darlene faisait la liste de ces incidents, les trimballait comme des cailloux au fond de ses poches.

Certains des animaux étaient en liberté. Quelques-uns s'adapteraient sûrement à la vie urbaine, se fondraient dans son intense activité. Le fennec creuserait peut-être un terrier dans un cimetière. L'ara prendrait peut-être la tête d'une volée de corbeaux. Une partie des primates était toujours en cavale, ce qui ne surprenait personne. Les grands singes étaient intelligents, pleins de ressources. Les gorilles et les chimpanzés apprendraient des sans-abri et des ratons laveurs, fouilleraient les poubelles pour se nourrir et dormiraient dans les ruelles. Ils apprendraient à être méfiants. Ils apprendraient à être silencieux. Ils ne descendraient dans les rues qu'à la nuit tombée, comprendraient qu'il fallait regarder des deux côtés avant de traverser et se cacher à l'apparition de phares.

Et puis il y avait les grands prédateurs. Les lions, l'anaconda, les loups arctiques – Darlene savait qu'ils ne resteraient pas en Californie. Ils partiraient loin. Les aigles trouveraient de nouveaux endroits où nicher en suivant les champs magnétiques terrestres. Les coyotes iraient vers l'est, clopin-clopant sur les petites routes, s'abritant dans les garages et les jardins jusqu'à ce qu'ils atteignent des collines désertes. Les lynx étaient natifs des montagnes, experts en dissimulation. Ils grimperaient aux arbres, dormiraient au-dessus des piétons, suivraient leurs instincts les plus profonds, en quête de la vie pour laquelle ils étaient faits. Le tigre irait se perdre dans les forêts de séquoias au nord, camouflé par les troncs massifs, un scintillement dans les ombres, un rêve.

Un matin, Roy fit asseoir Cora pour un entretien officiel. Il était présent depuis le début, une silhouette en arrière-plan et elle semblait l'accepter comme faisant partie du bouillonnement d'activité de l'hôpital, l'un des nombreux inconnus qui s'occupaient d'elle. Jane était rentrée à l'hôtel, regardait la télé dans sa chambre. Darlene apporta un plateau avec le petit déjeuner de Cora qui était redressée contre ses oreillers et fit approcher Roy du lit. Elle expliqua qu'il n'était pas qu'un ami de la famille – son petit ami – mais qu'il était aussi policier. Elle aurait aimé qu'il existe un autre terme pour exprimer son attachement à Roy, ce que cet été passé ensemble avait signifié pour elle.

Cora l'observa pendant qu'il s'asseyait à côté du lit.

"Tu es quel genre de policier ?" dit-elle. Elle avait la voix encore encombrée de glaires et elle devait s'arrêter après quelques mots pour reprendre sa respiration.

"Le genre ordinaire.

— Tu as un pistolet ?

— Au travail. Pas ici. Je ne l'ai pas emporté dans l'avion."

Un silence se fit entre eux. Roy toucha sa poche, un geste automatique. Darlene savait qu'il n'y avait pas de cigarettes – seulement des gommes à la nicotine.

"Vous me cherchiez ? demanda Cora timidement. Pendant mon absence ?

— Oui, dit Roy. On a été très nombreux à te chercher. On était morts d'inquiétude. Et on ne pourrait pas être plus heureux de t'avoir retrouvée."

Cora murmura quelque chose d'inaudible. Elle inspira difficilement, puis se plia en deux et toussa dans le creux de son bras. Quand elle se redressa de nouveau contre l'oreiller, elle avait l'air épuisée.

"Qu'est-ce que tu as dit ? demanda Roy de sa voix douce.

— Je suis partie longtemps, murmura-t-elle. J'ai tellement voyagé."

La brise s'engouffra par la fenêtre, agita les stores blancs. Puis Cora tendit ses poings. Darlene reconnut son geste : sa sœur demandait à être menottée, offrait ses poignets à Roy pour qu'il lui mette les chaînes.

"Non, non, dit-il. Mon Dieu, non. Je ne suis pas là pour t'arrêter."

Cora posa les mains sur ses genoux, l'expression interrogatrice.

"Je veux juste t'aider, dit Roy.

— M'aider ? répéta-t-elle comme si elle testait le mot.

— Tu as traversé une terrible épreuve. Rien de tout ça n'était ta faute."

Darlene continuait de la dévisager. Sous ses yeux, Cora rajeunit. Elle pinça les lèvres, plissa le front en réfléchissant à ce que disait Roy, s'efforça de comprendre. Les oreillers de l'hôpital la rapetissaient. Elle semblait si minuscule, si faible et fatiguée.

"J'étais quelqu'un d'autre à ce moment-là", dit-elle enfin.

Roy se pencha en avant, les coudes sur les genoux. "Qu'est-ce que tu veux dire ?

— Ce n'était pas moi, dit Cora lentement en réfléchissant au fur et à mesure qu'elle parlait. Je ne veux plus de ça. Je ne veux plus faire ces choses."

Un sanglot monta dans la poitrine de Darlene. Elle fit volte-face et se précipita dans le couloir en étouffant ses larmes dans ses paumes.

Ce soir-là, Jane les exaspéra à tourner en rond, à renverser tout ce qui se trouvait sur les tables et à se plaindre parce qu'elle s'ennuyait. Roy finit par proposer de l'emmener au restaurant près de la plage. Darlene se tint à la fenêtre en écoutant ses pas s'éloigner. Depuis son poste d'observation, elle apercevait un petit éclat de ciel. Les nuages s'étiraient en rubans fins comme de la gaze. Cora but du jus de fruits avec une paille, vêtue du pantalon de jogging violet et du t-shirt arc-en-ciel que Darlene avait rapportés de la maison. Le soleil imbibait les longs filaments de nuages. Comme si quelqu'un tordait un torchon humide pour en extraire la moindre gouttelette de lumière.

"Viens à côté de moi", dit Cora en tapotant le matelas.

Darlene s'approcha et s'assit sur le bord du lit.

"Plus près", dit Cora.

Au bout d'une minute, Darlene s'allongea, coincée entre sa sœur et le garde-corps. Les oreillers n'étaient pas assez épais alors elle en plia un en deux et le glissa sous sa tête. Cora tira la couverture sur elles. La brise arrivait de la fenêtre, faisait flotter et bourdonner les stores.

“Salut, dit Darlene.

— Salut.” Cora roula sur le côté pour lui faire face, leurs nez à trois centimètres l’un de l’autre. Darlene voyait la constellation de taches de rousseur sur les joues de sa sœur. Elle avait les sourcils fins et duveteux, les lèvres gercées. Son haleine dégageait une odeur aigre à cause des médicaments.

“Tucker est mort, pas vrai ?” murmura Cora.

Darlene ne s’était pas attendue à cette question. Pas si tôt. Elle commença une réponse, mais sa voix s’enroua. Il lui fallut un moment pour se ressaisir.

“Oui”, dit-elle avec le plus de douceur possible.

Cora retint sa respiration et se raidit, chaque muscle tendu. Elle ferma les yeux très fort, comme si elle essayait de rejeter la moindre sensation.

“Je suis désolée, dit Darlene. Vraiment.”

Elle se mit à caresser les cheveux de sa sœur avec hésitation. Cora ne bougea pas. Darlene essaya de trouver quelque chose à ajouter. Quelque chose d’agréable. Un mensonge pieux. Dans la mort de Tucker, tout était affreux, mais Cora n’était pas obligée de le savoir.

“Il est mort rapidement, dit-elle finalement. C’est le légiste qui me l’a expliqué. Il n’a pas souffert. Sûrement qu’il n’a même pas eu le temps de comprendre ce qui lui arrivait.”

Le légiste n’avait rien dit de la sorte, évidemment. En fait, la mort de Tucker avait été longue et violente. Cora haussa les sourcils. Une lueur indéchiffrable passa sur son visage – une émotion d’adulte, du chagrin ou du scepticisme, peut-être.

“Oh, il a compris, dit-elle. Il a tout compris.”

Darlene attendit la suite – des questions ou des larmes – mais Cora garda le silence. La lampe au-dessus d'elles était éteinte, la porte fermée, la télé éteinte aussi, la pièce pleine d'ombres. Tandis que par la fenêtre, le soir tombait, la chambre s'assombrit petit à petit. Darlene continua de caresser les cheveux de sa sœur. Longtemps auparavant, Cora aimait qu'on la caresse comme ça, mais à présent, elle semblait tout juste le tolérer, à moins qu'elle ne le remarque même pas.

"Pourquoi tu as fait ça ? demanda Darlene, toujours de sa voix douce. Pourquoi tu es partie avec Tucker ?"

Cora cligna de ses yeux de verre.

"Je l'aimais.

— Plus que moi ?"

À peine avait-elle prononcé ces mots qu'elle inspira dans l'espoir de les ravaler. Elle n'avait jamais voulu formuler cette peur secrète à voix haute.

"Non. Plus maintenant."

L'obscurité était presque complète. Un filet de lumière laiteuse courait sur le mur d'en face, la lueur venant de l'espace entre la porte et l'encadrement. Cora fredonna quelques notes – la musique de ses réflexions.

"Tu m'as tellement manqué que j'ai cru en mourir", dit-elle.

Darlene sentit les larmes lui monter aux yeux et la brûler. Elle ne se donna pas la peine de les essuyer, les laissa tremper la taie d'oreiller.

"Qu'est-ce qui t'est arrivé sur la route ? Qu'est-ce que tu as vu ?

— Tellement de choses. Des crotales. Un ours mort. Des chevaux.

— Un ours mort ?

— Oui. C'était bizarre."

Cora se pelotonna plus près, réduisant l'espace entre elles jusqu'à ne plus en laisser. Elle plia son corps contre la poitrine de Darlene. Soudain, une intimité étonnante. La chaleur et le parfum. Ses petits doigts pris dans le chemisier de Darlene.

"Tucker m'a coupé les cheveux. Il m'a coupé la main.

— Je sais. Mais tu es en sécurité, maintenant."

Leurs respirations se calèrent l'une sur l'autre. Même leurs cœurs semblaient s'être accordés pour battre de concert.

"Je suis en sécurité avec toi", dit Cora.

Des heures plus tard, du bruit dans le couloir réveilla Darlene. Il y avait les ténèbres, de la sueur sur sa joue, la chaleur contre son ventre. Elle était encore dans le lit à côté de Cora, écrasée contre la rambarde en métal. Le corps de sa sœur était entièrement relâché dans ses bras, et elle respirait plus facilement qu'avant. Sa fièvre semblait être tombée.

Darlene réalisa que Tucker ne vivrait jamais un moment tel que celui-ci. Il y avait tellement de choses que son frère ne vivrait pas – premier amour, mariage, paternité – mais Darlene s'inquiétait moins pour ces points de référence que pour ces étapes progressives de l'existence humaine, ces milliers de moments qui constituent une vie. Ça lui était égal que Tucker n'achète jamais de maison ou ne fête jamais ses trente ans ; ça ne lui était pas égal qu'il n'ait jamais plus le plaisir d'entendre sa chanson préférée à la radio, ne puisse plus manger de glace un jour d'été, regarder sa petite sœur dormir sereinement dans ses bras.

Les grands événements étaient moins merveilleux que les petits. Darlene le savait mieux que quiconque. Pendant un long moment, elle avait subi une existence extraordinaire. Elle était fatiguée de ces événements et de ces grands tournants. Désormais, elle était accro aux phrases en petits caractères entre les gros titres, à l'espace vide entre les piliers. Mais plus que tout, elle souhaitait un temps continu et sans heurts – une vie ordinaire.

Il y eut un cri et Cora donna un coup de pied sous les draps. Elle s'assit dans le lit, essoufflée, et parcourut la pièce du regard comme si elle ne l'avait jamais vue avant.

"Je suis là, dit Darlene. Tu vas bien."

Sa sœur marmonna quelque chose qu'elle ne comprit pas. Une histoire de célébration.

"Ce n'était qu'un mauvais rêve. Tu vas bien, Cora. Tu te souviens ?

— Ce n'est pas mon…" Elle s'arrêta, la bouche ouverte. Elle resta comme ça, bouche bée sans raison, jusqu'à ce que Darlene lui touche la joue.

"C'est moi, dit Cora émerveillée. C'est mon nom."

Puis elle sourit. C'était la première fois qu'elle la voyait sourire depuis son arrivée à l'hôpital.

Dehors, le soleil se levait. La lumière d'azur soulignait chaque latte des stores. Un oiseau gazouilla au loin. Cora se passa brusquement les mains dans les cheveux et les secoua comme s'il s'agissait de touffes d'herbes. Elle s'allongea de nouveau et croisa le regard de Darlene.

"Raconte-moi une histoire, dit-elle.

— Euh ?

— S'il te plaît. J'ai envie d'une histoire.

— Je ne me souviens d'aucun conte de fées qu'on nous lisait petites.

— Non. N'invente rien. Raconte-moi notre histoire."

L'expression de Cora était sérieuse et implorante. Cela semblait important pour elle. Darlene se mordit la lèvre, cherchant par où commencer.

"Il était une fois, lança sa sœur.

— OK. Il était une fois une famille."

Cora ferma les yeux et frissonna. Darlene avait l'impression de participer à une cérémonie dont elle ne comprenait pas tout – quelque chose que Tucker avait démarré, peut-être. Manifestement, une émotion intense avait saisi Cora. C'était peut-être le plaisir du rituel ou le chagrin après la mort de leur frère, ou un mélange des deux.

"Il était une fois quatre orphelins, dit Darlene. Ils venaient de l'Oklahoma. C'étaient des résistants, des battants. Ils avaient perdu leurs parents jeunes, mais ils avançaient et faisaient du mieux qu'ils pouvaient."

Elle s'arrêta, ne sachant pas trop comment continuer.

"Darlene était l'aînée, dit Cora doucement.

— Oui. Darlene prenait soin de tous. Jane était la cadette. Elle jouait au football. Et Cora était la benjamine. Ils habitaient une caravane dans une petite ville."

Un courant d'air tourbillonna par la fenêtre, vif et chargé d'une odeur sucrée comme une pomme. Cora avait des étoiles dans les yeux, impatiente d'entendre la suite.

"Et puis il y avait Tucker, dit Darlene, choisissant ses mots avec précaution. Il prit la fuite et fut très méchant. Il revint à la maison et emmena Cora avec lui." Elle soupira. "Ce fut un moment très difficile pour tout le monde.

Mais les trois sœurs s'en sortirent. Elles survécurent. Cora rentra à la maison saine et sauve. Darlene était heureuse."

Un bruit fort leur parvint du couloir, des voix étouffées, le couinement de chaussures de caoutchouc. Autour d'elles, l'hôpital se réveillait.

"Est-ce qu'elles vécurent heureuses ? demanda Cora.

— Je ne sais pas. L'histoire n'est pas terminée."

Sa sœur acquiesça avec solennité. La lumière s'intensifiait à la fenêtre et chaque latte brillait comme un néon.

"Tout ça est vrai, tu sais, dit Cora. C'est vraiment arrivé."

48

Pour son dernier jour en Californie, Darlene alla seule à la plage. Elle n'avait jamais vu l'océan et elle n'aurait peut-être pas d'autre occasion. Roy se rendit à l'hôtel pour payer la note et faire leurs bagages. Ils décollaient dans la soirée. Jane et Cora étaient au lit ensemble dans la chambre d'hôpital, se chamaillant sans méchanceté. Cora retrouvait son comportement d'avant, geignait en disant que c'était son tour d'avoir la télécommande ou chipait le téléphone de Jane pour regarder des vidéos et jouer à des jeux. En partant, Darlene se pencha pour lui embrasser la tempe.

Une heure plus tard, elle avait de l'eau jusqu'aux chevilles. Cette partie de la côte californienne se composait de falaises à pic hautes de dix ou douze mètres et de minuscules rubans sableux en contrebas. Darlene laissa les vagues couvrir ses pieds nus. Des bateaux lointains comme des triangles brillants qui semblaient trop légers pour résister à l'assaut des moutons venaient briser l'étendue soyeuse de la mer. Les hauts-fonds étaient froids, piquants et assombris d'algues. La plage était à peine une plage – un filet de sable si étroit que chaque nouvelle vague la recouvrait à moitié. Darlene se pencha et prit de l'eau de mer dans ses mains en coupe, la regarda miroiter et filer entre ses doigts.

En dehors des bateaux, il n'y avait aucun signe de vie humaine. La falaise cachait entièrement la ville. Darlene avait croisé une dizaine de personnes qui allaient à la plage plus tôt, mais les avait laissées loin derrière elle, avait escaladé des rochers que les algues rendaient glissants, trempant son jean par la même occasion, pour atteindre cet endroit : un point en saillie qui ressemblait au bout du monde et s'avançait dans la mer, protégé par un mur de pierre ambrée, parsemée de plantes tordues et brunies par le vent.

En s'enfonçant plus loin dans la mer, Darlene pensa à Roy et à ses sœurs. Au poids de Cora dans ses bras. Au sommeil qui les gagnait en même temps. À leurs corps toujours entrelacés au réveil. Darlene sentit naître une émotion qu'elle ne reconnaissait pas. Une grande légèreté, une lueur intérieure. Peut-être de l'espoir.

Elle ne croyait pas aux fins heureuses – pas après la disparition de ses parents ou la tornade – pas après cet été – plus maintenant. La seule fin disponible dans cette vie était la mort. N'existaient que le moment présent, la transition d'une respiration à l'autre, l'action et la réaction, les mots qui s'enchaînent, une histoire toujours en cours.

À cet instant, elle perçut un mouvement provenant de l'autre côté de la falaise. Apparemment, quelqu'un essayait d'accéder à son petit sanctuaire. Soudain timide, Darlene remonta la bande de sable, son sac et ses chaussures à la main. Elle s'installa sur un rocher à l'ombre froide de la pierre et attendit.

Quelque chose apparut, une silhouette se découpant sur l'océan. Darlene mit une minute à comprendre ce qu'elle voyait : une branche d'arbre, un battement de plumes, un assemblage bizarre qui ne semblaient pas constituer une figure humaine. La créature marchait sur deux jambes, mais il y avait un problème avec son corps – incroyablement grand, épais au milieu, bulbeux et distendu.

Deux mètres cinquante de haut. Vêtu de noir et de blanc. Une autruche.

Les poings de Darlene se refermèrent, pris d'une convulsion entre peur et enthousiasme. Elle n'avait vu ces créatures que dans des documentaires. Le torse de l'oiseau était un coussin d'un noir profond garni de dentelle froissée. Son cou était une gracieuse colonne grise. Par contraste, ses jambes semblaient nues – d'un rose-rouge indécent.

Darlene resta immobile. Elle espérait que ça suffirait pour que la falaise la camoufle ; peut-être que l'oiseau ne la remarquerait pas si elle ne bougeait pas. Il s'avança sur la plage. Une vague vint s'échouer sur ses pattes et il s'arrêta, penchant la tête d'un côté et de l'autre, réfléchissant à la situation. Son bec semblait sculpté pour afficher un froncement permanent. Ses yeux étaient trop grands pour sa tête minuscule. L'eau reflua, laissant place au sable mouillé et brillant que l'autruche examina de près. Avec précaution, elle fit un pas supplémentaire, ses griffes laissant des empreintes préhistoriques sur la plage.

Darlene avait envie de rire, ou bien de pleurer, mais elle était si fascinée qu'elle en était pétrifiée. L'autruche se déplaçait avec une précision incroyable, chaque pas aussi parfait qu'un plié de ballerine. Elle plongea les orteils dans une vague qui déferlait. Une jambe était plantée au sol tandis que l'autre grattait les vaguelettes à la surface de l'eau. La tête au bout du long cou musclé se baissa pour y regarder de plus près, captivée par les jeux de lumière. Elle n'avait sans doute jamais vu de vagues avant. Comme Darlene, elle s'aventurait en terre inconnue.

Darlene ne croyait pas à une vie après la mort. Mais s'il y en avait une, et que son frère l'avait rejointe, alors peut-être que l'autruche était un signe. Mais elle ne croyait pas non plus aux signes. Elle se secoua ; inutile d'aller chercher dans le surnaturel. La présence de cette autruche était la conséquence directe des actions de Tucker. Darlene, elle aussi, avait été convoquée dans cet endroit par ses choix. Cette rencontre donnait l'impression d'être un cadeau de son frère – le dernier, peut-être. Ses cadeaux avaient toujours comporté une part de danger.

Sans crier gare, l'autruche se mit à courir. Elle fonça vers les hauts-fonds en soulevant des gerbes d'eau scintillante. La crête d'une vague lui montait au niveau des genoux et elle déploya ses ailes courtes et froissés pour garder l'équilibre, les plumes cireuses sur les bords illuminées par le soleil. La créature émit un cri venu d'un autre monde en gonflant la gorge, aussi tonitruant qu'une corne de brume. Presque un rire.

Puis elle se mit à virevolter. L'autruche tournoya, ses jambes encerclées par un tsunami d'embruns. Elle tourna et tourna encore. Darlene n'avait jamais imaginé qu'un oiseau puisse bouger de la sorte. Chaque rotation lui renveloppait les chevilles dans un tourbillon, rompant le flot ordonné des vagues. L'autruche beugla de nouveau, une octave plus haut cette fois. Son cou semblait comme dépourvu d'os, la tête se balançant de manière périlleuse, révolution après révolution. Elle tournait comme un enfant surexcité dans la cour de récréation. Ces tourbillons bruyants exprimaient une joie bien particulière. Elle avait le vertige et trébuchait, mais ne s'arrêtait pas.

Darlene se leva sans s'en rendre compte, debout comme une spectatrice pour une ovation. L'autruche ne cessait de tourner sur elle-même, tapant le sable de ses larges pieds, lançant des éclaboussures parallèlement à la plage, un mélange de maladresse et de grâce. Elle laissa un sillage d'écume dans l'eau. Tandis qu'il pivotait, l'oiseau gardait une aile repliée au côté et l'autre entièrement déployée, un pan de noir ondoyant, les plumes blanches aux extrémités aussi raides et brillantes que des glaçons.

L'animal ne se donnait pas en spectacle. Ses pirouettes écervelées n'avaient aucun but, n'étaient pas une attitude de combat ou de fuite, n'exprimaient pas un besoin biologique. Darlene comprit intuitivement que quelque chose de plus primitif était à l'œuvre. C'était un oiseau sauvage, une créature sans langage, incapable de rire ou de conscience de soi, en équilibre au point de croisement de la terre, du ciel et de la mer. C'était une créature dépaysée, désynchronisée, qui avait passé sa vie en cage, ses instincts remontant aux plaines austères du cœur de l'Afrique, seule pour la première fois, à des kilomètres de tout ce qu'elle connaissait, entourée par une profusion inimaginable d'étrangeté et de beauté. Comment y répondre autrement qu'en dansant.

Et puis l'autruche continua de virevolter jusqu'après la falaise, le long de la place, hors de vue. Darlene l'entendit caracoler de manière chaotique. Petit à petit, la mer retrouva son rythme. Une mouette cria quelque part.

Elle ne discernait plus la clameur du ressac des éclaboussures de l'autruche.

Toujours pieds nus, Darlene s'avança rapidement sur le sable et passa de l'autre côté de la saillie de terre. Quand elle émergea de l'ombre de la falaise, le soleil frappa sa joue comme une claque. Elle voyait le reste du monde à présent. Une grande plage en forme de faux qui s'étirait loin d'elle, mouchetée de gens qui prenaient le soleil et de parasols aux couleurs de l'arc-en-ciel.

Elle mit une main en visière au-dessus de ses yeux. L'autruche était encore plus loin qu'elle ne l'aurait cru. Elle avait dévié et courait à toute pompe sur le rivage pour rejoindre l'horizon. L'oiseau se déplaçait à la vitesse d'une voiture – peut-être plus vite. Darlene vit des gens s'écarter à son approche. Elle n'entendait pas leur cri à cause du vacarme des vagues, mais elle les voyait se jeter dans les bras les uns des autres et pointer l'animal du doigt. Un homme leva la main à son oreille. Il appelait sans doute les secours, pensa Darlene. Elle éprouva une vague de fierté par procuration en s'apercevant que la police n'aurait aucune chance ; l'autruche avait déjà franchi vingt mètres. Elle ne montrait aucun signe de vouloir s'arrêter, elle fonçait et disparut dans les ombres.

Les cloches se mirent à sonner. D'un coup, l'air se remplit d'un bruit tapageur et métallique, lointain mais clairement audible par-dessus la mer. Pendant une fraction de seconde, Darlene supposa que cela avait un lien avec l'autruche. Mais non – les cloches de l'église sonnaient l'heure. Il faudrait bientôt rentrer.

Elle poussa un soupir et la réalité de sa situation la rattrapa. Elle pensa à Cora, aussi confuse et innocente qu'une autruche virevoltant dans la mer. Darlene n'arrivait pas à imaginer ce que l'avenir allait réserver à sa sœur. Elle ne savait pas ce qui s'était passé durant ces mois avec Tucker, ni ce que Cora avait enduré, ni ce qui restait de la petite fille que Darlene avait connue – celle qu'elle avait élevée – dans cette étrange silhouette de garçon. Elle ne savait pas encore comment aider sa sœur à passer cette épreuve, à réintégrer le monde des humains. Certains changements seraient forcément permanents. Dans sa chair, dans son esprit, dans ses rêves et sa vie éveillée, dans ses os, dans son essence même, Cora garderait des cicatrices.

Et ensuite, il se passera autre chose.

Darlene entendit la voix de son père résonner dans sa tête – à moins que ce ne soit Roy répétant la phrase pour la consoler – à moins que ce ne soit sa mère, des années plus tôt. Elle entendait aussi la voix de Tucker, et celle de Jane, et de tous les gens qu'elle avait aimés dans sa vie y compris ceux qui n'étaient plus là, certains morts et d'autres, à l'instar de Cora, retrouvés.

Et encore autre chose.

Comme une autruche sur une plage.

C'était peut-être ça que son père avait essayé de lui dire. Dans son franc-parler habituel, il lui rappelait que le changement était inévitable et irrépressible. Que de petites vagues pouvaient en créer de plus grosses, prendre des chemins inattendus. Il lui disait de ne pas s'appesantir sur le passé et de ne pas craindre l'avenir car chaque instant est suivi d'un autre, parfois merveilleux, parfois terrible, que tout cela était toujours imprévisible, des composants essentiels à la complexité d'un monde vaste et magnifique.

ÉPILOGUE

Les lions ont faim. Alors que je marche dans l'herbe haute avec un sac de viande crue sur l'épaule, j'entends leurs grognements rauques et indignés. Ils sont près de vingt dans l'enclos. Quand ils me voient arriver – ma silhouette mince et droite pataugeant dans un lac de prairie scintillant –, ils frottent leur museau contre la clôture pour me saluer, marquant le grillage de leur odeur. Des années de ce comportement ont fait plier le bas du maillage vers l'extérieur, créant un renflement permanent.

Tous mes lions ont été sauvés. La plupart à un âge avancé, déposés par des cirques ou des zoos qui n'en voulaient plus. Quelques-uns appartenaient à des propriétaires privés qui désiraient un animal exotique sans avoir la moindre idée de ce que cela impliquait. Les félins ont la belle vie, à présent. Ils se prélassent dans l'herbe, dorment vingt heures par jour. Ils se battent comme des lionceaux quand l'envie leur en prend. La nuit, ils rôdent autour de la clôture, poussés par l'instinct, même s'il n'y a rien à chasser et qu'ils sont bien nourris. Parfois leur cri de guerre me réveille.

Je lance la viande par l'ouverture dans la clôture. Charlie, un mâle hirsute, traîne par là dans l'espoir de recevoir une caresse. En termes léonins, c'est un ancien, âgé de presque vingt ans, aveugle d'un œil, et sa crinière ressemble à un pissenlit décati. Je passe les doigts à travers le grillage et lui gratte l'arrière de l'oreille. Il ronronne plus fort qu'un moteur.

Nous sommes aux Friches.

J'ai fondé le Sanctuaire animalier des Friches – son nom officiel – il y a plus de vingt-cinq ans. À l'époque, j'avais deux chevaux, trois chiens et un demi-hectare de terrain. À présent, je gère une dizaine d'employés et le domaine s'étend sur plusieurs centaines d'hectares. Je suis la gardienne de dix-huit lions, trente-six vaches, deux tigres, un léopard des neiges, cinq guépards, dix-sept ours, dix cochons, douze chevaux, cinquante-deux chiens, trois ânes, un nombre incalculable de chats sauvages qui vont et viennent, et une chèvre appelée Sweetie. Les Friches sont un refuge pour animaux abandonnés. Ils m'arrivent de fermes, de zoos, d'animaleries, d'abris, de braconniers, du mont-de-piété et de réseaux qui organisent des combats de chiens. Tous ces animaux sont des fuyards et des fugueurs. Ce sont tous des parias, ainsi que je l'ai appris il y a si longtemps.

Le matin, je fais le tour du domaine en suivant mon parcours habituel. Une agitation soudaine à la limite de mon champ de vision s'avère être un guépard qui chasse sa balle préférée. Au loin, j'entends un hennissement nerveux. L'un des chevaux s'énerve. Mais il n'y a pas d'urgence. Tel un parent expérimenté, j'écoute et suis capable d'évaluer l'intensité de ces cris lointains, de déterminer lesquels requièrent mon attention. Les vaches se déplacent, descendent une colline, mugissant avec contentement, ruminant sans relâche. L'ensemble du troupeau ou presque est lié par le sang. Si on leur donne le choix, les vaches passeront toute leur vie en famille. Quand les veaux sont retirés à leur mère – une pratique courante dans les fermes –, cela leur cause beaucoup de chagrin. Je me promène dans leur enclos, vérifie la quantité de sel et d'eau dans la bauge.

Je vais voir chacun de mes animaux tous les jours. Je m'occupe de leur nourriture, de leur santé physique et émotionnelle, de leur vie et de leur mort. Je les connais tous par leur nom, même si eux-mêmes l'ignorent. Les noms sont un concept humain.

Je prends soin d'eux avec l'aide de mes employés qui se chargent également de lever des fonds et de vendre les billets d'entrée. Ils me donnent un coup de main pour les animaux, mais les demandes de bourses et l'accueil des touristes représentent le plus gros de leur travail. Ils alimentent les réseaux sociaux, puisque je n'ai aucune compétence ni en réseau ni en matière sociale, et ils assurent les contacts avec les médias, ce que, pour des raisons évidentes, je ne pourrai jamais faire. Le sanctuaire vit grâce aux dons et aux visites payantes. Les gens font des kilomètres pour voir mes animaux. Une série de sentiers aériens en fer serpente à travers le parc, à six mètres au-dessus du sol, soutenue par un solide échafaudage. J'ai l'habitude de travailler en entendant des voix loin au-dessus de moi, le cliquetis des appareils photos et les bruits de pas. Cette innovation était mon idée. Les animaux lèvent rarement la tête. Dans les zoos, la présence constante des humains à hauteur de regard les angoisse énormément, réveille l'instinct de chasse chez les prédateurs, les réflexes de combat ou de fuite chez les autres. Dans les zoos, les animaux sont trop stimulés et dérangés, ils sont toujours conscients d'être observés. Aux Friches, toutefois, ils ne prêtent pas attention aux foules qui se promènent là tous les après-midi. Les sentiers mettent les visiteurs hors du champ de vision des animaux.

Je suis le seul humain à vivre sur le domaine. Je vois presque tout le parc depuis la fenêtre de ma chambre. Les Friches. Un sanctuaire pour moi autant que pour mes lions et mes chiens. Nous sommes les créatures rejetées de partout ailleurs, exclues de la Pyramide des animaux, nous n'entrons dans aucune case, ni une chose ni une autre, nous n'avons pas de place dans le monde. Nous sommes les vraies victimes de l'ère de l'anthropocène.

Je suis aujourd'hui plus vieille que Tucker ne le sera jamais. J'y pense presque tous les jours.

Plusieurs décennies se sont écoulées depuis l'été où j'ai disparu, mais je n'ai jamais été tout à fait la même après. Je suis vegan depuis que je suis petite. J'achète des produits locaux, je composte mes déchets organiques et je fais sécher mes vêtements dehors. Mes bras et mes jambes sont striés de cicatrices, la morsure d'un lion gravée sur mon avant-bras et le coup de sabot d'un cheval dans ma cuisse, net, brillant et rose. (D'autres cicatrices remontent à Tucker. La caresse de son couteau fait encore des croisillons sur ma paume.) Je suis coiffée comme un garçon, les cheveux brodés de gris. J'ai égaré ma vanité durant cet été en cavale. J'ai rédigé mon testament et j'en ai envoyé une copie à Darlene, mon exécutrice testamentaire, avec des instructions pour que toutes mes possessions reviennent aux Friches. Je ferai don de mes organes, le reste de mon corps retournera à la terre sans être embaumé et un arbre sera planté sur mes restes. J'essaye par tous les moyens de me déplacer dans le monde en causant le moins de dommages possible, en ne laissant aucune empreinte carbone, en ne projetant aucune ombre et ne faisant aucune vague, aussi légère et présente qu'un animal.

C'est la faute de Tucker, bien sûr. Je suis l'héritage qu'il a laissé.

L'après-midi, la température grimpe, brûle le paysage des Friches. Les lions allongés forment des tas endormis. L'un des tigres plonge dans son étang, attirant la foule. Au-dessus de moi, les gens accourent pour prendre des photos pendant que la femelle nage. Je poursuis mon travail. J'ai préparé des glaçons au sang pour mes prédateurs et les garde dans le grand congélo pour les journées très chaudes comme celle-ci. Je tire des cargaisons de sang et de viscères congelés de la taille d'un ballon de basket sur un chariot, je les distribue aux ours et aux grands félins. Le grizzly est tout excité, se dresse sur ses pattes arrière pour pouvoir utiliser ses pattes avant et emporter sa friandise à l'ombre. Les lions se battent pour savoir qui sera le premier à mordre dedans. Le léopard des neiges a les pattes teintées de cramoisi et lèche les glaçons avec béatitude.

Tucker aurait adoré ça. Il y a des moments où je donnerais tout pour pouvoir lui parler à nouveau. Je lui parlerais des Friches. De la famille qu'il n'a jamais vraiment connue. De Jane, devenue entraîneuse de foot à Oklahoma City. De Darlene et Roy, et de leurs trois enfants, de tailles différentes, mais de même couleur, leur peau comme du miel, des corps plus légers que l'air. Je dirais à mon frère que je suis encore en train d'apprendre ce que c'est qu'être humaine. Je lui dirais que j'ai appris l'amour non pas grâce à lui, mais malgré lui. Orpheline, mes modèles d'affection et d'adulte étaient Tucker et Darlene. Ma mère a donné sa vie pour moi – la quintessence la plus horrible et merveilleuse de ce qu'est l'amour. Je ne me souviens pas de mon père, mais il a appris à Darlene à m'aimer, à me trouver, et cela me dit tout ce que j'ai besoin de savoir. Mon frère, d'un autre côté, m'a montré combien il m'était dévoué par le biais d'une illusion, la création d'un univers rien qu'à nous. Il m'adorait de toutes ses forces et a fait de moi une nouvelle personne. Au cours de cet été passé ensemble, j'ai été son œuvre d'art, son frère, son enfant volé.

Je ne sais pas s'il aimait Cora. Je ne sais pas s'il a jamais connu Cora.

J'ai raconté cette histoire, couché sur le papier tout ce qui nous était arrivé, et de cette façon, Tucker continue de vivre en moi. Les choses les plus étranges me le rappellent : le tintement des clés de voiture qui s'entrechoquent, l'odeur du bois qui brûle, la saveur forte et piquante de la *root-beer* sur ma langue. Il y a de nombreuses années, j'ai récupéré les cendres de Tucker, ai emporté l'urne posée sur le manteau de la cheminée chez Darlene. Il est à présent sur le rebord de ma fenêtre de cuisine, celle qui donne sur l'enclos des lions. Au bout du compte, lui et moi avons fini par arriver aux Friches.

Tout ça est vrai, vous savez. C'est vraiment arrivé.

Encore aujourd'hui, tant d'années après la mort de mon frère, il y a encore des moments où je le croise dans mes rêves. Je sens la vibration des roues sur la chaussée. L'Oklahoma qui défile sous mes yeux, l'herbe jaune recuite par la canicule, le ciel aussi sec que du parchemin.

Dans ces instants me revient la liberté que j'éprouvais sur la route, quelque chose que je n'ai plus connu depuis – coupée de tous les liens qui déterminent une vie, arrachée à la famille et à la société, séparée de la moralité et de la possibilité de répercussions, dans un lieu où l'entropie et le temps n'avaient aucune prise.

Assis derrière le volant, Tucker fait démarrer bruyamment le moteur et rit, un aboiement de joie irrépressible.

Et sans plus un mot, nous disparaissons.

REMERCIEMENTS

Merci à Scott, l'amour de ma vie. Merci à Milo, mon unique et mon soleil. Merci à ma mère qui m'a appris à aimer les mots et à vivre avec passion. Merci à mon père qui m'a enseigné que les sciences sont merveilleuses, que l'apprentissage se fait tout au long de la vie et que parfois, il se passera autre chose. Merci à Patsy qui crée de la magie partout où elle va. Merci à Joe avec qui je partage une partie de mon cerveau et qui répond toujours à mes textos. Merci à Laura Langlie, meilleur agent de l'univers, mon plus grand soutien et mon amie. Merci à mon éditeur, Dan Smetanka, qui sait tout. Merci à Megan Fishmann – avant que je fasse sa connaissance, on m'avait dit qu'elle marchait sur l'eau, et c'est vrai. Merci à l'équipe formidable de Catapult et de Courterpoint Press. Merci à mon adorable famille de l'Oklahoma qui m'a accueillie sur son territoire fascinant. Merci plus particulièrement à Christie, Brooke et Andrea. Merci à ma chère Bendix, à l'inimitable Rebecca Makkai et à Laurie, mon guide. Merci à mon incroyable grand-père qui approche les cent ans. Merci à Steve qui partage mes sensibilités poétiques, et Keven qui comprend mon amour pour les chiens. Merci au StoryStudio Chicago, ma deuxième maison, version littéraire.

OUVRAGE RÉALISÉ
PAR L'ATELIER GRAPHIQUE ACTES SUD
REPRODUIT ET ACHEVÉ D'IMPRIMER
EN AOÛT 2023
PAR NORMANDIE ROTO IMPRESSION S.A.S.
À LONRAI
POUR LE COMPTE DES ÉDITIONS
ACTES SUD
LE MÉJAN
PLACE NINA-BERBEROVA
13200 ARLES